HEYNE BÜCHER

Das Buch

Wir befinden uns im Jahr 2006. Als völlig überraschend argentinische Truppenverbände einen längst vergessenen britischen Stützpunkt in der Antarktis besetzen und damit beginnen, die dort lagernden Bodenschätze auszubeuten, herrscht in der westlichen Allianz Panik und Entsetzen. Die einzige Rettung vor einer ökologischen Katastrophe ist der amerikanische High-Tech-Zerstörer USS Cunningham, ein technisch hochgerüstetes Kriegsschiff unter dem Kommando der hübschen Kommandantin Amanda Garrett, der im Hafen von Rio de Janeiro liegt. Allein im eisigen Wasser der Antarktis müssen sie und ihre Mannschaft eine Blockade gegen die Argentinier halten, bevor Verstärkung eintrifft. Es kommt zum Showdown, bei dem sich die argentinischen Truppen einen unerbittlichen Kampf mit dem sich erstmals im Einsatz befindlichen US-Kriegsschiff liefern.

»Ein außergewöhnlicher Debütroman und ein seltener Glücksfall für die Liebhaber zeitgemäßer Seekriegs-Action.«
Booklist

Der Autor

James Cobb entstammt einer Marine-Familie und ist Mitglied der ›Navy League of the United States‹ wie auch des ›United States Naval Institute‹. Er selbst war auf nahezu allen Arten von Kriegsschiffen unterwegs. Heute lebt James Cobb im Pazifischen Nordwesten. ›Im Fadenkreuz‹ ist sein erster Roman und Teil 1 einer Marine-Thriller-Serie mit der Kommandantin Amanda Garrett im Mittelpunkt.

JAMES COBB

IM FADENKREUZ USS CUNNINGHAM

Roman

Aus dem Amerikanischen
von Norbert Jakober

WILHELM HEYNE VERLAG
MÜNCHEN

HEYNE ALLGEMEINE REIHE
Nr. 01/12213

Titel der Originalausgabe
CHOOSERS OF THE SLAIN
erschienen 1996 by Headline Book Publishing

Umwelthinweis:
Dieses Buch wurde auf
chlor- und säurefreiem Papier gedruckt

Taschenbuchausgabe 04/2001

Printed in Germany 2001
http://www.heyne.de
Umschlaggestaltung: Nele Schütz Design, München
Umschlagillustration: Bildagentur Mauritius,
AGE, Mittenwald
Druck und Bindung: Elsnerdruck, Berlin

ISBN: 3-453-18008-9

Dieses Buch ist den Mitgliedern der ›Task Force Cunningham‹ gewidmet.

Ebenso, wie immer, dem Chief.

Und auch den beiden Kathys, die mir halfen, mich wieder mit der englischen Sprache vertraut zu machen.

Nicht zuletzt aber Sherrill und Laurel, die mir zeigten, wie man mit einer Romanheldin umgeht.

Signy Base Reede
Südliche Orkney-Inseln, Antarktis
19. März 2006, 06:30 Uhr

»Raus aus den Federn, Weib! Es gibt eine Menge Plankton zu zählen.«

Captain Evan York befreite seine Frau und 1. Offizier von der Decke, in die sie gehüllt war, und gab ihr einen herzhaften Klaps auf den nackten Hintern. Sie murmelte nur einen Fluch, zog die Decke wieder über sich und drückte sich noch tiefer in ihre Ecke der Doppelkoje. York betrachtete lächelnd den gekräuselten blonden Haarschopf, der unter der schweren Wolldecke hervorlugte. Roberta Eggerston lebte und schlief jetzt seit fast fünf Jahren an seiner Seite – doch an ihren Eigenheiten hatte sich nichts geändert; es war nicht anzunehmen, dass aus ihr jemals eine Frühaufsteherin würde.

»Du weißt ja, wohin du dir dein Plankton stecken kannst«, knurrte sie mürrisch, »zumindest solange es nicht einigermaßen warm in der Kajüte ist und der Tee bereit steht.«

»Shackleton musste sich von seinen Untergebenen nie solche Frechheiten gefallen lassen.«

»Shackleton hat auch nie mit seinen Untergebenen geschlafen – zumindest steht in den Geschichtsbüchern nichts davon. Und jetzt raus mit Ihnen, Sir!«

York lächelte nur und erhob sich von der Koje, um sich anzuziehen – zuerst seine langen Thermounterhosen, dann die dicken Wollsocken und schließlich den warmen

---

Hinweis des Verlags: Ein Glossar mit den in diesem Buch verwendeten Fachbegriffen auf S. 426

Overall und die in der Antarktis allgegenwärtigen weißen ›Bunny Boots‹ aus Kunststoff, die er sich bei Camtors auf den Falkland-Inseln nach Maß hatte anfertigen lassen.

Zuletzt schlüpfte er in seinen leuchtend orangefarbenen Parka und steckte ein Paar Fäustlinge ein. Dann verließ er die Hauptkajüte und ging nach achtern über die enge Kajütstreppe zum Ruderhaus. Er nahm sich vor, gleich die Heizung in der Kabine aufzudrehen und sich um das Frühstück zu kümmern – doch zuvor wollte der junge Kapitän der *Skua* noch einen kurzen Blick nach draußen werfen.

Der große Motorsegler war das Ergebnis der Faszination, die er und seine Frau für das Meer und die Antarktis hegten. Es handelte sich um eine 75-Fuß-Ketsch, einen zweimastigen Segler (von etwa 23 Meter Länge) mit verstärktem Stahlrumpf, der speziell für Langstreckenfahrten durch vereiste Gewässer gebaut war. Sie hatten das Schiff zum Teil mit Hilfe einer kleinen Erbschaft bauen lassen, die York zuteil geworden war, nachdem er sein Studium in Cambridge absolviert hatte; darüber hinaus hatten sie jedoch jeden Penny dafür aufwenden müssen, den sie nur irgendwie zusammenkratzen konnten.

Doch das war es alle Mal wert. Vor einigen Monaten waren sie aus Port Stanley ausgelaufen, um zusammen mit einer Mannschaft von College-Studenten Richtung Süden zu fahren. Da sie im Rahmen eines Chartervertrages als Forschungsschiff für das British Antarctic Survey unterwegs waren, konnten sie von ihrem Hobby sogar noch leben.

York war seit langem von der ganzen Region des Südpolarmeeres fasziniert – doch er wusste auch um die Gefahren, die hier lauerten; aus diesem Grund hatte er sogar jetzt, wo sie vor der Station des British Antarctic Survey auf Signy Island, eine der Süd-Orkney-Inseln, vor Anker lagen, rund um die Uhr eine Deckwache installiert. Im Augenblick machte der Wachhabende jedoch keinen allzu glücklichen Eindruck.

»Morgen, Geoffery. Wie sieht's aus heute?«, fragte York, während er zu dem jungen Mann auf das Deck hinaustrat.

»Es ist verdammt kalt! So sieht's aus!«, antwortete der Student etwas trübsinnig, während sein Atem wie ein Schleier in der eisigen Luft hing. »Ich muss bekloppt gewesen sein, mich auf dieses Abenteuer einzulassen. ›Unschätzbare praktische Erfahrung‹, hat es geheißen. Was soll daran praktische Erfahrung sein, wenn man hier draußen hockt und einem die Arschbacken zusammenfrieren!«

»Mach dir nichts draus«, sagte York und trat an die Reling, um auf die Eisschollen hinunterzublicken, die sich während der langen Nacht um den Rumpf angesammelt hatten. »Die beißende Kälte sagt uns, dass es Zeit ist, abzudampfen. Bald werden wir es hier mit Packeis zu tun haben. Keine Sorge, in zwei Wochen bist du daheim in England und kannst die Mädchen mit deinen Erlebnissen beeindrucken.«

»Wenn mir bis dahin die Zehen nicht abgefroren sind«, erwiderte Geoffery und tänzelte von einem Bein auf das andere, um wieder etwas Gefühl in seine Füße zu bekommen. »Übrigens wollte ich gerade zu Ihnen runter und Sie wecken. Wir bekommen nämlich Gesellschaft.«

»Oh, wen denn?«

»Da drüben. Ich glaube, es sind Argentinier.«

Die *Skua* hielt sich etwa 50 Yards vor der Einfahrt des kleinen Hafens vor der Südküste von Signy Island auf. Ein Schiff umfuhr soeben die westliche Landzunge und durchpflügte nun langsam die stahlblauen Gewässer der Bucht. Es handelte sich um einen Eisbrecher mit breitem Rumpf und blankgescheuertem Bug. Die hohen grauen Aufbauten des Schiffs zeichneten sich deutlich vor dem Hintergrund der schneebedeckten Hügel ab.

»Das ist die *Presidente Sarmiento* von der argentinischen Kriegsmarine – aber was zum Kuckuck hat sie zu dieser Jahreszeit noch hier draußen zu suchen?«

Mit leichtem Stirnrunzeln zog sich York ins Ruderhaus zurück und griff nach dem Fernglas, das auf einem Regal neben der Luke lag. Dann ging er wieder hinaus, um den Neuankömmling näher zu betrachten; dabei gab er Acht, dass das eiskalte Metall der Okularfassungen nicht sein Gesicht berührte.

Wieder mal die *Presidente.* Das Schiff hatte keine Schlagseite, und es waren auch keinerlei Sturm- oder Feuerschäden zu erkennen. Vielleicht Maschinenschaden? Oder sie kamen einfach nur auf ein Schwätzchen vorbei. York hoffte, dass sie frische Lebensmittel an Bord hatten und ein wenig davon entbehren konnten.

Doch Moment! Da war irgendetwas anders als sonst. Als der Eisbrecher näher kam, konnte York ein kastenartiges Gebilde auf dem Vordeck erkennen – ein Geschützturm, aus dem die schmale, glockenförmige Mündung einer verstellbaren Lafette herausragte.

»Was zum Henker ...?«

»Etwas nicht in Ordnung, Skipper?«

»Die *Presidente,* sie hat eine Bugslafette.«

»Was?«

»Ein Geschütz, eine Kanone.«

»Na und?«, erwiderte Geoffery achselzuckend. »Sie gehört ja immerhin zur Kriegsmarine, nicht wahr?«

»Erinnere dich doch an den Antarktisvertrag. Südlich des Polarkreises sind keine schweren Waffen gestattet.«

Doch es gingen noch andere bemerkenswerte Dinge in der Bucht vor sich. In dem fahlen, metallischen Licht der polaren Dämmerung tauchte etwas auf, das York zunächst übersehen hatte: Der Eisbrecher wurde von einer Flottille kleiner Boote begleitet, die ihm vorausfuhren; vier große Schlauchboote, die für je zwölf Mann Platz boten, hielten auf den schwärzlichen Strand unterhalb Signy Station zu.

York hob das Fernglas erneut an die Augen und sah die Gestalten, die sich in den Booten drängten.

Weiß! Sie waren allesamt in Weiß gekleidet. Hier im Eis trug man nur leuchtende Farben, die schon von weitem zu erkennen waren. Wenn eine kritische Situation eintrat, wollte man vor allem gesehen werden und sich nicht verstecken.

Weiß konnte nur eines bedeuten: Tarnung.

»Geoffery, trommle die Mannschaft zusammen und sag ihnen, sie sollen ihre Schutzanzüge und Schwimmwesten anziehen! Du auch! Los!«

Der junge Mann machte sich sogleich davon. York wandte seine Aufmerksamkeit wieder den Ereignissen draußen auf dem Wasser zu. Er wollte einfach nicht glauben, was sich da vor seinen Augen abspielte.

Die Schlauchboote hatten mittlerweile die Küste erreicht und waren auf dem schmutziggrauen Eis zum Stillstand gekommen. Die Insassen sprangen rasch aus den Booten und sprinteten den Hügel hinauf; noch im Laufen nahmen sie ihre umgehängten automatischen Sturmgewehre zur Hand. Einer der Soldaten ließ sich auf ein Knie nieder und begann Feuerstöße auf die grün bemalten Gebäude der Forschungsstation abzugeben.

Um Himmels willen, warum schießen die bloß?, dachte York bestürzt. Die einzigen Waffen, die man hier an der Küste verwendete, waren einfache Flinten vom Kaliber .22, um hin und wieder zu Forschungszwecken ein Exemplar einer bestimmten Vogelspezies zu schießen. Während die Schüsse in der Bucht widerhallten, erschien Roberta im Niedergang des Ruderhauses.

»Evan, was ist denn los?«

»Es sind die Argentinier. Lass unser Schlauchboot und die Rettungsflöße runter und bring unsere Leute von Bord.«

»Warum?«

»Frag nicht! Tu es einfach!«

Schnell verschwand sie wieder unter Deck. York kehrte eilig ins Ruderhaus zurück und setzte sich an die Funkanlage. Er brach die Siegel an den beiden Notfall-Transpondern auf und aktivierte sie, ehe er sich der leistungsstarken Seitenband-Seefunkanlage zuwandte.

»CQ, CQ, CQ. BASK *Skua* von BASG South Georgia, bitte kommen. BASG South Georgia, können Sie mich hören?«

Er nahm den Daumen von der Sprechtaste, worauf ein hohes Kreischen aus dem Lautsprecher kam. York hatte bisher noch nie einen Störsender gehört, doch er konnte sich auch so denken, womit er es hier zu tun hatte. Fluchend wählte er eine andere Frequenz.

Währenddessen war Roberta Eggerston draußen auf dem Vordeck damit beschäftigt, jenen Ablauf in die Wege zu leiten, der zwar oft geübt, aber noch nie in einem echten Notfall benötigt worden war – das schnelle Verlassen des Schiffes. Ihre seemännische Ausbildung half ihr, alle notwendigen Schritte durchzuführen, ohne in Panik zu verfallen. Es dauerte nicht lange, und sie hatte Rettungsboot, Notfallausrüstung und Besatzung von Bord. Nachdem die Aufgabe erfüllt war, folgte Roberta wieder ihrem Gefühl; sie lief nach achtern zum Ruderhaus – eine kleine, von der Angst beflügelte Gestalt im orangen Overall.

York saß immer noch am Seitenbandempfänger, der nicht viel mehr als lautes Kreischen von sich gab.

»Evan, bitte, was geht hier vor?«

»Diese verdammten Argentinier greifen Signy Base an. Sie stören auf allen BAS-Frequenzen. Ich schaff's einfach nicht, irgendwen zu erreichen!«

»Was bloß denken sie sich dabei?«

»Keine Ahnung. Wir kommen nicht an ihrem Schiff vorbei aufs offene Meer, und bestimmt erhalten wir auch bald Besuch von ihnen. Wir müssen unbedingt jemanden davon verständigen, was hier vor sich geht!«

Das Kreischen aus den Lautsprechern verstummte plötzlich, und eine ruhige Stimme sagte mit leichtem Akzent in englischer Sprache:

»Motorsegler *Skua*, Motorsegler *Skua*, schalten Sie Ihren Sender ab und machen Sie keine weiteren Funkversuche. Ich wiederhole, hören Sie auf zu senden, sonst sehen wir uns gezwungen, auf Sie zu feuern.«

York hörte gar nicht zu. Stattdessen begann er fieberhaft, das See-Funkhandbuch zu durchblättern.

»Es gibt vielleicht einen Weg, Bobbie«, sagte er, ohne zu seiner Frau aufzublicken. »Die Yanks verwenden ganz andere Frequenzen als wir. Vielleicht erreichen wir Palmer Station, bevor die Argentinier etwas merken.«

York begann eine neue Frequenz einzugeben.

»Evan, wenn du so weitermachst, schießen sie auf uns!«

»Ich weiß, ich weiß! Aber wir müssen einfach jemandem sagen, was hier läuft. Das sind wir uns selbst und auch den Leuten auf Signy schuldig.«

Die beiden spürten instinktiv, dass die Welt, die sie sich mit soviel Hingabe aufgebaut hatten, dem Untergang geweiht war. Der Traum, den sie die letzten Jahre verfolgt und verwirklicht hatten, war zerstört; ihnen blieb jetzt gerade noch genug Zeit, um von Captain zu Erstem Offizier miteinander zu sprechen. All das, was sie einander als Mann und Frau noch zu sagen hatten, mussten sie einander in den wenigen Momenten, die ihnen blieben, mit den Augen mitteilen.

»Bobby, nimm die Mannschaft und halte auf die Küste zu. Dort seid ihr sicherer als hier. Ihr müsst euch den Argentiniern ergeben, es gibt keine andere Möglichkeit. Lass mir das kleine Rettungsfloß da. Ich versuch noch einmal, Palmer zu erreichen, dann komme ich nach. Beeil dich, es wird schon klappen.«

Sie weinte, als sie ihn verließ. Für einen kurzen Augenblick kam es York in den Sinn, ihr nachzurufen, dass er sie liebte – doch dann wandte er sich wieder der Funkanlage zu.

»CQ, CQ, CQ. BASK *Skua* ruft USARP Palmer. Das ist ein Notruf. Können Sie mich hören?«

An der Einfahrt zur Bucht drehte sich währenddessen der Geschützturm des argentinischen Kriegsschiffes, und im nächsten Augenblick zuckte das Geschützrohr zurück. Gleichzeitig mit dem Krachen des Schusses schoss direkt vor dem Bug der *Skua* eine Wasserfontäne in die Luft empor.

»CQ, CQ, CQ. BASK USARP *Skua* vor Palmer. Das ist ein Notruf, ich wiederhole, ein Notruf! Können Sie mich hören?«

Nichts, keine Störgeräusche, aber auch keine Antwort – und dann plötzlich …

»BASK *Skua,* hier USARP Palmer. Wir können Sie hören. Was ist los?«

Von draußen kam das Brummen eines Außenbordmotors, und York wusste, dass das große Schlauchboot der *Skua* sich auf den Weg machte. Im nächsten Augenblick rief Roberta laut seinen Namen. Dann hörte er das rhythmische Krachen des argentinischen Schnellfeuergeschützes, das auf sein Schiff zu schießen begann.

»Palmer, hier *Skua* vor Signy Station. Die Argentinier landen mit ihren Truppen! Ich wiederhole, die Argentinier landen mit ihren Truppen! Sie schicken bewaffnete Soldaten zur Station! Es ist eine verdammte Invasion!«

York hörte nicht mehr, was Palmer antwortete. Er hörte auch nicht das 40-Millimeter-Geschoss, das direkt neben seinem Kopf im Ruderhaus explodierte.

Rio de Janeiro
20. März 2006, 16:30 Uhr

Amanda Lee Garrett wusste schon seit langem, dass sie immer wieder auch etwas Zeit für sich selbst brauchte. Doch bei dem Beruf, den sie gewählt hatte, war es nicht leicht, sich diese Zeit auch zu nehmen. Umso rascher hatte sie zugegriffen, als sich plötzlich die Chance eines freien Nachmittags bot – es war der erste seit Wochen –, und sie hatte fest vor, ihn auch zu nutzen.

Zunächst hatte sie in einer der feinsten *Churrascurias* von Rio gespeist, wo es jene gegrillten Steaks gab, für die der Südosten Brasiliens berühmt war. Es ging dort noch ziemlich altmodisch zu, sodass man die Tatsache, dass eine Frau allein speiste, als etwas schockierend, zumindest aber als jammerschade empfand. Amanda hatte noch eine Weile bei einem zweiten Glas des guten, etwas herben Weines aus der Gegend gesessen, ehe sie aufbrach.

Sie war durch die warmen, von Bäumen gesäumten Straßen von Ipanema geschlendert und hatte sich ein wenig in den Boutiquen und Geschäften der *Rua Visconte de Paraja* umgesehen, ohne nach etwas Bestimmtem zu suchen. Schließlich spazierte Amanda nach Osten zu der berühmten, schwarz und weiß gepflasterten Promenade hinaus, von wo man den Strand von Ipanema überblicken konnte.

Der blassgelbe Sand und die sanften Wellen wirkten überaus einladend, sodass ihr bald klar war, wie sie den Rest des Nachmittags verbringen würde. Sie hatte nicht wirklich vorgehabt, den Tag am Strand zu vertrödeln und war auch gar nicht darauf vorbereitet – doch auf diese Weise bot sich ihr ein willkommener Vorwand, einen neuen Badeanzug zu kaufen.

Und so hatte sie sich schließlich auf einem Fleckchen Sand vor der Kaimauer niedergelassen. Es war Wochenmitte und der Strand daher nicht allzu dicht bevölkert. Dennoch war die Luft von durcheinander klingenden Samba- und Swing-Rhythmen erfüllt, die aus zahlreichen Radios und CD-Playern drangen. Ihre Kleider, die sie in eine Plastik-Einkaufstüte gestopft hatte, bildeten ein bequemes Kissen – und sie genoss es, einfach dazuliegen und zu dösen oder die Leute zu beobachten.

Ebenso genoss sie es, selbst betrachtet zu werden. Sie nahm sehr wohl die gelegentlichen anerkennenden Blicke wahr, die man ihr zuwarf, und strich sich flüchtig über den weißen Einteiler aus Satin, um ihn zu glätten. Der Badeanzug wirkte eher konservativ im Vergleich zu den Tangas, die einem hier auf Schritt und Tritt begegneten, doch darunter war eine blendende Figur zu erahnen, mit festen Brüsten und flachem Bauch, sodass man sie ohne weiteres für eine Tänzerin hätte halten können. Ihre Gesichtszüge standen ihrer Figur um nichts nach – sie waren klar und anmutig und wurden von dichtem rötlichbraunem Haar umrahmt. Besonders auffallend waren jedoch ihre großen und – wie ein früherer Geliebter es einmal ausgedrückt hatte – gefährlichen haselnussbraunen Augen.

Amanda Lee Garrett war eine attraktive Frau; zwar nicht schön im klassischen Sinn, aber sehr attraktiv. Mit ihren 35 Jahren war sie sich dessen auch völlig bewusst. Doch dieses Wissen gab ihr weder Anlass zur Eitelkeit noch zu übertriebener Schüchternheit. Sie akzeptierte die Tatsache ganz einfach als ein nicht allzu bedeutendes, aber doch angenehmes Detail ihrer Persönlichkeit. Aus diesem Grund war sie weder überrascht noch unangenehm berührt, als sie aus den Augenwinkeln einen Schatten näher rücken sah, der sich schließlich mit dem Fleckchen Schatten vereinigte, das sie selbst einnahm.

»Hallo, ich hoffe sehr, Sie sprechen englisch – ich möchte Sie nämlich sehr gern kennen lernen.«

Amanda stützte sich auf einen Ellbogen – etwas schneller als sie es eigentlich wollte. Du lieber Himmel, der Junge sah wirklich gut aus!

»Was würden Sie tun, wenn es nicht so wäre?«, fragte sie neugierig.

»Dann würde ich es trotzdem versuchen, schätze ich«, antwortete er achselzuckend und ließ sich neben ihr im Sand nieder. »Vielleicht wäre es dann etwas schwieriger, aber das wäre es mir wert.«

Sie schätzte sein Alter auf etwas unter dreißig, doch mit seinem jungenhaften Lächeln sah er um einiges jünger aus. Andererseits schien er schon genug von der Welt gesehen zu haben, um auf einige der Plattheiten zu verzichten, die Mann und Frau oft genug von sich gaben, wenn sie einander kennen lernen wollten. Auch Amanda hielt von solchen Floskeln nicht allzu viel.

»Recht interessant, wie Sie einen ansprechen. Ziemlich direkt und kein Süßholzgeraspel.«

»Ich habe herausgefunden, dass Süßholzraspeln bei Frauen mit Klasse nicht viel bringt. Mit Ehrlichkeit kommt man meistens weiter.«

Amanda nickte. »Stimmt.«

Er war nicht besonders groß, nur wenige Zentimeter größer als sie selbst, und war gewiss kein Bodybuilder, wenngleich sein Körper auf eine schlanke und drahtige Art doch kräftig wirkte. Alles in allem schien er der dunkle, mediterrane Typ zu sein – sein lockiges schwarzes Haar mochte vielleicht auf griechische Vorfahren hindeuten. Seine Augen waren von einem tiefen, durchdringenden Blau.

Und er betrachtete sie ziemlich unverhohlen; nicht dass er sie auf eine Weise angestarrt hätte, die ihr unangenehm gewesen wäre – nein, er begutachtete sie vielmehr mit dem anerkennenden Blick des Kenners. Amanda vermutete jedoch, dass er ihr im Geist bereits den neuen Badeanzug ausgezogen und in den nächsten Mülleimer geworfen hatte. Nun, sie musste sich ehrlicherweise eingestehen, dass auch sie ihn sich bereits ohne seine Shorts vorgestellt hatte, um herauszufinden, ob seine Haut überall so wunderbar gebräunt war.

»Okay, also versuchen wir's ganz einfach mit der Wahrheit. Ich heiße Vince.«

»Und ich Amanda.«

»Amanda ... Moment mal, das heißt ungefähr ›Die es wert ist, geliebt zu werden‹. Das paßt zu Ihnen.«

»Und was bedeutet Vince?«

»Vince ist die Kurzform von Vincent – und das heißt soviel wie ›unbesiegbar‹.«

»Das wird sich noch herausstellen«, erwiderte Amanda lächelnd.

»Das hab ich davon, dass ich meine Weisheiten zum Besten gebe. Jetzt schau ich wohl ziemlich dumm aus der Wäsche, was?«

Sie lachte leise. »Nicht so schlimm.«

Er konnte sie zum Lachen bringen, das war wichtig; außerdem wusste sie seine Offenheit zu schätzen. Natürlich war er nicht unbedingt ihr Traummann, doch das hieß noch lange nicht, dass sie nicht einigen Spaß miteinander haben konnten.

»Sie können mir vielleicht ein wenig Gesellschaft leisten, Vincent. Wir werden ja sehen, was daraus wird, wenn wir weiter offen zueinander sind.«

Er erwiderte ihr Lächeln. Sie verstanden beide das uralte, faszinierende Spiel, auf das sie sich einließen – und der Strand von Rio bot einen bezaubernden Hintergrund dafür. Dicht nebeneinander streckten sie sich im Sand aus und bereiteten jeder für sich die ersten Züge in diesem Spiel vor. Wenn sie Glück hatten, würden sie beide dabei gewinnen.

Doch es sollten ihnen nicht mehr als ein paar Minuten vergönnt sein. Beide bemerkten sie, dass draußen auf dem Wasser eine gewisse Unruhe entstand – das laute Knattern eines Motors und das immer lauter werdende Gemurmel von beunruhigt klingenden Stimmen waren zu hören. Irgendetwas an dem Klang des Motors bewog Amanda, sich augenblicklich aufzusetzen.

Eines dieser vertrifteten Schlauchboote im typischen Navygrau hielt direkt auf die Küste zu und schob eine Bugwelle vor sich her, in der einige Schwimmer schaukelten. Das Boot fuhr auf den Sandstrand auf, und eine schlanke Gestalt in Khaki-Uniform sprang heraus und kam direkt auf sie zu.

»Verdammt!«, murmelte Amanda unhörbar.

»Tut mir Leid, Captain, aber Ihre Anwesenheit auf dem Schiff ist dringend vonnöten.«

Commander Amanda Lee Garrett von der United States Navy stand seufzend auf und wischte sich den Sand vom Badeanzug. Die Zeit, die sie für sich allein hatte, war zu Ende.

»Okay, Lieutenant, was gibt's?«

Lieutenant Christine Rendinos Gesicht, das sonst stets äußerst ausdrucksvoll war, blieb betont neutral. »Das kann ich Ihnen auch nicht sagen, Ma'am. Der wachhabende Offizier hat mich losgeschickt, um Sie zu holen.«

»Verstehe. Na schön, dann gehen Sie ins Boot zurück und warten auf mich. Ich komme gleich nach.«

Amanda kniete sich in den Sand, um den Beutel aufzuheben, in der sie ihre Uniform verstaut hatte. Ihr neuer Bekannter hatte sich ebenfalls auf ein Knie erhoben. Er blickte sie ziemlich verblüfft, aber auch ein wenig bestürzt an.

»Man muss sich eben irgendwie seinen Lebensunterhalt verdienen«, sagte sie mit einem bedauernden Lächeln. »Es hat mich gefreut. Wenn es Sie tröstet – ich glaube, ich hätte ganz gern noch das eine oder andere Stündchen auf diese Weise verbracht.«

Einer plötzlichen Eingebung folgend beugte sie sich vor und streifte mit ihren Lippen ganz leicht über die seinen. Dann erhob sie sich und ging zum Boot hinunter. Die Pflicht rief.

Die beiden Außenbordmotoren des Schlauchbootes wirbelten Sand auf, während es zurückstieß, umdrehte und Kurs auf den Zuckerhut und Rios Innenhafen nahm.

Amanda saß auf einer der seitlichen Bänke, während Christine Rendino es sich mit ausgestreckten Beinen hinter dem Windschutz am Steuerstand bequem gemacht hatte. Es war eine äußerst nachlässige Haltung, wenn man bedachte, dass immerhin ein ranghöherer Offizier anwesend war – doch über solche Dinge hatte sich Lieutenant Rendino während ihrer militärischen Laufbahn noch nie allzu viele Gedanken gemacht.

Die aschblonde junge Frau war über das NROTC der University of California in den Militärdienst eingetreten. Sie hatte ihr Studium mit Auszeichnung abgeschlossen, doch auf Förmlichkeiten legte sie auch als Offizierin der US Navy keinen großen Wert. Zwei Dinge waren es, die ihr halfen, sich durchzusetzen: erstens, dass sie in ihrem Job sehr gut – ja man konnte sagen brillant war; und zweitens, dass innerhalb der Navy ohnehin die Ansicht vorherrschte, dass Nachrichtenoffiziere einer besonderen Spezies angehörten.

Außerdem hatten sich die beiden Frauen miteinander angefreundet, während sie gemeinsam im Pazifik Dienst taten. Als Amanda dann ihr eigenes Kommando übernahm, hatte sie sich bei all jenen, denen sie jemals einen Gefallen getan hatte, dafür eingesetzt, dass Christine mit ihr kam.

»Also, Chris, worum geht es eigentlich?«

»Ich weiß es wirklich nicht, Ma'am, aber ich schätze mal, dass es sich um etwas Ernstes handelt, eine Krisensituation, und dass wir vor Ort etwas dagegen unternehmen sollen.«

Jetzt, wo sie gleichsam unter sich waren, gab sie ihre sachlich-reservierte Haltung auf, die sie am Strand an den Tag gelegt hatte, und sprach so offenherzig, wie es ihre Art war.

»Irgendwelche Fakten?«

»Nicht viele. Vor etwas mehr als einer Stunde kam eine Nachricht von höchster Stelle rein – von CINCLANT*, mit höchster Priorität, Commander Hiro hat sofort reagiert: Alarmbereitschaft an Bord, Alarmstufe 1, erstens sollten wir Sie finden und zweitens alle Vorbereitungen zum Auslaufen treffen.«

»Du liebe Güte! Und ich hab ausgerechnet heute mein Handy nicht an Land mitgenommen. Sonst noch etwas?«

»Ja, die Defense Intelligence Agency hat alles Sigint-Datenmaterial** angefordert, das wir in den vergangenen 48 Stunden gesammelt haben.«

»Gibt es darin irgendetwas Interessantes zu finden?«

»Also, um die Wahrheit zu sagen, Captain, wir haben das Material noch gar nicht analysiert, seit wir hier in Rio vor Anker gingen. Es gab eben nichts Besonderes, auf das wir hätten achten müssen – und so haben wir einfach alles aufgezeichnet, was sich tat. Im Augenblick ist mein Team dabei, das Material zu bearbeiten, und bis Sie an Bord sind, haben wir bestimmt schon was gefunden.«

»Sie sind mir keine Erklärung schuldig, Chris«, entgegnete Amanda nachsichtig, holte ihre weiße Uniform aus der Einkaufstüte hervor und schüttelte sie ein wenig aus. »Wir haben es uns ja alle ein wenig gut gehen lassen in den letzten Tagen. Woher haben Sie überhaupt gewusst, wo Sie mich finden? Als ich das Schiff verließ, war

---

* Commander in Chief Liasion Atlanic

** Glossar auf S. 426

mir selbst noch gar nicht klar, dass ich an den Strand gehen würde.«

»Nun, wir sind hier in Rio. Jemand, der so auf Sandstrände und das Meer abfährt wie Sie musste früher oder später hier landen. Als mich Mr. Hiro mit dem Auftrag losschickte, ›den Skipper zu finden, aber plötzlich‹, da schnappte ich mir das Boot und ein gutes Fernglas und fuhr die Küste ab. Ich hielt einfach nach Rotschöpfen Ausschau, bis ich Sie schließlich entdeckte.«

»Gute Arbeit«, sagte Amanda und knöpfte ihre Uniformbluse über dem Badeanzug zu.

Lieutenant Rendino räusperte sich vernehmlich. »Wenn ich mir die Bemerkung erlauben darf, der Captain war vorhin am Strand auch nicht untätig.«

»Nein, Lieutenant, Sie dürfen es sich nicht erlauben. Nicht, wenn Sie Wert drauf legen, noch ein Weilchen länger Lieutenant zu bleiben.«

»Von mir erfährt keiner ein Sterbenswörtchen.«

»Wer's glaubt«, stieß Amanda hervor, während sie ihren Rock anlegte. »Sobald Sie den Wachraum betreten haben, werden Sie jedem, der's hören will, erzählen, dass ich am Strand an einer wilden Orgie teilgenommen habe.«

Sie zog den Reißverschluss an der Seite hoch und schlüpfte in ihre Pumps. Dann warf sie ihrer Nachrichten-Offizierin einen kurzen Blick zu. »Andererseits würde es gar nicht schaden, wenn einige Schnösel hier erfahren, dass ›die Lady‹ nicht nur als Captain gefragt ist.«

»Und ob, Skipper, und ob«, sagte Christine lachend.

Während sie die Landspitze umkurvten, kam das Hafenviertel von Rio in Sicht. Zwei von ihnen, die hier vor Anker lagen, waren Kriegsschiffe der US-NAVY. Das weiter entfernt liegende war eine nach dem FRAM-Programm modernisierte Fregatte der Perry-Klasse, an derem Heck eine Pantonplattform für Taucher dümpelte. Das andere, etwas größere der beiden war Amandas Schiff – DDG-79, die USS *Cunningham.*

Sie war noch nicht lange Kommandantin des Schiffes und verspürte jedes Mal ein Gefühl von innerer Erregung und Stolz, wenn sie es erblickte. Wäre sie schon etwas länger in ihrer Position gewesen, dann hätte sie gewusst, dass diese Gefühle nie ganz verschwanden.

Ein NAVY-Angehöriger der alten Schule, der den Zweiten Weltkrieg und die 1960er Jahre miterlebt hatte, wäre über diesen Anblick einigermaßen verblüfft gewesen. Zum einen hätte er nicht vermutet, dass es sich bei einem Schiff dieser Größe um einen Zerstörer handeln könnte. Die *Cunningham* maß etwa 175 Meter von ihrem Clipperbug bis zum stark angeschrägten Heck und erreichte somit die Länge eines schweren Kreuzers. Sie hätte wohl auch eine fast ebenso große Verdrängung gehabt, wären nicht bei ihrem Bau vorwiegend Aluminiumlegierungen und hochfeste Kunststoff-Materialien verwendet worden.

Von den massigen, rechtwinkligen Decksaufbauten und den überladenen Masten, die ein drei Viertel Jahrhundert lang so typisch für den amerikanischen Marineschiffbau gewesen waren, war hier nichts mehr zu sehen. Stattdessen erhob sich gleich achtern der Mittschiffslinie ein niedriges Deckhaus mit schräg ansteigenden Wänden, das an die Silhouette eines Atom-U-Boots erinnerte. An der Vorderseite befanden sich die Fenster der Brücke, die von den rechtwinkligen Flachantennen des SPY-2A umgeben waren; dabei handelte es sich um ein so genanntes vehementes Aegis-System, welches für Aufklärung und Feuerleitung gleichermaßen eingesetzt wurde.

Auch die dreibeinigen Masten gab es nicht mehr. An ihrer Stelle verfügte das Schiff über einen freistehenden Mastaufbau, der ein stromlinienartiges Gesamtbild bot.

Eingelassen in den achterlichen Bereich des Deckshauses befanden sich die aufeinander abgestimmten Sende- und Empfangseinheiten, und der gute alte ›Weihnachtsbaum‹ mit seinen Zweigen aus Radarschüsseln und Bettfieberantennen war durch so genannte SMART SKIN-Segmente ersetzt worden.

Insgesamt wirkten die Umrisse des Schiffes glatt und abgerundet, sodass man sich an Titelblätter von Science-Fiction-Zeitschriften aus den 1940er Jahren erinnert fühlte. Selbst die verschiedenen Installationen, die man üblicherweise auf den Decks vorfand, waren auf die eine oder andere Weise in den Rumpf eingebaut. Bei genauer Betrachtung konnte man feststellen, dass das Schiff über der Wasserlinie so gut wie keine abgekantete Flächen oder rechte Winkel aufwies. Alle Ecken und Kanten waren abgerundet, und selbst das Sturmdeck war nicht eben, sondern ganz leicht gewölbt.

Der Grund dafür lag nicht in dem Streben nach Stromlinienform im eigentlichen Sinn, sondern vielmehr darin, dass die ›Duke‹, wie sie auch genannt wurde, das erste Hochsee-Kriegsschiff der Welt war, das dank modernster Stealth-Technologie in der Lage war, sich gleichsam eine ›Tarnkappe‹ aufzusetzen, um vom feindlichen Radar unentdeckt zu bleiben. Die Form ihres Rumpfes bot kaum Oberflächen und Konturen, wie sie für ein Radar-Echo nötig waren. Darüber hinaus hatte man den Rumpf mit den neuesten radarabsorbierenden Materialien (RAM) beschichtet. Und die Anlagen zur elektronischen Kriegführung im Wert von rund einer viertel Milliarde Dollar gehörten zum Modernsten, was an militärischer Technologie zu haben war.

Die ›Tarnkappe‹ der *Cunningham* beruhte zu einem gewissen Teil auch auf dem Anstrich, mit dem das Schiff versehen war; der für die Marine typische graue Farbton war durch ein matteres Grau ersetzt worden, das nicht so leicht zu erkennen war und das auch bei den Flugzeugen auf US-Flugzeugträgern verwendet wurde.

Von dort hatte man auch die Verwendung einer schwer erkennbaren Konturschrift für Name und Nummer übernommen.

Außerdem waren die Schiffswände von der Reling bis zur Wasserlinie mit dunkleren geschwungenen Streifen versehen, die ein Veteran aus dem Zweiten Weltkrieg als eine Spielart des damals schon verwendeten Tarnanstrichs angesehen hätte. Das Ganze erinnerte ein wenig an die Zeichnung eines Tigerhais und diente, nebenbei bemerkt, auch so ziemlich dem gleichen Zweck; die Streifen verwischten die Umrisse des Schiffs und machten es somit bei schlechten Wetter- und Sichtverhältnissen weniger gut erkennbar.

Aber da gab es noch etwas, das unseren Betrachter aus alten Navy-Tagen einigermaßen verblüfft hätte: Für ein Schiff dieser Größe wirkte die *Cunningham* außergewöhnlich leicht bewaffnet. Die einzigen erkennbaren Armierungen waren zwei Geschütztürme – einer direkt vor dem Deckshaus, der andere achtern auf dem Brunnendeck.

Doch der Schein trog. Die Duke war imstande, eine kleine Flotte zu versenken, einen Flugzeugverband vom Himmel zu holen oder ein Städtchen dem Erdboden gleichzumachen. Gewisse Kreise vertraten sogar die – weder bestätigte noch dementierte – Ansicht, dass die *Cunningham* ganz allein einen Kleinstaat erfolgreich bekämpfen könne.

Nachdem das Schlauchboot die Landungsbrücke erreicht hatte, erklangen von der Schiffsglocke vier klare Töne, und aus den Decklautsprechern ertönte etwas blechern: »*Cunningham,* Ankunft.« Als Amanda das Achterdeck erreichte, salutierte sie vor der Flagge. So wie viele Generationen von Kommandanten vor ihr nutzte sie diesen Moment, um sich einen ersten Überblick über den Zustand ihres Schiffes zu verschaffen.

Sie nahm ein schwaches Vibrieren tief aus dem Inneren des Rumpfes wahr, außerdem ein leises Dröhnen aus den beiden Schornsteinen hoch oben auf den Aufbauten. Wahrscheinlich waren die Maschinisten gerade dabei, das Anti-Infrarot-System an Backbord zu testen.

Die Decksmannschaft war damit beschäftigt, Instandhaltungswerkzeug unter Deck zu bringen, während sich achtern ein Trupp beeilte, die Abschirmung um den Aufzug am Hubschrauberdeck anzubringen. Wie sooft hatte man sich diese äußerst heikle Arbeit bis zuletzt aufgehoben.

Nachdem Amanda sich von der Flagge abgewandt hatte, kam gerade ihr Erster Offizier aus einer Luke an Deck. Lieutenant Commander Kenneth Hiro war ein Japano-Amerikaner der vierten Generation, und er war ein Erster, wie ihn sich ein Captain nur wünschen konnte. Was ihn auszeichnete, war sein Organisationstalent; er wusste punktgenau, was wann auf dem Schiff getan werden musste. Und das Beste war – je mehr Verantwortung man ihm übertrug, umso mehr konzentrierte er sich auf seine Arbeit.

Er trug einen Kopfhörer der mobilen Sprechanlage über dem kurz geschnittenen schwarzen Haar und ein Computer-Pad unter dem Arm, als er auf sie zukam.

»Guten Tag, Captain. Tut mir Leid, dass ich Ihnen den Urlaubstag verderben musste … Einen Augenblick. Ich bin gleich wieder bei Ihnen.«

Er beugte sich über die Reling aus PVC und Nylon und rief einem Mann in einem Schlauchboot zu: »He, De Lancy, fahren Sie an Land und holen Sie die Leute zurück, die Landurlaub haben.«

Hiro wandte sich Christine Rendino zu, die sich zu ihnen gesellt hatte, und blickte sie anerkennend an. »Gut gemacht, Lieutenant. Sie haben den Skipper so schnell zurückgebracht, dass wir nicht noch ein weiteres Boot losschicken mussten.«

»Unsere Christine ist eben eine sehr fähige junge Offizierin, die es garantiert noch weit bringen wird – vorausgesetzt, sie landet nicht vorher am Galgen«, merkte Amanda an. »Okay, Ken, verraten Sie mir, was Sie mit meinem Schiff vorhaben und vor allem warum.«

»Wie der Lieutenant Ihnen bestimmt schon mitgeteilt hat, haben wir die Anweisung erhalten, dass wir in Alarmbereitschaft zu einem möglichen Krisenherd auslaufen müssen. Ansonsten hat man mir nur gesagt, dass ich Sie so schnell wie möglich finden soll.«

»Na schön, da bin ich. Schiffsstatus?«

»Alle Wartungsarbeiten wurden augenblicklich beendet. Vom Maschinenraum habe ich erfahren, dass das Gebläse des Black-Hole-Systems backbords repariert ist. Die Arbeiten sind so gut wie beendet. Die Waffenabteilung hat eine Reihe von Gefechtssimulationen an der Feuerleitanlage durchgeführt, aber sie sollten in wenigen Minuten das Trainingsprogramm beendet und die Anlage gefechtsbereit haben.«

»Was ist mit den Leuten auf Landurlaub?«

»Ich habe schon ein Kommando losgeschickt, um sie zu holen. Außerdem habe ich die brasilianische Küstenwache gebeten, dass sie uns hilft.«

Amanda überlegte kurz, ob Hiro vielleicht irgendeine Maßnahme entgangen war, doch es überraschte sie keineswegs, dass er an alles gedacht hatte.

»Sehr gut, Ken. Sagen Sie den Leuten im Kommunikationsraum, dass sie eine Milstar-Verbindung zum CINCLANT für mich herstellen sollen – sagen wir ... in zehn Minuten. Legen Sie mir das Gespräch in die Kajüte.«

»Aye aye, Ma'am.«

»Chris, Sie sehen in Raven's Roost nach, ob Ihre Leute etwas herausgefunden haben. Ich schätze, das wird eine recht spannende Einsatzbesprechung werden, und ich möchte da nicht völlig unvorbereitet reingehen.«

»Aye, aye«, antwortete die jüngere Frau, während sie bereits auf die Luke zusteuerte.

»Ken, noch etwas. Hat die *Boone* eigentlich den gleichen Einsatzbefehl bekommen wie wir?«

»Nein, Captain. Und sie wird auch keinen bekommen. Ich habe vorhin mit ihrem Ersten gesprochen. Es hat sich bestätigt, dass die Vibrationen auf seinem Schiff von einem Sprung in einem Schraubenflügel herrühren. Sie sind erst mal außer Gefecht.«

»Dem Himmel sei Dank. Einen solchen Einsatz zusammen mit einer Perry durchführen zu müssen – das ist, als ob man *Schwanensee* mit einem Eimer am Fuß tanzen soll.«

Amanda drehte sich um und machte sich zu ihrer Kajüte auf. »Sagen Sie allen Abteilungs-Offizieren, dass wir eine Operationsgruppe in der Messe einberufen, sobald ich Näheres weiß.«

Das Quartier des Kommandanten auf einem Zerstörer der Cunningham-Klasse war ein Kompromiss, der niemanden so recht zufrieden stellte – schon gar nicht die Marineoffiziere, die in diesen Quartieren leben mussten. Man hatte beabsichtigt, die herkömmliche Hafen- sowie die Hochsee-Kajüte in einer Suite zu vereinen. Dementsprechend befand sich das Quartier direkt unter der Brücke, sodass auch nachts die schweren Schritte des Wachhabenden zu hören waren.

Die Kajüte war in ein Büro, eine Schlafkoje und einen Wohnraum unterteilt, die alle gleichermaßen winzig waren. Das vordere Schott folgte der geschwungenen Form der Schiffsaufbauten, so dass es beinahe unmöglich war, den wenigen Raum, den man hatte, einigermaßen vernünftig zu nutzen. Schließlich war da auch noch die Abwärme, die von den umgebenden Systemen hereindrang und die Klimaanlage eindeutig überforderte. Als Folge davon war es in der Kajüte stets ziemlich stickig – es sei denn, man befand sich gerade im Bereich eines Nordatlantik-Blizzards.

Der Schweiß und einige Sandkörner begannen Amanda unter den Kleidern zu kitzeln, kaum dass sie die Kajüte betreten hatte. Für einen Augenblick überlegte sie, ob die Rettung der westlichen Welt genug Aufschub duldete, um sich noch schnell eine Dusche zu genehmigen. Sie entschied sich für einen Kompromiss, indem sie lediglich den obersten Knopf ihrer Uniformbluse öffnete, ehe sie an ihrem Schreibtisch Platz nahm. Kaum hatte sie sich gesetzt, als auch schon die Bordsprechanlage läutete.

»Captain.«

»Hier Chris, aus Raven's Roost. Meine Leute haben was rausbekommen. Ich kann bestätigen, dass es sich um eine große lokale Sache handelt – wenn es auch noch keine Kampfhandlungen gibt. Wie es scheint, spielt es sich rund um Argentinien ab.«

»Irgendwelche Einzelheiten?«

»Wir haben uns gerade um den lokalen Militärfunkverkehr gekümmert – und es ist ganz klar, dass auf den Standardfrequenzen der Argentinier einiges los ist. Zwar gibt es keine allgemeine Mobilmachung, aber es tut sich auf jeden Fall einiges.«

»Irgendetwas von den Briten unten in Mount Pleasant?«

»Negativ, Skipper, das ist außerhalb unserer Reichweite. Unser Nachrichtendienst-Material kommt von den nordargentinischen Stützpunkten und ihren Nachrichtensatelliten. Die eigenen Elint-Satelliten haben wir noch nicht zu Rate gezogen. Mit denen gibt's wieder ein anderes Problem, weil die ganze Palette dranhängt – Air Force, Navy, National Security Agency, Elint, Aufklärung, Wetter und Kommunikation. Wie es aussieht, bemühen sie sich gerade, die südliche Halbkugel besser zu erfassen. Immerhin – es muss schon etwas sehr Wichtiges passieren, damit man den Satelliten andere Aufgaben überträgt.«

»Wie sieht's mit den Ländern in der Umgebung aus?«

»Bei den Uruguayern und den Brasilianern sind keine Änderungen festzustellen. Alles ruhig.«

»Und die Medien weltweit? Bringen sie schon etwas darüber?«

»Nein, gar nichts. Die Sache ist noch absolut geheim.«

»Könnte es sich wieder um die Falkland-Inseln handeln?«, fragte Amanda.

»Kann sein. Irgendetwas in der Art. Das Einzige, was wir noch festgestellt haben, ist, dass sich gestern früh auf den zivilen Frequenzen des United States Antarctic Research Program und des British Antarctic Survey einiges getan hat. Dann war aber plötzlich fast absolute Funkstille. Ich weiß noch nicht, ob das irgendwie von Bedeutung ist. Ich kann erst mehr darüber sagen, wenn wir das Material genauer unter die Lupe genommen haben.«

»Okay, bleiben Sie dran, Chris. Wir sehen uns dann in der O-Gruppe.«

Amanda legte den Hörer auf und lehnte sich mit dem Stuhl die paar Zentimeter zurück, die sie Platz hatte. Sie biss sich auf die Unterlippe, während sie über all das nachdachte, was sie von den früheren Geschehnissen in diesen Gewässern wusste. Ob auch ihr Schiff bald eine bedeutende Rolle dabei spielen würde? Ein leichter Schauer lief ihr über den Rücken, ähnlich dem Gefühl, das man hatte, wenn man sich mit einem neuen Geliebten traf – eine Mischung aus Aufregung und Angst.

Sie ließ ihren Stuhl wieder nach vorn kippen und griff nach dem Telefon. »Kommunikation, Captain hier. Ich bin bereit, die CINCLANT-Verbindung zu übernehmen.«

Sie wartete auf den Signalton und begann dann langsam und überlegt: »Hier spricht Commander Amanda Lee Garrett, Kennung Sweetwater Tango-zero-three-five.«

Ihre Worte wurden von der Glasfaser-Verbindung hinunter in den Funkraum übertragen und von dort hinauf zu einem gyro-stabilisierten Laser-Projektor auf den Antennenanlagen des Schiffs. Über einen modulierten Lichtstrahl wurden sie zu einem Milstar-B-Nachrichtensatelliten hinaufgeschickt, der sich in einer synchronen Umlaufbahn hoch über dem Südatlantik befand, und von dort hinüber zu einem Schwestersatelliten, der über der Nordhalbkugel schwebte. Von diesem Satelliten wurde die Nachricht zu einer Empfangsanlage weitergeleitet, die sich auf dem Dach eines ganz bestimmten Hauses in dem riesigen Marine-Operationskomplex der Vereinigten Staaten in Norfolk, Virginia, befand.

Als die Worte dort eintrafen, wurden sie sogleich von einem Sicherheitssystem mit ihrem Stimmmuster verglichen, das zusammen mit den Stimmen aller anderen aktiven und Reserveoffiziere der US Navy im Computer gespeichert war. Ein einziges Wort erschien auf dem Bildschirm.

»Verified.«

Die Antwort machte sich auf die Reise.

»Hier Vize-Admiral Elliot MacIntyre. Kennung Iron-Fist-November-zero-two-one. Guten Tag, Captain Garrett. Wir haben eine Aufgabe für Sie …«

Washington D.C.
20. März 2006, 17:20 Uhr

Für Außenminister Harrison Van Lynden stellte das Ende einer langen Reise stets den Beginn einer neuen dar.

Nachdem er aus dem Jetliner ausgestiegen war, der ihn aus Neuseeland hierher gebracht hatte, wartete ›Marine Three‹ bereits mit laufendem Rotor auf ihn. Ein zehnminütiger Hubschrauberflug brachte ihn von Dulles International zur Andrews Air Force Base, wo ihn schon ein anderes Flugzeug erwartete; in diesem Fall war es eine riesige Boeing Seven Century SST.

Es war dies die VC-31-Variante der Air Force, ein Transportflugzeug mit dem blau-weißen Anstrich der Executive Squadron. Da diese Maschinen sehr häufig zu diplomatischen Missionen des Außenministeriums herangezogen wurden, bezeichnete man sie auch gerne als ›Kissinger-Express‹.

Der Secretary of State war ein hagerer, freundlicher Mann aus New England. Er war Mitte vierzig und bewegte sich mit der Leichtigkeit und Energie eines viel jüngeren Mannes – und das auch, wenn er – wie in diesem Fall – unter einem dreizehnstündigen Jetlag litt. Abgesehen von einer kurzen Tätigkeit als Marineoffizier hatte er sein gesamtes Erwachsenenleben im diplomatischen Dienst der Vereinigten Staaten zugebracht. Er hatte es bis ans Ziel seiner beruflichen Wünsche geschafft, weil er in seinem Job sehr gut war – und er war deshalb gut, weil er seine Arbeit liebte.

Für Van Lynden war die internationale Diplomatie ›The Great Game‹, ein faszinierendes Spiel mit ganz bestimmten Regeln. Das Geben und Nehmen in Verhandlungen auf allerhöchster Ebene, die Art und Weise, wie man damit große Politik, ja sogar Geschichte machte – das alles war für ihn ein Hochgenuss. Es ging ihm sogar über eine schöne Runde Poker, seine zweite große Leidenschaft.

Während er nun die fahrbare Gangway zur Maschine hochstieg, fühlte Van Lynden, wie eine wohlvertraute Spannung sich in ihm aufbaute. So wie ein Hühnerhund, der eine erste Witterung aufnahm, spürte auch er, dass hier eine große Herausforderung auf ihn wartete.

Sein Stellvertreter für Lateinamerikanische Angelegenheiten, Steven Rosario, wartete schon auf ihn, als er in die Kabine kam.

»Guten Abend, Mr. Secretary. Tut mir Leid, dass wir Ihren Urlaub unterbrechen mussten.«

»Kein Problem, Steve«, antwortete Van Lynden. »Ich hoffe nur, irgendjemand hat mir ein wenig frische Wäsche organisiert. Außer dem Anzug, den ich trage, habe ich nämlich nichts als ein paar schmutzige Anglerklamotten bei mir.«

»Ist alles geregelt, Sir. Mrs. Van Lynden hat zwei Koffer voll für Sie geschickt. Ich soll Ihnen außerdem einen lieben Gruß von ihr ausrichten. Sie wäre selbst gekommen, wenn sie nicht wüsste, dass Ihnen das nicht recht wäre.«

»Aha, dann bin ich ihr also völlig ausgeliefert, was die Wahl der Krawatten betrifft. Nun gut. Ich werd sie anrufen, sobald wir in der Luft sind. Haben wir einen kompletten Krisenstab an Bord?«

»Jawohl, Sir. Wir können gleich loslegen.«

»Gut. Nachdem Sie das Ganze leiten, Steve, nehme ich an, dass wir uns nach Südamerika begeben.«

»Sir?«

Van Lynden lachte über das verblüffte Gesicht des jüngeren Mannes. »Das Gasthaus, wo ich wohnte, war zum Glück ziemlich abgelegen. Hätte der Fahrer nicht wie verrückt auf die Tube gedrückt, dann hätte ich den letzten Direktflug in dieser Woche von Wellington in die USA wohl kaum erwischt. Da blieb mir keine Sekunde Zeit für einen Anruf, um mich nach Einzelheiten zu erkundigen. Ich habe also nicht die leiseste Ahnung, wo ich hin soll.«

»Äh – Buenos Aires, Mr. Secretary.«

Van Lynden lächelte und klopfte Rosario auf die Schulter. »Nun, das ist ja schon einmal etwas.«

Grünliche Flammen schossen aus den Düsen des großen Transportflugzeugs hervor, als es von der Luftwaffenbasis Andrews abhob und über dem Atlantik steil emporstieg, weg von der untergehenden Sonne. Die Boeing durchbrach die Schallmauer und beschleunigte weiter bis zur dreifachen Schallgeschwindigkeit, mit der sie üblicherweise unterwegs war. Schließlich schlug sie die Speedbird-South-Luftstraße nach Argentinien ein.

Das riesige Flugzeug verfügte über ein eigenes komfortables Besprechungszimmer, wo zunächst die Anwesenden einander vorgestellt wurden.

»Mr. Secretary, darf ich Ihnen Dr. Caroline Towers von der National Science Foundation vorstellen, zur Zeit Leiterin des United States Antarctic Research Program.«

Van Lynden schüttelte der hübschen schlanken Frau im eher konventionellen Hosenanzug die Hand. Sie war etwa Mitte vierzig und hatte kurz geschnittenes braunes Haar, das von der Sonne gebleicht schien. Ihre Hand war rau von der Arbeit, und ihr Händedruck dementsprechend kräftig. Van Lynden vermutete, dass diese Frau, in welchem Fach sie auch ihren Doktor gemacht hatte, bestimmt nicht der Typ war, der sich monatelang in Labors verkroch oder mit Papierkram abgab.

»Dr. Towers ist so etwas wie unsere diplomatische Repräsentantin in der Antarktis«, fügte Rosario hinzu.

»In der Antarktis? Am Südpol?«

»Jawohl, Sir. Das ist unser Krisenherd.«

»Schön, also willkommen an Bord, Doktor. Kommt nicht oft vor, dass wir von Ihrem Ende der Welt etwas hören.«

Dr. Towers nickte zustimmend. »Für gewöhnlich lösen wir unsere Probleme sozusagen innerhalb der Familie, Mr. Secretary. Zumindest war es bis jetzt so. Ich hoffe, Sie können uns helfen, den Schlamassel zu bereinigen, den wir im Augenblick haben.«

»Das hoffe ich auch, was immer es auch sein mag«, erwiderte Van Lynden und ließ sich in einen der Sessel sinken, die rund um den Konferenztisch standen. »Können Sie und Steve mir die Situation näher erläutern? Zunächst einmal nur die wichtigsten Fakten, bitte.«

»Ich fürchte nur, dass es schon bald sehr kompliziert wird«, erwiderte sie und zog das Control-Pad, das auf dem Tisch stand, zu sich her.

Sie drückte ein paar Tasten, worauf ein Bildschirm aufleuchtete, der ins vordere Schott eingebaut war. Er zeigte eine hochauflösende Landkarte des antarktischen Kontinents. Auf einen weiteren Tastendruck hin begann sich der linke obere Quadrant auszudehnen, bis er den gesamten Bildschirm ausfüllte. Schließlich sahen sie ein gebirgiges, eisbedecktes Stück Land vor sich, das in Richtung Südamerika weit ins Meer hineinragte.

»Mr. Secretary, das ist die Antarktische Halbinsel. Der Name ist ein Kompromiss, der vergleichsweise jüngeren Datums ist. Die Briten haben es lange Zeit Graham's Land genannt. Die Chilenen bezeichneten es als O'Higgins Land, die Argentinier wiederum kannten es als die San-Martin-Halbinsel, während wir es Palmer nannten. Jeder Staat setzte seinen Namen auf die Landkarten. Man weigerte sich, die Bezeichnungen der anderen anzuerkennen – aus Angst, damit auch die entsprechenden Gebietsansprüche zu billigen. Wir vom USARP haben gehofft, dass all diese politischen Plänkeleien der Vergangenheit angehören. Wie es aussieht, haben wir uns geirrt.«

Sie drückte erneut ein paar Tasten auf dem Control-Pad. 15 Leuchtpunkte erschienen entlang der Küste der Halbinsel und auf den Inseln, die vor der Küste lagen. Daneben waren die Nationalfarben der jeweiligen Länder angebracht.

»Wie Sie sehen, unterhalten zur Zeit einige Länder Forschungseinrichtungen in diesem Gebiet. Wir haben Palmer Station, Russland hat Bellinghausen, und Polen betreibt die Station Arktowsky. Außerdem sind noch Argentinien, Chile und Großbritannien hier vertreten.

Palmer Station und die europäischen Einrichtungen sind vergleichsweise klein – sie haben so zwischen sechs und zwanzig Mitarbeiter, je nach der Jahreszeit. Sie beschäftigen sich fast ausschließlich mit wissenschaftlicher Forschung. Die Stützpunkte der Südamerikaner sind größer – es sind fast schon kleine Kolonien, die die territorialen Ansprüche ihrer Regierungen stützen sollen.«

»Augenblick, Doktor. Wurden nicht mit dem Antarktisvertrag von 1961 alle Gebietsansprüche beseitigt?«

»Nein, Mr. Secretary, das ist ein weit verbreitetes Missverständnis. Durch den Vertrag von 1961 wurden die Gebietsansprüche sozusagen auf Eis gelegt – und das so lange, wie der Vertrag gültig ist. Keiner der Signatarstaaten – einschließlich der USA – haben je auf ihre Ansprüche verzichtet. Der Vertrag hindert die beteiligten Staaten auch nicht daran, Maßnahmen zu treffen, um ihre Ansprüche durchzusetzen.«

»Was für Maßnahmen meinen Sie?«

»Oh, sie könnten Gouverneure einsetzen und sogar ständige Bewohner auf der Antarktis haben.«

»Was?«, riefen Van Lynden und Rosario wie aus einem Mund.

»Nun auf der chilenischen Basis habe ich junge Leute unter zwanzig getroffen, die – von gelegentlichen Ferien abgesehen – ihr ganzes Leben auf dem Eis verbracht haben.«

»Das ist ja unglaublich, Doktor.«

»Nicht wirklich, wenn man es recht bedenkt. Chile und Argentinien hatten schon immer ein ausgeprägtes Interesse an der Antarktis, eine Art ›schicksalhafte Verbindung‹ mit dem Kontinent, könnte man sagen. Sie nehmen ihre Ansprüche sehr ernst – jedenfalls ernster, als wir uns das je vorgestellt haben.«

Sie wandte ihre Aufmerksamkeit wieder dem Bildschirm an der Wand zu. »Nun, wie auch immer … gestern früh um halb neun Uhr Washingtoner Zeit empfing man in der Palmer Station« – neben einem der Punkte, die die Forschungsstationen anzeigten, leuchtete die amerikanische Flagge auf – »einen Notruf von einem kleinen britischen Forschungsschiff, das vor der britischen Station auf den Süd-Orkney-Inseln vor Anker lag.«

Eine britische Flagge erschien neben der nordöstlichen Spitze der Landzunge.

»Jemand meldete, dass argentinische Truppen die Station mit Gewalt einnehmen würden. Als Palmer Station eine Bestätigung zu erlangen versuchte, kam weder von dem Forschungsschiff noch von der britischen Station eine Antwort. Weitere Nachforschungen haben ergeben, dass keiner der Stützpunkte des British Antarctic Survey auf der Halbinsel mehr erreichbar war. Der Stationskommandant von Palmer rief daraufhin den Ausnahmezustand aus und verständigte unsere Hauptniederlassung am McMurdo-Sund.«

Dr. Towers blickte zum Stellvertreter des Außenministers hinüber. »An diesem Punkt sollte Mr. Rosario weitermachen, denke ich.«

Rosario nickte und begann den Bericht fortzuführen. »Nachdem der befehlshabende Admiral des Antarctic Support Command von der Sache erfuhr, leitete er eine sofortige Untersuchung in die Wege. VXE-6, das Navy-

Geschwader für polare Operationen, hatte zu dem Zeitpunkt eine C-17, ausgerüstet für Foto-Aufklärung, auf einem Erkundungsflug über dem Weddelmeer – und man schickte die Maschine zu den Süd-Orkney-Inseln. Das Flugzeug konnte ebenfalls keine Verbindung mit den Briten herstellen, und so beschloss man, die Station aus geringer Höhe unter die Lupe zu nehmen.«

Rosario hatte das Control-Pad an sich genommen und aktivierte damit einen zweiten Bildschirm. Eine Reihe von Schnappschüssen kam ins Bild; sie zeigten weiß gekleidete Gestalten rund um einige grün bemalte Gebäude. Danach waren in Großaufnahme Männer mit Sturmgewehren zu sehen, ebenfalls in weißer Tarnkleidung. Schließlich kam ein Kriegsschiff mit breitem Bug ins Bild; das Geschütz auf dem Vordeck war direkt in die Kamera gerichtet. Und als letztes war ein Foto von einem kleinen Motorsegler zu sehen, der gekentert war und nun auf der Seite im Eis trieb; an seinem Rumpf waren mehrere Einschusslöcher zu erkennen.

»Bei den Argentiniern handelt es sich um Spezialeinheiten des Marinekorps, *Buzo Tactico* genannt. Das Schiff ist ein Eisbrecher der argentinischen Kriegsmarine. Alles andere kann man ja den Bildern entnehmen. Unser Flugzeug hat das Gebiet mehrere Minuten lang überflogen. Sie schossen Fotos und versuchten nebenbei, Kontakt mit den Briten aufzunehmen. Schließlich wurden sie von den Argentiniern darauf aufmerksam gemacht, dass sie argentinischen Luftraum verletzten. Man forderte sie auf zu verschwinden; wenn nicht, würde man das Feuer eröffnen.«

»Augenblick mal, Steve. Dr. Towers, wem würden diese Inseln gehören, wenn die Gebietsansprüche in der Antarktis nicht eingefroren wären?«

Die Leiterin von USARP zuckte die Schultern. »Das ist eine gute Frage. Chile, Argentinien und Großbritannien – sie alle stellen Ansprüche auf die Antarktische Halbinsel und die vorgelagerten Inseln. Die Briten können sich darauf berufen, dass sie das Gebiet entdeckt und als Erste in Besitz genommen haben. Die Südamerikaner wiederum pochen auf ihre Nachbarschaft – und auch darauf, dass sie ebenfalls Stützpunkte gegründet haben. Aber auch die Vereinigten Staaten und Russland waren am Wettlauf um die Entdeckung dieser Gebiete maßgeblich beteiligt und leiten daraus Ansprüche ab. Da die ersten Entdecker keine sehr genauen Karten anfertigten, gab es immer wieder Konflikte um die Grenzen zwischen den einzelnen Zonen.«

»Im Augenblick ist es anscheinend so, dass der Besitz eines Gebietes Rechtfertigung genug ist«, warf Rosario ein. »Unsere Nachrichtendienste berichten, dass Argentinien in einem genau geplanten Militäreinsatz alle vier britischen Stationen auf der Halbinsel an sich gerissen hat.«

Van Lynden runzelte die Stirn. »Was ist mit dem Personal auf den britischen Stationen?«

»Das ist eine der wenigen Fragen, die Buenos Aires uns bisher beantwortet hat. Mit einer Ausnahme sind alle Briten wohlauf. Sie sollen schon bald über Chile in ihre Heimat zurückgebracht werden. Die eine Ausnahme, von der ich sprach, ist der Kapitän des britischen Forschungsschiffes. Die Argentinier behaupten, dass er getötet wurde, als sie – ich zitiere – ›gezwungen waren, Verteidigungsmaßnahmen zu ergreifen‹.«

Einer der Drucker begann zu summen und leise zu knarren. Rosario drehte seinen Stuhl herum und nahm das Blatt Papier heraus, das von dem Gerät ausgespuckt wurde.

»Wir haben da eine neue Schätzung der Defense Intelligence Agency über die Truppenstärke der Argentinier, Mr. Secretary.«

»Lassen Sie hören.«

»Wir können davon ausgehen, dass wir es auf jeder der britischen Stationen sowie auf jedem der sekundären argentinischen Stützpunkte mit ihren Spezialeinheiten *Buzo Tactico* zu tun haben. Auf ihrem Hauptstützpunkt haben sie ein ganzes Gebirgsjägerbataillon eingeflogen, dazu leichte Artillerie und Hubschrauber. Im Augenblick haben sie rund 2000 Mann auf der Halbinsel stationiert.«

Der Außenminister musste an seine Zeit als Leutnant bei den Marines zurückdenken, wo ihm einiges über die Logistik bei Operationen im Kampfgebiet beigebracht worden war. Was immer die Argentinier vorhatten – sie riskierten jedenfalls eine ganze Menge. Eine Operation von diesem Umfang und Schwierigkeitsgrad ging höchstwahrscheinlich an die Grenzen dessen, was sie in Bezug auf Truppentransport und Nachschub zu leisten vermochten.

»Die erste Frage, die sich mir aufdrängt, ist: Warum?«, sagte Van Lynden schließlich. »Warum sollten sie ein solches Unternehmen starten, das Argentiniens Beziehungen zu den Großmächten zweifellos über Jahre hinaus beeinträchtigen wird? Warum dieser Aufwand um ein Gebiet, das doch vor allem für die Wissenschaft von Interesse ist?«

»Möglicherweise deshalb, weil die Antarktis das letzte Gebiet dieser Erde ist, dessen Bodenschätze noch völlig unberührt sind«, antwortete Dr. Towers in nüchternem Ton. »Unsere mineralogischen Untersuchungen haben Hinweise auf riesige Metallvorkommen ergeben: Kupfer, Titan, Eisen, Silber, ja sogar Uran und Gold. Die Südamerikaner haben sich in ihren Forschungen viel mehr als wir auf diesen Bereich konzentriert. Wahrscheinlich haben sie bereits einige besonders reiche Vorkommen entdeckt.

Außerdem wissen wir, dass die Antarktis die größten Kohlevorkommen der Welt beherbergt; und die Öl- und Gasvorkommen dürften dreimal so groß sein wie jene von Alaska.«

»Aber was sollte das irgendjemandem nützen, wenn man diese Reichtümer ohnehin nicht abbauen kann?«

»Bis vor kurzem war das so, Mr. Secretary. Die nahezu undurchdringliche Eisdecke der Antarktis und die extremen Klimabedingungen machten jede kommerzielle Nutzung unmöglich. Aus diesem Grund blieb die Umwelt auf dem Kontinent auch so lange nahezu unberührt.«

»Wahrscheinlich war das auch der Grund, warum wir überhaupt den Vertrag von 1961 zustande brachten«, merkte Rosario an. »Keiner der Signatarstaaten hatte irgendetwas zu verlieren.«

»Völlig richtig«, stimmte Dr. Towers zu, »aber die Zeiten und die Technik ändern sich. In Alaska, Kanada und Sibirien wurden die Ölbohrung und der Abbau von Rohstoffen allgemein immer weiter nach Norden ausgedehnt, bis über den Polarkreis hinaus. Bald wird man genauso gut in der Antarktis arbeiten können.«

»Solche Dinge verstoßen aber im Moment gegen internationales Recht, nicht wahr?«, fragte Van Lynden.

»Richtig. Das Abkommen von Wellington aus dem Jahr 1991 hat das Bergbauverbot um weitere 50 Jahre verlängert«, antwortete Dr. Towers.

Eine gewisse Verärgerung und Frustration machte sich in ihrer Stimme bemerkbar. »Viele von uns, die wir auf der Antarktis zu tun haben, wünschten sich etwas wirklich Dauerhaftes. Und eigentlich dachten wir bis jetzt, dass wir es auch erreicht hätten.«

»Ein internationales Naturschutzgebiet?«

»Genau, Mr. Secretary. Über mehrere Jahrzehnte hinweg haben die Signatarstaaten des Vertrages immer wieder darüber nachgedacht, die Antarktis zu einem einzigen großen Naturschutzgebiet zu erklären – und zwar unter der Schirmherrschaft der Vereinten Nationen. So sollte der gesamte Kontinent in seiner ursprünglichen Gestalt erhalten bleiben und lediglich zu wissenschaftlichen Zwecken genutzt werden – abgesehen vielleicht von einem begrenzten Tourismus.«

»Aber ist es nicht immer bei der Absicht geblieben, Doktor?«, wandte Rosario ein. »Mir scheint zwar, dass die Vereinigten Staaten in den letzten Jahren der Idee eines Naturschutzgebietes sehr positiv gegenüberstanden – aber unter den Signatarstaaten gab es einfach keinen Konsens.«

»Wie ich schon sagte, Mr. Rosario – die Zeiten ändern sich. Gerade in den vergangenen Monaten gab es intensive Bemühungen vonseiten der Vertreter der Wissenschaft. Wir haben es sogar geschafft, einige jener Staaten zu überzeugen, die sich bisher noch gegen eine solche Entwicklung stellen. Bei der nächsten Vollversammlung der Unterzeichnerstaaten des Antarktisvertrages diesen Juli hätten wir durchaus die nötige Mehrheit erlangen können, um das Naturschutzgebiet zu verwirklichen.«

Dr. Towers beugte sich über den Tisch, und ihre Stimme nahm an Intensität zu. »Das kommende Jahr, also 2007, wurde zum zweiten Internationalen Geophysikalischen Jahr erklärt. Dazu ist ein umfassendes geowissenschaftliches Programm geplant, in das die Wissenschaft weltweit eingebunden ist. Es wird dies das erste große internationale Forschungsprojekt im 21. Jahrhundert sein.

Der ursprüngliche Antarktisvertrag war eine direkte Folge des ersten Geophysikalischen Jahres von 1957. Das Komitee, das sich mit der Entwicklung des Projekts ›Naturschutzgebiet Antarktis‹ befasst, könnte sich keinen besseren Beitrag zur internationalen wissenschaftlichen Zusammenarbeit vorstellen, als diese Idee nun endlich zu verwirklichen.«

Dr. Towers lehnte sich in ihrem gepolsterten Stuhl zurück. »Zumindest hatten wir uns das Ganze so gedacht.«

Van Lynden hob eine Augenbraue. »Muss ich noch fragen, wer sich gegen das Vorhaben gestellt hat?«

»Argentinien und Chile haben alles getan, um das Projekt zum Scheitern zu bringen. Auch Brasilien war dagegen, wenn auch nicht so vehement. Die brasilianischen Interessen in der Antarktis sind nicht von so großer nationaler Bedeutung. Die Argentinier allerdings wollen uns nun offensichtlich nicht mehr nur mit Worten bekämpfen.«

»Man könnte fast ein wenig Verständnis für sie aufbringen«, wandte Rosario ein. »In den letzten Jahrhunderten wurde weltweit ausgebeutet, was nur ging. Und jetzt, wo sie sich anschicken, sich auch an dem Spiel zu beteiligen, da werden plötzlich die Regeln geändert, und man verbietet es ihnen.«

»Da mag ja was dran sein, Steve, aber vergessen Sie nicht, die Argentinier haben militärische Gewalt eingesetzt – und das gegen einen engen Verbündeten der Vereinigten Staaten. Außerdem missachten sie einen Vertrag, den wir auch unterzeichnet haben. So wie ich unseren Chef kenne, wird er das nicht so einfach hinnehmen.«

»Tut er auch nicht, Sir.«

Rosario hob seine Aktentasche auf den Tisch und öffnete das Sicherheitsschloss. Er holte eine dunkelblaue Mappe hervor, die das aufgeprägte goldene Amtssiegel des Präsidenten zeigte, und reichte sie Van Lynden.

»Ihre Instruktionen, Mr. Secretary. Wenn ich kurz zusammenfassen darf: In Buenos Aires sollen Sie versuchen, direkt mit Präsident Sparza zu sprechen. Dabei müssten sie sich über die Absichten der Argentinier Gewissheit verschaffen und darauf hinweisen, dass die Vereinigten Staaten diese Vorgehensweise aufs Schärfste verurteilen. Außerdem sollen Sie darauf drängen, dass die argentinische Regierung ihre Truppen unverzüglich zurückbeordert und sich an den Antarktisvertrag von 1961 hält.«

»So wie ich das sehe, ist das als sehr ernste Forderung gemeint.«

»Durchaus, Sir. Der Präsident hat auch eine offizielle Protestnote mitgeschickt, die Sie Präsident Sparza überreichen sollen. Eine Kopie des Textes ist in Ihren Instruktionen enthalten.«

»Sehr gut. Nun, hat man auch schon militärische Maßnahmen ergriffen?«

»Jawohl, Sir. Das Oberkommando der Atlantikflotte wurde angewiesen, Streitkräfte nach Süden zu schicken. Und auch britische Truppen sind schon auf dem Weg. CINCLANT wird Ihnen jederzeit weitere Informationen liefern.«

»Schön.« Van Lynden öffnete die Mappe, die vor ihm auf dem Tisch lag. Er rückte seine Brille zurecht und überflog die einleitenden Absätze. Nach einer Weile blickte er auf.

»Ach, übrigens, haben die Argentinier auch gegen andere Stationen feindliche Maßnahmen gestartet – die der Chilenen oder der anderen europäischen Staaten?«

»Uns ist nichts bekannt – außer der Drohung, die gegen unser Flugzeug ausgesprochen wurde«, antwortete Dr. Towers. »Die Chilenen scheinen mit den Argentiniern zu kooperieren. Zumindest gibt es einen normalen Funkverkehr zwischen ihren Stationen. Sie haben mit allen anderen den Kontakt abgebrochen, und sie lassen auch keine ausländischen Flugzeuge auf ihrem Gebiet landen. Das ist eine weitere Verletzung des Antarktisvertrages ... das heißt, ich habe ganz vergessen, dass der Vertrag nun wohl nicht mehr allzu viel wert ist.«

»Oh, das ist schwer zu beurteilen, Doktor«, erwiderte der Secretary of State und wandte seine Aufmerksamkeit wieder den Instruktionen zu. »Wir werden schon sehen, sagte der Blinde.«

Rio de Janeiro
20. März 2006, 18:00 Uhr

So wie auf allen Kriegsschiffen der Welt diente die Messe der *Cunningham* den Offizieren als Speiseraum, Wohnraum und darüber hinaus auch als zusätzliches Arbeitszimmer. Die Messe war ihr Zuhause, solange sie auf See waren. Und sie hatten alle ihren Beitrag dazu geleistet, dass es tatsächlich ein möglichst gemütlicher Ort war. Der herkömmliche graue Linoleum-Fußboden war mit einem marineblauen Teppich bedeckt und der lange Tisch durch einige bequeme lederbezogene Sitzmöbel aus Dänemark ergänzt worden. An einem Schott befand sich eine luxuriöse Stereo- und Video-Anlage mit CD-Schrank, während die übrigen Schotte mit ›Redwood‹ verkleidet waren, was dem Ganzen einen sehr wohnlichen Charakter verlieh – auch wenn das ›Holz‹ in Wirklichkeit feuerfestes Kunststoffmaterial war.

An den Schotten hatte man außerdem eine immer größer werdende Sammlung von Erinnerungsstücken zur Schau gestellt. Da waren Fotografien vom Stapellauf und auch von jenem Tag, als das Schiff in Dienst gestellt wurde, und daneben eine fast leere Tafel mit den bisherigen Einsätzen. Auch eine riesige Vergrößerung des offiziellen Schiffskennzeichens war zu sehen – eine runde Fläche, die in zwei Hälften unterteilt war und die oben einen hellblauen Himmel und unten die dunklere See zeigte; am Horizont konnte man die Silhouette der Duke erkennen. Ihr Name und ihre Identifikationsnummer waren ganz oben in goldener Schrift eingetragen, während ihr Wahlspruch entlang des unteren Halbkreises zu lesen war: ›*Zuschlagen und verschwinden*‹.

Links und rechts von der Luke, die nach achtern führte, befanden sich zwei ganz besondere Stücke. Backbords stand ein kleiner Glasschrank, in dem das Pilotenabzeichen eines Marinefliegers lag – ein Geschenk von jenem Mann, dessen Name das Schiff trug: Konteradmiral Randy ›Duke‹ Cunningham, legendäres Flieger-As aus der Vietnam-Ära.

An der Steuerbordseite war ein weiteres Geschenk ausgestellt: ein Gemälde von einem Seefahrer für Seefahrer, das größtenteils in Blau-, Grau- und Silbertönen gehalten war. Das Bild zeigte ein eher ungewöhnliches Zerstörergeschwader, das in Staffelformation über die aufschäumende See lief. Im Vordergrund war die *Cunningham* selbst zu sehen, die die Formation anführte. Dahinter fuhr ein riesiger Zerstörer der Spruance-Klasse, gefolgt von einer schnittigen Charles F. Adams aus den 1960er Jahren und einer Fletcher aus dem Zweiten Weltkrieg. Ganz im Hintergrund schließlich war noch einer der typischen ›Vier-Schornsteiner‹ aus dem Ersten Weltkrieg zu erkennen.

Ganz unten am Eichenholzrahmen hatte man eine Bronzetafel angebracht, auf der die letzte Strophe von Kiplings Gedicht ›Die Zerstörer‹ zu lesen war:

Die Kraft von zweimal dreitausend Pferden,
die einem Kommando unterstehn;
die Hand, die all der Kraft gebietet,
die Wut, die tief im Innern glüht:
Der Pfeil, der aus dem Dunkel schnellt
den Feind zu zerschmettern droht,
und immer voran durch die tosende Gischt –
die Herrn über Leben und Tod!

Neben seinen verschiedenen anderen Verwendungszwecken wurden in der Offiziersmesse auch die Sitzungen der Operationsgruppe abgehalten.

Ins Leben gerufen wurde dieser Kommando-Stil von den britischen Streitkräften, wo er in den 1970er Jahren im Rahmen des Special Air Service seine volle Ausprägung erfuhr. Diese Gruppen bestanden aus den Kommandeuren und den leitenden Offizieren sowie den Abteilungs-Chefs. Ihr Zweck bestand darin, Einsatzpläne und taktische Maßnahmen gemeinsam zu erörtern und so zu entsprechenden Lösungen zu gelangen.

Viele Offiziere der alten Schule lehnten diese Operationsgruppen schlichtweg ab. Sie behaupteten, dass sie die Autorität des Kommandanten untergruben und ihn bis zu einem gewissen Grad in der Führung des Schiffes ersetzten. Doch Amanda Garrett hielt viel von dieser Art der Entscheidungsfindung – war sie doch ohnehin nie von der Annahme ausgegangen, dass der Kommandant eines Schiffs die Allmacht verkörpern müsse.

Sie ließ den Blick über die kleine Gruppe von Männern und Frauen schweifen, die sich um den Tisch versammelt hatten, und dachte mit einer gewissen Dankbarkeit, dass sie über ein wirklich gutes Team verfügte. Mit manchen von ihnen, wie etwa Ken Hiro und Christine Rendino, war sie schon früher auf anderen Schiffen zusammen gewesen, bis sie sie jetzt in ihre eigene Mannschaft geholt hatte. Bei anderen wiederum hatte sie ganz einfach großes Glück gehabt. Man müsste schon dumm sein, wenn man auf ihre Beiträge verzichten wollte – und dumm war Amanda ganz gewiss nicht.

»… so stellt sich also, kurz gesagt, die Lage dar. Sobald wir mit den Einsatzvorbereitungen fertig sind, machen wir uns unverzüglich zur Drake-Passage auf. Dort warten wir auf Verstärkung oder neue Befehle, je nachdem was zuerst eintrifft. Irgendwelche Fragen oder Anmerkungen?«

Sie blickte in die Runde, während die Offiziere ihre Worte überdachten und überlegten, inwieweit ihr jeweiliger Bereich davon betroffen war.

Hiro war der Erste, der sich zu Wort meldete. »Ohne Begleitschiffe wüsste ich nicht, was für Vorbereitungen wir noch treffen sollten. Wir müssen mit dem auslaufen, was wir haben – es sei denn, die Brasilianer sind bereit, uns mit Vorräten und Gerät auszuhelfen. Ansonsten bliebe uns nur zu warten, bis das Zeug eingeflogen wird.«

»Es gibt noch eine andere Möglichkeit, Ken. Nachdem wir die *Boone* direkt neben uns haben, können wir uns ja von ihr aushelfen lassen. Wir können alles anfordern, was wir brauchen, und es mit den Hubschraubern an Bord transportieren.«

»Es dürfte Commander Stevens nicht sehr gefallen, wenn wir sein Inventar derart durcheinander bringen, Skipper.«

»Ich kann's nun mal nicht ändern, Ken. Ich muss zum Südpol, während er mit einer kaputten Schiffsschraube nach Hause tuckert. Wenn er sich stur stellt, erinnern Sie ihn daran, dass ich um vier Monate dienstälter bin als er. Und falls das nicht funktioniert, dann verbinden Sie ihn direkt mit mir. CINCLANT wird uns in dieser Sache gewiss unterstützen.«

»Meinen Sie auch Treibstoff, Captain?«, fragte Chefingenieur Carl Thomson.

Lt. Commander Thomson war ein groß gewachsener kräftiger Mann von sehr ruhiger Art, der es mittlerweile nicht mehr allzu gern hörte, wenn man ihn vom Äußeren her mit John Wayne verglich. Er war Anfang vierzig und damit der älteste der Offiziere auf der *Cunningham*; eigentlich hätte er schon einen höheren Dienstgrad bekleiden können, wenn er nicht mehr an Schiffssystemen interessiert gewesen wäre als an Karriereplanung.

»Wie sieht's mit dem Sprit aus, Chief?«, fragte Amanda.

»Siebenundsechzig Prozent.«

»Ich glaube nicht, dass wir uns lange damit herumplagen sollten, Treibstoff von der *Boone* herüberzuleiten. Sehen Sie zu, ob die Brasilianer uns nicht ein Tankschiff rüberschicken können. Wenn nicht, wenden wir uns an die Briten und bunkern in Port Stanley nach. Wie sieht's mit den Maschinen aus?«

»Keine größeren Probleme.«

Amanda musste ein wenig lächeln. Sie kannte Thomson gut genug, um zu wissen, dass damit der Antrieb des Schiffes in nahezu perfektem Zustand war, soweit man das eben nach menschlichem Ermessen sagen konnte.

Ihre Aufmerksamkeit wandte sich ihrem Taktik-Offizier, TACCO genannt, zu.

»Okay, Dix, hat die Waffenabteilung dasselbe zu berichten?«

First Lieutenant Dixon Lovejoy Beltrain sah ganz und gar nicht so aus, wie man sich einen Menschen vorstellte, der tagein tagaus vor dem Computer saß. Der blonde TACCO entsprach vielmehr dem Idealbild eines Quarterback im American Football, was er im Übrigen an der Universität von Alabama auch gewesen war.

Dennoch gehörte er jener ersten Generation von jungen Leuten an, die vom Kindergarten an mit dem Computer aufgewachsen waren. Er bediente das Feuerleitsystem des Zerstörers mit einer Selbstverständlichkeit, als wäre es bloß ein billiges Videospiel.

»Das Aegis-II-System und alle sekundären Oberflächen- und Luftsensoren sind tipptopp, Ma'am. Dasselbe gilt für das U-Boot-Abwehr-System. Alle Feuerleit- und Waffensysteme sind einsatzbereit.«

»Und die Munition?«

»Alle Torpedorohre sind geladen. Auch die Phalanx-Magazine sind voll. Aufgrund der Waffentests fehlt es uns im Moment ein wenig an 76-mm-Munition für die Oto Melaras, aber ich schätze, da kann uns die *Boone* aushelfen. Was das Senkrechtstart-System betrifft …«

Er wandte sich seinem Computer-Pad zu und rief eine

Liste auf, aus der hervorging, inwieweit die Waffensysteme mit der entsprechenden Munition versorgt waren. »Momentaner Stand bei den Schiff-Schiff-Raketen: 36 Harpoon II, zwölf Standard HARM, zwölf Sea SLAM und zwölf SCM. An Anti-U-Boot-Waffen haben wir 36 ASROC-Senkrechtstarter und vier Aquahawks. Bei den Luft-Luft-Raketen sind es 48 LORAIN und 28 ESSM. Für Spezialmissionen bleiben noch vier BRAVE-Drohnen und eine Zenith.«

Beltrain blickte auf. »Wir verfügen außerdem über ausreichend zusätzliche Sprengköpfe und Lenksysteme. Das einzige kleine Problem ist beim Testen der Harpoons aufgetreten. Da braucht es ein paar kleinere Reparaturen, glaube ich.«

»Vergessen Sie's und schicken sie sie mit der *Boone* nach Hause. Ach, und wenn Sie schon dabei sind – schicken sie die Aquahawks gleich mit.«

»Aber die sind doch völlig in Ordnung, Ma'am«, entgegnete Beltrain ein wenig missmutig.

»Ja – außer dass sie immer wieder mal den Dienst verweigern, sogar wenn wir sie kurz zuvor durchgecheckt haben. Sehen Sie, Dix, ich weiß, dass Sie und General Dynamics diese Dinger für das Beste halten, was wir in der U-Boot-Abwehr zur Verfügung haben, und ich respektiere Ihre Meinung – aber bei diesem Einsatz könnte es tatsächlich Ernst werden, und ich will nicht wertvollen Raum mit Waffen vergeuden, die nicht wirklich zuverlässig sind. Tauschen Sie sie auf der *Boone* gegen etwas anderes ein, was immer Sie für sinnvoll halten – Hauptsache, es funktioniert.«

Beltrain gab nach. »Aye aye, Ma'am«, antwortete er lächelnd und nickte kurz.

Amanda ging von den Angriffs- zu den Verteidigungssystemen über.

»Wie steht's mit Ihren Leuten, Mr. McKelsie?«

»Wir sind bereit, Captain.«

»Und die Black-Hole-Systeme?«

»Wie ich schon sagte, alles klar.«

Lieutenant McKelsie war der Offizier für elektronische Abwehrmaßnahmen (ECM) und das Stealth-System und verwaltete somit das gesamte Arsenal an aktiven und passiven elektronischen Verteidigungsanlagen, das der *Cunningham* zur Verfügung stand. Er war ein etwas schroffer, abweisender Mensch von äußerst schlanker Statur und mit etwas schütterem rotem Haar. Dementsprechend harsch war auch sein Stil im Umgang mit seinen Untergebenen, was Amanda nicht sehr gefiel. Sie hegte den Verdacht, dass er im Stillen keine allzu hohe Meinung von Frauen hatte. Andererseits verstand er viel von seinem Job und sorgte dafür, dass in seinem Bereich alles bestens funktionierte – und das war sehr viel wert, wenn man bedachte, welch hohe Verantwortung er trug. Außerdem hatte er Amandas Autorität noch nie offen in Frage gestellt … zumindest bis jetzt nicht.

»Ensign, wie steht's mit den Hubschraubern?«

Obwohl sie nichts dafür konnte, war Ensign Nancy Delany ein Schwachpunkt in der momentanen Operationsgruppe – sie verfügte nämlich über so gut wie keine praktische Erfahrung. Frisch aus der Flugschule gekommen, war sie nun im Begriff, ihren ersten richtigen Hochsee-Einsatz zu absolvieren. Da sie der einzige Hubschrauberpilot war, der zur Zeit auf der *Cunningham* Dienst tat, war sie automatisch für das Fluggerät verantwortlich. Insofern hatte sie alles in ihrer Macht Stehende getan, um sich selbst und ihre Einheit auf die Aufgabe vorzubereiten.

»Wir sind bereit, Captain«, antwortete sie mit leiser Stimme. »Sicher können wir ein paar Ersatzteile gebrauchen, aber ich müsste mich erst mit meinem Crew-Chief absprechen, um eine genaue Liste zu bekommen.«

»Das ist nicht nötig. Wir holen uns die ganze Luftabteilung der *Boone* an Bord – Helikopter, Personal, Ersatzteile, einfach alles. Ken, gibt's dabei irgendein Problem?«

»Eigentlich nicht, Captain. Wir sind ohnehin darauf eingerichtet, mit zwei Hubschraubern zu operieren. Es ist nur so, dass wir im Lagerraum für Ersatzteile größtenteils andere Dinge gelagert haben.«

»Na ja, das Zeug schaffen wir woandershin, damit wir Platz bekommen.«

»Aye, aye.«

Sie wandte sich wieder der jungen Frau zu. »Noch was, Ensign. Wahrscheinlich hat der Hubschrauberpilot der *Boone* einen höheren Rang als Sie. Tut mir Leid, aber wie es aussieht, werden Sie aus unserer erlauchten Runde rausgedrängt.«

»Ist schon in Ordnung, Ma'am. Ich werd's überleben.« Die kleingewachsene brünette Frau schien über diese Tatsache fast ein wenig erleichtert zu sein.

»Chris, wie sieht es bei Ihnen aus?«

»Alles klar, Skipper«, antwortete die Nachrichtendienst-Offizierin von ihrem Platz am Ende des Tisches aus. »Ich habe Zugang zu allen Informationsquellen, die wir in diesem Fall brauchen.«

»Erzählen Sie mal.«

»Okay, Leute, Folgendes: Wir stellen unten in Raven's Roost unsere Standard-Datenbank zusammen. Von der DIA bekommen wir das übliche Material – Informationen über Klima, Geografie und Ozeanografie, des Weiteren die militärischen Gegebenheiten der beteiligten Staaten sowie die neuesten Karten und Satellitenfotos.

Vom Außenministerium erhalten wir einen politischen Situationsbericht über den Operationsschauplatz und laufend neueste Informationen hinsichtlich der Lage. Oh, und noch etwas: Ich habe mich mit dem Antarctic Support Command und der Küstenwache in Verbindung gesetzt, damit sie uns mit Material über die Bedingungen am Südpol versorgen; schließlich müssen wir ja wissen, was uns da unten erwartet. In einigen Stunden sollten wir alles zur Verfügung haben – es ist dann von allen Terminals aus zugänglich.«

Amanda nickte anerkennend. »Gute Arbeit, besonders das mit dem Material über den Südpol – das werden wir bestimmt brauchen. Können Sie uns kurz das Wichtigste über die Streitkräfte erzählen, mit denen wir es vielleicht zu tun bekommen?«

»Aber klar«, antwortete die Nachrichten-Offizierin und nickte. Als Einzige der Gruppe hatte sie kein Computer-Pad vor sich. Christine war einer der seltenen Menschen, die über ein fotografisches Gedächtnis verfügten. Kaum jemals musste sie auf Notizen oder sonstiges Hilfsmaterial zurückgreifen, und trotzdem zogen die Schiffskameraden ihre Aussagen nicht mehr in Zweifel. Sie hatten sie schon zu viel Geld gewinnen sehen, wenn sie mit irgendeinem anderen Navy-Angehörigen wettete, dass sie eine x-beliebige Stelle aus *Jane's All The World's Warships,* dem Standardwerk über die Kriegsschiffe dieser Welt, korrekt zitieren konnte.

»Okay, Leute«, begann Christine, »unser potentieller Feind sind in diesem Fall die Argentinier. Diese Kerle stellen eine Militärmacht dar, die man nicht unterschätzen darf. Dementsprechend sollten wir auch handeln.«

»Ich dachte, die Briten hätten ihnen im Jahr '82 ordentlich in den Hintern getreten«, wandte Beltrain ein.

»Das stimmt schon, aber die Leistung der einzelnen argentinischen Einheiten im Falkland-Krieg war sehr unterschiedlich – manche waren erbärmlich, andere hingegen ziemlich gut. Aber dieselben Leute, die damals Unteroffiziere, Kompaniekommandanten oder Decksoffiziere waren, sind mittlerweile in höhere Ränge aufgestiegen. Wir können davon ausgehen, dass die Jungs das eine oder andere dazugelernt haben.

Neben der Marine, den U-Boot-Streitkräften und der Marineluftwaffe könnten wir es auch noch mit ihrer eigentlichen Luftwaffe zu tun bekommen. Die *Fuerza Aerea Argentina* ist ziemlich gut – ja, sie ist wahrscheinlich die beste und professionellste Luftwaffe in Südamerika. Die Jungs haben die Briten Blut und Wasser schwitzen lassen. Sie haben fünf Schiffe versenkt und zehn weitere ziemlich schlimm erwischt. Im Augenblick verfügen sie über rund 350 Flugzeuge, von denen etwa 150 gefechtstauglich sind. Der Großteil davon sind Pampas-Jagdflugzeuge, die direkt in Argentinien gebaut wurden, ein typischer leichter Jäger: begrenzte Reichweite, ebenso begrenzte Luft-Luft-Möglichkeiten und nicht unbedingt nacht- und allwettertauglich. Man wird diese Flugzeuge kaum jemals in größerer Entfernung vom Festland sehen.

Außerdem haben sie ungefähr 40 Dessault-Rafale-Maschinen, die Export-Ausgabe des französischen taktischen Jägers. Liebe Leute, das ist in der Tat ein ziemlich unangenehmes Flugzeug. Gute Reichweite, gute Sensoren, gute elektronische Kampfsysteme; außerdem ist es nacht- und allwettertauglich und kann große Mengen von ziemlich widerlichen Sprengkörpern abwerfen – und das noch dazu mit beängstigender Präzision.«

»*Vive la France*«, murmelte einer der Anwesenden.

»Diese netten kleinen Rafale sind oft mit HARM-Lenkwaffen und Störkapseln ausgestattet. Außerdem verfügen die Argentinier über einen Schwarm Lockheed Hercules-Maschinen, die sie zur Luftbetankung einsetzen. Ihre Frühwarnsysteme haben sie an umgebauten Boeing 737-400-Verkehrsflugzeugen angebracht, die mit israelischem Elta-Phalcon-Radar ausgerüstet sind.«

»Hat ihre Luftwaffe auch Maschinen, die speziell für die Schiffsbekämpfung taugen?«, wollte Amanda wissen.

Christine schüttelte den Kopf. »Nein, das ist der *Aeronaval Argentina* vorbehalten. Zum Glück für uns ist ihnen ihr britischer Flugzeugträger aus dem Zweiten Weltkrieg vor einigen Jahren auseinander gefallen. Sie haben bisher noch keinen Ersatz dafür angeschafft. Stattdessen haben sie ihre landgestützten Seestreitkräfte weiterentwickelt, haben einige IDS-Tornados der ehemaligen deutschen Kriegsmarine übernommen und sie von Fiat in Italien umbauen lassen. Die Flugzeuge wurden völlig erneuert, verbesserte Triebwerke wurden eingebaut und alle Bordsysteme auf den neuesten Stand gebracht. Mit diesen Maschinen machen sie hauptsächlich Jagd auf unliebsame Schiffe; als Waffe verwenden sie dabei AM-44-Exocet-Raketen.«

Amanda hob eine Augenbraue. »Haben Sie noch mehr so gute Nachrichten für uns?«

»Oh, jede Menge. Eine der Schwächen der Argentinier im Falkland-Krieg war ihr Mangel an Langstrecken-Suchflugzeugen. Sie haben dieses kleine Problem mittlerweile gelöst, indem sie eine halbe Staffel Dessault Atlantique-ANG-Patrouillenflugzeuge anschafften. Sie werden oft gemeinsam mit den Tornados eingesetzt, und die beiden Flugzeugtypen tauschen ihre Daten ständig untereinander aus. Das ist schon ein ganz nettes Gespann.«

»Klingt ja ganz so, als hätten die argentinischen Streitkräfte einen richtigen Modernisierungsschub hinter sich«, stellte Ken Hiro fest.

»Das haben sie auch. Argentinien hat stark von dem allgemeinen Wirtschaftsaufschwung in Südamerika profitiert, und die gegenwärtige Regierung hat beträchtliche Mittel für die Entwicklung der Streitkräfte lockergemacht. Das wirkt sich in allen Bereichen aus.«

»Gilt das auch für ihre U-Boot- und Überwasserstreitkräfte?«

Die Intel-Offizierin nickte ihrem Captain zu. »Jawohl. Was die U-Boote betrifft, so stellen sie von deutschen Modellen mehr auf schwedische Produkte um, auf die Kockums 471-B. Sie haben zwei davon, neben ihren alten Thyssen 1700ern. Die Thyssen dürften aber schon etwas altersschwach sein. Ich glaube nicht, dass sie noch richtig gefechtstauglich sind.«

Amanda runzelte die Stirn, während sie daran dachte, was sie über die Kockums-U-Boote gehört hatte. Sie verfügten über eine Anti-Sonar-Verkleidung, einen Diesel-Elektro-Antrieb und sechs Torpedorohre.

»Ich würde sagen, es hätte schlimmer kommen können«, stellte Dix Beltrain fest und gab damit haargenau Amandas Gedanken wieder. »Ein Dieselboot wird in dem Sauwetter, wie wir's in der Drake-Passage zu erwarten haben, wahrscheinlich Probleme bekommen.«

»Mhm. Und je mehr offenes Meer wir um uns herum haben, umso weniger werden sie ausrichten können. Wir müssen versuchen, uns so weit wie möglich von der Küste entfernt zu halten. Erzählen Sie weiter, Chris.«

»Das Herzstück der argentinischen Überwasser-Streitkräfte ist ebenfalls deutschen Ursprungs. Die Flotte besteht aus vier Zerstörern der Meko-360-Klasse und einem halben Dutzend Fregatten der 140er-Klasse. Sie sind etwa 20 Jahre alt, aber erst kürzlich runderneuert und modernisiert worden.

Außerdem haben sie auch ein paar neue Einheiten – drei italienische Zerstörer der Animoso-Klasse. Zwei von ihnen sind vor allem für den Luftabwehrkampf bestimmt und dafür mit Raumverteidigungs-Systemen des Typs Aerospatiale/Thomson-CSF-Aster ausgerüstet. Der dritte im Bunde ist ein modifizierter Hubschrauber-Träger mit großem Hangar, ein richtiges Flaggschiff, das entweder zwei EH-101-Merlin oder vier Lynx-Mark-V-Hubschrauber aufnehmen kann. Diese Einheiten operieren für gewöhnlich als Verband und sind sehr hoch einzuschätzen.«

»Unsinn, Rendino«, wandte McKelsie trocken ein. »Das sind italienische Schiffe, die für den Einsatz im Mittelmeer gebaut wurden. Mit dieser Ausrüstung können sie mich kein bisschen beeindrucken.«

Auf Christines Gesicht war Verärgerung zu erkennen, und sie beugte sich über den Tisch, ehe sie erwiderte: »Das sind gute Schiffe und gute Flugzeuge, und sie werden bedient von Männern, die mit ziemlicher Sicherheit wissen, wie man damit umgeht. Etwas anderes anzunehmen wäre ziemlich dumm, würde ich meinen.«

»Genug, Chris«, wandte Amanda mit ernster Miene ein. Sie war bisher immer in der Lage gewesen, mit McKelsie fertig zu werden, aber Christine und der ECM-Chef gerieten einander bei jeder Gelegenheit in die Haare. Amanda hatte so ihre Bedenken, wie die beiden im Ernstfall zusammenarbeiten würden.

»Lieutenant Rendinos Argument ist nicht von der Hand zu weisen, Mr. McKelsie«, fuhr sie fort. »Viele Schiffe, Schlachten und Kriege sind schon verloren gegangen, weil ein Gegner, dem es keiner zugetraut hätte, plötzlich zu kämpfen verstand. Arroganz ist eine Schwäche, die ich an Bord der *Cunningham* nicht dulden werde.«

McKelsie wollte schon antworten, doch Amanda blickte ihm unverwandt in die Augen, so dass er schließlich kurz mit dem Kopf nickte. »Wie Sie meinen, Captain.«

Amanda musste ein Seufzen unterdrücken. Sie hatte keine unmittelbare Lösung für dieses Problem parat, und es blieb nicht genügend Zeit, um danach zu suchen. »Machen Sie weiter, Chris. Gibt es noch irgendetwas von Bedeutung?«

»Sie haben da noch einige alte französische Fregatten der A-69-Klasse und eine Hand voll von diesen neuen Sparviero-1200-Tonnen-Tragflächenbooten. Letztere sind aber mehr für den Einsatz in Küstennähe gedacht. Ich glaube kaum, dass man sie auf offener See zu sehen bekommt.«

»Wie steht es mit strategischen Aufklärungs-Systemen?«

»Die Argentinier haben einen Aufklärungssatelliten zu rein militärischen Zwecken in der Umlaufbahn. Es handelt sich um ein Mitsubishi-Modell mit Thomson-CSF- und SOFMA-Systemen. Der Satellit verfügt neben den optischen Möglichkeiten auch über Sigint- und Elint-Systeme. Er kann außerdem thermografische Abbildungen liefern.«

Amanda richtete sich in ihrem Stuhl auf. »Genug, um uns in Schwierigkeiten zu bringen?«

Christine hob entschuldigend die Schultern. »Da bin ich mir nicht sicher. Ich habe bei der DIA hinsichtlich weiterer Informationen über die Systeme des Satelliten nachgefragt. Ich würde aber sagen, dass vieles von der taktischen Situation und den Wetterbedingungen abhängt.«

»Sonst noch etwas?«

»Das wäre so ziemlich alles. Die Brasilianer verfügen über einen recht leistungsstarken Satelliten zur Rohstoffsuche, und dann wäre da noch das kommerzielle französische SPOT-System, das gemietet werden kann. Die bewegen sich aber eher in der Äquator-Ebene. Wenn wir erst etwas weiter südlich sind, können sie uns wohl nicht mehr beobachten.«

Amanda nickte. »Also gut, Ladys und Gentlemen. Ich denke, das sollte uns fürs Erste genügen. Jetzt wollen wir zusehen, dass wir das Material von der *Boone* unter Dach und Fach bekommen. Wenden Sie sich bitte an Commander Hiro – er wird Ihnen die Einzelheiten für Ihre Abteilungen bekannt geben. Vergessen Sie nicht, ich möchte um 24 Uhr klar zum Auslaufen sein.«

Sie wollte schon aufstehen, zögerte dann jedoch. Nach einem Augenblick des Überlegens begann sie erneut zu sprechen. »Das ist so was wie ein Meilenstein für die Duke, unser erster richtiger Einsatz. Ich schätze, ich sollte jetzt irgendeine große Rede schwingen, aber mir fällt wirklich nichts mehr ein, was noch gesagt werden müsste. Während der Monate, die wir jetzt zusammengearbeitet haben, hat jeder von Ihnen 110 Prozent für dieses Schiff gegeben. Ich kann mir nicht vorstellen, dass Sie nun plötzlich weniger leisten werden. Also, packen wir's an.«

Norfolk, Virginia
20. März 2006, 20:00 Uhr

Jenseits der kilometerlangen Trockendocks und Landungsstege an der Mündung des Elizabeth River befindet sich auf dem Gelände der Marine-Schiffswerft von Norfolk ein besonders bemerkenswertes Gebäude. Es ist ein vierstöckiges Haus mit zwei Stockwerken über und zwei unter dem Erdboden, dessen Grundriss ungefähr der Größe eines Fußballfeldes entspricht. Eine ganze Reihe von Lagerhäusern aus dem Zweiten Weltkrieg mussten niedergerissen werden, um Platz für das Gebäude zu schaffen. Mit seinen fensterlosen, bunkerartigen Wänden soll es jede Art von Attacke, vielleicht mit Ausnahme eines Nuklearschlags, unbeschadet überstehen können.

Das Dach ist mit einem halben Dutzend verschiedener Antennen bestückt, und unter der Erde führen Panzerkabel in allen Richtungen, um so direkte Verbindungen zu anderen wichtigen Kommando- und Kommunikationszentralen zu schaffen. Die beiden Eingänge des Gebäudes sind nicht nur durch Stahltüren und Fernsehkameras gesichert, sondern werden außerdem ständig von aufmerksamen Wachposten im Auge behalten. All dies weist auf die Bedeutung hin, die diesem Haus und allem, was sich darin befindet, zukommt. Die einzigen Gebäude, die von der Fleet Marine Reaction Force mit der gleichen Akribie abgesichert werden, sind die Nuklearwaffen-Depots der US Navy.

Doch bei all dem Aufwand, mit dem das Gebäude bewacht wird, ist ihm in keiner Weise anzusehen, wie wichtig es ist und welchen Zweck es erfüllt. Neben dem Haupteingang ist in weißer Farbe ein einfaches Akronym aufgemalt: OPCENT LANTFLEETCO, was soviel bedeutet wie Operations Center, Atlantic Fleet Command.

Der Oberbefehlshaber der Atlantikflotte, Vizeadmiral Elliot MacIntyre, stand am Balkongeländer des Dienst habenden Offiziers und blickte auf die Operationszentrale der Zweiten Flotte hinunter. In dem gedämpften Licht der Monitore von zwei Dutzend Workstations ging die Flaggwache ihrer Arbeit nach. Am anderen Ende des Raumes zeigte der Bildschirm des riesigen Haupt-Displays in rot, blau und golden leuchtenden Linien die Umrisse des Gebietes, für das der Vizeadmiral die Verantwortung trug – ein Gebiet, das sich vom Panamakanal bis zur Straße von Gibraltar erstreckte und vom Nordpol bis zur Antarktisküste.

Hunderte von Symbolen krochen langsam über die riesige Karte. Ein kurzer Blick genügte MacIntyre, um die Position jedes wichtigeren Oberflächenschiffs auszumachen und dazu noch die jedes Unterseeboots, Flugzeugs und Raumschiffs, das sich innerhalb des Reviers der Zweiten Flotte bewegte.

Genau das war der Daseinszweck dieser Zentrale und ihres Zwillingsgebäudes in Pearl Harbour. Sie waren ein Produkt der ›Flaggenkrise‹ der 1980er und 1990er Jahre des vergangenen Jahrhunderts, als die Flottenoperationen mit Luft-, Überwasser- und U-Boot-Streitkräften immer komplexer und unüberschaubarer zu werden begannen.

Dementsprechend war der Bedarf nach besserer Kommandostruktur, Steuerung und Kommunikation sowie nach effizienterer Geheimdienstarbeit gestiegen. Die seegestützten Systeme waren einfach nicht mehr in der Lage, diesem wachsenden Bedarf gerecht zu werden. Obwohl man mit den Schiffen der Mount Whitney-Klasse über herausragende Schaltzentralen verfügte, war die Notwendigkeit von zusätzlichen Kommunikationskanälen und größerer Computerunterstützung nicht zu übersehen.

Die Antwort war die Schaffung von Operationszentralen auf dem Festland. Diese Schaltzentralen wurden nach dem neuesten Stand der Technik eingerichtet und als Herzstück mit den leistungsstärksten Computeranlagen ausgestattet, die verfügbar waren. Auf diese Weise konnte der Stab eines jeden Flottenadmirals jederzeit mit genau den Daten versorgt werden, die im Hinblick auf einen bestimmten Krisenherd benötigt wurden. Und der Admiral erhielt einen Überblick über die jeweilige Situation, wie er zehn Jahre zuvor noch undenkbar gewesen wäre.

Dennoch wünschte sich der CINCLANT manchmal mit etwas Wehmut, er könnte von seinem neuen ›Flaggschiff‹ aus wenigstens den Ozean sehen.

»Admiral, der Secretary of State Van Lynden ist für Sie in der Leitung, Sir. Es geht um den Argentinien-Einsatz.«

»Okay, Maggie, ich komm schon.«

MacIntyre – ein stämmiger Mann mit dichtem braunem Haar, das erste graue Strähnen zu zeigen begann – folgte seiner Stabschefin Captain Margaret Callendar zum Kommunikationstisch.

Der Außenminister hatte eine audiovisuelle Verbindung gewählt, und auf dem Bildschirm war bereits das Milstar-Testbild zu sehen. MacIntyre wies sich gegenüber dem Sicherheitssystem aus und sah sich im nächsten Moment Harrison Van Lynden gegenüber, der sich im Besprechungsraum seines Flugzeuges befand.

»Hallo, Elliot, wie geht's denn so?«

»Ich kann mich nicht beklagen, Harry. Wie war's in Neuseeland?«

»Die Landschaft ist einfach großartig, aber das Angeln war kläglich. Ich hätte die Geschichten, die du mir erzählt hast, nicht ganz so wörtlich nehmen sollen.«

MacIntyre lächelte seinem alten Klassenkameraden

aus Annapolis zu. »Na ja, mir hat man immer gesagt, wenn's nicht klappt, sind nicht die Fische schuld, sondern der Angler.«

»Was, zum Kuckuck, versteht ein Navy-Mensch überhaupt vom Angeln?« Van Lynden beugte sich ein Stückchen vor. »Gehen wir's an, Elliot. Ich muss wissen, wie unsere militärische Reaktion auf die Maßnahmen der Argentinier aussieht.«

»Wir setzen uns ebenfalls in Bewegung. Heute Mittag haben wir den Einsatzbefehl des Präsidenten bekommen, und jetzt laufen die Vorbereitungen.«

»Kannst du mir schon Einzelheiten berichten?«

»Klar. Als ersten und wichtigsten Schritt schicken wir einen Flugzeugträger in den Südatlantik. Die *Theodore Roosevelt* hat sich gerade mit ihrem Verband in der Gegend von Bermuda aufgehalten, und wir haben sie bereits nach Süden beordert. Sie wird auf ein Munitionsschiff treffen, um sich für den Ernstfall aufzurüsten, und dann direkt in das Krisengebiet weiterziehen. Gleichzeitig schicken die Briten eine Kampfgruppe zu den Falkland-Inseln. Wir werden in enger Zusammenarbeit mit ihnen vorgehen.«

»Kannst du mir auch sagen, in welchem Zeitrahmen sich das abspielen soll?«

Mit ihrem gewohnten Weitblick hatte Maggie Callendar bereits die betreffenden Daten in ihr Computer-Pad aufgenommen und schob es mit einer knappen Geste auf dem Schreibtisch zu MacIntyre hinüber.

»Wir schätzen, dass es zehn bis zwölf Tage dauern wird, je nachdem, wie die See ist.«

Van Lynden runzelte die Stirn. »Ich hatte gehofft, dass es schneller gehen würde.«

»Tut mir Leid, Harry, mehr können wir nicht tun. Die *Eisenhower* ist gerade beim Bunkern, und die *Constellation* ist erst letzte Woche von einem langen Einsatz im Mittelmeer zurückgekehrt. Da sind einige Reparaturen notwendig; außerdem ist die Hälfte der Besatzung auf Urlaub. Die *Washington* kreuzt im Augenblick in der Nordsee und nimmt an Flottenübungen der NATO teil – also so weit weg von Argentinien, wie man nur sein kann, ohne einen Eisbrecher einzusetzen.«

»Könntet ihr nicht einen Flugzeugträger aus der Sechsten Flotte runterschicken?«

»Alles, was wir zur Zeit im Mittelmeer haben, ist der *Kittyhawk*-Verband. Wenn wir ihn einsetzen, würde das kaum einen Zeitgewinn bedeuten. Außerdem wäre es bei den momentanen Unruhen an der algerisch-tunesischen Grenze nicht ratsam, die Sechste Flotte ohne Träger zurückzulassen.«

»Stimmt. Was ist mit eurem neuen Sea-Control-Ship, das momentan, glaube ich, in der Karibik unterwegs ist?

»Die *Coral Sea?* An die habe ich auch schon gedacht, aber sie ist erst in der dritten Woche ihrer Testfahrt. Meiner Ansicht nach ist sie einfach noch nicht bereit für so einen Einsatz, insbesondere bei so widrigen äußeren Bedingungen. Unsere Wetterprognosen sagen uns, dass es in der Drake-Passage demnächst ziemlich ungemütlich werden dürfte.

Anders sieht es natürlich mit der Eskorte der *Coral Sea* aus. Sie hat zwei Zerstörer der Burke-Klasse bei sich, die *Clancy* und die *Brown.* Ich habe sie schon umdirigiert, damit sie mit der britischen *Ark Royal*-Gruppe zusammentreffen können. Unsere englischen Freunde werden bestimmt früher oder später nach einer ordentlichen Aegis-Deckung rufen.«

»Du kannst wohl Gedanken lesen, Elliot. Ich habe das Ansuchen der Briten um einige Aegis-Schiffe hier vor mir liegen. Was kannst du sonst noch aufbieten?«

»Zwei U-Boote. Die *Louisville* wird aus dem mittleren Atlantik dazustoßen, und die *Sea Serpent* wird noch heute Abend aus Savannah auslaufen. Sie werden etwa einen Tag vor den Flugzeugträgern am vereinbarten Punkt eintreffen, wenn dir damit gedient ist.«

5000 Kilometer entfernt runzelte der Außenminister die Stirn und schüttelte leicht den Kopf. »Jeder kleine Beitrag ist willkommen, aber was ich vor allem brauche ist jemand, der da draußen Flagge zeigt. Die Argentinier scheinen Ernst zu machen, und da möchte ich ihnen zeigen, dass wir nicht gewillt sind, ihnen das Feld zu überlassen.«

»Der Südatlantik gehört nicht gerade zu unseren vorrangigen Operationsgebieten, Harry. Es ist einfach so, dass wir nicht regelmäßig jemanden dort unten stationiert haben. Aber durch verschiedene glückliche Umstände kann ich dir ein Schiff bieten, das für deine Zwecke ideal ist. Es operiert sozusagen direkt vor der Haustür der Argentinier.«

»Nur eines?«

»Ja, aber wenn ich aus der ganzen Flotte ein Schiff für diese Mission auswählen müsste, dann würde ich mich für dieses entscheiden. Es ist die *Cunningham*, das Paradestück unserer neuen Klasse von lenkwaffenarmierten Zerstörern. Sie wurde für unabhängige Einsätze gebaut und verfügt über genügend Feuerkraft, um unsere Präsenz da unten nachhaltig zu bekräftigen.«

»Die *Cunningham?* Das ist doch eins dieser neuen Geisterschiffe, nicht wahr?«

»Das Wort ›Geisterschiff‹ würde ich nicht in Anwesenheit der Besatzung verwenden«, erwiderte MacIntyre. »Das hören sie nämlich nicht so gern – aber es stimmt, das ist sie. Sie wird noch heute Nacht aus Rio de Janeiro auslaufen und Kurs auf die Drake-Passage nehmen. In ungefähr drei Tagen müsste sie dort sein.«

»Sie werden also direkt die argentinische Küste entlanglaufen«, sagte Van Lynden nachdenklich. »Das sollte genügen. Besser könnte es gar nicht sein. Wie ist es zu diesem Wunder gekommen?«

»Wie ich schon sagte, eine verrückte Verkettung von Zufällen. Ich hab sie von der Siebenten Flotte geborgt, damit sie zusammen mit dem *Coral Sea*-Verband eine Übungsoperation unter Stealth-Bedingungen durchführt. Anstatt durch den Panamakanal hat man das Schiff extra die brasilianische Küste entlanglaufen lassen, damit es in südamerikanischen Gewässern Flagge zeigen kann.«

»Können die Kollegen etwa hellsehen?«

»Es kommt noch verrückter. Sie sollte ja eigentlich oben in der Karibik sein, aber das Schiff, mit dem sie unterwegs war, hat im Südatlantik einen Maschinenschaden erlitten. Sie mussten in Rio Halt machen, um die Reparaturen durchführen zu lassen. Das Ganze ist einfach unglaubliches Glück, Harry.«

»Mir soll's recht sein.«

Van Lynden blickte auf und sprach kurz mit jemandem, der nicht am Bildschirm zu sehen und auch nicht zu hören war. Für einen Augenblick verschwand das Bild, um gleich wieder zurückzukehren, nachdem die Übertragungsanlage am anderen Ende der Leitung reagiert hatte. Als er sich wieder dem Video-Monitor zuwandte, sagte Van Lynden: »Elliot, wir sind bereits über Buenos Aires. Danke für deinen Bericht, mein Freund.«

»Keine Ursache, Mr. Secretary. Ich werde dir schon bald einen detaillierten Bericht zukommen lassen. Aber ich hätte da noch eine Frage, wenn's dir nichts ausmacht.«

»Nur zu.«

»Wie explosiv ist die Sache? Geht's nur darum, Flagge zu zeigen, oder kann es sein, dass wirklich bald die Waffen sprechen?«

Van Lynden schüttelte den Kopf. »Das kann ich dir wirklich nicht sagen, Elliot. Und das ist nur eins der Dinge, die mir bei dieser ganzen Sache unklar sind. Ich kann mir einfach nicht vorstellen, dass Argentinien sich auf einen Krieg mit den Vereinigten Staaten einlassen möchte. Andererseits haben sie diese Aktion nicht so rasch nebenbei durchgeführt – nein, das muss lange geplant gewesen sein. Und ich fürchte, es ist ihnen verdammt Ernst damit. Sie gehen nach einer Marschroute vor, die uns bis jetzt noch unklar ist. Ich weiß nicht, wie tief die anderen südamerikanischen Staaten in die Sache verstrickt sind. Ich weiß auch nicht, wie sich die Argentinier verhalten werden, wenn wir sie in die Enge treiben. Ich weiß ja nicht einmal, was sie eigentlich wollen.

Was ich aber weiß, ist, dass sie mit militärischen Mitteln gegen einen Verbündeten der Vereinigten Staaten vorgegangen sind und dass dabei ein Zivilist ums Leben gekommen ist. Du wirst gewiss deine eigenen Schlüsse daraus ziehen.«

»Stimmt, Mr. Secretary. Wir halten dich auf dem Laufenden.«

»Mach ich auch, Admiral. Pass gut auf dich auf.«

Auf dem Bildschirm wurde wieder das Testbild eingeblendet.

MacIntyre blickte zu seiner Stabschefin auf. »Okay, Maggie. Was halten Sie von der Sache?«

Captain Callendar verschränkte die Arme und lehnte sich mit einer immer noch wohlgeformten Hüfte gegen den Schreibtisch. »Verdammt, Sir, ich glaube, ich wüsste, was ich in dieser Situation täte – aber ich bin nun mal ein etwas konservativer Mensch.«

»Das bin ich auch. Geben Sie eine Nachricht an alle Flotteneinheiten durch, die in Richtung Süden unterwegs sind. Sie sollen von der Annahme ausgehen, dass sie sich in eine potenzielle Gefahrenzone begeben. Ab jetzt ist die Sache ernst.«

Rio de Janeiro
20. März 2006, 20:35 Uhr

Die Nacht war über Rio hereingebrochen. Von ihrem Beobachtungspunkt auf dem Zuckerhut blickten Touristen und Einheimische auf die hell erleuchtete Stadt hinunter. Der Hafen jedoch lag im Dunkeln, und mitten in dieser Dunkelheit lagen die beiden amerikanischen Kriegsschiffe vor Anker, die mit ihrer Beleuchtung wie zwei Rubine auf einem schwarz-samtenen Tuch wirkten. In der Ferne war das leise Dröhnen von Rotoren zu vernehmen.

Aus der Nähe betrachtet, verlor das Ganze seinen zauberhaften Glanz. Die Vorbereitungsarbeiten auf der *Cunningham* waren in vollem Gang. Zwei SAH 66 Sea Comanche-Helikopter flogen über das Wasser und trugen unter den schlanken Rümpfen ihre schwere Fracht zum Schiff hinüber. Während sie über dem gespenstisch erleuchteten Deck schwebten, ließen sie ihre Lasten vorsichtig niedersinken. Sofort eilten mehrere Männer herbei und begannen, dem orkanartigen Abwind trotzend, die Last aus der Verankerung zu lösen, worauf der Hubschrauber sich wieder in die Luft erhob, um die nächste Ladung zu holen.

Von nun an lastete die ganze Arbeit auf den Schultern der Matrosen der *Cunningham.* Munition, Ersatzteile, Lebensmittel und vieles mehr musste zu den Lastenaufzügen hinübergeschleppt oder über Kajütsleitern hinuntergetragen werden. Die *Cunningham* war ein großes Schiff mit einer vergleichsweise kleinen Besatzung, sodass umso mehr Arbeit auf dem einzelnen Matrosen lastete. Im Augenblick waren alle verfügbaren Leute im Einsatz –

und daran würde sich auch nichts ändern, bis die Arbeit getan war. Der Zerstörer war dabei, alles an sich zu raffen, was er von seinem kleineren Schwesterschiff gebrauchen konnte, um sich auf diese Weise auf seinen Einsatz vorzubereiten.

»Verzeihung, Lieutenant, aber was haben Sie sich bloß dabei gedacht?«

»Ich hab mir gedacht, dass sie eine wirklich toll aussehende Lady ist.«

»Aber sie ist der Captain, verdammt noch mal!«

»Sie hat ihr Eichenlaub nicht am Badeanzug getragen, Gus«, antwortete Lieutenant Vince Arkady in nachsichtigem Ton seinem Waffenoffizier, Bootsmann Erster Klasse Greg ›Gus‹ Grestovitch. Der Pilot und sein Bordschütze flogen schon seit einiger Zeit zusammen – und dementsprechend zwanglos redeten sie auch miteinander.

»Ja, Sir. Aber verzeihen Sie noch mal – als Kommandantin des Schiffes muss sie ja uralt sein!«

»Haben Sie denn noch nie von der Ausstrahlung reiferer Frauen gehört?«

»Oh, Scheiße … Sir.«

Der Hubschrauber stand gerade auf der Landeplattform, um aufgetankt zu werden, und so nutzten die beiden Marineflieger die Gelegenheit, um sich bei ihrer neuen Dienststelle zu melden. Angesichts gewisser Ereignisse in der jüngsten Vergangenheit musste sich auch Arkady eingestehen, dass dies eine ziemlich kniffligе Sache werden könnte.

Die beiden Piloten stiegen eine innenliegende Kajütstreppe hoch, die zur zweiten Ebene des Deckshauses führte. Dann gingen sie einen kurzen Flur entlang, ehe sie die Tür erreichten, die die ominöse Aufschrift ›Captain's Quarters‹ trug.

»Wir sind geliefert.«

»Halten Sie den Mund, Gus. Hier …« Arkady drückte

dem Waffenoffizier seinen Helm in die Hände. »Halten Sie sich daran fest, während ich meinen Antrittsbesuch mache. Dann haben Ihre Hände wenigstens etwas zu tun, und Sie brauchen nicht dauernd an ihren Fingernägeln herumzukauen.«

Vince ging auf die graue Tür zu, hob die Hand – und zögerte. Verdammt! Warum konnte diese tolle Lady keine Lehrerin oder Kellnerin sein, auch Atomphysikerin wäre akzeptabel gewesen – alles, nur nicht sein neuer Captain! Er holte tief Luft und klopfte an.

»Herein«, antwortete eine leise, etwas rau klingende Altstimme.

Die letzte Hoffnung war dahin. Diese Stimme war unverwechselbar. Vince drückte die Klinke hinunter und trat ein. Er salutierte vor der Gestalt, die vor ihm am Schreibtisch saß.

»First Lieutenant Vincent Arkady von Heloron 16 meldet sich an Bord, Ma'am.«

Ganz ruhig, Junge, schau ganz normal drein und lass dir nichts anmerken. Das leiseste Grinsen – und du bist geliefert.

Sie hielt sich hervorragend. Ihre unglaublichen Augen weiteten sich, und ihr Mund öffnete sich ganz leicht – doch dann fing sie sich sofort.

»Stehen Sie bequem, Lieutenant«, sagte sie und erhob sich halb, um seinen Gruß zu erwidern. »Willkommen an Bord der Duke. Mein Name … mein voller Name ist Commander Amanda Lee Garrett.«

Letzteres sagte sie mit dem Hauch eines Lächelns. Plötzlich war sich Vince sicher, dass die Sache in Ordnung gehen würde.

»Ich freue mich, an Bord zu sein, Captain«, antwortete er und öffnete die Tasche am Oberschenkel seiner Fliegermontur, um die Disk-Box hervorzuholen, die er mit sich trug. »Hier drauf finden Sie alle Informationen über meine bisherige militärische Laufbahn und über mein Team. Die auf der *Boone* sind noch dabei, es auszudrucken und werden es Ihnen dann gleich rüberschicken.«

»Danke, Lieutenant. Setzen Sie sich. Wir können gleich weiterreden.«

Sie lehnte sich in ihrem Stuhl zurück und öffnete die Box mit den Datenträgern und entnahm die Disk mit den Daten über ihn, wie Arkady feststellte. Falls es ihr peinlich gewesen sein sollte, ihn hier wiederzusehen, so hatte sie das offensichtlich längst überwunden. Ruhig legte sie den Datenträger an ihrem Terminal ein und drückte rasch drei Tasten, um das System anzuwerfen.

Sie las einige Minuten lang still und aufmerksam, so dass Arkady Gelegenheit hatte, sich in dem kleinen, seltsam geformten Raum umzuschauen. Auf den ersten Blick war nicht viel zu sehen, was anders als in anderen Kajüten gewesen wäre. Doch dann bemerkte er die persönlichen Spuren, die Amanda Garrett in diesem Raum hinterlassen hatte. Ein Hauch von Eau de Cologne hing über dem neutralen Geruch, wie Kriegsschiffe ihn nun einmal an sich hatten. Eine dünne Goldkette lag zusammengerollt in einem Fach des Desk Organizers. Durch die halb geöffnete Tür eines übervollen Kleiderschranks waren leuchtende Farben zu erkennen, wie sie nicht für militärische Kleidung gebräuchlich waren. Dann sah er das Bild.

Es war ein kleines Ölgemälde, das an dem Schott hinter dem Schreibtisch hing. Vince war kein Kunstexperte, aber er konnte erkennen, dass es von derselben geübten Hand stammte, die auch das größere Bild in der Offiziersmesse gemalt hatte. Es zeigte eine Cape-Cod-Schaluppe auf hoher See mit einer jungen Frau an der Ruderpinne. Ihr Gesicht war nicht deutlich genug zu erkennen, doch das rotbraune Haar ließ keinen Zweifel, um wen es sich handelte.

»Das ist beeindruckend.«

Sie hatte genau das gesagt, was ihm gerade durch den

Kopf gegangen war. Vince war für einen Augenblick verwirrt, bis sie weitersprach.

»Der Sea Comanche ist doch noch gar nicht so lange bei der Flotte. Ich hätte nicht gedacht, dass er schon 400 Stunden drauf hat.«

»Ich habe den hübschen Vogel fast von Anfang an geflogen«, antwortete Vince – ziemlich erleichtert darüber, dass sein neuer Captain nicht auch noch Gedanken lesen konnte. »HS 16 war die erste Staffel, die den SAH 66 bekam. Davor habe ich eine Zeit lang den Standard-RAH geflogen – aber im Wesentlichen besteht da kein großer Unterschied.«

»Auf einer Cunningham waren Sie allerdings noch nie.«

»Nein, aber ich habe Anflug und Abflug von einer Cunningham auf dem Simulator trainiert. Erst vorhin konnte ich die Positionspunkte und den Anflugwinkel wieder auffrischen. Es scheint alles so zu sein wie auf dem Simulator. Ich sehe da überhaupt kein Problem.«

»Wie steht es mit der Stealth-Technologie?«, fragte sie.

»Ich bin mit den Grundprinzipien vertraut, und ich habe mich auch selbst ein wenig damit beschäftigt. Der Sea Comanche und der Zerstörer der Cunningham-Klasse waren von Haus aus als Systeme gedacht, die im Tarnkappenmodus zusammenarbeiten sollten – und so habe ich mir schon gedacht, dass ich früher oder später einmal auf einem solchen Schiff landen würde.«

»Nun, wie es aussieht, ist es jetzt soweit. Sind Ihre Leute schon an Bord?«

»Nein, Captain, sie mussten noch Ausrüstung und Ersatzteile einpacken. Aber in einer Stunde sollten sie alle hier sein.«

Sie nickte zufrieden. »Das genügt. Commander Hiro wird Ihnen bis dahin ein passendes Quartier zugewiesen haben. Nun, wie ist Ihr Team denn so im Allgemeinen?«

»Sie sind sehr solide, Captain«, versicherte ihr Arkady. »Ich habe ein gutes Team und einen erstklassigen Waffenoffizier.«

»Das freut mich zu hören. Und was ist mit Ihnen?«

»Mit mir, Ma'am?«

»Ja, wie gut sind Sie in Ihrem Job? Eine genaue Beurteilung, bitte. Übertriebene Bescheidenheit ist für mich genauso unbrauchbar wie Selbstüberschätzung.«

Arkady stellte fest, dass Amanda Garrett zu jenen seltenen Menschen gehörte, die einen direkt ansahen, wenn sie mit einem sprachen. Vielen war das unangenehm, und sie drehten sich deshalb ganz leicht auf die eine oder andere Seite. Sie nicht. Sie fixierte einen mit ihren großen haselnussbraunen Augen – wachsam und ruhig, um alle Informationen aufzunehmen, die sie benötigte. Er beschloss hier und jetzt, mit dieser Frau niemals irgendwelche Spielchen zu treiben und sie nie zu belügen.

»Ich bin gut, Captain. Ich kann so ziemlich alles mit einem Hubschrauber anfangen, was verlangt wird.«

»Gut.« Sie nickte. »Freut mich zu hören, weil Sie nämlich jetzt der ranghöchste Offizier meiner Hubschraubertruppe sind. Ich denke, Sie werden auch finden, dass wir hier auf der *Cunningham* recht gut ausgerüstet sind«, fuhr sie fort. »Es mag manches noch nicht hundertprozentig abgestimmt sein, vor allem auch weil unsere bislang einzige Pilotin noch nicht die Erfahrenste ist. Nancy ist eine fähige Offizierin, aber sie braucht dringend Flugstunden unter Einsatzbedingungen.«

Vince nickte. »Ich kenne Ensign Delany von früher, und ich kann das hundertprozentig bestätigen. Es ist bestimmt nicht gerade leicht für sie, so ohne weiteres ins kalte Wasser geworfen zu werden. Glauben Sie, dass sie ein Problem damit hat, dass ich sie aus dem Team der Gruppenchefs rausdränge?«

»Ich vermute eher, dass sie es ziemlich erleichtert aufnimmt. Nein, da gibt es bestimmt kein Problem.«

Sie erhob sich hinter dem Schreibtisch. »Ich denke, das

wär's erst mal. Ich weiß, Sie haben heute noch ein paar Ladungen zu fliegen. Wir können den Papierkram ja morgen erledigen.«

Als Vince sich erhob, streckte ihm Amanda die Hand entgegen. »Wie ich schon sagte, Lieutenant Arkady: Willkommen an Bord der *Cunningham.*«

Sie sprach mit einer Förmlichkeit, die an eine Königin erinnerte, die einen neuen Gefolgsmann an ihrem Hof begrüßt. Vince hätte sich beinahe über ihrer Hand verneigt, anstatt sie zu schütteln.

»Und ich sage noch einmal, Ma'am – ich freue mich, an Bord zu sein.«

Sie verabschiedeten sich mit militärischem Gruß, und Vince war schon bei der Tür, als sie ihn noch einmal ansprach.

»Arkady«, sagte sie mit ruhiger Stimme. »Noch etwas. Ich glaube nicht, dass ich es überhaupt erwähnen muss, aber nur zur Sicherheit. Was heute am Strand zwischen uns passiert ist, hat hier an Bord nicht die geringste Bedeutung.«

»Das habe ich auch nie angenommen, Captain.«

Gus Grestovitch richtete sich aus seiner leicht gekrümmten Haltung auf, als sein Pilot aus der Kajüte der Kommandantin kam. Er blickte Arkady, der mit einem seltsamen, nachdenklichen Lächeln vor der Tür stand, ziemlich unsicher an.

»Wie ist es gegangen, Lieutenant?«, fragte der Waffenoffizier vorsichtig.

»Hm ... Oh, es ist alles in Ordnung, Gus. Wir gehören jetzt zur Truppe.«

Während sie den Korridor entlanggingen, legte Vince seinem Bordschützen den Arm um die Schulter. »Mein Freund, ich glaube sogar, dass wir uns auf diesem Kahn recht wohl fühlen werden.«

Nachdem Arkady die Kajüte verlassen hatte, starrte Amanda noch einige Sekunden die Tür an, ehe sie schließlich leise zu kichern begann. Im nächsten Augenblick lachte sie laut auf und warf dabei den Kopf so weit zurück, dass sie leicht gegen das Schott hinter ihr stieß.

Konnte das denn tatsächlich wahr sein? Kein Wunder, dass der arme Kerl zuvor am Strand dreingeblickt hatte, als hätte ihn der Blitz getroffen. Du lieber Himmel! Was wäre wohl gewesen, wenn Chris sie nicht so schnell gefunden hätte, wenn sie sich etwas später mit ihm über ihre Berufe unterhalten hätte – zum Beispiel Seite an Seite liegend um zwei Uhr morgens.

Kein uninteressanter Gedanke. Sie biss sich für einen Augenblick versonnen auf die Unterlippe, ehe sie sich mit einem Achselzucken wieder ihrer Arbeit zuwandte.

Doch sie stellte schon bald fest, dass sie im Augenblick keinen rechten Sinn für das Informationsmaterial hatte, das gerade über ihren Bildschirm flimmerte. Ihre Konzentration war empfindlich gestört. Vielleicht sollte sie sich mit etwas anderem beschäftigen …

Die *Cunningham* hatte eine Direktleitung im brasilianischen Telekommunikationsnetz bekommen, so dass Amanda nur die vierzehnstellige Nummer auf ihrer Anlage einzutippen brauchte. 15 Sekunden später läutete ein altmodisches Wandtelefon in der Küche eines meergrauen Farmhauses außerhalb von Norfolk, Virginia.

Amanda stellte sich die schlanke, kantige Gestalt vor, die wohl gerade aus der Garage, die zum Atelier umfunktioniert worden war, hereingerannt kam – sonnengebräunt und mit kurz geschnittenem weißem Haar; wahrscheinlich in alten Jeans, die ebenso mit Farbtupfern übersät waren wie das abgetragene Sweatshirt.

Es läutete viermal, ehe sie ein kurzes ›Ja!‹, vernahm.

»Hallo, Dad.«

Konteradmiral a. D. Wilson Garrett lächelte ins Telefon. »Hallo, Schatz. Wie geht's dir so?«

»Bestens, Dad. Und dir?«

»Beschissen, aber das ist ja nichts Besonderes. Bist du immer noch in Rio?«

»Im Augenblick schon noch.«

»Wie ist es denn so? Rio ist einer der wenigen Häfen, wo ich niemals auf Landurlaub war.«

»Es ist eine tolle Stadt, Dad. Ich hatte nur den heutigen Nachmittag, um mir Rio ein wenig anzusehen, aber es hat mir wirklich gefallen. Wie kommt denn das neueste Meisterwerk voran?«

»Wie ich schon sagte – beschissen. Ich habe alle Fotos von Schlachtschiffen der South-Dakota-Klasse zusammengekratzt, die ich auftreiben konnte, habe die ganze Woche Skizzen gemacht und bin trotzdem immer noch nicht da, wo ich hinwill.«

»Da würde ich mir an deiner Stelle keine Sorgen machen. Früher oder später wirst du's schon schaffen.«

»Mir ist da etwas eingefallen. Wie wär's, wenn du dir ein paar Tage Urlaub nimmst, wenn du nach Mayport kommst? Wir könnten uns dort treffen und gemeinsam zum *Alabama*-Memorial in Mobile rüberfahren. Vielleicht überkommt mich ja dort das richtige Gefühl für das, was ich vorhabe.«

»Klingt gut, Dad. Es ist nur so, dass ich in der nächsten Zeit nicht in Mayport sein werde. Wir wurden aus Rio wegbeordert.«

»Heißt das, dass sie dich mit deinem Kahn endlich mal an richtige Arbeit ranlassen? Was hast du denn zu tun?«

»Kann ich nicht sagen.«

»CNN hat gerade berichtet, dass zwischen Argentinien und den Briten wieder mal die Fetzen fliegen – diesmal in der Antarktis. Bist du da etwa mit von der Partie?«

»Tut mir Leid, Dad. Ich kann nichts sagen.«

»Okay, hab schon verstanden. Kannst du mir wenigstens sagen, wann's losgeht?«

»In ein paar Stunden. Ich weiß nicht, wann ich wieder einen Hafen sehe. Ich … äh … wollte nur mal ein wenig mit dir plaudern.«

»Ich kenne das Gefühl, Schatz. Wenigstens funktionieren die Telefone heute besser als damals. Früher, in den guten alten Zeiten, da mussten manchmal schon Gott und der amerikanische Kongress gemeinsam einschreiten, damit man von Bahrain oder so eine Verbindung in die Staaten bekam.«

»Wir sind ja jetzt fast in derselben Zeitzone. Mom und ich mussten manchmal bis zwei oder drei Uhr nachts aufbleiben, um auf deinen Anruf zu warten. Aber das hat uns nie was ausgemacht.«

»Ja, ich weiß.«

Am anderen Ende der Leitung herrschte einen Augenblick nachdenkliche Stille, bevor Wils Garrett in energischem Ton fortfuhr: »Nun, Captain, ist euer Luxuskahn jetzt klar zum Auslaufen, oder nicht?«

»Admiral Daddy, Sir, die Duke ist bereit.«

»Schön, schön, aber überlass nicht dieser verdammten Elektronik das Denken, hörst du? Und noch etwas …«

Draußen auf dem Korridor tönte es laut aus den Lautsprechern: »Sicherheitskommando zum Achterdeck!« Gleichzeitig begann an ihrer Telefonanlage ein Lämpchen zu blinken – der Wachoffizier, wie sie sogleich erkannte.

»Augenblick mal, Dad, bleib dran.«

Amanda nahm den Anruf entgegen. »Hier ist der Captain.«

»Ma'am, wir haben da ein Problem mit dem Nachbunkern. Könnten Sie bitte an Deck kommen?«

»Bin schon unterwegs.«

Sie schaltete wieder zur Landverbindung um. »Dad, es gibt da irgendein Problem an Deck. Ich muss los.«

»Okay. Hör mal, ganz kurz. Da gab's mal ein Project High Jump, 1946 war das. Da haben sie eine Studie gemacht – über Zerstörer-Operationen in der Antarktis. Ist schon uralt, aber das Einzige, was es in dieser Art gibt. Du solltest es dir mal ansehen.«

»Mach ich, Dad. Jetzt muss ich aber los. Ich hab dich lieb.«

»Ich dich auch, Schatz. Pass gut auf dich auf.«

Den Hörer aufzulegen war eines der schwierigeren Dinge, die Amanda an diesem Tag zu tun hatte. Genauso wie damals bei den Anrufen aus dem Persischen Golf um drei Uhr morgens war es so, als würde man einen dünnen Faden durchschneiden, der einen mit einem geliebten Menschen verband. Nur war diesmal sie es, die an Bord eines Schiffes ins Ungewisse aufbrach, und ihr Vater musste zu Hause auf ihren nächsten Anruf warten. Plötzlich wünschte sie sich sehr, dass ihre Mutter noch am Leben wäre. Das Warten ist ein wenig leichter, wenn man nicht allein dabei ist.

Sie schüttelte den Gedanken ab und stand von ihrem Stuhl auf. Zeit, sich ihren Aufgaben zu widmen.

Es schauderte Amanda ein wenig, als sie auf das Sturmdeck hinaustrat; sie mochte das blutrote Licht der Gefechtsbeleuchtung nicht besonders. Natürlich wusste sie, dass es sehr wohl seinen Grund hatte, warum gerade Rot dafür verwendet wurde, denn rotes Licht hinderte einen nicht daran, die nächtliche Umgebung wahrzunehmen. Gleichwohl hatte es ganz einfach etwas Unnatürliches und Gespenstisches an sich, in diesem Licht zu stehen und trotzdem die Sterne sehen zu können.

Die brasilianische Marine hatte sich als außerordentlich hilfsbereit erwiesen und der Bitte der *Cunningham* nach Treibstoff sofort entsprochen. Nachdem die Dämmerung hereingebrochen war, hatte einer ihrer Schlepper ein Tankschiff zur Duke gebracht, worauf man sogleich mit dem Betanken begonnen hatte. Nun jedoch schien plötzlich ein Problem aufgetaucht zu sein.

Der Decksoffizier und die Gangway-Wache blickten

auf das brasilianische Schiff hinunter, während die Sicherheitsleute direkt am Fallreep standen. Amanda bemerkte, dass sie ihre Pistolenhalfter geöffnet hatten.

Sie blickte rasch über die Reling hinunter. Da war offensichtlich ein Streit im Gange. Eine Gruppe von Seeleuten der *Cunningham* in blauen Overalls stand einer kleineren Gruppe von Brasilianern in ihren Arbeitsanzügen gegenüber. Am Fuße des Fallreeps war Chief Thomson offensichtlich mit einem kleinen stämmigen Offizier aneinander geraten.

»Was geht hier vor, Stewart?«

»Ich bin mir nicht sicher, Ma'am«, antwortete der Decksoffizier. »Es gab ein Problem mit dem Nachbunkern, und Commander Thomson rief uns zu, wir sollten Sie an Deck holen. Unsere Leute gerieten mit den Brasilianern in eine ziemlich lautstarke Auseinandersetzung, deshalb habe ich auch das Sicherheitsteam holen lassen.«

»Okay. Ich werde mich darum kümmern.«

Amanda stieg das Fallreep hinunter und trat an die Seite ihres Ingenieurs.

»Okay, Chief«, sagte sie mit ruhiger Stimme. »Was gibt's?«

»Diese Mistkerle haben versucht, uns zu sabotieren!«, stieß Thomson hervor – so zornig, wie Amanda ihn noch nie gesehen hatte. Der brasilianische Skipper antwortete wild gestikulierend in Portugiesisch.

»Verdammt! Vor fünf Minuten haben Sie noch englisch gesprochen!«, brüllte Thomson ihn an.

»Immer ruhig!«, forderte Amanda ihn auf. »Was meinen Sie mit Sabotage?«

»Sie haben versucht, uns verunreinigten Treibstoff anzudrehen.«

»Sind Sie sicher?«

»Jawohl, Ma'am. Ich habe die Treibstoffqualität überprüft, bevor wir mit dem Nachbunkern begannen, wie ich es immer mache. Sie wissen ja, was für … Zeug man in solchen Dritte-Welt-Häfen oft bekommt. Alles war in Ordnung und lief bestens, bis ich dann routinemäßig den Treibstoff aus dem fünften Tank testen wollte. Da kam plötzlich dieser … Gentleman daher und wollte mich partout daran hindern. Er meinte, sie hätten es ohnehin schon sehr eilig und ich solle das bleiben lassen. Ich sagte ihm, er solle mir gefälligst aus dem Weg gehen, denn ich würde den Treibstoff auf jeden Fall überprüfen.«

»Und?«

»Sehen Sie selbst.«

Der Chief hockte sich vor der Prüfvorrichtung nieder und hob ein Halbliterglas hoch. Dann stand er wieder auf und holte eine kleine Taschenlampe aus seiner Hemdtasche hervor, mit der er den Behälter beleuchtete.

Es hätte sich eine hochkonzentrierte Kerosinmischung darin befinden sollen, wie sie in den Gasturbinen der Marine verwendet wurde. Die Flüssigkeit hätte klar sein sollen und eine rosa Tönung aufweisen müssen. Stattdessen war in dem Glas eine trübe Brühe zu sehen, an deren Grund sich eine farblose Schicht befand, wo sich das Kerosin von dem anderen Stoff abzusetzen begann.

»Wasser?«

»Mhm. Die nächsten vier Tanks sind voll von dem Zeug.«

Amanda nahm Thomson das Glas ab und wandte sich damit an den brasilianischen Offizier. »Ich verlange eine Erklärung für das hier«, sagte sie mit ruhiger Stimme.

Der brasilianische Captain wirkte reichlich verblüfft. Als Angehöriger einer Kultur, in der Frauen in allem den Männern untergeordnet waren, hatte er dieser Frau, die sich wie ein Offizier aufführte, kaum Bedeutung beigemessen. Zu spät wurde ihm bewusst, dass sie tatsächlich hier das Sagen hatte.

Sie fixierte ihn mit verengten Augen, die vor mühsam

bezähmtem Zorn funkelten. Der Brasilianer wünschte sich plötzlich, er hätte sich nie zu diesem Unternehmen gemeldet, und kramte seine Englischkenntnisse hervor.

»Das Wasser im Tank kommt möglicherweise von einem Schaden, *Capitao.* Ein Unfall …«

»Blödsinn!«, platzte Thomson heraus. »Das Wasser hier ist nicht zufällig reingekommen.«

Er trat mit der Schuhspitze gegen die Prüfvorrichtung. »Es ist frisches Wasser, sogar chloriert. Sie haben sich nicht einmal die Mühe gemacht, Meerwasser zu nehmen, sondern haben die Tanks gleich durch den nächstbesten Schlauch mit Wasser aus der Leitung gefüllt.«

Amanda warf ihrem Ingenieur einen Blick über die Schulter zu. »Chief, könnten Sie und Ihre Leute das Nachbunkern selbst übernehmen?«

»Sicher. Die Verbindungsteile sind ohnehin genormt.«

»Und ist noch genug brauchbarer Treibstoff da?«

»Denke schon, Ma'am. Ich glaube nicht, dass sie das ganze Zeug verwässert haben.«

»Dann lassen Sie alle verunreinigten Tanks links liegen und machen Sie mit dem Nachbunkern weiter. Sagen Sie dem brasilianischen Personal, dass sie sich nicht mehr einmischen sollen, bis wir fertig sind. Und lassen Sie unsere Sicherheitsleute ins Ruderhaus dieses Kahns kommen. Sorgen Sie dafür, dass die Brasilianer von Funk und Telefon fernbleiben, bis wir fertig sind.«

»Aye aye, Captain.«

»Dazu sind Sie nicht befugt!«, wandte der brasilianische Offizier ein und trat einen Schritt vor. »Es müssen Untersuchungen durchgeführt werden. Sie haben kein Recht …«

»Das reicht!«

Amanda fuhr mit gefährlich leiser Stimme fort: »Mister, Sie und, wie ich vermute, Ihre Regierung haben soeben versucht, mein Schiff seeuntüchtig zu machen. Das gefällt mir überhaupt nicht.«

Im nächsten Augenblick goss Amanda dem Brasilianer den Inhalt des Prüfglases über die Uniform.

»Es wird einen offiziellen Protest geben, aber bis dahin können Sie Ihren Vorgesetzten schon einmal Bericht erstatten. Sie werden die US Navy nicht zum Narren halten. Sie werden auch die USS *Cunningham* nicht zum Narren halten – und schon gar nicht mich!«

Rio de Janeiro
20. März 2006, 23:43 Uhr

Der letzte Transferflug war durchgeführt und die letzten Tonnen von Nachschub und Ersatzteilen waren im Schiff verstaut worden. Die Decksmannschaft rollte die schweren Gummimatten zusammen, die verwendet wurden, um die hochwertigen radarabsorbierenden Fliesen des Sturmdecks zu schützen. Amanda blickte auf die Leuchtzeiger ihrer alten Pussers-Lady-Admiral-Armbanduhr und wandte sich dann ihrem Ersten Offizier zu.

»Noch 17 Minuten bis Mitternacht, Ken. Ich bin davon ausgegangen, dass wir bis 24 Uhr startklar sind. Glauben Sie, dass wir das schaffen?«

»Wir können es jedenfalls versuchen.«

»Dann gehen wir's an.«

Während sie vom Achterdeck nach vorne ging, wurde ihr Befehl an alle Abteilungen weitergegeben.

»Ankermannschaft! Fertigmachen zum Auslaufen! Decksoffizier verlegt die Wache auf die Brücke!«

»Captain auf der Brücke.«

»Weitermachen«, sagte sie, nachdem sie den Vorhang beiseite geschoben hatte und eingetreten war.

So wie alles andere an Bord war auch die Brücke der *Cunningham* auf dem neuesten Stand der Technik. Ihr Herzstück war die Steuerkonsole, die in gewisser Weise dem Cockpit eines modernen Verkehrsflugzeuges nicht unähnlich war. Die beiden bequemen Sessel standen vor den multifunktionalen Bildschirmen, zwischen denen sich die Bedienungselemente für das Antriebssystem befanden, für die der Zweite Rudergänger zuständig war.

Statt der Bedienungshebel, wie sie für die Flugzeugsteuerung charakteristisch waren, fand man hier lediglich das Rad des Rudergängers im Zentrum der Konsole. Wohl aus eher sentimentalen Gründen hatte man ein Steuerrad im Miniaturformat aus rostfreiem Stahl angebracht, wie es einst auf Segelschiffen üblich war.

Vorne waren in zwei Reihen Bildschirme angeordnet – eine über den Fenstern, eine darunter. Die Schirme der oberen Reihe lieferten Informationen, die für die Navigation von Bedeutung waren – auf ihren Schirmen zeigten sie, was sich rund um das Schiff abspielte. Darüber hinaus erhielt man hier Informationen über die Position und die taktische Situation sowie über das Wetter und die jeweilige Meerestiefe.

Auf den unteren Bildschirmen wurde man über die Schiffssysteme auf dem Laufenden gehalten. Hier erfuhr man alles, was mit dem Maschinenraum, den Sensoren, eventuellen Schäden, der Kommunikation sowie den Waffensystemen zu tun hatte – kurz gesagt, alle Daten, die ein Wachoffizier brauchte, um eine knifflige Entscheidung treffen zu können. Durch den direkten Zugang zu all diesen Bereichen war es nicht mehr nötig, die verschiedenen Angaben gesondert anzuordnen.

Der Decksoffizier und die Dienst habende Brücken-Mannschaft waren schon einige Zeit bei der Arbeit und gingen ihre Checklisten durch, wie es vor dem Auslaufen üblich war. Von unten war das leise Heulen der mächtigen Rolls-Royce/Westinghouse-Turbogeneratoren zu hören, die einer Belastungsprobe unterzogen wurden.

Amanda nahm auf dem Kommandosessel Platz, der rechts von der Steuerkonsole stand. Sie löste den Kopfhörer von dem kleinen Funkgerät, das an ihrem Gürtel befestigt war, und stöpselte ihn in die Bordsprechanlage ein. Dann aktivierte sie den in die Armlehne ihres Sessels eingebauten Bildschirm und rief ihre eigene Checkliste auf.

»Okay, Lieutenant«, sagte sie, »genehmigen Sie sich einen Kaffee. Ich übernehme hier.«

»Aye aye, Ma'am«, antwortete der Decksoffizier und verkündete über Funk: »Captain hat das Kommando.«

»Also schön, Ladys and Gentlemen. Wir gehen noch mal die Checkliste durch. Rudergänger ...?«

»Steuerung auf der Brücke. Ruder wurde auf primärem und sekundärem Steuerungssystem getestet. Stabilisatoren in Standardeinstellung. Autopilot ausgeschaltet. Klar zum Auslaufen.«

»Zweiter Rudergänger ...?«

»Maschinen-Steuerung auf der Brücke. Maschinenraum eins und drei sind am Netz, Maschinenraum zwei auf Standby. Leistungs- und Schraubensteuerung überprüft. Hydrojet-Antrieb im Standby-Modus. Maschinen klar zum Auslaufen.«

»Im Schiffsinneren alles klar ...?«

»Zustand Zebra in Kraft. Alle wasserdichten Türen und Luken sind gesichert.«

»Navigation ... Nummer drei?«

»SINS- und GPU-System sind überprüft und in Betrieb. Positionsbestimmung funktioniert einwandfrei, Echolote überprüft. Navigationsradar in Betrieb. Schiffssirene getestet ...«

Über ihnen ließ das Zweiton-Horn der *Cunningham* sein durchdringendes Signal ertönen, das von den küstennahen Bergen Rios widerhallte.

»Kurs ist ermittelt und auf dem Bildschirm.«

Auf einem der vorderen Monitore sowie auf einem Bildschirm des Rudergängers erschien eine computergefertigte Karte von Rios Hafen, die von der Station des Steuermannsmaats aus übertragen wurde. Darauf waren die Wassertiefe, Wasserstraßen und der Seeverkehr verzeichnet. Ein blaues Symbol für die Position der *Cunningham* erschien kurz darauf, während der Kurs des Schiffs aus dem Hafen hinaus in Weiß angezeigt wurde.

Der Steuermannsmaat blickte fragend von der leuchtenden Oberfläche des Hauptkartentisches auf.

»Verzeihung, Captain, aber was ist mit der Auslaufgenehmigung vom Hafenmeister?«

»Chief, nach dem Vorfall beim Bunkern braucht niemand zu glauben, dass ich noch einen der Einheimischen in die Nähe des Schiffes lasse. Wir brechen einfach auf. Der Hafenmeister wird schon merken, dass wir ausgelaufen sind, wenn er uns nicht mehr sieht.«

Amanda tippte eine Rufnummer in die Bordsprechanlage ein, und eine gedämpfte Stimme ertönte in ihren Kopfhörern. »Hier an der Ankerwinde, aye?«

»Brücke hier. Klar zum Ankerlichten?«

»Jawohl, Brücke. Alles klar zum Ankerlichten.«

»Dann los.«

Knapp hundert Meter weiter vorne schaute ein Bootsmannsmaat mit Hilfe einer Taschenlampe in den engen Ankerschacht hinunter, wo sich die leuchtenden Kettenglieder Stück für Stück aus dem aufgewühlten Wasser hoben. Über dem Dröhnen und Klappern der Winde rief er die übliche Litanei:

»20 Faden an der Wasserlinie … Kette kommt hoch … Anker löst sich … Anker ist los!«

Einige Augenblicke später wurde der nach U-Boot-Art pilzförmige Anker in die Aussparung im Kiel hochgehoben.

»Anker eingeholt und gesichert.«

»Gut. Maschinen langsam voraus.«

»Maschinen langsam voraus«, wiederholte der Zweite Rudergänger und drückte den Fahrthebel nach vorn.

Die *Cunningham* verfügte über einen integrierten Elektroantrieb, dessen Hauptmotoren sich außen am Heck in speziellen ›Gondeln‹ befanden, wie dies auch bei den Luftschiffen früherer Tage der Fall gewesen war.

Die beiden massiven 45 000-PS-Elektromotoren bezogen ihre Energie von den Turbogeneratoren des Schiffs und trieben ihrerseits gegenläufige Schiffsschrauben an, die am Vorderende der Gondeln angebracht waren. Nun begannen die enormen dreiflügeligen Schrauben durch das Wasser zu pflügen.

»Maschinen laufen langsam voraus, Ma'am.«

»Rudergänger, bringen Sie das Schiff auf festgesetzten Kurs.«

»Gehe auf festgesetzten Kurs.«

Der Rudergänger drehte leicht am Steuerrad. Die Lichter von Rio begannen nach Backbord zu driften.

»Schiff geht auf festgesetzten Kurs, Captain.«

»Sehr gut. Navigator, Positionslichter einschalten.«

Amanda blickte zu ihrem Ersten Offizier hinüber, der wie die anderen an seinem Platz saß. »Wie spät ist es, Mister?«

Sie sah Ken Hiros Lächeln in dem gedämpften Licht der Brücke. »Auf meiner Uhr ist es 23 Uhr 59 und 32 Sekunden, Ma'am.«

»Auf meiner auch. Maßarbeit, könnte man sagen.«

Sie rief im Kommunikationsraum an. »Hier Captain. Geben Sie bitte folgende Meldung an CINCLANT durch: Verlassen Rio planmäßig. Gehen laut Einsatzbefehl vor.«

»Aye aye, Ma'am. Wir haben soeben einen Blinkspruch von der *Boone* reinbekommen. Persönlich, von Captain zu Captain.«

»Lesen Sie ihn vor.«

»Viel Glück und Weidmannsheil, kleines Biest.«

Amanda lachte. »Schicken Sie Captain Stevens folgende Antwort, ebenfalls persönlich: ›Ich muss den Inhalt Ihrer letzten Botschaft entschieden zurückweisen. Ich würde einen Meter neunundsechzig keineswegs klein nennen.‹«

»Wird gemacht, Ma'am. Wir bekommen soeben einen weiteren Blinkspruch von der brasilianischen Küstenwache. Sie verlangen, dass wir uns melden.«

»Ignorieren Sie das. Ich habe diesen Gentlemen nichts zu sagen.«

Nachdem die *Cunningham* den Hafen hinter sich gelassen hatte, beschleunigte sie, sodass Rio de Janeiro allmählich zu einem immer kleiner werdenden Lichtpunkt zusammenschrumpfte. Als das große Kriegsschiff die hohe Dünung des Südatlantik erreichte, begann es leicht zu stampfen und zu schlingern – bevor es wie eine große Raubkatze zum geschmeidigen Lauf überging.

Es hat etwas von einem intimen Beisammensein, wenn man sich nachts auf der Brücke aufhält, die wegen der notwendigen Nachtsicht nur schwach beleuchtet ist. In der Dunkelheit ist der Rang der Anwesenden nicht leicht zu erkennen, und der ganze Raum ist erfüllt von gemurmelten Gesprächen über Daheim, die Familie und andere persönliche Dinge – nur gelegentlich unterbrochen von einem in ruhiger Stimme gegebenen Befehl. Hin und wieder kommt jemand herein, um zu sehen ›wie's ausschaut‹ und den Sternenhimmel zu betrachten, der sich in hohem Bogen über dem Bug erhebt.

Amanda hatte gern Nachtwache und sie blieb auch dann auf der Brücke, nachdem sie das Kommando an den Decksoffizier übergeben hatte. Sie saß halb dösend in ihrem Sessel und ließ sich von der See wiegen, die sie unter sich spürte.

Die Bordsprechanlage durchbrach die Stille. »Brücke, hier Gefechtsleitstand. Ist der Captain noch da?«

Sie richtete sich auf, um den Anruf auf den Kopfhörer umzustellen. »Hier ist der Captain. Was gibt's?«

»Sehen Sie mal auf das taktische Display, Ma'am. Wir haben einen Radarkontakt in der Luft, ein langsames Flugzeug. Es kommt in mittlerer Höhe über unseren Horizont näher. Entfernung 340 Kilometer, Richtung eins-acht-drei Grad.«

Amanda lehnte sich leicht in ihrem Sessel zurück und blickte auf den entsprechenden Monitor. »Ich sehe es.«

»Ziel bewegt sich vermutlich nordwärts vor, um die Meeresoberfläche systematisch abzusuchen. Unsere Elint-Abteilung meint, dass die Emissionen des Ziels zu einem Atlantique-ANG-Patrouillenflugzeug passen – ein Modell, wie es von der argentinischen Marine eingesetzt wird.«

Amanda stellte eine rasche Kopfrechnung an. Sie hatten Rio vor zwei Stunden verlassen. Ein Telefonanruf zur argentinischen Botschaft in Brasilia, ein weiterer Anruf von Brasilia zum argentinischen Flottenhauptquartier in Buenos Aires, eine rasch einberufene Sitzung und schließlich ein Befehl an den Stützpunkt in Esporu, ein Suchflugzeug loszuschicken. Das könnte durchaus funktionieren.

»Haben sie uns schon aufgespürt?«

»Negativ. Ihr ECM mag vielleicht unser Radar auffangen, aber identifiziert haben sie uns sicher noch nicht. Möchten Sie auf volle Tarnung gehen, Captain?«

Amanda überlegte einige Sekunden, ehe sie antwortete. »Nein. Schalten Sie den Echoverstärker ein. Und zwar auf Standard.«

»Standard, Ma'am.«

Der Echoverstärker war ein System der elektronischen Kriegsführung, mit dessen Hilfe es möglich war, das ›Echo‹ einer Radarabtastung zu verstärken. Auf diese Weise konnte sich ein kleines Ziel als ein viel größeres ausgeben. In diesem Fall wurde das System eingesetzt, um die Tatsache zu verbergen, dass die Duke für ein Schiff dieser Größe nur ein sehr geringes Radarecho bot. Die Beobachter am anderen Ende des Radarstrahls würden somit ein Echo erhalten, das genau dem entsprach, was man von einem herkömmlichen Kriegsschiff von der Größe der *Cunningham* erwarten konnte. Tatsächlich war es mit diesem System möglich, jedes beliebige Radarecho vom Kabinenkreuzer bis zum Flugzeugträger abzustrahlen.

Amanda ließ sich tiefer in ihren Sessel sinken und blickte in die Dunkelheit jenseits der Bildschirme hinaus. Sie würde die Geheimnisse der Duke vorläufig noch für sich behalten, zumindest für eine Weile.

Buenos Aires
21. März 2006, 09:30 Uhr

Benito Mussolini hatte eine Methode entwickelt, mit der er all jene einzuschüchtern versuchte, die ihn zu sprechen wünschten. Er hatte sein Büro in einem riesigen Raum mit Marmorwänden eingerichtet, der in einem pompösen neoromanischen Stil gestaltet war. Die Amts- und Würdenträger, die gezwungen waren diese kalte, steinerne Umgebung zu durchqueren, um vor den Schreibtisch des Duce zu treten, überkam nicht selten das unangenehme Gefühl, dass sie nun gleich in einem antiken Tempel den Göttern geopfert werden sollten.

Manche Leute von niedrigerem Rang versuchten den gleichen Effekt dadurch zu erreichen, dass sie ihren Schreibtisch auf ein niedriges Podium stellten, damit der Besucher zu ihnen aufblicken musste. Präsident Sparza von Argentinien hatte auf keine so plumpen Methoden zurückgegriffen. Stattdessen hatte er die Einrichtung seines Büros in der Casa Rosada einem Team von fähigen Innenarchitekten überlassen, die durch die geschickte Platzierung der Möbelstücke die Aufmerksamkeit voll und ganz auf den Schreibtisch des Präsidenten lenkten – und auf den Mann, der dahinter saß.

Harrison Van Lynden war froh über diese Tatsache. Sie würde ihn ständig daran erinnern, sein Gegenüber nicht zu unterschätzen.

Als Van Lynden und Rosario hereingeführt wurden, erhob sich Sparza hinter dem Schreibtisch. Er war nicht sehr groß und von stämmiger, gedrungener Statur.

In seinem etwas schütter werdenden Haar und seinem schmalen Oberlippenbart waren noch kaum Spuren von

Grau zu erkennen. Die leicht rötlich-braune Gesichtsfarbe des Mannes gemahnte Van Lynden ebenfalls daran, ihn ernst zu nehmen. In einem Land, das sich immer noch mit Stolz als das ›europäischste‹ aller südamerikanischen Länder betrachtete, war es schon bemerkenswert, wenn ein Politiker es schaffte, trotz aller Vorurteile gegen ›Indio-Blut‹ Karriere zu machen.

»Mr. Secretary, es ist mir eine Ehre.« Sparzas Händedruck war trocken und fest, sein Englisch makellos. »Mr. Rosario, es freut mich, Sie wiederzusehen. Gentlemen, bitte nehmen Sie Platz.«

Als Van Lynden sich auf dem damastbezogenen Stuhl niederließ, spürte er wieder jenes vertraute Gefühl, das sich immer einstellte, wenn der Vorhang für ihn hochging und er seine diplomatische Rolle zu spielen begann.

»Danke, Mr. President. Ich wünschte, unser erstes Zusammentreffen hätte unter etwas erfreulicheren Umständen stattfinden können.«

»Das geht mir ebenso, Mr. Secretary«, antwortete Sparza und lehnte sich in seinem Stuhl zurück. »Und ich habe vollstes Verständnis, dass Ihr Land sich besorgt zeigt über gewisse, etwas drastische Maßnahmen, die Argentinien in jüngster Zeit ergriffen hat. Ich hoffe, ich kann Ihnen all das zu Ihrer vollsten Zufriedenheit erklären.«

»Das hoffe ich auch, Mr. President. Doch bevor wir näher darauf zu sprechen kommen, hätte ich noch eine Formalität zu erledigen. Mr. Rosario …«

Der junge Repräsentant des State Department hob seine Aktentasche auf, öffnete sie und holte einen cremefarbenen Umschlag hervor, der das Große Siegel der Vereinigten Staaten trug. Er reichte ihn Van Lynden, der ihn seinerseits an Sparza übergab.

»Mr. President, ich muss Ihnen diese offizielle Protestnote des Präsidenten der Vereinigten Staaten überreichen, die folgende Punkte enthält:

Punkt eins betrifft die Verletzung des Antarktisvertrages von 1961, den sowohl die Vereinigten Staaten als auch Argentinien unterzeichnet haben. Dieser Vertrag wurde verletzt, indem Sie bewaffnete Truppen in die Antarktis schickten.

Punkt zwei betrifft das gewaltsame Besetzen von Einrichtungen, die im Eigentum Großbritanniens stehen, eines Verbündeten der Vereinigten Staaten, sowie das Festhalten der dort Beschäftigten, was eine Verletzung von geltendem internationalem Recht darstellt.

Punkt drei betrifft den Tod eines britischen Bürgers infolge dieser Besetzung.«

Sparza machte sich gar nicht die Mühe, den Umschlag zu öffnen. Stattdessen blickte er Van Lynden mit einem Ausdruck von besorgtem Interesse an.

»Ich sage noch einmal – ich verstehe Ihre Besorgnis. Heute Morgen habe ich eine ähnliche, noch etwas schärfer formulierte Note vom britischen Botschafter erhalten. Zunächst möchte ich Ihnen versichern, dass der Tod von Captain York ein schrecklicher Unfall war. Der Bericht, den ich darüber bekommen habe, zeigt, dass unsere Leute das Schiff für verlassen hielten, als sie das Feuer eröffneten, um seinen Sender zum Schweigen zu bringen. Wir übernehmen die volle Verantwortung für dieses Unglück, und wir versprechen, dass wir der Familie und der Besatzung volle Entschädigung zuteil werden lassen.«

Van Lynden behielt seinen neutralen Gesichtsausdruck bei. Eine interessante Eröffnung. Kein Herumdrücken und Sichwinden, sondern das offene Eingeständnis, an dem Tod des Mannes schuld zu sein. Was erwarteten sie sich wohl davon?

»Es freut uns, das zu hören. Doch unsere Sorge gilt auch den anderen britischen Staatsbürgern, die in diese Angelegenheit verwickelt sind.«

»Was ich voll und ganz verstehe. Nun, ich freue mich, Ihnen mitteilen zu können, dass die Situation bereits bereinigt ist. Alle Angehörigen des British Antarctic Survey, die wir aus den britischen Stützpunkten verlegen mussten, als wir die Verwaltung dieser Einrichtungen übernahmen, werden bereits von der chilenischen Luftwaffe abgeholt. Alle sind bei guter Gesundheit, und sie wurden gut behandelt. Sie werden noch heute Nachmittag zum britischen Konsulat in Punta Arenas gebracht.«

»Das sind sehr gute Neuigkeiten, Sir. Damit können wir dann sozusagen zum Kern der Sache vordringen.« Van Lynden ließ eine gewisse Schärfe in seiner Stimme anklingen, als er hinzufügte: »Warum hat Argentinien den Vertrag von 1961 verletzt und eine bewaffnete Invasion der Antarktis gestartet?«

Sparza weigerte sich, die Herausforderung anzunehmen und mit gleicher Schärfe zu antworten. »Bitte, Mr. Secretary, lassen Sie es mich erklären. Wir ersuchen Sie, unsere Maßnahmen nicht als Invasion zu betrachten, sondern als einen Akt des zivilen Ungehorsams auf internationaler Ebene. Als einen Protest gegen die Ungerechtigkeit, die Argentinien und allen anderen Entwicklungsländern dieser Welt widerfährt.«

»Ich kann Ihnen nicht folgen, Sir.«

»Wie Sie sicher wissen, stehen wir kurz vor dem zweiten Internationalen Geophysikalischen Jahr. Einige der Unterzeichnerstaaten des Antarktisvertrages von 1961, darunter auch Ihr Land, haben sich sehr dafür ausgesprochen, dass die Antarktis zum Naturschutzgebiet erklärt werden solle. Ihre Motive sind zweifelsohne ehrenhaft, aber in dem Bestreben, diesen Traum zu verwirklichen, wurde die Einstellung anderer Länder völlig ignoriert, wenn nicht gar unterdrückt.«

»Länder wie Argentinien«, erwiderte Van Lynden.

»Wir können unsere Besorgnis in dieser Frage nicht leugnen. Mein Land investiert einen viel größeren Anteil seines Budgets in Antarktis-Projekte als beispielsweise die USA. Die Antarktis ist unser engster überseeischer Nachbar. Es ist daher nur logisch, dass wir sehr an der Zukunft des Kontinents interessiert sind.«

»Argentinien ist nicht das einzige Land, das daran ein Interesse hat«, erwiderte der Außenminister. »Seit Jahrzehnten schon beraten die Unterzeichnerstaaten des Vertrages über die mögliche Nutzung und Entwicklung des Kontinents. Es herrscht heute klare Übereinstimmung darüber, dass die Antarktis als Naturschutzgebiet bewahrt werden soll.«

»Das ist deshalb so, weil die meisten Vertragsstaaten die Antarktis als ein bloßes Objekt der wissenschaftlichen Forschung betrachten!«

Zum ersten Mal verlor Sparza ein wenig die Beherrschung. Van Lynden bemerkte den Nachdruck, mit dem er sprach, und das Funkeln in seinen Augen. Nun gab er nicht bloß irgendwelche Phrasen von sich, sondern sagte das, was er wirklich dachte.

»Argentinien hat die Entwicklung der Antarktis seit langem geplant. Keine massive, zerstörerische Entwicklung, sondern eine sorgfältig kontrollierte Nutzung der reichen natürlichen Ressourcen, die dieser Kontinent bietet. Von diesem Projekt wird nicht nur Argentinien profitieren, sondern die gesamte Staatengemeinschaft. Und dabei bleiben 90 Prozent der Antarktis ohnehin unberührt. Das ist unser Traum.«

»Und Sie meinen, dieser Traum rechtfertigt eine militärische Besetzung des Kontinents?«

Sparza machte eine ungeduldige Geste. »Mr. Secretary, wie ich schon sagte, es ist uns sehr wohl bewusst, dass unsere Maßnahmen drastisch waren. Doch es war einfach notwendig, dieses übereilte Vorgehen der Vertragsstaaten zu unterbinden, auch wenn es noch so gut gemeint sein mag. Ich versichere Ihnen, dass wir eine rasche Lösung dieser Situation anstreben, um bald wieder zum Status quo zurückkehren zu können.«

»Aber?«, fragte Van Lynden und blickte den Präsidenten über den Rahmen seiner Brille hinweg an.

»Aber wir haben einen Wunsch – nur diesen einen: Wir wollen eine internationale Konferenz, auf der ehrlich und vorbehaltlos über die Zukunft der Antarktis verhandelt wird. Dort sollen allerdings nicht nur die Vertragsstaaten vertreten sein, sondern die gesamte Staatengemeinschaft. Wir möchten diese Frage vor die Vereinten Nationen bringen, damit die UNO-Vollversammlung darüber abstimmt. Das sind unsere ehrlichen Absichten. Sie haben mein Wort darauf und auch das der argentinischen Regierung.«

»Und das ist alles?«

»Das ist alles, Mr. Secretary.«

Van Lynden gestattete sich einen Augenblick des Überlegens, ehe er antwortete. »Ich sehe kein Problem dabei, die UNO einzuschalten. Die letztliche Entscheidung darüber muss natürlich meine Regierung treffen.«

»Natürlich.«

»Jetzt, wo Sie sozusagen Ihre ›Demonstration‹ durchgeführt haben – wie steht es da mit dem Abzug der argentinischen Truppen und der Rückgabe der besetzten Einrichtungen an die Briten?«

Sparza lächelte. »Es besteht gute Hoffnung, dass die Briten ihre wissenschaftliche Tätigkeit schon bald wieder aufnehmen können. Wir wollen nicht einen Einzigen unserer Soldaten länger auf antarktischem Boden belassen als unbedingt nötig. Doch unsere Regierung findet, dass diese Angelegenheit am besten über die UNO abgewickelt werden sollte. Keine Sorge, Mr. Secretary. Wir haben nicht die Absicht, irgendwelche militärischen Maßnahmen gegen eine antarktische Einrichtung der Vereinigten Staaten zu starten.«

»Das freut mich zu hören, Mr. Präsident«, antwortete Van Lynden langsam. »Denn ich wurde ermächtigt, Ihnen mitzuteilen, dass gegenwärtig Streitkräfte unseres

Landes auf die antarktische Halbinsel, genauer gesagt Palmer Station, eingeflogen werden. Sie sind voll ausgerüstet und für die polare Kriegsführung ausgebildet, und sie haben Befehl, auf jedes bewaffnete Vorgehen gegen die Station entsprechend zu reagieren.«

Schreib dir das hinter die Ohren, mein Freund.

Der Argentinier schien sprachlos zu sein, wenn auch nur für einen Augenblick. Als er antwortete, klang seine Stimme so höflich und beherrscht wie zuvor.

»Diese Maßnahme ist zwar unnötig, aber durchaus verständlich. Wir anerkennen das Recht eines jeden Landes, seine nationalen Interessen zu verteidigen, genauso wie wir das tun.«

Van Lynden antwortete nicht, sondern beschränkte sich darauf, Sparzas Blick ruhig zu erwidern.

Eine gewisse Anspannung war in Sparzas Gesicht zu erkennen, als er sagte: »Wir haben auch erfahren, dass ein Kriegsschiff der Vereinigten Staaten sich vor der argentinischen Küste aufhält, offensichtlich auf dem Weg zur Drake-Passage. Bestimmt sind wir uns darüber einig, dass wir auf jeden Fall eine Lösung auf dem Verhandlungsweg anstreben sollten – deshalb hoffe ich, dass Ihr Land keine Maßnahmen ergreift, die die Situation unnötig eskalieren lassen.«

»Mr. Präsident, Schiffe der Vereinigten Staaten befahren routinemäßig alle Meere dieser Erde – aus ganz unterschiedlichen Gründen. Solange sich das in internationalen Gewässern abspielt, ist das allein Sache der Vereinigten Staaten und des Oberbefehlshabers unserer Streitkräfte. Aber ich werde meiner Regierung Ihre Besorgnis mitteilen.«

Das erste Abtasten hatte also stattgefunden. Sparza blickte auf seine Armbanduhr. »Ich danke Ihnen, Mr. Secretary. Wenn Sie mich nun bitte entschuldigen möchten, Gentlemen. Wichtige Staatsgeschäfte warten auf mich.«

Während sie in ihrer Limousine in die amerikanische Botschaft zurückfuhren, machte Rosario die erste zögernde Bemerkung.

»Die Argentinier scheinen verhandlungsbereit zu sein. Das lässt hoffen.«

»Es ist leicht, den Großmütigen zu spielen, wenn man zu gewinnen glaubt. Während unserer Unterredung ist mir Sparza die meiste Zeit wie ein Kartenspieler vorgekommen, der glaubt, ein unschlagbares Blatt in der Hand zu haben.«

»Finden Sie?«

»Ich bin mir ganz sicher. Er hatte auf jede Frage eine passende Antwort parat. Es kam mir so vor, als hätte er ein Textband laufen, von dem er ablas. Sicher geht er nach einem ganz bestimmten Plan vor, und im Augenblick spielen wir nach seinen Regeln.«

»Sie glauben also nicht, dass sie es ehrlich meinen?«

Van Lynden schüttelte den Kopf. »Nein, das mit dem ›zivilen Ungehorsam‹, von dem er sprach – das ist doch blanker Unsinn. Damit versucht er etwas zu rechtfertigen, was nichts anderes ist als eine Okkupation. Aber er hofft, dass die internationalen Medien es ihm abkaufen. Argentinien ist Mitglied der Vereinten Nationen. Sie hätten die Sache schon längst vor die UNO-Vollversammlung bringen können, wenn das ihre Absicht wäre. Dr. Towers meint, dass sie ohnehin dort hingehöre. Nein, da steckt noch etwas anderes dahinter, Steve. Irgendetwas, das wir noch nicht ganz durchschauen.«

»Aber wo sollen wir anfangen?«

»Ich bin mir nicht sicher. Eines allerdings habe ich bemerkt: Sparza hat sich besorgt darüber gezeigt, dass unser Schiff sich vor seiner Küste aufhält; dagegen scheint es ihn nicht sehr zu beunruhigen, dass er es bald mit der Hälfte unserer Atlantikflotte und der Royal Navy zu tun bekommt.«

Der Außenminister schwieg eine Weile nachdenklich,

ehe er dann fortfuhr: »Wenn wir rausbekommen, warum ein Schiff, das heute zur Antarktis unterwegs ist, ihn viel mehr beunruhigt als zwanzig, die erst nächste Woche eintreffen ... dann wären wir schon einen Schritt weiter.«

140 Kilometer östlich von Porto Alegre
21. März 2006, 12:57 Uhr

Das Gespräch beim Mittagessen hatte sich vor allem um Sport gedreht. Dix Beltrain hatte wieder einmal seine Ansicht vertreten, dass Football heutzutage eindeutig der bevorzugte Zeitvertreib der Amerikaner sei. Vince Arkady hingegen verstärkte die Riege derer, die für Baseball eintraten, während Christine Rendino tapfer als Einzige eine Lanze für Eishockey brach.

Amanda, der jede Art von Mannschaftssport zuwider war, hörte nur schweigend und mit amüsiertem Interesse zu. Arkady fügte sich gut in die Besatzung ein, und das nahm sie mit Wohlgefallen zur Kenntnis.

Schließlich legte sie die Serviette auf den Teller und sagte: »Wenn ich die Diskussion vielleicht abschließen darf – wir haben da eine Kleinigkeit, um die wir uns kümmern müssen. Chris, wie viel wissen wir im Augenblick über den Aufenthaltsort der argentinischen U-Boote?«

»Wir wissen über vier von fünf Bescheid«, antwortete die Intel-Offizierin, während sie das letzte Stück Erdbeertorte mit ihrer Gabel in Angriff nahm. »Im Moment liegt eines der Kockums 471 und eines der alten TR 1700 am Hauptstützpunkt in Mar del Plata. Ein zweites TR hat unser Aufklärungssatellit vor einer halben Stunde im Golfo San Jorge ausgemacht. Außerdem wurden britische Hubschrauber unten bei den Erdgasfeldern von Burdwoodbank fündig. Ich habe aus Mount Pleasant erfahren, dass es sich mit achtzigprozentiger Wahrscheinlichkeit um unser drittes TR handelt.«

»Bleibt noch das andere 471er.«

»Ja; das Letzte, was wir darüber wissen, ist, dass es

vor vier Tagen bei Rio de la Plata abgetaucht ist. Es könnte mittlerweile überall sein.«

»Das fürchte ich eben«, gab Amanda zurück. Sie blickte zum neuen Chef ihrer Hubschraubertruppe hinüber. »Arkady, ich möchte die Helikopter einsetzen, um uns die argentinische Küste hinunter einen Anti-U-Boot-Korridor zu sichern. Wie steht's damit?«

Er zuckte die Schultern. »Ich kann Ihnen ein bedingtes Ja dazu geben. Aber wenn man bedenkt, wie leise diese neuen schwedischen Boote sind, dann müssten schon beide Hubschrauber die meiste Zeit im Tandem unterwegs sein, um die Sache wirklich sicher zu machen. Außerdem müssten wir auf gut Glück Sonarbojen abwerfen. Haben Sie sich das so vorgestellt?«

Das hatte sie, aber – wie schon ein großer Stratege einmal gesagt hatte: ›Der Ballon der Theorie wird von den Bleigewichten der Logistik am Boden gehalten.‹ Wie viele Stunden konnte sie ihren Hubschrauber-Crews und dem Material zumuten, und wie viele Tage würde es dauern, bis ein Versorgungsschiff am Horizont auftauchte?

»Negativ. Sie werden sich abwechseln und sich außerdem auf den Magnetanomalie-Detektor und das Tauchsonar beschränken. Werfen Sie Sonarbojen nur, um einen potentiellen Kontakt aufzuspüren. Gehen Sie nicht zu weit von unserem Kurs ab. Ich möchte diesem Kerl nicht über den Weg laufen, ohne es zu wissen.«

»Aye aye, Skipper. Sollen wir Torpedos laden?«

Diese Frage ließ eine plötzliche Stille am Tisch entstehen. Nach einem Augenblick des Überlegens schüttelte sie den Kopf. »Nein, so weit ist es noch nicht. Wir haben es nur mit ein paar Leuten zu tun, die ein seltsames Spielchen treiben. Ich möchte ihnen keinen Grund geben, noch weiter zu gehen.«

Arkady nickte zustimmend. »Okay. Kommen Sie, Nancy, wir müssen uns einen Einsatzplan zurechtzimmern.«

Die beiden schoben ihre Stühle zurück und erhoben sich. Arkady und seine Offizierin schienen bereits ein gut eingespieltes Team zu bilden, in dem keinerlei Spannungen erkennbar waren.

Die meisten der übrigen Offiziere machten sich ebenfalls an die Arbeit, bis nur noch Amanda und Christine bei einer letzten Tasse Kaffee am Tisch saßen.

Christine sah den Kollegen zu, die hinausgingen, und seufzte schließlich tief. »Ich habe ja schon immer vermutet, dass Sie gute Beziehungen zu höchsten Stellen haben – aber jetzt bin ich mir sicher, dass Sie einen heißen Draht zu Gottvater, dem Sohn und dem Heiligen Geist persönlich haben müssen.«

»Wovon reden Sie, Chris?«

»Unser neuer Heli-Pilot, den wir in Rio aufgegabelt haben. Du liebe Güte, der Junge sieht wirklich süß aus.«

»Chris!« Amanda stellte ihre Tasse lautstark nieder. »Zum Glück weiß ich, dass Sie im Grunde ein irrationaler Mensch sind. Jeden anderen, der eine solche Bemerkung macht, würde ich auf einer einsamen Insel aussetzen!«

Die Nachrichten-Offizierin stieß ein mädchenhaftes Kichern aus. »Wusste ich's doch, dass ich Sie damit auf die Palme bringe. Keine Sorge, Ma'am. Ich weiß ja, dass Ihnen Ordnung über alles geht.«

»Ein befehlshabender Offizier kann solche Dinge nicht einmal tolerieren, wenn sie im Scherz gemeint sind, Lieutenant.«

»Ich weiß, ich weiß.« Lieutenant Rendino beugte sich vor und stützte das Kinn auf die Hand. »Aber seien Sie doch ehrlich, zwischen Ihnen und Mr. Arkady hat es doch ordentlich gefunkt da draußen auf dem Strand.«

Amanda konnte sich ein Lächeln nicht verkneifen. »Nun, wir haben uns nicht gerade die Augen ausgekratzt. Aber das ist jetzt nicht mehr von Bedeutung. Ich wusste nicht, dass er bei der Navy ist, und noch weniger wusste ich, dass er meinem Kommando unterstellt sein würde. Ab sofort ist er nur noch einer meiner Offiziere.«

Christine murmelte etwas in ihre Hand.

»Ich hab Sie nicht verstanden.«

»Ach, nichts, Ma'am. Ich hab nur gemeint, das glaubt Ihnen bestimmt jeder.«

Es kam nicht mehr dazu, dass Amanda antwortete – denn aus dem Lautsprecher tönte es: »Captain, bitte Gefechtsleitstand anrufen.«

Sie setzte sich rasch den Kopfhörer auf, der neben ihrem Teller lag. »Hier ist der Captain.«

»Zwei schnelle Flugzeuge kommen von Südwesten auf uns zu. Kontakte sind als Argentinier identifiziert.«

»Bin schon unterwegs. Chris, kommen Sie mit.«

Noch bevor sie den zweiten Satz zu Ende gesprochen hatte, war Amanda schon aufgesprungen und auf dem Weg zur Luke.

Der Gefechtsleitstand der *Cunningham* befand sich unter dem Hauptdeck – genauer gesagt unter der Offiziersmesse. Der Raum war annähernd achteckig im Grundriss, und die vier Hauptstationen waren in den Ecken untergebracht – die Kommunikation an Steuerbord vorne, die Abteilung für Elint (Elektronische Aufklärung) an Steuerbord achtern, die Stealth- oder Tarnkappensysteme sowie die Abteilung für elektronische Kriegführung (ECM) an Backbord achtern und schließlich die U-Boot-Abwehr an Backbord vorne.

An den übrigen Schotten waren weitere Stationen untergebracht – und zwar für die Maschinenabteilung, Schadenkontrolle, Feuerbekämpfung und Sensor-Unterstützung. Ganz vorn befand sich der ›Alpha-Schirm‹, das primäre Display des Aegis-II-Radarsystems. Der Monitor war etwa zweieinhalb Meter breit und etwa einen Meter zwanzig hoch und zeigte die Umgebung des Schiffes in Form einer Computergrafik.

Ein heikler Aspekt der modernen Navy war der Umstand, dass immer mehr Kommandanten sich im Ernstfall anstatt auf der Brücke, dem traditionellen Standort des Captains in einer Gefechtssituation, hier im Gefechtsleitstand aufhielten. Mit Hilfe der Schiffssensoren konnte man von hier aus besser ›sehen‹, was draußen vor sich ging – und das bis zu einer taktisch relevanten Entfernung von mehreren hundert Kilometern.

Beim Bau der *Cunningham* hatte man diesem Umstand bereits Rechnung getragen, und aus diesem Grund befand sich in der Mitte des Raumes ein Kommandozentrum aus mehreren Arbeitsstationen. Der Sessel des Captains mit seiner Reihe von Flatscreen-Monitoren war direkt entlang der Feuerleitkonsole des Taktik-Offiziers platziert. Weiter vorn befanden sich die Operator-Station für das Aegis-System und die Gefechtsstation des Rudergängers.

Auf diese Weise konnte man der Tatsache Rechnung tragen, dass Gefechte auf See immer besonders schnell und verbissen geführt wurden, insbesondere mit Hilfe der daran beteiligten Luftstreitkräfte. Das alte System, wo der Captain einen Befehl gab, der von einem zum anderen weitergegeben wurde, bis er beim Wachoffizier landete, der ihn dann dem Rudergänger übermittelte, war einfach nicht mehr zeitgemäß und kostete wertvolle Minuten. Ein direkter Zugriff auf das Ruder und die Maschinen konnte entscheidend sein, wenn es darum ging, das Schiff zu retten.

Da man sich momentan nicht im Alarmzustand befand, war das Kommandozentrum in der Mitte des Raumes im Augenblick unbesetzt – nur der Dienst habende Aegis-Operator saß an seinem Platz. Der Sessel des Captains war nach achtern gerichtet, so als warte er bereits auf Amanda, als sie rasch den Raum betrat. Sie ließ sich auf dem Sessel nieder und drehte ihn um 180 Grad. Ein rascher Blick auf den Alpha-Schirm sagte alles.

Das Bild, das hier zu sehen war, wurde nicht von einem einzigen System erzeugt – es war vielmehr ein Produkt, das der Computer aus den Daten des Sensorsystems und einer ozeanografischen und geografischen Karte der Global Positioning Unit und der Navigations-Datenbanken erstellte. Im Augenblick waren zwei gelb leuchtende Symbole zu erkennen, die potentielle feindliche Luftkontakte anzeigten, welche soeben die nordargentinische Küste verließen. Eine Linie zeigte den vorausberechneten Kurs der Flugzeuge an, der sich einige Kilometer vor der *Cunningham* mit deren Kurslinie schnitt.

Christine hatte sich zurückgezogen, um sich mit ihren Leuten in der Elint-Abteilung zu beraten; nun kehrte sie zurück und trat zu ihrem Captain.

»Wie sieht's aus, Lieutenant?«

»Es sind hundertprozentig Argentinier. Sie haben sich recht angeregt mit ›Pedro‹ unterhalten und haben jetzt unsere genaue Position.«

›Pedro‹ war der Spitzname, der für die argentinischen Patrouillenflugzeuge verwendet wurde, die vergangene Nacht abwechselnd die Duke beschattet hatten. Im Augenblick bewegte sich ›Pedro‹ knapp 50 Kilometer entfernt an Backbord.

»Was sind es diesmal für Maschinen?«, wollte Amanda wissen.

»Nach ihren Leistungsdaten und der Größe des Radarechos zu schließen, sind es Jäger. Wenn sie zur *Fuerza Aerea* gehören, dann handelt es sich wahrscheinlich um Rafale. Wenn sie von der *Aeronaval* sind, dann müssten es Panavia Tornados sein.

Langsam verstrich eine Viertelstunde, in der die beiden ›Ziele‹, wie man Radarechos nannte, immer näher kamen. Schließlich wurde das auf dem Mast montierte Suchsystem der Duke aktiviert, das dem McDonnell-Douglas-System nachempfunden war, wie es in der

Scout-Hubschrauberflotte der US Army verwendet wurde. Es bestand aus einer hochauflösenden Fernsehkamera mit zwölffacher Vergrößerung und einem vorwärtsgerichteten Infrarot-Sensor (FLIR), die beide auf einer gyro-stabilisierten Mast-Plattform angebracht waren.

Vom Radar gelenkt, schwenkten die Linsen nun herum und nahmen die herannahenden Flugzeuge ins Visier. Unten im Gefechtsleitstand erschien das Bild, das auf diese Weise aufgenommen wurde, im rechten oberen Winkel des Alpha-Schirms.

Die beiden Frauen studierten die beiden Flugzeuge und deren Deltaflügel. »Rafale«, stellte Christine schließlich fest.

Als sie noch deutlicher zu erkennen waren, holte sich die Nachrichten-Offizierin ein Standardwerk über Aufklärungssysteme, *Jane's Battlefield Surveillance Systems*, auf den Nebenbildschirm und suchte den betreffenden Eintrag.

»Keine besondere Bewaffnung; der Staffelführer verfügt über ein Foto-Aufklärungssystem«, berichtete sie.

Die argentinischen Jagdflugzeuge kamen auf die *Cunningham* zu und flogen in einer Höhe von 1500 Metern über sie hinweg. Dann gingen sie auf 600 Meter herunter und drehten ab, um schließlich erneut auf die Flanke des Zerstörers zuzusteuern. Sie flogen niedrig genug, dass man die Abgase der Triebwerke erkennen konnte. Danach stiegen sie wieder hoch und drehten nach Südwesten ab; ihre Mission war anscheinend erfüllt.

Alle Anwesenden im Gefechtsleitstand entspannten sich, als die Rafales sich entfernten.

»Ich schätze, sie wollten nur ein paar Fotos schießen«, sagte Christine.

»Diesmal zumindest«, stimmte Amanda zu.

Buenos Aires
21. März 2006, 19:25 Uhr

SECURITY*SECURITY***SECURITY***
*
ALPHA LOC 5-AUTHENTICATOR*GREEN CHECK VERIFY***
*
**MODE TERMINAL-TERMINAL
*
**SECSTATE-BRASILKONSUL
*
**SECSTATE GO
*
ANFRAGE: WIE IST DIE SITUATION BEZUEGLICH SABOTAGEVERSUCH AN USS CUNNINGHAM?
*
MILITAERATTACHÉ IST MIT BRASIL. STELLVERTR. SEC. MAR. ZUSAMMENGETROFFEN:

PUNKT 1: LEUGNET JEDEN VERSUCH DER SABOTAGE: BRASILMAR BERICHT BEHAUPTET VORFALL WAERE DURCH TREIBSTOFFVERUNREINIGUNG BEI LADEARBEITEN ENTSTANDEN.
*
PUNKT 2: PROTEST WEGEN NICHT GENEHMIGTEM AUSLAUFEN VON USS CUNNINGHAM. VERLETZUNG DER HAFENBESTIMMUNGEN.
ERSUCHEN UM INSTRUKTIONEN.
*
PROTEST IGNORIEREN.
*
ERSUCHEN UM BERICHT UEBER HALTUNG VON BRASIL REG

GEGENUEBER ARGENTINISCHEN MASSNAHMEN IN DER ANTARKTIS.

*

EINZIG VERFUEGBARE INFO VON PRESSEAUSSENDUNG DES MINIST FUER INFO SPRICHT SICH FUER ›MASSVOLLE HALTUNG UND VERHANDLUNGEN‹ AUS.
BRASIL PRAES, BRASIL VIZEPRAES, BRASIL AUSSENMINISTER WAEHREND DER VERGANGENEN 24 STUNDEN FÜR STELLUNGNAHME NICHT ERREICHBAR.
CIA BERICHTET WIE FOLGT:

PUNKT 1: SPEZIELLE VERBINDUNGSGRUPPE ARGENTINISCHES AUSSENAMT BEFINDET SICH SEIT 72–96 STUNDEN IN BRASILIA.

PUNKT 2: BRASIL PRAES, BRASIL AUSSENMINISTER MIT BESAGTER GRUPPE IN KONSULTATION.

PUNKT 3: ERHOEHTER EINSATZ VON DIPLOMATISCHEN KURIEREN ZWISCHEN BRASILIA UND WICHTIGSTEN UEBERSEEBOTSCHAFTEN.

*

ANFRAGE: WAS GEHT HIER EIGENTLICH VOR, MR. SECRETARY?

*

*

*

WIR WISSEN ES IMMER NOCH NICHT GENAU.

130 Kilometer östlich der Halbinsel Valdes
22. März 2006, 15:51 Uhr

Vince Arkady stieg rasch die Leiter des Zwischendecks hoch, die zu Air One führte, der Flugkontrollzentrale der *Cunningham.* Dieses kleine dreieckige Abteil am achterlichen Ende der Decksaufbauten war neben der Brücke der einzige Raum, von dem aus man direkt nach außen sehen konnte; durch die v-förmige Plexiglasscheibe ließ sich auch die Hubschrauberlandeplattform überblicken. Als Arkady den Raum betrat, der mit zwei Terminals und einer kleinen Kommunikationskonsole ausgestattet war, traf er auf Oberbootsmann Frank Muller, den Crew-Chief von Helikopter Zero Two und gleichzeitig dienstältesten Unteroffizier der Hubschraubertruppe.

»Was gibt's, Frank?«

Muller reichte seinem Chef einen Kopfhörer, während er antwortete: »Zero Two hat sich soeben gemeldet. Es gibt Probleme beim Landeanflug.«

»Wo ist die Maschine jetzt?«

»Ungefähr 25 Kilometer Süd-Südwest.«

Einer der Bildschirme zeigte das taktische Display des Aegis-Systems; das Symbol des in Schwierigkeiten geratenen Hubschraubers war mit rotem Warnlicht gekennzeichnet.

»Wo finde ich sie?«, fragte Arkady und setzte sich den Kopfhörer auf.

»Tac 3«, lautete die Antwort.

Während Arkady die Verbindung herstellte, warf er einen kurzen Blick hinaus, um nach Seegang und Wetter zu sehen. Die Duke lief unter einem blauen Himmel, an dem hier und da Haufenwolken zu erkennen waren. Doch die

See war bewegt und kabbelig und bildete weiße Schaumkronen. Der Luftsack, der an dem Mast beim Hubschrauberdeck hing, wurde von dem böigen Wind hin und her gepeitscht. Es war kein guter Tag, um einen sinkenden Helikopter schwimmend verlassen zu müssen.

»Grey Lady an Zero Two, können Sie mich hören?«

»Jawohl, Grey Lady, ich höre Sie.«

Durch das Rauschen im Kopfhörer drang Ensign Nancy Delanys angespannte, aber immer noch ruhige Stimme.

»Hallo, Nancy. Hier spricht Vince Arkady. Was ist denn da draußen bei Ihnen los?«

»Ich weiß nicht genau, Sir. Ich verliere immer wieder Leistung und kann die Kontrolle nur durch gelegentliche Leistungsstöße beibehalten.«

»Was sagen Ihre Anzeigen?«

»Es müsste eigentlich alles in Ordnung sein, wenn man einmal von leichten Unregelmäßigkeiten bei der Treibstoffzuleitung absieht. Ich habe immer wieder zwischen der Hauptpumpe und den Reservepumpen hin- und hergeschaltet und auch zwischen den Innen- und Außentanks – aber das Problem lässt sich nicht beheben.«

Vince blickte zu Muller hinüber. Er arbeitete jetzt seit knapp zwei Tagen mit dem Mann zusammen und war bereits zu der Überzeugung gelangt, dass der Chief sein Handwerk verstand. Der korpulente Mann mit dem schütteren Haar saß vornübergebeugt an seinen Instrumenten und verfolgte die telemetrischen Daten, die vom Bordsystem des Hubschraubers einlangten.

»Wurde der Heli durch die Innen- oder die Außentanks versorgt, als er zu bocken begann?«, fragte er nachdenklich.

»Wir werden's gleich wissen«, antwortete Vince und schaltete sein Mikrofon ein. »Äh, Zero Two, waren Sie auf Innen- oder Außentank, als die Probleme auftraten?«

»Grey Lady, auf Außentank. Tut mir Leid, Sir, aber ich

wär schon ein paar Mal fast im Wasser gelandet. Nichts scheint mehr zu helfen, deshalb habe ich mir gedacht, es wäre besser, wenn ich heimkomme.«

»Wir stimmen hundertprozentig zu. Kommen Sie heim, Zero Two.«

Vince wandte sich wieder Muller zu. »Was halten Sie von der Sache?«

»Ich glaube, sie hat Luft im Treibstoffsystem, wahrscheinlich durch einen kleinen Defekt an einer Zuleitung. Wenn da Luft reinkommt und sich unter einem Filter Blasen bilden, dann kann es zu solchen Motoraussetzern kommen.«

»Das sollte doch beim Comanche eigentlich nicht mehr vorkommen, Chief.«

»Es gibt eine Menge, was eigentlich nicht mehr vorkommen sollte, Lieutenant, und doch passiert es immer wieder. Sie haben das Problem bisher nur zum Teil in den Griff bekommen. Es tritt immer wieder einmal auf – wenn auch so selten, dass man das Problemerkennungsprogramm dafür aus der Bordsoftware eliminiert hat. Und so weiß der Pilot gar nicht, wonach er suchen soll. Nun, Ensign Delany hat ohnehin alles getan, was man in so einem Fall tun kann. Sie hat's mit dem gesamten Treibstoffsystem versucht – und nicht bloß mit den Außentanks.«

»Wie können wir ihr helfen?«, fragte Arkady.

»Ich fürchte, wir können nicht viel tun. Wir müssen ganz einfach zusehen, dass sie so schnell wie möglich wieder an Deck ist. Natürlich kann es sein, dass sich das Problem in den nächsten dreißig Sekunden von selbst behebt – aber es könnte auch passieren, dass sie einen Totalausfall hat und wie ein Stein vom Himmel fällt. Eins von beiden wird wohl geschehen.«

»Okay, bringen wir sie runter.«

Arkady nahm die Verbindung mit dem Hubschrauber wieder auf. »Zero Two, wir wissen jetzt, wo Ihr Problem liegt. Kommen Sie sofort an Bord – wir kümmern uns dann darum.«

Noch während er sprach, rief Vince an seinem Terminal die Liste mit der Ausstattung des Hubschraubers auf. Es war alles wie vorgesehen: ein Außentank mit rund 110 Gallonen (1 Gallone = 3,78 Liter) Treibstoff, ein SQR/A1-Sonardom und eine Ladung Sonarbojen.

»He, Nancy. Haben Sie Ihr Sonar-Werkzeug noch an Bord?«

»Ja, Sir.«

»Dann werfen Sie es ab. Es ist besser, wenn Sie ein wenig leichter sind.«

»Das ist nicht nötig, Lieutenant. Ich denke, ich schaffe es auch so.«

»Werfen Sie alles ab, Ensign. Das ist ein Befehl. Wir kaufen Ihnen später neues Spielzeug. Dafür haben wir ja schließlich die Steuerzahler.«

»Das Mädchen macht sich viel zu viel Sorgen um das Zeug«, murmelte Arkady, während er die Brücke anrief. »Ich schätze, wir lassen die Chefin wissen, was los ist.«

»Brücke, aye«, antwortete Amanda Lee Garrett im nächsten Augenblick.

»Captain, hier Arkady in Air One. Hubschrauber Zero Two hat ein Problem mit den Treibstoffpumpen. Sie könnte in etwa fünf Minuten landen. Ich schlage vor, dass wir sofort in Landeposition gehen.«

»Einverstanden«, antwortete sie nüchtern. »Wir haben die Situation von hier oben verfolgt. Wir drehen das Schiff gegen den Wind, außerdem werden wir die Stabilisatoren voll aktivieren. Noch etwas: Da sind argentinische Flugzeuge zu uns unterwegs. Wir wissen nicht, was sie vorhaben, aber sie werden in wenigen Minuten über uns sein.«

»Das hat uns gerade noch gefehlt.«

»Ich kümmere mich um die Argentinier – und Sie um unseren Heli. Wenn ich Ihnen mit irgendeinem Manöver helfen kann, lassen Sie's mich wissen.«

Amandas Stimme klang nicht mehr ganz so sachlich, sondern etwas besorgt als sie hinzufügte: »Glauben Sie, dass Sie die Maschine sicher nach Hause bringen, Arkady?«

»Reden wir in fünf Minuten weiter, Skipper, dann weiß ich mehr.«

»Flugstation! Flugstation!«, dröhnte es aus den Lautsprechern. »Flugtechnikteam und Bergungstrupp an Deck! Zustand Zebra auf allen Abteilungen!« Überall ertönten Alarmhupen und wurden wasserdichte Türen geöffnet und zugeknallt.

Auf dem Hubschrauberdeck begannen die Landungslichter zu blinken. Ringsum glitten aus den entsprechenden Deckschichten Barrieren empor, die sich wie eine Blüte aus Nylon und Aluminium entfalteten. Von allen Seiten kamen Matrosen von der Schadenkontrollabteilung herbeigeeilt, größtenteils mit silberfarbenen feuerfesten Anzügen bekleidet, und hielten nach dem in Not geratenen Hubschrauber Ausschau.

In der Flugkontrollzentrale zeigte Chief Muller auf seinen Bildschirm und sagte: »Da ist sie. Sie kommt von Westen rein.«

Arkady rief an seinem Platz das auf dem Mast montierte Suchsystem auf. Mit dem Joystick seines Terminals legte er eine der Kameras auf den anfliegenden Hubschrauber, um ihn sich mit der Zoomfunktion möglichst nahe heranzuholen.

»Verdammt, es sieht schlimmer aus, als ich dachte.«

Er sah, wie der Hubschrauber alle paar Sekunden von Aussetzern geschüttelt wurde. Immer wieder sackte der Sea Comanche ab, und Ensign Delany hatte alle Hände voll zu tun, um ihn in der Luft zu halten. Dann setzte wieder ein plötzlicher Leistungsstoß ein, und der Hubschrauber bockte kurz und stieg hoch.

Muller schüttelte den Kopf. »Lieutenant, wenn sie

beim Landeanflug über dem Schiff absackt, so wie jetzt eben …«

»Malen Sie nicht den Teufel an die Wand, Chief. Wir müssen es einfach versuchen. Gehen wir nach dem üblichen Ablauf vor und versuchen wir sie runterzubringen.«

Arkady schaltete sein Mikrofon ein. »Zero Two, wir können Sie sehen. Das Schiff liegt 30 Grad gegen den Wind, und wir haben 28 bis 30 Knoten über dem Deck. Bereiten Sie einen Standardanflug vor. Die Bergungsteams sind zur Stelle. Lassen Sie sich Zeit, Nancy. Für den Fall, dass es eine harte Landung wird, haben wir ein weiches Kissen für Sie vorbereitet.«

»Keine Sorge, Sir. Ich hab alles im Griff.«

Du hältst dich wirklich tapfer, aber ich weiß, wie dir zumute ist, dachte Arkady bei sich.

Sie kam sehr hoch angeflogen, weil sie der Meeresoberfläche nicht zu früh allzu nahe kommen wollte. Offensichtlich bemühte sie sich, den Rhythmus auszunutzen, in dem die Aussetzer immer wieder auftraten, um dann in den kurzen Augenblicken, in denen sie volle Kontrolle hatte, zur Landung ansetzen zu können.

Zunächst hielt sie sich im Schwebeflug etwa 50 Meter vom Schiff entfernt an Steuerbord. Das Fahrwerk am Bauch des Sea Comanche wurde ausgefahren, während sich der Helikopter der Landeplattform näherte.

Plötzlich ertönte eine Stimme in Arkadys Kopfhörer. »Gefechtsstand an Air One! Flugzeuge nähern sich rasch! Passen Sie auf!«

In Air One wandte sich alles nach Steuerbord, und Arkady konnte kaum glauben, was er da draußen sah. Zwei dunkelblaue Panavia Tornados mit der Aufschrift ARMADA an den Flanken brausten in nächster Nähe vorbei. Flammen schossen aus den Nachbrennern, und so gut wie jeder an Bord spürte den Donnerschlag, den die Maschinen beim Vorbeifliegen auslösten. Die beiden Jäger hatten sich noch kaum entfernt, als an Backbord zwei weitere Maschinen vorüberdonnerten, bevor schließlich alle vier Flugzeuge fast senkrecht hochstiegen und binnen Sekunden außer Sichtweite waren.

Hatte der gefährliche Tiefflug der Argentinier Arkady und Muller erschreckt, so hätte er Nancy Delany und ihren System-Operator beinahe außer Gefecht gesetzt. Nicht nur dass sie völlig aus der Konzentration gebracht wurde – es bildeten sich auch starke Luftwirbel, die den Hubschrauber mit voller Wucht trafen.

Der Helikopter taumelte und drehte sich fast 360 Grad um die eigene Achse. Erneut setzten die Triebwerke aus, und die Pilotin versuchte verzweifelt gegenzusteuern, was jedoch nicht gelang – der Hubschrauber fiel wie ein Stein vom Himmel.

Im allerletzten Augenblick heulten die Turbinen auf und erweckten den Helikopter zu neuem Leben. Die Räder pflügten für einen Augenblick durch die Wellen, ehe die Pilotin den Sea Comanche hochziehen konnte.

»Wer waren diese Kerle? Verdammt! Wer war das?«

»Nur ruhig, Nancy. Das sind bloß ein paar Dummköpfe hier aus der Gegend, die Unsinn machen.«

»Was denken die sich dabei? Verdammt, die hätten mich fast erledigt!«

»Beruhigen Sie sich, Ensign! Zero Two, steigen Sie hoch und bereiten Sie einen neuen Landeanflug vor. Wir kümmern uns um diese Narren. Sie schaffen es, keine Angst!«

Arkady wies Chief Muller an, sich weiter um den Hubschrauber zu kümmern, und begann die UKW-Frequenzen nach den *Aeronaval*-Fliegern abzusuchen. Jemand im Gefechtsleitstand war ihm zuvorgekommen, und er hörte die Nachricht, die hinausgeschickt wurde.

»... SS *Cunningham.* Sie behindern eine Bergungsaktion. Bitte halten Sie genügend Abstand! Ich wiederhole, halten Sie bitte Abstand!«

Die Stimme, die auf die Botschaft antwortete, sprach

in fließendem, nahezu akzentfreiem Englisch; eine gewisse Arroganz war nicht zu überhören.

»United States Ship *Cunningham,* hier spricht der Kommandant der *Tigre.* Wir müssen Sie darauf hinweisen, dass Sie sich in unmittelbarer Nähe von argentinischen Hoheitsgewässern befinden. Und auch der Luftraum hier gehört uns, *Norteno.*«

»Kommandant der *Tigre,* hier *Cunningham.* Wir bewegen uns im Augenblick in internationalen Gewässern. Wir müssen eine Bergungsaktion durchführen. Bitte halten Sie genügend Abstand, während wir unseren Hubschrauber zurückbringen.«

»*Cunningham,* hier *Tigre.* Sie haben mich wohl nicht verstanden.« Der argentinische Pilot klang so, als würde ihm das Ganze einigen Spaß bereiten. »Sie operieren in unmittelbarer Nähe unserer Hoheitsgewässer, sodass wir uns gezwungen sehen, alle Vorgänge hier genau zu beobachten – auch Ihren Landeanflug. Wir werden also weitermachen.«

Muller saß wie gebannt vor dem Alpha-Display.

»Sie kommen zurück ... O Gott! Sie kommen direkt auf Zero Two zu!«

»Ich glaub es einfach nicht!«, knurrte Vince und setzte sich wieder mit dem Hubschrauber in Verbindung. »Zero Two, da kommen wieder ein paar schnelle Flugzeuge auf Sie zu. Passen Sie auf!«

Mehr konnte er nicht mehr sagen.

Die argentinischen Tornados kamen dahergebraust und hielten direkt auf den angeschlagenen Sea Comanche zu. Mit annähernder Schallgeschwindigkeit schossen sie so knapp wie nur möglich an dem Hubschrauber vorbei, um ihn durch die Druckwellen vom Himmel zu fegen.

Arkady hielt den Atem an, während er den Überlebenskampf des taumelnden Helikopters verfolgte, dem es nur mit Mühe gelang, sich in der Luft zu halten.

»Zero Two, alles klar bei euch?«

»Im Augenblick ja«, kam die schwache Antwort. »Aber noch einmal so etwas, und wir liegen im Wasser.«

Wieder ertönte eine Stimme über Funk, die Arkady sofort erkannte. »Ah, *Cunningham,* ich glaube, ich habe die Ursache für Ihr Problem erkannt. Minderwertiges Fluggerät, das von schlechten Piloten geflogen wird. Sie sollten Ihren jungen Damen sagen, dass es keinen Sinn hat, Flieger zu spielen, wenn man's nicht kann.«

Arkady drückte mit aller Kraft auf den Knopf der Funkverbindung. »Erzähl du mir nichts von Minderwertigkeit, du Arschloch. Du hast dir eine Lektion verdient, damit du weißt, mit wem du's zu tun hast!«

Er wechselte zur Bordsprechanlage. »Hangar! Bringen Sie Hubschrauber Zero One an Deck, und zwar mit voller Luft-Luft-Bewaffnung. Sidewinders und Geschütze. Rasch!«

»Nein, stopp!«, meldete sich Amanda Garrett mit scharfer Stimme zu Wort. »Lieutenant Arkady, was haben Sie vor?«

»Ich will starten und meinen Piloten sicher zurückbringen. Und wenn es notwendig ist, zeig ich's diesen Macho-Schweinen!«

»Negativ. Es hilft Delany überhaupt nicht, wenn sie in einen Nahkampf verwickelt wird. Sagen Sie ihr, sie soll sich ein wenig abseits an Steuerbord halten, bis wir die Sache geregelt haben.«

»Captain ...«

»Ich kümmere mich darum, Lieutenant«, sagte sie in einem Ton, der keinen Widerspruch zuließ.

»Aye aye, Ma'am.« Arkady holte tief Luft und gab die Instruktionen an den Hubschrauber weiter.

Die Brücke hatte währenddessen wieder die Verbindung mit dem argentinischen Kommandanten aufgenommen, und Amandas Stimme war erneut zu hören.

»*Tigre,* hier Commander Amanda Lee Garrett von der

US Navy, gegenwärtig Kommandantin der USS *Cunningham.* Mit wem spreche ich, bitte?«

Die kühle Gelassenheit ihrer Stimme stand in krassem Gegensatz zu dem verbalen Feuerwerk der vergangenen Minuten. Dies schien auch die Argentinier einigermaßen zu überraschen. Mehrere Sekunden vergingen, ehe eine Antwort kam.

»Hier *Capitan de Frigata* Alfredo Cristobal von der *Aeronaval* Argentinien, Kommandant der Ersten Marine-Jagd-*Escuadrilla.*«

»Captain Cristobal, diese Situation hier bringt das Leben von zwei Mitgliedern meiner Besatzung in Gefahr. Außerdem verstärkt sie die Spannungen zwischen unseren Ländern nur noch weiter. Ich bitte Sie von Offizier zu Offizier, sich zurückzuziehen und uns zu ermöglichen, unseren Hubschrauber an Bord zu bringen.«

Einen Augenblick lang dachte Vince, dass sie es geschafft hätte und dass ihr Appell an die Vernunft Wirkung zeigte. Vielleicht wäre das auch der Fall gewesen, wenn *Capitan* Alfredo Cristobal in der Lage gewesen wäre, sein Hirn zu gebrauchen.

»Aber sicher, Captain Garrett.« Und mit einer ordentlichen Portion Arroganz und Selbstgefälligkeit fügte er hinzu: »Allerdings muss ich zunächst darauf bestehen, noch einmal vorbeizufliegen, um mich von den reizenden Ladys der *Norteamericano* Navy zu verabschieden.«

»Wie Sie wünschen.« Amanda Garretts Stimme war nun nicht mehr kühl, sie war eiskalt. Vince Arkady konnte sich lebhaft vorstellen, wie die haselnussbraunen Augen sich drohend verengten.

»Da kommen sie wieder«, meldete Chief Muller. »Diesmal sieht es so aus, als wollten sie uns mit den Flügelspitzen streifen.«

Im nächsten Augenblick meldete sich eine Stimme aus den Decklautsprechern: »Achtung! RBOC-Werfer bereitmachen!«

Arkady und Muller sahen einander verblüfft an, während die Flugzeuge herandonnerten.

Auf dem Vordeck und an der Vorderfront der Aufbauten gingen Luken auf, aus denen die Mündungen der RBOC-Werfer hervortraten. Das Dröhnen der Düppel-Raketen, die in einer ganzen Salve abgefeuert wurden, übertönte den Lärm der heranbrausenden Jets. Im nächsten Augenblick füllte sich der Himmel über dem Zerstörer mit Rauch und Streifen aus Alufolie – und die argentinischen Jäger schossen mitten hinein.

Wie aufgescheuchte Vögel zerstreuten sich die Jets der *Aeronaval* in alle Richtungen. Sie zogen ihre Maschinen hoch und wichen seitwärts aus, um dem Inferno zu entkommen. *Tigre* Eins schaffte es nicht rechtzeitig. Gerade als Captain Cristobals Tornado in die Aluminiumwolke eindrang, geriet eine Ladung Alufolie in seinen Ansaugstutzen an Steuerbord. Einen Sekundenbruchteil später war es um das mehrere Millionen Dollar teure Turbo-Union-Triebwerk geschehen.

Arkady nahm das dumpfe Geräusch wahr, mit dem sich das Triebwerk verabschiedete. Aufmerksam verfolgte er den Flug der Maschine, die aus der Aluminiumwolke gebraust kam, eine Rauchfahne hinter sich herziehend.

Eines musste man diesem Cristobal lassen: Er war ein exzellenter Pilot. Wäre er das nicht gewesen, hätte er die Maschine unmöglich abfangen können. So aber vollführte er mit seiner Tornado knapp über den Wellen eine langsame Rolle, ehe er sie in die Balance bekam und sanft hochzog. Als er sich wieder über Funk meldete, war jede Arroganz aus seiner Stimme gewichen. Er hatte den Schock und die Angst überwunden und ließ seiner nackten Wut freien Lauf.

»*Norteno puta*! Das werden wir dir nicht durchgehen lassen! Die Tierra San Martin gehört Argentinien! Der Südatlantik gehört uns! Wir werden euch zur Hölle schicken!«

Amanda Garrett gab sich keine Mühe, ihre Verachtung zu verbergen, als sie antwortete: »Wenn das, was Sie uns heute gezeigt haben, ein Beleg für die Professionalität Ihrer Streitkräfte ist, dann wünsche ich Ihnen viel Glück. Hier spricht die *Cunningham*, over and out.«

»Schau nur«, merkte Arkady an, während das schwer angeschlagene Flugzeug sich nach Osten verzog, »da verdrückt sich ein Mann, der sicher einen Monat lang keinen mehr hochbekommt.«

»Air One, hier Brücke.« Amanda Garretts Stimme klang nun schon um einiges versöhnlicher in seinem Kopfhörer. »Der Alpha-Schirm zeigt an, dass alle argentinischen Flugzeuge sich zurückziehen. Sie können mit der Bergungsoperation fortfahren, sobald wir die Rauchwolke hinter uns haben.«

»Aye aye, Captain. Wird gemacht. Übrigens, Air One bittet um Erlaubnis, applaudieren zu dürfen.«

Ein leises Lachen ertönte in seinem Kopfhörer. »Abgelehnt, Air One. Bringen wir lieber unser krankes Kind an Bord zurück.«

75 Kilometer westsüdwestlich der Falkland-Inseln
22. März 2006, 23:40 Uhr

Sie erreichten noch an diesem Abend die Meerenge zwischen den Falkland-Inseln und dem argentinischen Festland. Die Steuerung der Duke war in den Gefechtsleitstand verlegt worden, und das Schiff selbst war jederzeit auf alle Eventualitäten vorbereitet.

Vielleicht war das eine unnötige Vorsichtsmaßnahme. ›Pedro‹ zog seine Kreise in respektvoller Entfernung, und darüber hinaus war weit und breit nichts zu sehen. Die Sensoren der Duke konnten lediglich Suchradar registrieren, das unermüdlich die Gegend abtastete.

Es war fast schon Mitternacht, als sie die offenen Gewässer des Südatlantik erreichten. Die See war ruhig, und die *Cunningham* kam auf ihrem Kurs in Richtung Drake-Passage schnell voran.

Der Alarmzustand war beendet, und Amanda überließ die Wache wieder dem Dienst habenden Offizier, um ihre Kajüte aufzusuchen. Eigentlich hätte sie sich müde fühlen sollen, doch die Ereignisse des vergangenen Tages ließen sie einfach noch nicht zur Ruhe kommen. Sie musste sich noch ein wenig Bewegung verschaffen, ehe sie schlafen gehen konnte.

Also schlüpfte sie in ihren alten braunen Gymnastikanzug und band ihr Haar zu einem Ponyschwanz zusammen. Dann zog sie noch eine Jacke über, nahm ihren tragbaren CD-Player und begab sich zum Fitnessraum.

Es war durchaus nicht das erste Mal, dass sie sich zu dieser Tageszeit hier einfand, denn so spät hatte sie den Raum meist ganz für sich allein. Dementsprechend war sie ein wenig überrascht, als sie feststellte, dass noch jemand hier war.

»Was machen Sie denn hier?«, platzte sie heraus, ehe ihr klar wurde, was sie da sagte.

»So ziemlich das Gleiche wie Sie, Captain«, antwortete Arkady in freundlichem Ton. Er trug eine kurze Hose und T-Shirt und war soeben dabei, das Gewicht am Beintrainer einzustellen. »Das ist das erste Mal seit ich an Bord bin, dass ich Gelegenheit habe, mir hier ein wenig Bewegung zu verschaffen. Wenn Sie allein sein möchten, kann ich ja ein andermal wiederkommen.«

»O nein, machen Sie nur weiter.«

Verdammt! Sie hatte ganz und gar keine Lust, vor jemand anderem herumzutanzen – andererseits konnte sie auch nicht einfach wieder gehen, nachdem sie nun einmal in voller Montur hergekommen war.

Nach ihrer Abkommandierung auf die Duke hatte sie dafür gesorgt, dass im Fitnessraum einige Änderungen vorgenommen wurden. All die Maschinen mit den Gewichten stellte man an eine Wand, wodurch genug Platz für eine Ballettstange und eine lange Matte geschaffen wurde. Zwar gab es von mancher Seite ein leises Murren über diese Entscheidung, aber es brachte eben gewisse Privilegien mit sich, der Captain zu sein.

Sie wählte eine CD aus, die sie sich selbst zusammengestellt hatte, und legte sie in das Gerät ein. Zum ersten Mal seit Jahren verspürte sie eine gewisse Verlegenheit, doch dann legte sie die Jacke ab und begann mit ihrem Programm. Als das kurze Stück aus der Suite ›Scheherazade‹ zu Ende ging, war sie bereits völlig in die Musik und die Bewegung versunken und hatte das gleichmäßige Geräusch der Maschine am anderen Ende des Raumes längst vergessen.

Nach Rimsky-Korsakow kam Richard Rogers, und sie setzte den schwungvollen Tango von ›Beneath the Southern Cross‹ in klassisches Ballett um. Das nächste Stück stellte eine größere Herausforderung dar – es bot elektronischen Jazz von Ryuichi Sakamoto, und sie musste von klassischem Ballett zu moderner Improvisation wechseln. Zweimal war sie unzufrieden mit ihren Bewegungsabläufen, so dass sie dieses Stück insgesamt dreimal abspielte, bis sie sich völlig im Einklang mit der Musik bewegte.

Das letzte Stück bedeutete einen erneuten Stilwechsel – es war Belinda Carlisles alter Rock-Hit ›Valentine‹. Amanda nahm die Herausforderung an und fand rasch einen Weg, den rhythmischen Song tänzerisch umzusetzen; ein äußerst befreiendes Gefühl für sie.

Die Musik ging zu Ende, und Amanda ließ sich auf die Knie sinken, um leise keuchend wieder zu sich zu kommen.

»Sie sind sehr gut«, sagte Arkady. Er saß am Ende eines der Gymnastiktische und betrachtete sie aufmerksam.

»Nicht wirklich«, erwiderte sie und stellte fest, dass es ihr bei weitem nicht so peinlich war, wie sie befürchtet hatte. »Ich habe mit Ballett begonnen, als ich acht war, und mit modernem Tanz, als ich auf die High School kam. Aber später habe ich es nur noch zum Zeitvertreib betrieben. Es macht einfach mehr Spaß als Liegestütze.«

»Sie verstehen sicher mehr davon als ich, aber es sieht auf jeden Fall so aus, als wäre jede kleinste Bewegung perfekt.«

»Danke.«

»Übrigens, da wir gerade von Begabung sprechen – das große Bild in der Offiziersmesse ist mit ›Garrett‹ signiert. Auch eines Ihrer Talente, Captain?«

»Ich bring nicht mal einen geraden Strich zustande. Nein, das hat mein Vater gemalt. Er hat's mir geschenkt, als ich das Kommando auf der *Cunningham* bekam.«

»Er versteht sein Handwerk ebenfalls. War er bei der Navy?«

Sie nickte. »Ja, das liegt bei uns in der Familie.«

»Nach dem Bild zu schließen würde ich sagen, seit mindestens vier Generationen.«

»Das geht noch weiter zurück. Dad hat hier bloß die Familienmitglieder berücksichtigt, die auf Zerstörern dienten. Wie ist es mit den Arkadys?«

»Hm, zur See sind sie schon gefahren, aber nicht in der Navy. Früher, als es in San Francisco und Monterey noch jede Menge Fischereiboote gab, da waren die Arkadys groß im Geschäft. Ein Onkel von mir war bei der Handelsmarine nicht ganz so erfolgreich. Er wurde vom Bootsmann Erster Klasse zum Matrosen degradiert. Ich bin der Erste in unserer Sippschaft, der der Navy beitrat.«

»Offensichtlich haben Sie den richtigen Weg eingeschlagen. Sie haben eine recht beeindruckende Karriere gemacht.« Amanda lehnte sich an das Schott hinter ihr und überkreuzte die Beine. »Aber eines würde mich interessieren. Aus Ihrer Akte habe ich herausgelesen, dass Sie mit Flugzeugen begonnen haben, bevor Sie sich für Hubschrauber entschieden. Sie hatten die Ausbildung fast schon hinter sich, als Sie dann wechselten. Warum? Ich frage rein privat. Sie müssen nicht darüber reden, wenn Sie nicht wollen.«

Arkady zuckte die Schultern. »Es ist ja kein Geheimnis. Ich wollte Kampfpilot werden und kam auch recht gut voran – bis ich dann meine erste Landung auf einem Flugzeugträger durchführen musste. Haben Sie das jemals mitgemacht?«

»Einmal, in einer C-2-COD-Transportmaschine. Da waren keine Fenster im Laderaum, deshalb konnte man nichts sehen. Ich kann mich nur noch daran erinnern, dass ich eine ganze Weile ziemlich Schiss hatte, bis dann ein Mordsaufprall kam. Das Erste, um das ich mich nach der Landung kümmern musste, waren trockene Unterhosen.«

»Zu sehen, was passiert, hilft auch nicht viel. Als ich

es damals versuchte, saß ich in einer T-45 mit einem Ausbilder auf dem Rücksitz, und während ich so auf das Flugdeck der alten *Kennedy* zuschoss, hatte ich ein optisch sehr interessantes Erlebnis: Je näher man nämlich dem Flugdeck kommt, umso kleiner wirkt es.«

Arkady winkelte die Arme auf dem Rücken ab und lehnte sich gegen den Tisch. »Eine Landung auf einem Flugzeugträger ist mit nichts auf der Welt zu vergleichen. Da kann man noch so viel Bodentraining haben, kann stundenlang im Simulator gesessen haben – bevor man nicht selbst da oben gewesen ist und versucht hat, den Vogel auf das Deck runterzubringen, hat man keine Ahnung, was wirklich abläuft.

Unsere alten Herren haben sich natürlich bemüht, es uns zu beschreiben. Wie man es nach einem Landeanflug schließlich fertig bringt, sofort aufzusetzen. Totale Konzentration – es darf einfach nichts schief gehen, es muss absolut perfekt sein.« Arkady lachte. »Ich hab es nicht allzu schlecht gemacht und hab gleich beim ersten Mal die Fangseile getroffen. Auch mit dem Katapultstart hatte ich keine Probleme. Dann flogen wir zurück nach Jacksonville, und noch am selben Abend reichte ich meinen Antrag auf Versetzung zum Hubschraubertraining ein.«

»Warum?«

»Das hat mich mein Ausbilder auch immer wieder gefragt. Er hat gemeint, jeder hätte ein wenig Angst beim ersten Mal. Und ich versuchte ihm zu erklären, dass es gar nichts mit Angst zu tun hatte. Ich hatte noch nie in meinem Leben Angst in einem Flugzeug. Es ging einfach darum, dass ich mich und meine Fähigkeiten kannte. Nachdem ich meine erste Landung auf einem Träger hinter mir hatte, war mir klar, dass ich niemals die nötige Konzentration aufbringen würde, um tagein tagaus ein Flugzeug von und zu einem Träger zu fliegen.

Ich hatte es zwar schon einmal gemacht, und ich würde es wieder zustandebringen, vielleicht sogar einige hundert Mal, aber mir war einfach bewusst, dass irgendwann meine Konzentration vielleicht für eine Zehntelsekunde nachlassen könnte – und das würde mich das Leben kosten. Und vielleicht würde ich dann noch mehrere Kameraden und einen Teil des Schiffs mit in den Untergang reißen. Nein, unmöglich. Ich ließ es sein, solange es noch ging.«

»Fiel es Ihnen mit Hubschraubern leichter?«, wollte Amanda wissen.

»Leichter ist es nicht. Vor allem im Hinblick auf einen so kleinen Landeplatz ist es eine heikle Sache, einen Hubschrauber zu fliegen. Es ist nur so, dass die Abläufe anders sind. Wie sagen doch die britischen Harrier-Piloten so schön: ›Es ist leichter, die Maschine zu stoppen und auf dem Schiff zu landen, als auf dem Schiff zu landen und dann anzuhalten.‹«

»Das lässt sich nicht leugnen. Wissen Sie, ich brauche zwei Tylenol, die ich mit einem Brandy hinunterspüle, damit ich überhaupt in die DC nach Norfolk einsteigen kann. Jedenfalls war das eine mutige Entscheidung von Ihnen.«

»Ich weiß nicht, das hat mir ganz einfach der normale Menschenverstand gesagt.«

»Ich finde ›normaler Menschenverstand‹ ist heutzutage etwas ziemlich Seltenes.«

Amanda zog sich an der Ballettstange auf die Beine hoch, trat einen Schritt vom Schott hinter ihr weg und wäre um ein Haar vornübergekippt. Ein Muskel in ihrem rechten Bein hatte sich verkrampft und bereitete ihr einen Höllenschmerz. Sie klammerte sich an die Ballettstange und versuchte das Gleichgewicht zu halten. Im nächsten Augenblick war Arkady bei ihr und stützte sie mit seiner Hand an ihrer Schulter.

»He, sind Sie okay?«

»Nur ein Krampf. Au, verdammt, tut das weh!«

»Das kommt, weil sich die Muskeln zu schnell abgekühlt haben«, sagte Arkady und führte sie zum Gymnastiktisch. »Legen Sie sich hin, ich massiere die Verspannung raus.«

»Nein, es geht schon. Ich muss nur fest auftreten.«

»Wenn Ihnen nicht das Bein vorher abfällt. Captain, Ma'am, würden Sie sich bitte *hinlegen*!«

Er drückte sanft ihre Schulter und hob ihre Beine an. Amanda verlor das Gleichgewicht und fiel rücklings auf den weich gepolsterten Tisch. Arkady legte die Ferse des schmerzenden Beins an seine Schulter.

»Okay, und jetzt drücken Sie. Nicht fest, aber gleichmäßig.«

Arkady umfasste ihren Oberschenkel etwa in der Mitte mit den Daumen und Zeigefingern beider Hände. Dann begann er langsam abwärts zu streichen, zu ihrem Knie und weiter bis zum Knöchel herunter. Danach legte er seine Hände wieder an den Ausgangspunkt und machte das Ganze noch einmal.

Amanda war sich nicht sicher, wie sie sich in dieser Position fühlte und ob es nicht ein wenig ungehörig war. Andererseits begannen sich die verkrampften Muskeln schon nach erstaunlich kurzer Zeit zu entspannen, und der brennende Schmerz verging.

»Ist schon viel besser«, seufzte sie. »Wo haben Sie das bloß gelernt?«

»Eigentlich sollte ich jetzt sagen, dass es mir mein alter Football-Coach beigebracht hat – aber in Wahrheit war es das japanische Mädchen, mit dem ich mich angefreundet hatte, als ich in Yokosuka stationiert war. Sie war eine professionelle Masseurin und konnte Dinge mit den Muskeln anstellen, von denen die Schulmedizin keine Ahnung hat. Okay, anderes Bein.«

Arkady ließ ihren rechten Fuß los und legte den linken an seine Schulter.

»Verzeihung, Lieutenant, aber in dem Bein habe ich keinen Krampf.«

»Vorbeugen schadet bestimmt nicht.«

»Oh …«

Als er sich erneut an die Arbeit machte, sagte er: »Darf ich Sie was fragen, Captain?«

»Nur zu.«

»Ich hab mir unten in der Messe die neue Ausgabe der *Naval Institute Proceedings* angesehen, und bei den Leserbriefen stellte ich fest, dass einige Flugzeugträger-Offiziere ganz schön über Sie lästerten. Sie schienen sich an einem Artikel zu stoßen, den Sie veröffentlicht hatten. Ich konnte aber die Ausgabe mit dem Artikel nirgends finden, und irgendwie habe ich mich gefragt, was Sie wohl gesagt haben mochten, das den Leuten derart gegen den Strich ging.«

»Ach, das.« Amanda zuckte die Schultern, soweit das im Liegen möglich war. »Ich bezog mich in dem Artikel auf eine Arbeit, die ich einmal auf dem Naval War College geschrieben hatte. Im Wesentlichen wollte ich ausdrücken, dass sich die USA nicht länger auf die Flugzeugträger als vorderste Front bei der Übersee-Krisenintervention stützen können.«

»Das haben Sie geschrieben? Du liebe Güte! Für manche Leute ist so was sicher Blasphemie.«

»Diese beiden kläffenden Hunde, die sich so darüber aufregen, haben gar nicht verstanden, worum es mir ging. Ich meinte ja gar nicht, dass Flugzeugträger strategisch zu schwach wären, sondern dass es immer schwieriger wird, mit ihnen zu operieren – auch wirtschaftlich gesehen. Der klassische Träger ist immer noch ein sehr wirkungsvolles Waffensystem – trotzdem könnte die heutige Generation die letzte sein, auf die das zutrifft. Das Problem ist, dass wir ganz einfach nicht genug davon haben, um überall präsent zu sein, wo es nötig ist.

Zur Zeit unterhalten die USA eine Flotte von zehn im Einsatz stehenden Trägern. Das ist gerade genug, um regelmäßig je einen Kampfverband im Atlantik, im Westpazifik und im Mittelmeer zu haben. Die neuen Sea Control Ships, die wir jetzt bauen, sind da schon eine Hilfe – aber dafür wird die *Enterprise* außer Dienst gestellt. Wir verlieren immer mehr die Fähigkeit, alle potentiellen Krisenherde mit einem schnellen Flugzeugträger-Verband zu erreichen.«

»Und was wäre die Lösung?«

»Das, was ich die ›Speerspitze‹ nenne. Wir setzen Stealth-Schiffe wie die *Cunningham* ein, die allein oder in weit auseinander gezogenen Verbänden operieren. Sie agieren sozusagen als ›Speerspitze‹ an der Front, während die Flugzeugträger sich eher im Hintergrund halten und in zentralen Bereichen der Ozeane stationiert sind.

Nehmen wir zum Beispiel die Siebte Flotte. Die Speerspitzen würden zu den gegenwärtigen Krisenherden vordringen – dem Persischen Golf, den Malediven und der chinesischen Küste. Der Flugzeugträger würde währenddessen irgendwo in der Nähe stationiert sein, sagen wir an der Nordküste Australiens. Sobald die Situation irgendwo eskaliert, kann die jeweilige Speerspitze die Stellung halten, während der Träger ihr zu Hilfe eilt.«

Arkady ließ ihr Bein los. »Klingt interessant – aber was ist, wenn es zu größeren Gefechten kommt? Wenn man bedenkt, wie Dritte-Welt-Länder heute bewaffnet sind, würde ein Schiff nicht viel ausrichten. Umdrehen.«

Amandas Aufmerksamkeit war ganz von dem Gespräch in Anspruch genommen, so dass sie sich, ohne lange zu überlegen, auf den Bauch drehte. »Nicht unbedingt. Noch bis zum Zweiten Weltkrieg war ein einzelnes Schiff, das im Verborgenen operierte, eine äußerst unangenehme Waffe. O Gott, das fühlt sich wirklich gut an!«

Arkady strich mit den Handballen beiderseits ihrer Wirbelsäule entlang bis hinauf zu den Schulterblättern. Amanda ließ alle Bedenken fahren, ob es etwa ungehörig war, was sie da tat, und gab sich ganz einfach dem Wohlgefühl hin.

»Ich schätze, damit war es vorbei, als Radar und Langstrecken-Suchflugzeuge aufkamen?«, wandte er ein.

»Hm? O ja, und mit den Aufklärungssatelliten wurde es noch schlimmer. Wenn man gesehen wird, kann man auch getroffen werden. Und so traten Überwasser-Schiffe allmählich nur noch in großen Verbänden auf. Man ging davon aus, dass man ohnehin aufgespürt würde und dass dann nur ein großer Verband, gestützt von einem Flugzeugträger, in der Lage wäre, Widerstand zu leisten.«

»Klingt ja auch einleuchtend.«

»Nicht unbedingt.« Amanda streckte sich ein wenig und legte die Hände unter das Kinn. »Ein einzelnes Schiff, das zuschlagen und dann rasch verschwinden kann, um später erneut zuzuschlagen, kann unverhältnismäßig großen Schaden anrichten. Denken Sie nur an einige Beispiele aus der Geschichte: Sir Francis Drake und die *Golden Hind* erschütterten die gesamte Wirtschaft Spaniens mit ihren Angriffen auf Südamerika. Während der amerikanischen Freiheitskriege wurde England durch die Präsenz eines einzigen US-Kanonenbootes in Angst und Schrecken versetzt. Und während des Zweiten Weltkriegs schaffte es ein deutsches Kriegsschiff, die *Graf Spee,* eine ganze alliierte Flotte monatelang in Atem zu halten.

Der Schlüssel zum Erfolg ist die Stealth-Technologie, denn damit ist man in der Lage, jederzeit zu verschwinden und sich der Beobachtung zu entziehen. Wenn man sich auf dem Meer wieder verstecken kann, dann ist ein einzelnes Schiff in der Lage, dem Freind, wie man so sagt, mächtig in den Hintern zu treten.«

»Das erinnert mich an die Methoden, nach denen U-Boote vorgehen.«

»Stimmt. U-Boote waren die ersten getarnten Kriegsschiffe. Es ist nur so, dass U-Boote Schwierigkeiten haben, Daten außerhalb ihrer natürlichen Umgebung zu sammeln. Ihre Hauptsensoren sind nur unter Wasser wirksam. Das Oberflächenschiff hat den Vorteil, dass es in unmittelbarem Kontakt mit allen Bereichen steht, die auf dem Meer von Bedeutung sind – der Luft, der Meeresoberfläche und dem Unterwasserbereich.«

»Interessant«, merkte Arkady an. »Es sieht so aus, als würde Ihr Argument bei diesem Argentinien-Einsatz gleich einmal auf die Probe gestellt.«

Amanda drehte sich abrupt auf die Seite, einen nachdenklichen Ausdruck auf dem Gesicht. »Wissen Sie«, sagte sie langsam, »daran habe ich noch gar nicht gedacht, aber Sie haben völlig Recht. Das ist schon komisch.«

»Warum?«, wandte Arkady ein. »Das ist so, wie es mir bei dieser ersten Landung auf dem Flugzeugträger ging. Die Dinge sehen ganz anders aus, als man's erwartet hat, wenn man den Schritt von der Theorie zur Praxis macht. Wie fühlen Sie sich?«

Amanda streckte sich aus und gähnte. »Ziemlich gut. Ich glaube, Sie haben den Krampf rausgebracht. Danke.«

»Gern geschehen. Was tut man nicht alles für den Captain.«

Er betrachtete sie mit einem Lächeln und sagte schließlich: »Ich schätze, ich werd mal duschen und mich aufs Ohr hauen. Nacht, Skipper, bis morgen.«

»Gute Nacht, Arkady.«

Er deutete einen militärischen Gruß an, ehe er durch die Luke verschwand.

Sie verließ den Raum noch nicht gleich, sondern legte sich schläfrig auf den Gymnastiktisch und dachte noch einmal über die vergangenen Minuten nach. Wobei sie sich fragte, ob der neue Chef ihrer Hubschraubertruppe die Situation nicht ein wenig ausgenützt hatte. Andererseits hatte sie sich ziemlich bereitwillig massieren lassen und es sogar genossen. Und auch das körperliche Verlangen, das seine Berührung in ihr ausgelöst hatte, war ihr ganz und gar nicht unangenehm gewesen.

Er war ein äußerst attraktiver Mann, das konnte sie

nicht leugnen. Sie hatte außerdem den Verdacht, dass er nicht so einfach von dem ablassen würde, was sie am Strand von Rio begonnen hatten. Früher oder später würde sie ein deutliches Wort sprechen müssen.

Aber das eilte nicht, dachte sie, während sie noch ein Weilchen die Wärme genoss, die seine Hände ihr gespendet hatten. Im Augenblick würde sie sich darüber keine Gedanken machen.

Norfolk, Virginia
23. März 2006, 09:30 Uhr

Im Operationsraum der Zweiten Flotte hatte man sich mit vollem Einsatz dem neuen Problem zugewandt. Auf der Hälfte des Bildschirms am Hauptmonitor war ein taktisches Display der Drake-Passage zu sehen – ein Beleg dafür, dass FLEETLANTCOM einen immer größeren Teil seiner Zeit und Aufmerksamkeit der Situation im Südatlantik widmete.

Wie immer, wenn etwas am Kochen war, hielt sich Admiral MacIntyre sehr häufig auf dem Kommandobalkon auf. Er wäre durchaus in der Lage gewesen, sich auch mit Hilfe der Bildschirme in seinem Büro zu informieren – aber dann hätte er wohl das Gefühl gehabt, zu weit von den Dingen entfernt zu sein. Die Operationszentrale war zwar nicht dasselbe wie die Kommandobrücke eines Kreuzers – aber sie war immerhin etwas.

»Maggie, was zum Kuckuck haben denn die Briten vor?«, fragte er gereizt. »Ich habe da eine halbe Staffel Orion, die in Puerto Rico stationiert ist – die stehen nur rum und verschwenden ihre Zeit, und auch die meine. Wann können wir sie endlich südwärts dirigieren?«

Als Admiral hatte MacIntyre sich das Privileg herausgenommen, seine Uniformjacke auszuziehen und über den Stuhl zu hängen; auch die Krawatte hatte er ein wenig gelockert.

»Das wird noch ein Weilchen dauern«, antwortete Captain Callendar. »Ich habe mit meinem britischen Kollegen darüber gesprochen. Wie es scheint, haben wir da große Schwierigkeiten, den Flugverkehr ordentlich abzuwickeln.«

»Was meinen Sie damit?«

»Keiner der südamerikanischen Staaten gestattet uns, einen Stützpunkt zu errichten; und auch mit Überflugsgenehmigungen sieht es düster aus. Alles, was nach Süden läuft, muss über Wideawake Field auf Ascension abgewickelt werden. Das Problem ist nur, dass Wideawake Field nur über einen geeigneten Flugplatz verfügt und nicht mehr als zwölf Flugzeuge gleichzeitig beherbergen kann. Die Briten haben ihren Falkland-Verteidigungsplan aktiviert und versuchen jetzt ein Fallschirm-Regiment, Jagdbomber und jede Menge Nachschub auf diesem Weg herzutransportieren. Wideawake ist völlig überfüllt.«

»Dann nehmen wir einen anderen Weg«, erwiderte MacIntyre. »Die P-3 bieten viele Möglichkeiten. Wir schicken sie direkt auf die Falkland-Inseln, indem wir sie in der Luft betanken.«

»Das habe ich auch schon vorgeschlagen, Sir. Aber in Mount Pleasant sieht es fast genauso schlimm aus. Neben den Briten, die ihre Truppen runterzubringen versuchen, sind da auch noch Shell und BP, die sich bemühen, mit Charterflügen ein paar tausend Arbeiter und ihre Familien von den Erdgasfeldern abzutransportieren.

Zu allem Überfluss haben wir auch noch Wetterpech. Die Herbststürme im Südatlantik scheinen heuer schon ziemlich früh einzusetzen. Das Ganze ist ein einziger Schlamassel. Von oben habe ich erfahren, dass es noch 72 bis 96 Stunden dauern kann, bis unsere Flugzeuge durchgeschleust werden können – und das ist noch optimistisch geschätzt.«

»Garantieren uns denn die Briten wenigstens, dass sie unsere Leute aus der Luft unterstützen?«

»Sie versprechen, dass sie tun, was sie können, aber die *Cunningham* ist eigentlich schon außerhalb ihrer Reichweite. Im Augenblick wollen sie noch nicht so weit nach Süden vorstoßen. Sie konzentrieren sich fürs Erste ganz auf ihre Verteidigungssysteme.«

»Verdammt«, murmelte MacIntyre. »Unsere Leute sind also völlig auf sich allein gestellt.«

Der Admiral starrte mit finsterer Miene auf den Alpha-Schirm am anderen Ende des spärlich beleuchteten Operationsraums. Maggie Callendar lehnte sich an den Schreibtisch und verschränkte die Arme. Sie spürte, dass ihr Commander noch etwas sagen wollte.

Nach einer Weile begann er wieder zu sprechen. »Maggie, was haben wir eigentlich für Informationen über den Captain der *Cunningham* zur Hand?«

»Die üblichen Daten, Sir. Möchten Sie etwas ganz Bestimmtes wissen?«

»Nur, wen ich da unten habe und was ich von der Lady erwarten kann. Als ich ihr meine Anweisungen durchgab, klang sie verdammt jung.«

Seine Stabschefin hob eine Augenbraue. »Das hat doch nicht etwa was mit der Tatsache zu tun, dass sie eine Frau ist, oder, Admiral?«

»Zum Kuckuck, Maggie, im Moment ist es völlig unwichtig, ob sie Mann, Frau oder Marsianer ist. Sie ist ein Offizier, der sich an einem gefährlichen Krisenherd befindet. Außerdem haben wir sie ohne jede Deckung oder Unterstützung da runtergeschickt. Ich möchte ganz einfach mehr wissen über den Menschen, den ich ins Feuer geschickt habe. Das schulde ich ihr.«

Maggie Callendars Mundwinkel zuckten nach oben, und sie holte eine Zip-Disk aus ihrer Tasche. »Hier, Sir. Ich hab ihre Akte heute schon selbst durchgesehen und gleich kopiert, weil ich mir schon dachte, dass Sie vielleicht Interesse daran haben könnten.«

»Haben Sie eigentlich schon immer diese Fähigkeit besessen, meine künftigen Wünsche vorherzusehen, Captain?«

»Aber ja doch, Sir«, versetzte sie mit unbewegter Miene. »Das ist ja schließlich eine Voraussetzung für diesen Job – zusammen mit absoluter Unfehlbarkeit, würde ich meinen.«

MacIntyre nahm die Zip-Disk entgegen und wandte sich seinem Terminal am Schreibtisch zu. »Was halten Sie von ihr?«

»Es ist sehr interessant, was da steht. Sie werden, glaube ich, recht beeindruckt sein.«

»Wir werden ja sehen«, sagte er und warf den Computer an. »Inzwischen sehen Sie doch bitte im Personalbüro nach, ob der Situationsbericht über den Mangel an Unteroffizieren schon fertig ist.«

»Aye aye.«

Während Maggie Callendar hinausging, legte MacIntyre die Zip-Disk in das Laufwerk ein und beugte sich vor, um aufmerksam zu betrachten, was der Bildschirm ihm zeigte.

* GARRET, AMANDA LEE COMMANDER USN
771-25-6657-ST-03B *

Der Admiral sah eine junge Frau mit sachlichem Gesichtsausdruck in Navy-Uniform vor sich. Er ließ sein berufliches Interesse für einen kurzen Moment beiseite und stellte fest, dass sie eine sehr attraktive Lady war. Ein Hauch von Lauren Bacall in ihrer großen Zeit, dachte er. Aber irgendwie hatte sie für ihn auch etwas Vertrautes an sich.

* ALTER: 35 GEBURTSDATUM: 8/9/71 *
* HAARFARBE: KASTANIENBRAUN AUGEN: HASELNUSS-BRAUN *
* GRÖßE: 1,69 GEWICHT: 65 KG *
* FAMILIE UND VERWANDTE: GARRETT, WILSON M.
KONTERADMIRAL I.R. USN

In diesem Augenblick fiel bei MacIntyre der Groschen.

»Du meine Güte«, murmelte er. »Dann bist du also Wil Garretts Tochter.«

Er musste wohl ein Foto von ihr auf dem Schreibtisch seines einstigen Kommandanten gesehen haben, als er mit ihm im Persischen Golf unterwegs war.

»Ich hoffe, an dieser ganzen Genetik ist was dran, Mädchen – denn dein alter Herr, der wusste, wie man mit einem Zerstörer umgeht.«

* ABSOLVENTIN DER US MARINEAKADEMIE; JAHRGANG 1992 *
* DREIUNDZWANZIGSTE VON 997 *

Nicht übel.

* LAUFBAHN IN DER NAVY *

* USS SHENANDOAH AD-44: 7/19/92 – 7/21/94 WAFFENABTEILUNG
+ EMPFEHLUNGSSCHREIBEN: CO SHENANDOAH.
+ BEFÖRDERT LT. J. G. 6/1/94

* MARINE-WAFFENZENTRUM, DAHLGREN VIRGINIA: 8/1/94 – 6/2795 * GEFECHTSEINSATZ-PROJEKT
* TDY ENTWICKLUNGSSTELLE FÜR SCHIFFSWAFFENSYSTEME, POINT HUENEME, KALIFORNIEN: 6/27/95 – 9/6/95.
+ NAVY ACHIEVEMENT MEDAL VERLIEHEN: 5/1/95

Sie hatte ganz offensichtlich keine Zeit vergeudet. Sie gehörte der neuen Generation von Offizieren an, die von der Waffenabteilung kamen und nicht vom Ingenieurswesen, wie das in seiner Generation größtenteils der Fall gewesen war.

* TDY US KÜSTENWACHE: 9/20/95 – 1/20/96, EINSÄTZE GEGEN DROGENHANDEL.

+ EMPFEHLUNGSSCHREIBEN: CO USS *SPENCER*
+ EMPFEHLUNGSSCHREIBEN: KOMMANDANT US KÜSTENWACHE
+ BRONZE STAR FÜR BESONDERE TAPFERKEIT VERLIEHEN: 1/11/96
+ PURPLE HEART VERLIEHEN: 1/11/96

»Sieh an!« MacIntyre hielt den Text an und rief nähere Einzelheiten dazu auf.

* AN BESAGTEM TAG LEITETE LT. J. G. AMANDA GARRETT, USCG, IM VERLAUF IHRES DIENSTES AUF DEM KÜSTENWACHFAHRZEUG USS *SPENCER* ALS PRISENOFFIZIER DAS INSPEKTIONSKOMMANDO ZUR UNTERSUCHUNG DES UNTER EKUADORIANISCHER FLAGGE SEGELNDEN THUNFISCHKLIPPERS *BERNARDO GUZMAN* VOR DER KÜSTE VON BAJA, KALIFORNIEN.
NACH DEM EINSATZ DURCHGEFÜHRTE UNTERSUCHUNGEN ERGABEN, DASS DIE *GUZMAN* IN DER TAT ZUM SCHMUGGEL EINGESETZT WURDE UND DASS 18 TONNEN ROHMORPHIUM TRANSPORTIERT WURDEN, DESSEN WERT MIT 8 MILLIONEN DOLLAR ZU BEZIFFERN IST.
ALS DER INSPEKTIONSTRUPP AN BORD KAM, ERÖFFNETE DIE BESATZUNG DER *GUZMAN* DAS FEUER IN DEM OFFENSICHTLICHEN VERSUCH, GEISELN ZU NEHMEN. OBWOHL LT. GARRETT BEIM ERSTEN SCHUSSWECHSEL VERLETZT WURDE, FÜHRTE SIE IHREN TRUPP BEI DER ERSTÜRMUNG DES RUDERHAUSES AN. ZUSAMMEN MIT IHREN LEUTEN HIELT SIE DIE STELLUNG, BIS VERSTÄRKUNG VON DER *SPENCER* EINTRAF.

* GENESUNGSURLAUB: 1/20/96 – 3/3/96

* TDY MARINE-WAFFENZENTRUM, NORFOLK, VIRGINIA: 3/4/96 – 6/1/96

* SCHULE FÜR MARINE-KRIEGSFÜHRUNG, NEWPORT RHODE ISLAND: 6/2/96 – 6/1/97
+ BEFÖRDERT ZUM LT. 6/1/97

* KOMMANDO ÜBER OZEANSCHLEPPER USS *PIEGAN* ERTEILT: 6/20/97 – 7/5/99
+ LANTFLEETCOM ›E‹ FÜR EXZELLENTE LEISTUNGEN 1998-99 VERLIEHEN
+ EMPFEHLUNGSSCHREIBEN, COMMANDER, ATLANTIC FLEET SUPPORT FORCES.
+ EMPFEHLUNGSSCHREIBEN, KOMMANDANT FÜNFTER KÜSTENWACHDISTRIKT.
+ NAVY- UND MARINEINFANTERIE-KORPS-ORDEN VERLIEHEN: 12/18/98.

Wieder rief MacIntyre Einzelheiten auf:

* Am 11/12/98, WÄHREND EINER OPERATION UNTER KOMMANDO DER FLEET SERVICE FORCES WAR DIE USS *PIEGAN* EINES DER SCHIFFE, DIE AUF OFFENER SEE, VOR DER ATLANTIKKÜSTE DER VEREINIGTEN STAATEN, VON HURRIKAN ›ARCHIE‹ ÜBERRASCHT WURDEN.
NACHDEM MAN DIE ERSTE PHASE DES WIRBELSTURMS VOR HAMPTON ROADS ÜBERSTANDEN HATTE, BESCHLOSS LT. GARRETT IN NORFOLK SCHUTZ ZU SUCHEN, WÄHREND DER HURRIKAN BEI CHESAPEAKE BAY DIE KÜSTE ERREICHTE.
DOCH VOR FORT MUNROE WURDE EIN SCHIFF ENTDECKT, DAS IN KÜSTENNÄHE DAHINTRIEB. DIE KÜSTENWACHE IDENTIFIZIERTE ES ALS ZU EINEM SCHLEPPER GEHÖRIG, DER VON LOUISIANA NACH NEW JERSEY UNTERWEGS WAR UND DER DAS SCHIFF, EINEN TANKER, UNTERWEGS ›VERLOREN‹ HATTE. DER TANKER HATTE EINE VOLLE LADUNG ROHÖL GELADEN.
LT. GARRETT STEUERTE MIT DER *PIEGAN* UNVERZÜGLICH AUF DEN TANKER ZU, UM IHN INS SCHLEPPTAU ZU NEH-

MEN, WAS TROTZ DER MITTLERWEILE ÄUßERST STÜRMISCHEN SEE AUCH TATSÄCHLICH GELANG. SCHLIESSLICH KONNTE DIE *PIEGAN* DEN TANKER AUS DEM UNMITTELBAREN KÜSTENBEREICH ZIEHEN.
ZU DIESEM ZEITPUNKT HATTE DAS AUGE DES WIRBELSTURMS DAS GEBIET ERREICHT, UND HURRIKAN ›ARCHIE‹ SCHLUG EIN ZWEITES MAL ZU. IN DEM STURM WAR ES DER *PIEGAN* UNMÖGLICH, VORANZUKOMMEN – DENNOCH BESCHLOSS LT. GARRETT, DAS TAU NICHT ZU KAPPEN, WEIL SONST DER TANKER UNWEIGERLICH GESTRANDET WÄRE. ACHT STUNDEN LANG HIELT DIE *PIEGAN* DIE STELLUNG, BIS DER HURRIKAN VORÜBERZOG UND DER TANKER AN EINEN SICHEREN LIEGEPLATZ GEBRACHT WERDEN KONNTE.
UNTERSUCHUNGEN DURCH DAS AMT FÜR UMWELTSCHUTZ ERGABEN FOLGENDES: »WENN GROSSE MENGEN ÖL IN DIE GEWÄSSER DER CHESAPEAKE BAY GELANGT WÄREN, SO HÄTTE DAS FÜR DIE KÜSTENNAHEN GEWÄSSER VIRGINIAS UND MARYLANDS KATASTROPHALE FOLGEN GEHABT. DAS ENTSCHLOSSENE HANDELN LT. GARRETTS UND IHRER CREW HAT ZWEIFELLOS EINE UMWELTKATASTROPHE ENORMEN AUSMASSES VERHINDERT.«
AUßERDEM MERKTE DER KOMMANDANT DES FÜNFTEN KÜSTENWACHBEZIRKS AN: »DAS EINGREIFEN DER USS *PIEGAN* UND IHRER BESATZUNG ZÄHLT OHNE ZWEIFEL ZU DEN BEMERKENSWERTESTEN EINSÄTZEN AUF SEE, DIE WIR JE BEOBACHTEN KONNTEN.«

MacIntyre nickte nachdenklich. Okay, die Abstammung hat also doch etwas zu besagen. Du hast nicht bloß brav die Theorie gelernt.

* ABTEILUNG FÜR STEALTH-SYSTEME, DAVID W. TAYLOR MARINE-FORSCHUNGS- UND ENTWICKLUNGSZENTRUM, BETHESDA, MARYLAND: 7/15/99 – 6/3/00
+ BEFÖRDERT ZUM LT. CMDR 6/1/00

* ERSTER OFFIZIER DER USS *JOHN ALLEN PRICE* DDG-68: 6/10/00 – 7/15/01

* NAVAL WAR COLLEGE, NEWPORT, RHODE ISLAND: 8/1/01 – 6/25/02

* OPERATIONSOFFIZIER, FLAG GROUP, TASK FORCE 7.1, USS *ENTERPRISE*: 7/20/02 – 6/5/04
+ NAVY COMMENDATION MEDAL: 1/17/04
+ EMPFEHLUNGSSCHREIBEN, CO COMSURFORCEPAC
+ US NAVY LEAGUE CAPT. WINIFRED QUICK COLLINS AWARD FÜR BESONDERS ENGAGIERTEN FÜHRUNGSSTIL: 2003.

* NAVAL WAR COLLEGE / DAVID W. TAYLOR SCHIFFSFORSCHUNGS- UND ENTWICKLUNGSZENTRUM, ANNAPOLIS LAB DETACHMENT, ANNAPOLIS, MARYLAND:
* 6/20/04 – 5/21/05.
+ BEFÖRDERUNG ZUM CMDR.: 1/1/05
* KOMMANDANTIN DER USS *CUNNINGHAM* DDG-79: 6/7/05.

MacIntyre lehnte sich zurück und starrte nachdenklich in die Luft. Erst nach einer Weile wurde ihm bewusst, dass seine Stabschefin zurückgekehrt war und an seiner Seite stand.

»Sie hatten Recht«, sagte er. »Ich bin beeindruckt … in gewisser Weise.«

»Das dachte ich mir. Ich war es nämlich auch, als ich Gelegenheit hatte, Commander Garrett letztes Jahr bei einem Symposion der Navy League kennen zu lernen. Sie sprach über die Rolle der Navy im 21. Jahrhundert. Ich gewann den Eindruck, dass sie durchaus imstande sein könnte, in der männerdominierten Navy einige neue Ideen einzubringen.«

»Okay, das unterschreibe ich Ihnen gerne, und ich verstehe auch, warum man ihr das Kommando über die

Cunningham übertragen hat. Aber sie ist noch nicht sehr lange in ihrem ersten Kommando, und sie hat noch keinerlei Gefechtserfahrung.«

»Das trifft auf viele Angehörige der Navy zu, Admiral. Es ist eine Weile her, seit die Navy zum letzten Mal auf hoher See kämpfen musste.«

»Das könnte sich vielleicht bald ändern.«

Captain Callendar machte ein sorgenvolles Gesicht. »Hat sich unten im Süden etwas Neues ergeben, Sir?«

»Nein, noch nichts Konkretes. Es ist nur – wenn ich ein Geschlechtsgenosse von Ihnen und Captain Garrett wäre, dann würde ich sagen, meine weibliche Intuition sagt mir, dass sich bald etwas tut.«

MacIntyre drehte sich mit seinem Stuhl herum, um auf die Operationszentrale hinauszublicken und das Netzwerk von Lichtern auf dem großen Display zu betrachten.

»Ich glaube, wir werden unseren Seekrieg bekommen, Maggie, und ich vermute, es wird alles andere als ein Spaziergang.«

Drake-Passage
23. März 2006, 14:00 Uhr

Es war auch ein wenig Zufall im Spiel, dass die Konstrukteure der *Cunningham* eines der seetauglichsten Schiffe in der Geschichte der Seefahrt gebaut hatten. Aufgrund ihres sparsamen Oberwerks wurde der Großteil der Verdrängung vom Rumpf ausgemacht. Zusammen mit den ausgeklügelten Schlinger-Dämpfern und den auslegerartigen Antriebsgondeln sorgte dies dafür, dass die Duke auch bei unruhiger See ein überaus stabiles und leicht zu steuerndes Fahrzeug war.

Ihre Besatzung hatte durchaus Grund, dafür dankbar zu sein.

Fünf Stunden zuvor war die Duke unter einem bleifarbenen Himmel an der Isla de Los Estados vorübergezogen und in die Drake-Passage eingefahren.

Nun trommelte ein heftiger, mit Graupeln durchsetzter Regen wie Schrotkugeln gegen die Fensterscheiben der Brücke, und das Schiff geriet in eine Serie von schweren Brechern, die von Westen heranrollten. Schmutzigweißer Schaum schlug vom Bug herauf, während die Duke schlingernd die Wellen durchbrach. Immer wieder einmal schlug ein Teil einer Welle aufs Vordeck herauf, und der riesige Zerstörer schüttelte Tonnen von Seewasser von seinen Decks herunter.

Zufrieden saß Amanda auf ihrem bequemen Kommandosessel. Das war Seefahrt, wie sie ihr gefiel.

»Vorsicht, Skipper.« Ein Arm im Fliegerdress hielt ihr von hinten eine dampfende Schale hin.

»Danke, Arkady«, sagte sie und nahm ihm die Schale ab, um gleich einen raschen Schluck von der heißen Flüssigkeit zu sich zu nehmen. »Mhm, Sie haben es genau richtig getroffen.«

»Earl Grey, ein wenig Milch und zwei Stück Zucker«, sagte er und stützte sich gegen das Schlingern des Schiffes zwischen ihrem Sessel und dem äußeren Schott ab. »Ich hab's mir vorhin von der Messeordonnanz sagen lassen.«

»Danke noch einmal. Wie steht's jetzt auf dem Achterdeck?«

»Wir haben den Hangar fürs Erste dichtgemacht. Starts sind erst wieder möglich, wenn sich das Wetter bessert.« Er bückte sich ein wenig, um in den düsteren Himmel hinauszublicken. »Junge, Junge. Scheißwetter ist noch untertrieben.«

»Kommt ganz drauf an, von welchem Blickwinkel man's betrachtet. Wenn Sie vorhaben, öfter auf Stealth-Schiffen Dienst zu tun, dann sollten Sie sich besser dran gewöhnen. Wir brauchen dieses Wetter, um uns durchzuschlagen.«

»Gehört das auch zu Ihrer Theorie?«

»Ja. Wenn wir auf volle Tarnung gehen, dann müssen wir von einer Wetterfront zur nächsten eilen, so wie ein Infanterist, der sich von einer Deckung zur nächsten vorarbeitet. Mutter Natur ist immer noch der beste Schutz vor dem Entdecktwerden.«

Sie drehte den Monitor, der an der Armlehne ihres Sessels befestigt war, zu ihm hin und rief ein Bild vom Navigationsradar auf.

»Sehn Sie sich das an. Wir haben schon Kap Hoorn in Sicht.«

Arkady nickte und verglich das Bild, das er auf dem Schirm sah, mit den Karten, die er studiert hatte. Er blickte zu Amanda hinüber und bemerkte die gespannte Aufmerksamkeit, mit der sie auf den Monitor starrte.

»Das ist etwas ganz Besonderes für Sie, nicht wahr?«

»Stimmt. Ich war erst einmal in diesen Gewässern, als

ich mit der Duke aus dem Pazifik kam, aber ich hab mich schon immer für die Gegend interessiert.«

Ihre Stimme wurde leiser, und ihr Blick wandte sich dem nebelverhangenen Horizont zu. »Wissen Sie, Arkady, das hier ist eine ganz einzigartige Gegend. Hier treffen sich der Atlantik und der Pazifik. Das ist der Ort, wo man weder im Osten noch im Westen Land findet; es gibt nichts als diesen einen einzigen Wassergürtel, der den ganzen Planeten umspannt. Das ist der wahre, weltweite Ozean.«

Arkady spürte, wie ihm ein Schauer über den Rücken lief. Verdammt, diese Frau verstand es, die Dinge anschaulich zu machen.

»Kein Wunder, dass wir es hier mit rauer See zu tun haben«, sagte er.

»Für die Drake-Passage und Kap Hoorn ist das gar nicht so schlimm. Eher ganz normal. In zwei Monaten, wenn die Winterstürme einsetzen – dann kommt alles hier erst so richtig in Fahrt. 12 000 Seemeilen Wasser, von hurrikanartigem Wind angetrieben, brechen dann durch diese Meerenge. Unsere Radarsatelliten haben Wellen entdeckt, die bis zu 60 Meter hoch waren.«

»Lieber Himmel! Was tut man, wenn man vor ein solches Ungetüm gerät?«

Amanda blickte ihn mit unbewegter Miene an. »Man sinkt.«

»Könnte unser Land denn nicht *ein* Mal, ein einziges Mal, einen Krieg vor Long Beach führen?«

»Sie haben einfach keinen Sinn für Romantik, Arkady. Einige ziemlich berühmte Seeleute und Schiffe sind schon hier durchgekommen. Erinnern Sie sich, wie wir gestern Abend über Sir Francis Drake sprachen? Diese Meerenge wurde nach ihm benannt. Er war der Erste, der sie durchfuhr, als er die Spanier rund um den Erdball bekämpfte.

Die USS *Oregon* ist ebenfalls hier vorbeigekommen, als

sie um Südamerika herumfuhr, um während des Spanisch-Amerikanischen Krieges vor Kuba mit der Flotte zusammenzutreffen; und auch die Klipper, die in der anderen Richtung unterwegs waren, um so schnell wie möglich Kalifornien zu erreichen.«

»Das klingt so, als hätten Sie ganz gern das Kommando auf einem dieser alten Rahsegler gehabt.«

»O nein. Auch wenn ihre *Aficionados* das niemals zugeben würden – diese Klipper waren eine ziemlich wackelige Angelegenheit; der Schwerpunkt war viel zu hoch bei ihnen. Nein, wenn ich die Wahl hätte, dann würde ich mich für einen dieser alten Brandenburg-Frachter entscheiden, die die Deutschen um die vorige Jahrhundertwende bauten. Die waren wirklich der Gipfel der Segelschiff-Technologie. In der Regel handelte es sich bei ihnen um Vier- oder Fünfmaster. Sie hatten einen Stahlrumpf, Stahlmasten, und anstelle der Taue gab's Drahtseile. Ein solches Schiff konnte man noch fahren, bis es die Segel von den Rahen riss.«

Sie blickte schweigend vor sich hin, offensichtlich mit den Gedanken weit fort in einer anderen Zeit; wahrscheinlich spürte sie in diesem Moment sogar, wie ihr der Wind das Haar ins Gesicht peitschte.

Im nächsten Augenblick wurde sie durch das Knacken und Krächzen der Bordsprechanlage in die Gegenwart zurückgeholt. »Captain, hier Sonar. Der Hydrothermograf hat soeben den scharfen Abfall der Wassertemperatur angezeigt, auf den wir achten sollten. Sie wollten ja, dass wir Sie verständigen, wenn es soweit ist.«

»Ja, danke, Sonar«, antwortete Amanda in ihr Mikrofon.

»Was hat es eigentlich damit auf sich?«, wollte Arkady wissen.

»Das ist auch so eine Eigenheit dieser Gegend. Wir haben soeben die Antarktische Konvergenz passiert – das ist eine Stelle, wo Wassermassen von ganz unterschiedlicher Temperatur aufeinander stoßen. Es ist sozusagen die Grenzlinie, ab der das Südpolarmeer beginnt.«

Sie wählte eine Nummer an der Bordsprechanlage. »Kommunikationsraum, hier Captain. Bitte setzen Sie folgenden Spruch an CINCLANT ab: ›Die USS *Cunningham* hat ihre Position erreicht.‹«

Buenos Aires
23. März 2006, 19:30 Uhr

Die Botschaft der Vereinigten Staaten in Buenos Aires war kein besonders großes Gebäude, und Harrison Van Lynden hatte sich aus Rücksichtnahme bemüht, möglichst wenig Umstände zu machen. Dementsprechend hatte er das Wohnzimmer seiner Suite im zweiten Stock zu seiner Kommandozentrale umfunktioniert.

Auf dem Kaffeetisch standen ein Computer und der dazugehörige Drucker. Das Telefon war durch Modem und Faxgerät ergänzt worden. Die restlichen freien Flächen waren inzwischen größtenteils durch Bücher, Akten und Computerausdrucke belegt.

Van Lynden, Rosario und Dr. Towers hatten bereits gegen Abend das Personal, das man ihnen zugeteilt hatte, nach Hause geschickt.

Anschließend an eine kurze Pause, in der sie zu Abend aßen, wandten sie sich wieder ihrer momentanen Hauptaufgabe zu. Ihre gewohnte korrekte Bekleidung hatten sie inzwischen durch Freizeitkleidung ersetzt. Sie stimmten darin überein, dass sie sich angesichts der Hartnäckigkeit des Problems ein wenig Bequemlichkeit leisten durften.

»Liegt das Ergebnis der Konferenz von Bogotá schon vor, Steve?«, fragte der Außenminister, während er auf der Couch Platz nahm.

»Jawohl, Sir. Wie erwartet, haben sie sich an die Organisation der Amerikanischen Staaten gewandt. Die von uns angestrebte Verurteilung der argentinischen Maßnahmen blieb aus. Stattdessen wurde eine Stellungnahme verabschiedet, derzufolge die beteiligten Parteien aufgerufen werden, nach einer diplomatischen Lösung zu suchen und ansonsten Zurückhaltung zu üben.«

»Was gibt es Neues von der UNO?«

»Der argentinische Botschafter hat eine Frist von 72 Stunden verlangt, bevor die UNO-Vollversammlung sich der Frage annimmt. Er hat behauptet, er müsse nach Buenos Aires zurückkehren, um kurz seine Regierung zu konsultieren. Meinen Sie, dass er damit durchkommt?«

»Kuba, Chile und Uruguay sind zur Zeit Mitglieder des Sicherheitsrates. Ich würde sagen, die Chancen stehen 50 zu 50.«

Van Lynden wandte seine Aufmerksamkeit wieder der Leiterin des USARP zu. »Was ist mit Ihnen, Doktor? Haben Sie wenigstens etwas Ermutigendes zu berichten?«

»Nicht wirklich«, seufzte sie. »Gestern hat die Antarctic Treaty Commission in Brüssel getagt; ich habe eine Abschrift des Sitzungsprotokolls. Die Argentinier zelebrierten eine sechs Stunden dauernde Geschichtsstunde, in der sie Argentiniens Polarforschungsprogramm vorstellten. Sobald ein anderer Teilnehmer ein Wort sagen wollte, fielen ihm die Chilenen ins Wort – angeblich aus Gründen der Geschäftsordnung. Es wurde nichts Konkretes erreicht.«

»Das scheint in letzter Zeit andauernd so zu gehen«, stellte Van Lynden fest. »Die Argentinier tun so, als ob sie durchaus bereit wären, darüber zu reden, solange sonst nichts passiert.«

Der Außenminister nahm einen Bleistift vom Kaffeetisch zur Hand. Er drehte ihn langsam zwischen den Fingern und betrachtete ihn, als wäre er plötzlich von besonderer Wichtigkeit. Nach ein paar Augenblicken ließ er ihn wieder auf den Tisch fallen.

»Wir werden hingehalten! Sie wollen einfach nur Zeit schinden. Das war von Anfang an ihre Strategie. Aber aus welchem Grund, das ist die Frage. Worauf warten sie?«

Dr. Towers ließ sich in den Sessel gegenüber von Van

Lynden sinken. »Zu dieser Jahreszeit ist das Einzige, worauf man so tief im Süden warten kann, der Winter«, sagte sie.

»Okay, denken wir mal in diese Richtung. Was bedeutet ›Winter‹ in der Antarktis konkret? Was ändert sich?«

»Nun, mal überlegen.« Dr. Towers lehnte sich zurück und fuhr instinktiv im Ton der geübten Vortragenden fort: »Winter, oder genauer gesagt schon der Herbst, bedeutet auf der Antarktis das Ende der verschiedenen Aktivitäten, die dort laufen. Die Umweltbedingungen, die schon im Sommer widrig genug sind, werden für den Rest des Jahres nahezu unerträglich. Das Wetter wird immer schlimmer. Fast täglich ist mit orkanartigem Wind zu rechnen. Die Temperaturen sinken ins Bodenlose. An der russischen Station wurden schon minus 90 Grad Celsius gemessen.

Alle Arbeiten werden beendet, außer es handelt sich um einige wenige besonders wichtige Projekte. Alles Personal, das nicht mehr unbedingt erforderlich ist – die ›Sommerleute‹, wie wir sie nennen – kehrt in die Heimat zurück. Die Seefahrt in der Gegend wird durch das Packeis unmöglich gemacht. Auch der Luft- und Landverkehr wird auf das Allernötigste eingeschränkt.«

»Du meine Güte!«, murmelte Rosario. »Warum zieht es überhaupt jemanden an einen solchen Ort?«

Dr. Towers antwortete mit einem Lächeln: »Das ist wahrscheinlich eine Geschmacksfrage. Einige von uns älteren USARP-Mitarbeitern finden den Winter … richtig erfrischend. Jedenfalls wird im Winter da unten kaum noch etwas getan. Man sitzt einfach herum und wartet, bis es wieder wärmer wird.«

»Wie lange dauert dieser Zustand?«, fragte Van Lynden langsam.

»Das ist verschieden. Für gewöhnlich sieben bis acht Monate, also von Ende März oder April bis in den November hinein.«

»Das ist es also. Sparza, du raffinierter Schweinehund! Das muss es sein!«

Die Leiterin des USARP und der stellvertretende Außenminister sahen einander ziemlich verdutzt an.

»Verzeihung, Sir, aber *was* ist es?«, fragte Rosario.

»Der Plan der Argentinier. Sie wollen uns buchstäblich kaltstellen. Sie haben vor, uns hinzuhalten, bis der Winter alle Aktivitäten in der Antarktis zum Erliegen bringt und wir nichts mehr gegen sie unternehmen können.«

»Das hätte aber keine Auswirkung auf die diplomatischen Verhandlungen.«

»O doch, bestimmt sogar. Sicher, wir könnten reden und reden – aber das ist auch schon alles. Wir wären nicht einmal in der Lage, richtig mit diplomatischen und wirtschaftlichen Sanktionen zu drohen. Sie würden uns mit einem Grinsen zu verstehen geben, dass es ihnen leider unmöglich ist, ihre Truppen aus der Antarktis abzuziehen – und sie hätten sogar Recht damit.

Für ein Dreivierteljahr wären sie vor jedem Eingreifen von außen sicher. Diese Zeit können sie nutzen, um zwischen den Staaten des Antarktisvertrages und innerhalb der UNO Uneinigkeit zu säen. Außerdem würde unsere Regierung und die von Großbritannien wahrscheinlich durch andere Probleme abgelenkt. Bis nächsten November wird es dann schwer möglich sein, wieder politische und diplomatische Initiativen zu ergreifen. Und man wird die Besetzung der Antarktis als *fait accompli* anerkennen.«

»Ja«, stimmte Dr. Towers zu, »und sobald ein Land nach einem Stück des Kuchens greift, müssen sich auch alle anderen ihr Stück sichern. Alle Länder des Vertrages werden ihre Territorien abstecken, und auch die Vereinigten Staaten werden aus purer Notwendigkeit ebenfalls ihren Anspruch stellen.«

»Genau. Und wenn man bedenkt, wie ungenau der Verlauf der Grenzen oft ist, sind Unstimmigkeiten mit der Europäischen Union, mit Russland und Japan fast vorprogrammiert … Verdammt, das könnte zur weltpolitisch heikelsten Situation seit der Konferenz von Jalta führen. Nächstes Jahr um diese Zeit wird es auf der Antarktis vor Militär nur so wimmeln.«

»Und natürlich wird man auch sofort die ersten Bohrungen in Angriff nehmen – denn die Besatzungsländer müssen ihre Anwesenheit schließlich durch wirtschaftliche Erfolge rechtfertigen«, wandte Dr. Towers verbittert ein. »Die Argentinier und ihre Verbündeten werden sich natürlich die reichsten und am besten zugänglichen Gebiete sichern. Sie werden die großen Gewinne einheimsen, während die anderen über den Rest des Kontinents herfallen. Es muss doch einen Weg geben, das zu verhindern!«

»Also, ich sehe im Moment keinen. Selbst wenn die Vereinigten Staaten und Großbritannien sich zu einer Gegeninvasion entschließen, so könnten wir doch niemals rechtzeitig vor Wintereinbruch eine schlagkräftige Truppe hinunterschicken. Die Sache scheint entschieden. Sparza hat alle Trümpfe in der Hand.«

Der Außenminister schob seine Brille auf die Stirn hoch und massierte seine müden Augen mit den Handballen. »Gott, ich wollte, ich müsste dem Chef das nicht mitteilen.«

Resignierte Stille erfüllte den Raum – jene Art von Stille, in der man sich danach sehnt, sie mit irgendetwas zu füllen. Steve Rosario begann verlegen einige Papiere zu sortieren. Van Lynden lehnte sich mit geschlossenen Augen auf der Couch zurück. Dr. Towers sah ziellos eine Mappe mit Satellitenaufklärungsfotos durch.

Plötzlich hielt sie inne und blickte aufmerksam eines der Fotos an.

»Steve, wann wurden diese Bilder von der San-Martin-Basis gemacht?«

»Ich weiß nicht. Zeigen Sie mir mal die Mappe.«

Sie hielt sie hoch, damit er sie begutachten konnte.

»Oh, das sind die allerneuesten. Wir haben sie erst heute Nachmittag reinbekommen.«

»Haben wir auch welche von den anderen argentinischen Stützpunkten, die genauso neu sind?«

»Ich glaub schon. Sie müssen hier irgendwo rumliegen.«

Sie begann fieberhaft in den anderen Mappen zu wühlen.

»Und die britischen Stationen. Ich brauch auch Bilder von den britischen Stationen.«

»Hm, ich schätze, die sind unten im Büro des Militärattachés.«

»Bitte, holen Sie sie rauf«, sagte sie aufgeregt.

Rosario und sein Chef blickten einander verständnislos an, ehe der junge Mann schließlich nach unten ging.

Als er zurückkam, sah er die Leiterin des United States Antarctic Research Programs am Boden knien und Fotografien über den ganzen Teppich des Wohnzimmers ausbreiten, während der Außenminister ihr nur verdutzt zusah.

»Geben Sie mal her, Steve«, sagte sie zuversichtlich. »Ich glaube, ich habe da was entdeckt.«

Eine Viertelstunde später saß sie mit überkreuzten Beinen inmitten von sorgfältig ausgewählten Bildern.

»Ich hatte Recht.«

»Womit, Doktor?«, wollte Van Lynden wissen.

»Die Argentinier haben doch keine so guten Karten, wie wir dachten, Mr. Secretary. Sie bluffen, was das Zeug hält, während sie sich insgeheim bemühen, ihre Situation zu verbessern.«

»Wovon reden Sie eigentlich?«

Sie zeigte mit einer weit ausholenden Geste auf die Fotos, von denen sie umgeben war. »Vor weniger als einem Monat habe ich all diese Einrichtungen besucht – das war Teil der normalen alljährlichen Inspektionstour, die die Antarctic Treaty Commission unternimmt. Damals hatten die Argentinier gerade ihre Versorgungsoperationen für den Winter abgeschlossen. Ich habe nichts Ungewöhnliches bemerkt. Wie üblich hatten sie die Lager für ein Jahr aufgefüllt, plus ein halbes Jahr für eventuelle Notfälle. So ist das auf der Antarktis üblich.

Diese Vorräte waren für ein Personal von rund 500 Leuten gedacht. Jetzt aber haben sie plötzlich über 2000 Soldaten zusätzlich dort – doch wie man diesen Bildern entnehmen kann, sind ihre Depots nicht größer als vorher. Auf den britischen Stationen, die sie eingenommen haben, sieht es sogar noch schlechter aus. Die Argentinier haben praktisch nichts mitgebracht. Sie haben Garnisonen von 40 bis 50 Leuten, die über die Mittel für sechs bis sieben Leute verfügen.«

»Sind Sie sich da sicher, Doktor?«

»Absolut sicher. Wenn man in der Antarktis zu Gange ist, dann beschäftigt man sich zwangsläufig mit allem, was mit Nachschub und Versorgung zu tun hat. Die Antarktis ist der einzige Teil dieser Erde, wo der Mensch nicht vom Land leben kann. Man muss alles, was man braucht, mitbringen – jede Gallone Treibstoff, jeden Bissen Brot, und alles, was man braucht, um ein Dach über dem Kopf zu haben. Selbst für das Trinkwasser muss man sorgen, wenn man bedenkt, dass man zusätzlichen Treibstoff braucht, um Eis zu schmelzen. Einige meiner Kollegen von der NASA haben gemeint, es wäre leichter, eine Raumstation zu betreiben als die Scott-Amundsen-Basis am Südpol.«

Van Lynden beugte sich interessiert vor. »Welche Menge an Gütern würden sie brauchen, um ihr Defizit zu decken?«

»Oh, ich würde sagen, so zwischen acht und zwölf Tonnen pro Mann.«

»Sagen wir mal zehn Tonnen. Für eine Garnison von 2000 Mann wären das 20 000 Tonnen an Vorräten.«

»Mhm, und sie würden auch zusätzliche Behausungen brauchen. Viele der Soldaten scheinen augenblicklich in Zelten zu leben. Wenn man in dieser Eiswelt im Zelt überwintert, wird man im Frühling kaum noch in der Lage sein, seine Glieder zu bewegen.«

»Ich frage mich, warum unsere Nachrichtendienste ihren Versorgungsengpass nicht mitbekommen haben«, warf Rosario ein.

»Wahrscheinlich zu viele Spezialisten da unten«, antwortete Van Lynden. »Wie wir gehört haben, ist die Logistik am Südpol eine ziemlich spezielle Angelegenheit, und ich schätze, man hat einfach vergessen, den richtigen Spezialisten beizuziehen. Wenn Dr. Towers nicht aufgepasst hätte, dann wäre uns das womöglich glatt entgangen.«

Der Secretary of State lehnte sich auf der Couch zurück. »20 000 Tonnen«, sagte er nachdenklich. »Die Argentinier verfügen nicht über genügend Flugzeuge, um solche Mengen runterzufliegen. Sie werden es auf dem Seeweg versuchen müssen.«

»Und schon sehr bald«, fügte Dr. Towers hinzu. »Ich würde sagen, ihnen bleiben höchstens noch zwei bis drei Wochen, bevor das Packeis unpassierbar wird.«

»Was geschieht, wenn der Nachschub nicht ankommt?«

»Dann würde den Argentiniern nichts anderes übrig bleiben, als ihre Truppen zurückzuholen. Sonst müssten sie zusehen, wie die Männer im Eis erfrieren oder verhungern.«

Van Lynden überlegte noch ein paar Augenblicke und griff dann zum Telefon, um das Kommunikationszentrum der Botschaft anzurufen.

»Hier ist der Secretary of State. Geben Sie mir bitte eine direkte Verbindung mit dem Präsidenten.«

Buenos Aires
24. März 2006, 07:45 Uhr

Antonio Sparza frühstückte allein im Esszimmer der Casa Rosada. Normalerweise wäre dies eine Tageszeit gewesen, die der argentinische Präsident völlig ungestört mit seiner Familie genossen hätte, bevor er seine Pflichten in Angriff nehmen musste. Doch an diesem Tag, unmittelbar vor Beginn der Operation ›Konquistador Süd‹, hatte er seine Familie auf ihren Landsitz in seiner heimatlichen Provinz Catamarca geschickt. Es war dies eine instinktive Vorsichtsmaßnahme, die er angesichts der Unberechenbarkeit der Politik in Lateinamerika ergriffen hatte.

An diesem Morgen also war er allein mit den internationalen Fax-Ausgaben der *Washington Post* und der *Times*. In einer Ecke des Zimmers lief auf niedriger Lautstärke ein tragbarer Fernseher, auf dem Sparza flüchtig den ›America Sud‹-Service von CNN verfolgte; seine Aufmerksamkeit erhöhte sich immer dann, wenn die Worte ›Argentinien‹ oder ›Antarktis‹ fielen.

Er hatte sich eine zweite Tasse heiße Schokolade eingeschenkt und hob sie gerade an die Lippen, als sein Außenminister plötzlich zögernd in der offenen Tür erschien.

»Kommen Sie rein, Aldo«, forderte ihn Sparza freundlich auf. »Sie scheinen nicht gerade gut gelaunt zu sein.«

»Wir haben da vielleicht ein Problem, Herr Präsident. Die Botschaft der Vereinigten Staaten hat sich an uns gewandt. Ihr Außenminister möchte Sie unverzüglich sprechen.«

»Unsere *Norteamericano* Gäste scheinen ungeduldig zu

sein. Dann wollen wir ihnen gleich für heute Vormittag einen Termin geben.«

»Sie haben mich missverstanden, Herr Präsident. Der Außenminister will keinen Termin. Er verlangt Sie unverzüglich zu sprechen. Sein Konvoi hat die US-Botschaft bereits verlassen.«

Bei Sparza klingelten die Alarmglocken. »Wissen wir mehr darüber?«

»Unser Geheimdienst hat ja seine Quellen in den nordamerikanischen Medien – und die berichten, dass der amerikanische Präsident heute Vormittag um zehn Uhr dreißig Washingtoner Zeit eine Pressekonferenz abhalten wird. Danach soll eine Konferenz folgen, an der Leute aus dem Außenamt und vom Pentagon beteiligt sein werden.«

Sparza nickte grimmig und betupfte seinen Mund mit der Serviette.

»Der Konquistador-Süd-Konvoi hätte noch heute Vormittag aufbrechen sollen. Setzen Sie sich sofort mit dem Marineministerium in Verbindung und sagen Sie ihnen, sie sollen mit dem Auslaufen bis auf weiteres noch warten. Ich glaube, Sie haben Recht, Aldo. Wir könnten da tatsächlich ein Problem bekommen.«

Drake-Passage
24. März 2006, 10:05 Uhr

»Achtung! Hier spricht der Captain. Wir haben soeben folgenden Befehl vom Oberbefehlshaber der Atlantikflotte erhalten:

›Mit Wirkung vom 24. März 2006, 12 Uhr, gilt Folgendes: Die Marine-Streitkräfte der Vereinigten Staaten und Großbritanniens werden eine totale Seeblockade aller argentinischen Einrichtungen auf der Antarktis vornehmen. Bis auf weiteres werden alle Schiffe unter argentinischer Flagge, ob zivil oder militärisch, sowie alle Schiffe unter argentinischer Charter oder unter argentinischem Befehl, die den südlichen Polarkreis überqueren wollen, aufgehalten und zurückgewiesen. Die Blockade-Streitkräfte werden hiermit ermächtigt, alle notwendigen Maßnahmen zu ergreifen, um die Sperrzone abzuriegeln.‹

Wie die meisten von Ihnen sicher schon wissen, gibt es im Augenblick keine anderen Blockade-Streitkräfte als uns. Aus diesem Grund haben wir wohl eine nicht ganz einfache Zeit vor uns. Aber ich glaube, dass die Duke dieser Herausforderung gerecht werden kann.

Ab zwölf Uhr wird Alarmstufe III in Kraft treten – wir befinden uns dann also in voller Gefechtsbereitschaft. In allen Abteilungen werden wir mit einer ›blauen‹ und einer ›goldenen‹ Crew arbeiten. Wenn Sie noch irgendwelche speziellen Arbeiten zu erledigen haben – tun Sie es jetzt. Brauchen Sie Hilfe, melden Sie sich.

Richten Sie sich auf einen längeren Einsatz ein – es wird mindestens eine Woche dauern, bis wir Unterstützung von der Flotte erhalten. Sie werden in Kürze alle notwendigen Informationen auf Ihren Terminals abrufen können, und ich rate Ihnen, davon Gebrauch zu machen.

Rein technisch gesehen ist eine Blockade eine kriegerische Handlung. Bisher ist jedoch noch kein Schuss gefallen. Hoffentlich bleibt das auch so. Aber wir müssen natürlich auf alles gefasst sein. Wir sollten jetzt wachsam sein, Leute.«

Buenos Aires
24. März 2006, 14:45 Uhr

Präsident Sparza hatte zwei Büros in der Casa Rosada – das eine diente gleichzeitig als Empfangszimmer, wo ausländische Amts- und Würdenträger, die Presse und andere Gäste willkommen geheißen wurden. Das andere, viel kleinere Büro befand sich weiter im Inneren des Amtsgebäudes; dort wurde die wirkliche Arbeit getan und die wichtigen Entscheidungen getroffen.

Die Einrichtung war solide und komfortabel, aber nicht übertrieben teuer. Die Bücherregale an den Wänden waren mit Titeln der verschiedensten Sachgebiete gefüllt – von Geschichte und Geografie bis hin zu Gegenwartspolitik und Militärwissenschaft. Auch persönliche Dinge waren hier zu finden, wie zum Beispiel Familienfotos, einige Sporttrophäen und eine antike Standuhr, ein Erbstück von Sparzas Großmutter.

Im Moment waren in dem überheizten kleinen Raum außer dem Präsidenten noch der Außenminister und die Stabschefs der argentinischen Streitkräfte anwesend. Doch trotz der Wärme im Zimmer beschäftigten sich die Gedanken aller Anwesenden ausschließlich mit Kälte.

»Alle Berichte von unseren Wetterstationen bestätigen, dass der Winter heuer sehr früh hereinbrechen wird«, stellte General Juan Orchal fest. »Die durchschnittliche Windgeschwindigkeit nimmt schon zu. Die Temperaturen sinken, und vor allen Küstenstationen ist eine rasche Vereisung der See zu beobachten. Wir brauchen dringend Nachschub. Vor allem die Leute, die in Zelten untergebracht sind, bekommen langsam ernste Probleme.«

Sparza nickte und nahm eine Zigarette aus dem Päckchen, das er auf dem Schreibtisch liegen hatte. Er zündete sie mit einem altmodischen silbernen Taschenfeuerzeug an und wandte sich General Marcello Arco von der Luftwaffe zu. »Wie sieht es mit der Luftbrücke aus?«

»Es wird alles getan, was möglich ist. Wie im Einsatzplan vorgesehen, sind alle verfügbaren Transportflugzeuge der Luftwaffe und der Marine sowie auch die zivilen Maschinen startbereit. Unser Problem ist jedoch, dass das Wetter am San-Martin-Stützpunkt zunehmend schlechter wird. Wir können vielleicht 24 von 48 Stunden im Einsatz sein und können leider auch nur eine beschränkte Zahl von Flugzeugen gleichzeitig auf San Martin landen lassen. Auch unsere Treibstoffreserven dort unten sind nicht mehr allzu groß. Tut mir Leid, Sir. Wir tun, was möglich ist – aber Wunder gibt's nun mal keine.«

Der Kommandant der Marine-Operationen, Admiral Luis Fouga, warf in gereiztem Ton ein: »Wenn wir unsere Depots vor dieser Operation einigermaßen aufgefüllt hätten, dann stünden wir jetzt nicht vor diesem Problem.«

»Sie waren bei den Planungen dabei, Admiral«, erwiderte Arco mit schneidender Stimme. »Hätten wir die Logistik schon früher ausgebaut, dann wären die anderen Länder des Antarktisvertrages mit Sicherheit aufmerksam geworden. Wir haben das damals als ein unnötiges Risiko erachtet – und zwar wir alle!«

»Beruhigen Sie sich, meine Herren«, vermittelte Sparza. »Wir sind nicht hier, um uns gegenseitig Schuld zuzuweisen. Es gibt keine Schuldigen. Alle Teile der Streitkräfte haben ihre Sache sehr gut gemacht.«

Sparza vermied es, die übertriebene Reaktion eines der Offiziere Fougas zu erwähnen, der das britische Forschungsschiff versenkt hatte und für den Tod des Kapitäns verantwortlich war. Er musste dafür sorgen, dass diese Männer weiterhin als Team zusammenarbeiteten, und es würde nicht gerade dienlich sein, wenn er Fougas übertriebenen Stolz verletzte. Erst wenn diese Krise vorüber war, dann …

»Das Problem, vor dem wir jetzt stehen, wird bedingt von einem unvorhersehbaren Zwischenfall – nämlich der Anwesenheit eines nordamerikanischen Kriegsschiffes in unseren Gewässern. Und daran trägt niemand von uns die Schuld. Admiral Fouga, wie sieht es mit dem Nachschub-Konvoi aus?«

»Der Polarfrachter *Alferez Mckinley,* der Flottentanker *Luis A. Huergo* und das Tankschiff *Piedrabuena* sind alle voll beladen und stehen in Rio Gallegos klar zum Auslaufen. Das erste und dritte Zerstörer-Geschwader, einige Geleitschiffe und Teile der Schnellen-Küsten-Eingreiftruppe stehen ebenfalls bereit, um dem Konvoi Deckung zu geben.«

»General Arco, wie sieht es auf der Gegenseite aus?«

»Keine besonderen Veränderungen, Sir. Die Briten sind weiter dabei, ihre Verteidigung auf den Malvinen auszubauen. Wir haben zwei zusätzliche Kampfbomber-Staffeln und ein Fallschirmtruppen-Regiment identifiziert. Ein kleiner britischer Kampfverband, bestehend aus der Wachfregatte von Port Stanley, dem Patrouillenschiff *Polar Circle* und einem kleinen Hilfsschiff deckt im Augenblick die Erdöl-Bohreinrichtungen vor der Küste.

Das US-Kriegsschiff hält sich gegenwärtig in der Drake-Passage auf, 350 Kilometer süd-südwestlich der Isla de Los Estados. Ihre nächsten Verstärkungseinheiten würden mehr als eine Woche brauchen, um aufzuschließen.«

»Danke. Admiral Fouga, wie stehen die Chancen, den Konvoi unbemerkt an dem nordamerikanischen Schiff vorbeizubringen?«

»Wir haben es nicht nötig, uns zu verbergen. Die Flotte ist sehr wohl in der Lage, diese lästigen *Nortenos* zu vertreiben – oder zu versenken, wenn es sein muss.«

Sparza zog an seiner Zigarette und blies den Rauch nachdenklich aus. »Admiral, ich habe Sie nicht gefragt, ob Sie das Schiff versenken können. Ich wollte wissen, ob es Ihnen möglich wäre, unentdeckt vorbeizukommen?«

In leicht resigniertem Ton antwortete der stämmige Marine-Offizier: »Nein, Sir. Angesichts des ausgedehnten Netzwerks an Aufklärungs-Satelliten, das die USA betreiben, und ihrer empfindlichen Schiffssensor-Systeme ist es nicht sehr wahrscheinlich, dass wir die San-Martin-Halbinsel erreichen könnten, ohne dass sie uns aufspüren. Aber wie ich schon sagte, wenn wir jetzt gleich aufbrechen, könnten wir eine so mächtige Eskorte aufbieten, dass wir diese lästigen Nordamerikaner binnen Sekunden wegblasen, wenn sie es wagen sollten, sich uns in den Weg zu stellen.«

»Da wäre ich mir nicht so sicher«, wandte General Arco trocken ein. »Dieses Schiff, die USS *Cunningham,* ist das modernste Kriegsschiff der stärksten Seemacht der Welt. Die Systeme des Schiffes sind selbst unseren allerbesten Systemen mindestens eine Generation voraus. Wir sollten die Fähigkeiten des Schiffes nicht unterschätzen.«

»Um Himmels willen, General, das Schiff wird von einer Frau kommandiert!«

»Einer Kanone ist es egal, wer sie abfeuert, ebenso einer modernen Lenkwaffe!«

»Meine Herren, lassen wir die Fähigkeiten dieses Schiffes für einen Moment außer Acht«, wandte Sparza ein und drehte seinen Stuhl ein wenig, um sich seinem Außenminister zuzuwenden. »Aldo, wie ist Ihre Meinung? Werden die Vereinigten Staaten bereit sein, ihre militärischen Möglichkeiten einzusetzen, um die Blockade aufrechtzuerhalten? Werden sie auf uns feuern, wenn wir jetzt versuchen, einen Konvoi zu unseren Stützpunkten auf der Antarktis durchzubringen?«

Aldo Salhazar überlegte einen Augenblick, ehe er antwortete. Er spürte, dass den Worten, die er als nächstes sagen würde, große Bedeutung zukam.

»Die Vereinigten Staaten nehmen diese Angelegenheit sehr ernst – vielleicht noch ernster, als wir erwartet hatten. Dass sie ihre Marine-Streitkräfte mobilisieren, dass sie sich bemühen, die Weltöffentlichkeit gegen uns aufzubringen, und auch dass ihr Außenminister sich ständig in unserer Hauptstadt aufhält – all das zeigt schon, wie beunruhigt sie sind. Zweifellos ist ihnen bewusst, welche politischen Folgen mit unseren Maßnahmen in der Antarktis verbunden sind – und diese Folgen stehen natürlich im krassen Widerspruch zu den globalen Interessen der USA.

Die gegenwärtige Regierung des Landes ist durchaus bereit, diese Interessen auch mit militärischen Mitteln zu verteidigen, wie sie erst kürzlich in Peru und in Zentralafrika bewiesen hat. Ich glaube, dass die Kommandantin des US-Kriegsschiffes dazu ermächtigt ist, unseren Konvoi mit allen Mitteln zu stoppen.«

Sparza nickte. »General Orca, eine letzte Frage. Ist es möglich, Konquistador Süd mit den Mitteln durchzuführen, über die wir gegenwärtig auf dem Kontinent verfügen – plus dem, was wir auf dem Luftweg transportieren können?«

»Ich würde sagen, es ist nicht möglich«, antwortete der Offizier. »Im günstigsten Fall würden unsere Leute unter extremen Entbehrungen durchkommen. Im schlimmsten Fall könnte es eine Katastrophe riesigen Ausmaßes geben. Wenn der Frühling spät einsetzt, würde es wahrscheinlich auf allen Stützpunkten Tote geben.

Man darf das Problem der polaren Logistik nicht unterschätzen, Herr Präsident. Ohne entsprechenden Nachschub müssen wir die Operation abblasen und die Männer zurückholen. Eine andere Möglichkeit gibt es nicht.«

Sparza schätzte, dass er an seiner Zigarette noch dreimal ziehen konnte und beschloss, sich so lange für seine

Entscheidung Zeit zu lassen. Während er den würzigen Rauch tief einsog, dachte er über die Zukunft seines Landes – und auch seine eigene – nach.

Antonio Sparza war ein Kämpfer. Von klein auf hatte er gegen die Armut angekämpft und gegen die Vorurteile, mit denen er konfrontiert war, weil er Indio-Blut in sich hatte. Er hatte gegen ein korruptes und fest etabliertes politisches System ankämpfen müssen, das einem Außenseiter wie ihm, der aus dem Gaucho-Land im Nordwesten stammte, keine Chance bieten wollte.

Das Geheimnis des Siegens hatte er im Boxring gelernt, im Amateur-Verein der kirchlichen Schule, die er als Junge besucht hatte. Und das Geheimnis lautete: Geh immer in die Offensive. Explodiere aus deiner Ecke heraus und geh direkt auf den Gegner los – egal wie groß er ist, egal, wie viele Schläge du dann einstecken musst. Es verliert immer derjenige, der sich verteidigen muss. Nur wer angreift, kann gewinnen.

Dieses Prinzip hatte ihm über die Jahre hinweg gute Dienste geleistet. Ihm verdankte er, dass er es bis in die Casa Rosada geschafft hatte. Er würde seinem Motto auch jetzt nicht untreu werden. Als er die Zigarette ausdrückte, wusste er, was zu tun war.

»General Arco, bereiten Sie einen Luftangriff vor. Versenken Sie das nordamerikanische Kriegsschiff.«

Die Männer blickten ihn betroffen an. Außenminister Salhazar erhob sich ein Stück weit von seinem Stuhl. »Antonio, sind Sie verrückt? Das käme einer Kriegserklärung an die Vereinigten Staaten von Amerika gleich!«

»Nein, nicht unbedingt. Die Vereinigten Staaten geraten zwar rasch in Wut, aber so rasch handeln sie nicht wegen eines einzelnen Vorfalls. Denken Sie an ähnliche Fälle in der Geschichte – die *Pueblo,* die *Liberty,* die *Stark.*

Ich bin mir klar, dass das die Krise verschärfen wird, aber wir können dann immer noch Schadensbegrenzung betreiben. Wir könnten behaupten, es wäre ein Versehen gewesen. Vielleicht gelingt es uns sogar, einen Teil der Schuld auf das Schiff selbst zu schieben.

Danach können wir uns ja in aller Form entschuldigen und Schadenersatz anbieten. Wichtig ist allein, dass wir unsere Versorgungsgüter jetzt zu unseren Garnisonen bringen und dass die USA uns nicht daran hindern können.«

»Und was ist, wenn sie unsere Entschuldigung nicht akzeptieren, Herr Präsident? Was ist, wenn ihnen Schadenersatz nicht genügt?«

»Selbst wenn das der Fall sein sollte, Aldo, wird die San-Martin-Halbinsel uns gehören, und der antarktische Winter wird die anderen aussperren. Auch eine Supermacht wie die USA kann daran nicht rütteln.«

»Der Winter wird aber Argentinien selbst nicht schützen«, wandte General Arco mit ruhiger Stimme ein.

»Nein, General, aber die Weltöffentlichkeit bietet uns Schutz genug. Als wir versuchten, die Malvinen zurückzuerobern, haben die Briten unsere militärischen Einrichtungen im Land nicht angegriffen, obwohl es ihnen einen Vorteil verschafft hätte. Sie wussten, dass damit die Weltöffentlichkeit gegen sie gewesen wäre.

Auch die Nordamerikaner wissen das genau. Was sie tatsächlich unternehmen können – ein Handels- und Wirtschaftsembargo zum Beispiel, oder eine Blockade unserer Küsten –, dagegen haben wir schon unsere Vorkehrungen getroffen.«

Sparza blickte in die Runde der Anwesenden. »Meine Herren, als wir uns zu dieser Operation entschlossen, wussten wir, dass es riskant werden würde. Doch wir wussten auch, dass all das notwendig ist, wenn wir den Traum endlich verwirklichen wollen, den unser Land seit 65 Jahren hegt. An dieser Situation hat sich nichts geändert. Wenn einer von Ihnen einen neuen Vorschlag zu machen hat, so höre ich ihm gerne zu.«

Seine Ratgeber sahen ihn nur schweigend an.

Der argentinische Präsident nickte. »Also gut. Wir müssen einfach etwas mehr Kühnheit beweisen. Admiral Fouga, Sie werden den Befehl geben, dass der Nachschub-Konvoi und seine Eskorte auslaufen, sobald bestätigt ist, dass der US-Zerstörer versenkt wurde. General Arco, Sie werden den Angriff auf dieses Kriegsschiff, die USS *Cunningham,* planen und durchführen – und zwar so bald wie möglich.«

Damit war die Sitzung beendet, und die Anwesenden verließen gemeinsam den Raum. Als die Stabschefs des Heeres und der Luftwaffe die Haupttreppe der Casa Rosada hinabstiegen, wandte sich Juan Orchal seinem Kollegen zu.

»Sie wirken nicht gerade glücklich, Marcello.«

»Bin ich auch nicht. Jetzt ist alles wieder so wie damals im Jahr '82. Wir stürzen uns in den gleichen Schlamassel. Zuerst versichern wir uns gegenseitig, dass alles so laufen wird wie geplant – und dann kommt doch alles anders. Wir glauben zuerst, dass es ohne ernsthafte Auseinandersetzung abgeht – und dann gibt es doch wieder Krieg.«

»Ja, aber es ist trotzdem nicht das Gleiche. Wir haben seit Port Stanley auch ein paar Dinge gelernt, mein Freund.«

»Mag sein. Aber damals haben wir höchstens den Löwen am Schwanz gezogen. Diesmal, glaube ich, sind wir dabei, einem Elefanten in den Hintern zu beißen.«

»Ich weiß, dass du von Konquistador Süd nie so begeistert warst wie die meisten anderen, Marcello. Aber du hast genauso zugestimmt wie wir alle. Was bleibt uns jetzt anderes übrig?«

»Nichts, schätze ich. Wir werden wohl damit leben müssen.«

Als sie am Fuß der Treppe angelangt waren, verspürte General Arco plötzlich einen stechenden Schmerz im Rücken. Es war eine alte Wirbelsäulenverletzung, die sich wieder bemerkbar machte – eine Verletzung, die er sich vor vielen Jahren zugezogen hatte, als er sich über der San-Carlos-Bucht mit dem Schleudersitz aus einer vom Feind getroffenen Skyhawk rettete. Der Luftwaffenoffizier fragte sich, ob dieser plötzliche Schmerz wohl so etwas wie ein Omen war.

Drake-Passage
25. März 2006, 12:31 Uhr

Manche Meteorologen vertreten die Ansicht, dass auf der Antarktis kein ›Wetter‹ im herkömmlichen Sinn herrscht. Sie meinen, dass das klimatische Geschehen am Südpol ein einziger gigantischer Sturm wäre, der seit rund 10 000 Jahren wütete – manchmal mit größerer, manchmal mit geringerer Intensität, aber seit der letzten Eiszeit ununterbrochen.

Gelegentlich bilden sich jedoch wirbelartige Zonen der verhältnismäßigen Ruhe – und die USS *Cunningham* durchlief im Moment gerade ein solches ruhigeres Gebiet.

Unter dem blauen Himmel, an dem hier und dort eisiggraue Federwolken zu erkennen waren, bahnte sich der große Zerstörer mühelos seinen Weg durch die stahlblaue See. Zweimal hatte man an diesem Tag bereits im Süden Eis gesichtet – große abgeflachte Berge, die am Horizont vorüberzogen, von geheimnisvollen Nebeln umhüllt.

Auch der Wind, der hier wehte, war der Nähe zur Antarktis angemessen; es war ein kalter, reiner, sauerstoffreicher Fallwind aus dem Südwesten – der vom antarktischen Plateau herkam. Er schien irgendwie dichter als normale Luft zu sein und hatte die Frische einer eisigen Gebirgsquelle.

Amanda Garrett genoss dieses Erlebnis. In ihren Parka gehüllt hatte sie den Großteil des Vormittags draußen auf der Brückennock verbracht und sich am Anblick des weißen Schaums erfreut, der vom Bug des Schiffes zerteilt wurde. Doch das klare, freundliche Wetter hatte für sie auch etwas leicht Beunruhigendes an sich.

»He, Skipper«, ertönte Ken Hiros Stimme in ihrem Kopfhörer. »Haben Sie sich schon entschieden, ob wir nach Süden abdrehen sollen, um die nächste Sturmfront aufzusuchen?«

Amanda blickte zu der leuchtenden Sonne auf und zögerte. Sie waren fast zwei volle Tage unter äußerst widrigen Bedingungen unterwegs gewesen, und für bestimmte Instandhaltungsarbeiten war ganz einfach ein stabiles Deck notwendig. Außerdem tat allen auf dem Schiff eine Erholungspause gut.

»Negativ, Ken. Halten Sie den Kurs. Der nächste Sturm kommt auch so früh genug.«

Knapp 400 Kilometer nordöstlich, über Isla Grande, hatte das Wetter bereits umgeschlagen. Schwere Wolken und Turbulenzen erschwerten eine ohnehin schon schwierige Luftbetankungsaktion. Ein Schwarm von vier Rafale der *Fuersa Aria,* die unter völliger Radar- und Funkstille flogen, waren mit ihrem Tankflugzeug des Typs C-130 Hercules zusammengetroffen, das direkt über der Wolkendecke seine Kreise zog.

Die Staffelführer trugen einen Außentank unter jedem Flügel, während die Flügelmänner einen einzigen größeren Tank unter dem Bauch mit sich führten. Bewaffnet waren sie vor allem mit je zwei lasergesteuerten 500-Kilo-Bomben.

Von Lichtsignalen geleitet, wurden die ersten beiden Maschinen von ihren Piloten geschickt unter die Flügel des Tankflugzeuges gezogen, wo man die Trichtermundstücke zum Betanken ankuppelte.

Währenddessen näherten sich bereits zwei weitere Jäger – zwei dunkelblau und grau gefärbte Tornados der *Aeronaval.* Sie trugen jeweils zwei Exocet-Antischiffs-Raketen, die sich wie Schildfische am Bauch von Haien festklammerten.

»Hey, Captain.« Diesmal erschien Hiro höchstpersönlich in der Luke zur Brückennock. »Da gibt es etwas, das Sie sich ansehen sollten.«

»Worum geht's denn, Ken?«

Sie folgte ihm ins Ruderhaus und schlug die Kapuze ihres Parkas zurück. Vince Arkady war ebenfalls anwesend und studierte aufmerksam den großen Monitor der Brücke.

»Wir haben Lt. Beltrain aus dem Gefechtsstand an der Strippe. Er sagt, er hat einen ziemlich komischen Kontakt ausgemacht.«

»Was ist denn so komisch daran, Dix?«, fragte sie mit etwas lauterer Stimme, um das Mikrofon der Bordsprechanlage, das auf Geräusche reagierte, einzuschalten.

»Es ist komisch im Sinne von eigenartig, nicht im Sinne von lustig, Ma'am. Sehen Sie mal auf Ihren Bildschirm.«

Sie folgte seiner Aufforderung und sah eine Computergrafik der Südspitze Südamerikas und die gesamte Umgebung der Drake-Passage. Das Symbol, das die Position der Duke markierte, leuchtete blau im Zentrum. Ein halbes Dutzend identifizierter und harmloser Kontakte war über das gesamte Display verstreut, doch sie waren alle mindestens 150 Kilometer vom Zerstörer entfernt. Am nördlichen Himmel war ein chilenisches Verkehrsflugzeug nach Punta Arenas unterwegs. Im Nordwesten zog ›Pedro‹ seine Kreise, das argentinische Flugzeug, das den Zerstörer beschattete. Und im Nordosten war ein dritter Luftkontakt zu erkennen.

»Es ist dieses neue, relativ langsam fliegende Flugzeug, Ma'am – ›Contact Charley‹ genannt. Er hat sich von Norden her angenähert und dann bei Isla Grande nach Südwesten abgedreht, um schließlich direkt auf uns zuzukommen. Danach haben zwei getrennt operierende Schwärme von schnellen Flugzeugen zu ihm aufgeschlossen. Vom Radarecho her können wir annehmen, dass sie wahrscheinlich eine Luftbetankung durchführen.«

»Zielidentifikation?«

»Der große Kerl muss eine argentinische KC-130 sein, da besteht kein Zweifel. Bei den kleineren sind wir uns noch nicht sicher – sie sind noch zu weit entfernt, um sie zu identifizieren. Sie verhalten sich völlig still. Die Sigint-Abteilung sagt, dass sie unter totaler EMCON fliegen. Kein Funk, kein Radar, keine Transponder. Miss Chrissies Leute drüben in Raven's Roost halten das für ziemlich ungewöhnlich.«

»Vielleicht ist es ja nur irgendeine Übung«, warf Hiro ein. »Die Reichweite der argentinischen Jäger ist doch normalerweise groß genug, um uns ohne Auftanken zu erreichen.«

»Nicht, wenn es sich um einen Luftangriff handelt. Da trägt man statt der Außentanks teilweise Waffen mit sich. Außerdem wird man noch einmal voll tanken, bevor man zuschlägt, damit man möglichst große Reserven hat, falls es Schwierigkeiten gibt ... He, sehen Sie nur!«

Auf dem Bildschirm war zu erkennen, dass sich Contact Charley – knapp 300 Kilometer vom Schiff entfernt – aufgespalten hatte.

»Brücke«, tönte es aus den Lautsprechern. »Die schnellen Vögel haben sich vom Tankflugzeug getrennt. Es handelt sich wahrscheinlich um drei Gruppen zu je zwei Flugzeugen, die wir jetzt unter Contact Delta, Echo und Foxtrot führen. Neue Ziele haben auf 600 Knoten beschleunigt und kommen rasch näher. Ziel Charley dreht nach Norden ab.«

»Er ist nicht der Einzige. Wie es aussieht, macht sich auch Pedro aus dem Staub.«

»Ja, ich seh's, Arkady«, sagte Amanda. »Dix, was ist mit der argentinischen Atlantique los?«

»Er hat uns geortet, bevor er sich davongemacht hat. Geht jetzt runter und wird schneller.«

»Er macht sich aus dem Staub, um seinen Arsch zu retten«, murmelte Arkady für sich.

Auf dem Bildschirm schwärmten die drei Jagdbomber-Gruppen aus und bildeten ein breites Dreieck – einen Pfeil, der vom argentinischen Festland aus auf die *Cunningham* abgeschossen worden war. Dieser Pfeil würde sein Ziel in ungefähr 16 Minuten erreichen. Amanda warf den beiden Offizieren neben ihr kurze Blicke zu.

»Gentlemen, ich brauche Ihre Einschätzung der Lage, jetzt sofort.«

»Wir haben so etwas noch nicht gesehen, Captain«, sagte ihr Erster Offizier mit ruhiger Stimme. »Da braut sich was zusammen.«

»Arkady?«

»Sieht verdammt nach einem Luftangriff aus, würde ich meinen.«

»Okay. Mr. Hiro, ich gehe runter in den Gefechtsleitstand. Sie übernehmen die Brücke. Lassen Sie alle Mann auf Gefechtsstation gehen.«

Vom Bug bis zum Heck ertönte auf allen Decks das flache, metallische Dröhnen der Hupen, worauf sogleich wasserdichte Türen geöffnet und zugeknallt wurden und von überallher eilige Schritte über die Decks hämmerten. Dann war die nüchterne Stimme des Dienst habenden Steuermannsmaats zu hören: »Gefechtsstation. Alle Mann auf Gefechtsstation. Das ist keine Übung. Ich wiederhole, das ist keine Übung.«

Unten im Gefechtsleitstand begannen die Systemoperatoren damit, die Waffensysteme vorzubereiten.

»Hauptgeschützturm Richttest, Vordeck und achtern.«

»Grünes Licht, Vordeck und achtern, Elevation und Schwenken.«

»Phalanx-Sicherheitsverriegelung öffnen. Wechsel in den Autofeuer-Modus.«

»Steuerung im Gefechtsstand. Brücken- und Maschinenraum-Kontrolle auf Standby.«

»Alle Maschinenräume am Netz. Volle Leistung.«

»Alpha-, Bravo- und Charley-ESSM-Luftabwehrraketen sind scharf. Zellen des Senkrechtstart-Systems geöffnet. Heiße Vögel sind auf den Startschienen!«

Amanda betrat den Gefechtsleitstand und ließ sich an ihrem Platz nieder. »Taktik-Offizier, Status?«, fragte sie.

»Alles auf Gefechtsstation, Captain«, antwortete Beltrain. »Alle Waffen- und Verteidigungssysteme in Bereitschaft. Zustand Zebra in Kraft. Warten auf Ihre Befehle, Ma'am.«

»Wie sieht's mit den feindlichen Flugzeugen aus?«

»Feindliche Flugzeuge fliegen knapp über den Wellen und gegenwärtig unter unserem Radarhorizont. Entfernung nimmt rasch ab. Wenn Geschwindigkeit und Richtung unverändert bleiben, werden wir Contact Delta in ungefähr zwölf Minuten wieder auf dem Radarschirm haben. Ziele Echo und Foxtrot werden jeweils in einminütigem Abstand folgen und uns acht Kilometer vom Bug bzw. vom Heck entfernt passieren.«

»Okay. Wo befindet sich die nächste Wolkendecke?«

Der Taktik-Offizier legte eine Wetterkarte auf den Alpha-Bildschirm. »Die nächste Störungsfront liegt über 30 Kilometer südöstlich.«

Verdammt! Es war eines der Grundprinzipien eines Stealth-Kriegsschiffes, stets unter einer schützenden Wolkendecke zu agieren. Sie selbst hatte bei der Ausarbeitung dieser Prinzipien mitgewirkt. Und was hatte sie getan? Sobald das erste Fleckchen blauen Himmels aufgetaucht war, hatte sie alle Vorsicht fahren lassen.

»Sollen wir versuchen, uns zu tarnen und zu verschwinden, Ma'am?«

»Dazu ist es zu spät, Dix. Sie haben uns im Visier. Wir müssen es nehmen, wie es kommt.«

»Aye aye.«

»Wenn die Argentinier auf 150 Kilometer herankommen, legen Sie die taktische Situation auf den Hauptbildschirm.«

»Wird gemacht.«

»Kommunikation, gibt's was Neues von den Flugzeugen?«

»Nein, Ma'am.«

»Dann gehen Sie auf ihre Standardfrequenzen. Warnen Sie die Kerle davor, uns zu nahe zu kommen!«

»Aye aye.«

»Anschließend nehmen Sie Verbindung mit CINCLANT auf. Sagen Sie ihnen, dass wir argentinische Flugzeuge in der Gegend haben, die sich wahrscheinlich mit feindlicher Absicht nähern. Teilen Sie ihnen mit, dass wir auf Gefechtsstation sind und dass wir sie weiter auf dem Laufenden halten.«

Die argentinischen Jagdbomber brausten etwa fünfzehn Meter über der Meeresoberfläche dahin. Die Wellenberge unter ihnen wurden durch die Druckwellen ihrer Triebwerke abgeflacht, und die Gischt prallte von den Windschutzscheiben ab wie Kieselsteine, die von einer Schotterstraße aufgewirbelt wurden. Die Besatzungen der Maschinen wussten, dass ihnen dieser niedrige Anflug höchstens eine vorübergehende Atempause verschaffte. Sie mussten nicht erst die Warnung der Duke über Funk hören, um zu wissen, dass sie entdeckt waren. Ihre Bordsysteme hatten bereits ein Suchradar wahrgenommen, wie sie es noch nie gesehen hatten. Es half nichts – früher oder später würden sie hochsteigen und sich dem Feind zu erkennen geben müssen. Aber für den Augenblick hielten sie sich möglichst tief, um das Unvermeidliche so lange wie möglich hinauszuschieben.

»Ich kann's nicht glauben, dass sie es wirklich wagen«, murmelte Beltrain.

»Vielleicht tun sie's ja gar nicht«, entgegnete Amanda. »Das Ganze ist vielleicht nur eine Drohgebärde.«

»An welchem Punkt beschließen wir, dass es mehr ist als das?«

»Tja, Dix. Das ist jetzt wohl die Frage, was?«

Amandas Instinkt sagte ihr, dass es bitterer Ernst war. Doch wenn man vor der Entscheidung steht, sein Land in einen Krieg zu verwickeln, dann darf man nicht allein auf seinen Instinkt vertrauen.

»Wir werden Contact Delta innerhalb der nächsten zehn Sekunden wieder erfassen«, meldete der Aegis-Operator mit ruhiger Stimme.

Wenig später wurden die Masttopp-Kameras aktiviert, deren Bilder in einer Ecke des Alpha-Bildschirms erschienen. Direkt über der Trennlinie zwischen Himmel und Meer war ein Fleck zu erkennen, der von Kerosin-Rauch stammte, und darin zwei metallisch glänzende Punkte.

»Contact Delta ist über dem Horizont. Sichtlinie vorhanden.«

Okay, Captain, jetzt heißt es Farbe bekennen.

»Taktikoffizier, erfassen Sie die Tornados mit Raketenleitradar.«

»Aye, aye. Tornados werden erfasst.«

Auf dem Hauptdisplay erschien ein blinkendes diamantförmiges Symbol für die Zielerfassung, das den nächstgelegenen argentinischen Jäger umrahmte. An der Außenfläche der Aufbauten wurden spezielle Systeme aktiviert, aus denen gebündelte Radarstrahlen ausgesandt wurden, um die anfliegenden Jets zu erfassen.

Die Warnsysteme der Tornados schlugen sofort Alarm, als das Feuerleitsystem der *Cunningham* die Maschinen ins Visier bekam. Der argentinische Staffelführer war völlig verblüfft. Sein Auftrag war es, näher an das Schiff heranzukommen, bevor er mit seinem Angriff begann. Was er nicht erwartet hatte, war, dass sein Ziel so rasch reagieren würde. Nach einem Sekundenbruchteil des Zögerns gab er seinem Waffenoffizier auf dem hinteren Sitz einen kurzen Befehl und zog dann die Maschine hoch, um das Angriffsmanöver einzuleiten.

Als der Tornado etwa 40 Meter Höhe erreicht hatte, schaltete der Waffenoffizier sein eigenes Suchradar ein. Das Ziel wurde erfasst, und die Exocets nahmen ihr Opfer aufs Korn. Nachdem auf seiner Kontrolltafel das grüne Licht erschienen war, das soviel wie ›Raketen klar‹ bedeutete, informierte er seinen Piloten und drückte dann auf den Knopf.

Die erste der viereinhalb Meter langen Raketen schoss aus der Verankerung unter dem Flügel. Drei Meter unterhalb des Flugzeuges wurde die Exocet endgültig entsichert, und der Raketenmotor zündete mit orangefarbenem Flammenausstoß. In Intervallen von einer Sekunde wurden drei weitere Raketen abgefeuert. Eine Rauchfahne hinter sich herziehend, schossen sie auf ihr fernes Ziel zu.

Im Gefechtsleitstand blieb das Manöver nicht unbemerkt.

»Contact Delta steigt hoch ... Tornado-Feuerleitradar aktiviert ... Rakete abgefeuert! Mehrere Exocets unterwegs ...! Raketen nähern sich rasch ...! Einschlag in 28 Sekunden ... 27 ... 26 ...«

Amanda Garretts Stimme tönte durch den Raum: »Volle Tarnung! Elektronische Gegenmaßnahmen aktivieren! Alle Waffensysteme Feuer frei!«

Überall im Gefechtsleitstand drückten die zuständigen Offiziere auf Knöpfe, mit denen die ganze Feuerkraft der Duke entfesselt werden konnte.

Dixon Beltrain, der Taktikoffizier, stand ruhig an seiner Hauptkonsole. Als der Befehl seiner Kommandantin kam, schickte er mit raschen Handbewegungen seine ESSM-Luftabwehrraketen los.

Auf dem Vordeck der *Cunningham* wurde die Erste der über drei Meter langen Raketen aus einem Schacht des Senkrechtstart-Systems geschleudert. Kaum war sie hoch genug über dem Sturmdeck, zündete das Triebwerk, das sie in hohem Bogen Richtung Norden trieb. In rascher Folge wurden drei weitere Geschosse abgefeuert.

Die ESSM (Enhanced Sea Sparrow Missile) war ein Abkömmling des ursprünglichen Sea-Sparrow-Boden-Luft-Systems der NATO, enthielt jedoch auch Technologie von der AMRAAM (Advanced Medium Range Air to Air Missile) der US Air Force. Sie war so wie ihr Vorgängermodell eine kompakte, verlässliche und absolut tödliche Waffe.

Die argentinischen Tornados hatten sofort kehrtgemacht, nachdem ihre Geschosse abgefeuert waren. Sie zündeten ihre Nachbrenner und versuchten verzweifelt, sich in Sicherheit zu bringen. Dabei aktivierten sie ihre ECM-Störsysteme und stießen Alufolie-Düppel und Anti-IR-Magnesiumbrandsätze aus, um den Raketenschwarm abzulenken, der mit vierfacher Schallgeschwindigkeit hinter ihnen her war. Der Staffelführer kam davon, der Flügelmann jedoch schaffte es nicht.

Vom Feuerleitstrahl der Duke ins Ziel gelenkt, neigten sich die ESSM und schossen direkt auf ihr Ziel zu. Wenige Sekunden später wurde die Panavia von der mächtigen Faust der Rakete getroffen. Mit zertrümmertem Rumpf stürzte der Jagdbomber ins Meer. Aufgrund der hohen Geschwindigkeit und der geringen Höhe blieb den Insassen auch nicht ein Bruchteil der Zeit, die nötig gewesen wäre, um den Schleudersitz zu betätigen.

Während der Tornado abgeschossen wurde, war bereits ein zweites Gefecht im Gange: das, was Winston Churchill einst als ›Schattenkrieg‹ bezeichnet hatte – ein Kampf auf Leben und Tod, der von ausgeklügelten Bordsystemen geführt und entschieden wurde.

Die Tarnkappen-Systeme der *Cunningham* waren jetzt

voll aktiviert. Die äußere Polymerschicht des Schiffsrumpfs, die dem Ironball-Tarnanstrich der US Air Force nachempfunden war, enthielt Billionen von mikroskopisch kleinen Eisenkügelchen in Suspension. Indem man diese Metallpartikel mit hoher Frequenz zu ständig wechselnden Mustern zusammenfasste, wurden die auftreffenden Radarwellen zerstreut.

An Bord der Atlantique der *Aeronaval* nahm man mit Erstaunen zur Kenntnis, dass das Radarecho der *Cunningham* plötzlich vom Schirm verschwand wie eine Kerzenflamme, die ausgelöscht wird.

Doch es wurden noch andere Verteidigungssysteme aktiviert: RBOC-Werfer in der Art von Kanonen aus früheren Zeiten schossen Täuschkörper vom Achterdeck des Zerstörers ab. Einige davon platzten, als sie auf der Wasseroberfläche auftrafen, um Ballone aufsteigen zu lassen, die ein falsches Radarziel zum Himmel hinauftrugen. Andere dieser Körper schaukelten auf den Wellen und fuhren Antennen aus, welche Impulse abstrahlten, die von einer Lenkwaffe für die elektromagnetische Signatur eines Zerstörers der Cunningham-Klasse gehalten werden konnte.

Das Defensiv-Radar der Duke bewegte sich innerhalb seines gesamten Frequenzbereichs hin und her, wobei der Kanal mehrmals in der Sekunde gewechselt wurde, damit der Feind das Radar nicht zum Zielen verwenden konnte. Mit Hilfe von speziellen Scannern suchte das System die Funk- und Radarkanäle der Argentinier, die es dann mit Störimpulsen überlagerte. Darüber hinaus wurde eine ganze Flottille von falschen Radarzielen rund um die wahre Position der *Cunningham* verteilt, die zusammen mit den Aluminiumwolken und den Magnesiumbrandsätzen der RBOC-Werfer für eine Verwirrung der angreifenden Lenkwaffen sorgten.

Die modernen Exocets reagierten auf diese Maßnahmen ihrerseits mit entsprechenden Gegenmaßnahmen.

Während sie nur etwa drei Meter über dem Wasser mit Überschallgeschwindigkeit dahinbrausten, wechselten ihre Lenksysteme rasch zwischen aktivem und passivem Radar und dem Infrarot-Modus hin und her, um mit Hilfe der verschiedenen Daten durch das Gewirr von Ablenkungsmaßnahmen den Weg zum richtigen Ziel zu finden.

Trotz ihrer hoch empfindlichen Systeme waren zwei der vier Raketen binnen Sekunden außer Gefecht und verloren ihr Ziel in völliger Verwirrung aus den Augen. Einer der beiden anderen Raketen gelang es durch bloßen Zufall, in dem Dickicht der elektronischen Abwehrmaßnahmen die *Cunningham* als eigentliches Ziel auszumachen. Die Letzte der vier Lenkwaffen schließlich orientierte sich an dem Sonnenlicht, das von den Brückenfenstern des Schiffes reflektiert wurde. Auf diese Weise hielten die beiden Raketen hartnäckig auf die *Cunningham* zu.

Dix Beltrain beobachtete die Lichtfunken, die über sein taktisches Display krochen. Sie sahen genauso aus wie die Symbole, mit denen er in Tausenden von Gefechtssimulationen operiert hatte. Doch einen kleinen Unterschied gab es: Diesmal hatte er es nicht mit einem Szenario zu tun, das ein Computer erzeugte. Diesmal handelte es sich um wirkliche Waffen, deren Aufgabe es war, sein Schiff und seine Kameraden auszulöschen ... und ihn selbst zu töten. Er versuchte, das plötzliche Zittern seiner Hände zu beherrschen; die Exocets waren auf seinem Schirm nur noch wenige Zentimeter von der Position der *Cunningham* entfernt. Kurz entschlossen markierte er die anfliegenden Raketen mit seinem Lichtgriffel. Dann gab er durch Tastendruck den Befehl zum Feuern – um einen Herzschlag später zu bemerken, welch schwerwiegenden Fehler er gemacht hatte.

Ein zweiter Schwarm ESSM-Raketen schoss aus den Startschächten. Doch bevor sie noch den Scheitelpunkt ihrer Flugbahn erreicht hatten, jagten die Exocets unter den Abwehr-Raketen hindurch. Die ESSM neigten sich immer mehr – es gelang ihnen jedoch nicht mehr, ihre Ziele zu erreichen, und sie stürzten schließlich ohne Erfolg ins Wasser.

Die zweite Verteidigungslinie wurde aktiviert. Die RBOC-Werfer wechselten vom Stör- zum Tarnmodus und begannen, das Schiff in eine Wolke aus Alufolie zu hüllen. Am Vorschiff und achtern eröffneten die beiden Oto-Melara-Super-Rapid-Geschütze das Feuer und spuckten den Exocets ihre 76-mm-Granaten entgegen.

Mittschiffs wurde auf den Deckaufbauten das Phalanx-Close-In-Waffensystem aktiviert. Es handelte sich um eine modernere Variante des General Dynamics ›Sea-Whizz‹-Geschützes, bei dem die ursprüngliche 20-mm-Vulcan-Kanone durch eine vierfache 25-mm-Kanone ersetzt war – ergänzt durch leichte RAM-Boden-Luft-Lenkwaffen, die an beiden Seiten des mit einer Tarnschicht überzogenen Geschützturms abgefeuert werden konnten. Dieses vollautomatische System brauchte nur aktiviert zu werden, um dann völlig selbsttätig in Aktion zu treten.

Als dieses System nun mit seinem im Millimeterwellenbereich arbeitenden Radar und seinem Infrarot-Suchsystem die herannahende Bedrohung registrierte, berechnete es mit Hilfe seiner künstlichen Intelligenz die möglichen Abwehrmaßnahmen. Es entschied sich für den Einsatz von Lenkwaffen und feuerte eine Salve von vier RAM auf die nächstgelegene Exocet ab.

In einer Entfernung von drei Kilometern nahmen die hitzeempfindlichen Systeme der Raketen ihr erstes Ziel ins Visier und schlugen zielsicher zu, so dass die Exocet in einer riesigen Fontäne ins Meer stürzte. Das Phalanx-Geschütz war nicht in der Lage, Erleichterung zu empfinden oder gar in Jubel auszubrechen, sondern begann sogleich das zweite feindliche Geschoss aufs Korn zu nehmen.

Im Gefechtsleitstand der *Cunningham* blieb nichts weiter zu tun. Die Duke operierte nun im Gefechtsmodus, ein System nach dem anderen ging auf vollautomatischen Betrieb, um den in Lichtgeschwindigkeit ablaufenden Krieg der Computersysteme, Sensoren und Störanlagen zu gewinnen. Diese Schlacht musste das Schiff allein bestehen – die Männer und Frauen an Bord waren im Augenblick zu bloßen Passagieren degradiert.

»Sieben ... sechs ... fünf ... O Gott! Sie wird einschlagen!«

Das Phalanx-System feuerte seine Salven mit einem Dröhnen ab, das an eine gewaltige Kettensäge erinnerte. Es war schließlich ein einziger Schuss, der die Exocet frontal traf. Der Wolfram-Kern des Geschosses hätte die Panzerung eines schweren Kampfpanzers durchdrungen, so dass ihm das viel dünnere Gehäuse der Antischiff-Rakete keinen nennenswerten Widerstand entgegensetzte. Es durchschlug das Lenksystem und den Gefechtskopf und schließlich auch das Gehäuse des Feststofftriebwerks.

Die letzte Exocet explodierte knapp hundert Meter von der Backbordflanke der *Cunningham* entfernt und schickte eine rot- und silberfarbene Flamme empor.

Amanda spürte, wie ein leichtes Beben durch den Rumpf des Schiffes ging.

»Wir haben Ausfälle bei den SPY-Installationen an Backbord vorne!«, rief der Aegis-Operator. »Ich glaube, es gibt Schäden durch Granatsplitter.«

»Die Brücke wurde getroffen«, meldete sich eine zweite Stimme von der Station für Schadensmeldungen. »Die Brücke verlangt Sanitäter und ein Reparaturteam.«

Doch die Aufmerksamkeit im Gefechtsleitstand galt im Moment noch anderen Dingen. Die Mastkameras schwenkten nach achtern, um die nächste Angriffswelle aufzunehmen.

Der erste Schwarm Rafale kam von achtern heran; hinter ihnen tanzten Anti-Infrarot-Brandsätze wie goldene

Schneeflocken. Sie waren bereits zu nahe für die Raumverteidigung, so dass nur noch die Punktverteidigung in Frage kam. Der achterliche Geschützturm schickte seine Feuersalven zum Himmel empor und nahm die argentinischen Jäger mit RAM-Lenkwaffen unter Beschuss.

Plötzlich erschien ein blendend heller blaugrüner Lichtpunkt unter dem Bauch des ersten Jägers. Ein Alarmhorn ertönte im Gefechtsleitstand.

»Laser-Zielerfassung!«

Amanda brauchte nicht auf die externen Monitore zu blicken, um zu wissen, was die Angreifer beabsichtigten. Irgendwo auf dem Sturmdeck der Duke tanzte ein Leuchtpunkt hin und her. Das schwer bewaffnete Flugzeug würde nun in einer Entfernung von drei oder vier Kilometern einen halben Looping fliegen und dann eine Reihe von lasergelenkten Bomben in einer parabolischen Flugbahn zu dem Schiff senden. Wenn die Bomben den Scheitel ihres Bogens erreichten, würden ihre Sensoren den Laserstrahl auffangen, den das Flugzeug zum Schiff schickte und der von dort reflektiert wurde. Auf diese Weise konnten die Bomben ihr Ziel nicht verfehlen.

Das Flugzeug, das den Zerstörer unter Beschuss nehmen wollte, leitete bereits das Manöver zum Abwurf der tödlichen Waffen ein.

»Rudergänger! Scharf wenden! Ruder hart Steuerbord!«, rief Amanda. »RBOC – Feuer! Wir verschwinden!«

Die Frau am Ruder drehte das Steuerrad bis zum Anschlag und dann noch ein Stückchen weiter, um ein sofortiges Wendemanöver einzuleiten.

Ein Ächzen ging durch den Rumpf der Duke, als das Ruder herumgerissen wurde. Auch die Stabilisatoren konnten nicht verhindern, dass das Deck sich bedrohlich neigte, als die Duke im engsten überhaupt möglichen Radius wendete. Ihr eigenes Kielwasser schoss wild aufschäumend über das Sturmdeck hinweg.

Während das Schiff die Kehrtwendung vollführte, begannen die RBOC-Werfer erneut zu feuern. Die Granaten explodierten knapp nebeneinander und produzierten dabei nicht nur Alufolie, sondern auch dichten weißen Rauch. Im nächsten Augenblick verschwand die *Cunningham* in einer Nebelbank, die sie sich selbst geschaffen hatte.

Das Heulen des Alarms wurde schwächer und verstummte schließlich ganz. Ein paar Augenblicke später waren zwei mächtige Donnerschläge zu hören, die die Duke zum Erbeben brachten. Die Bomben hatten ihre Lasersteuerung verloren und waren im Kielwasser des Schiffes ins Meer gestürzt, wo sie turmhohe Wasserfontänen auslösten.

Einer aus der Besatzung der Duke stieß einen lauten Jubelschrei aus.

»Kein Grund zum Jubeln«, wies Amanda ihn zurecht. »Wir haben's noch nicht geschafft! Dix, wo sind die beiden Ziele im Moment?«

»Ziel Foxtrot kommt backbords näher, Richtung 260 Grad. Entfernung zehn Kilometer. Punktverteidigung aktiviert!«

»Rudergänger, Kurs auf die Angreifer. Ruder hart Backbord.«

Die *Cunningham* schoss aus ihrer Nebelbank hervor, und die Mastkameras bekamen fast augenblicklich die beiden letzten Jagdflugzeuge ins Bild, die von Osten herangebraust kamen, um den Zerstörer von der Flanke anzugreifen.

Als das Schiff wendete, um dem Angreifer die Stirn zu bieten, merkte Amanda, dass da irgendetwas nicht stimmte. Die Oto-Melara-Geschütze am Vordeck, die ein wesentliches Element der Verteidigung ausmachten und die längst hätten in Aktion treten sollen, schwiegen. Ein kurzer Blick auf die Waffenstatus-Anzeige sagte Amanda, dass die Kanone aus dem Aegis-Verteidigungssystem ausgeklinkt worden war und nun manuell bedient wurde.

»Schütze Nummer eins! Was, zum Teufel, haben Sie vor?«, brüllte Beltrain von seiner Konsole aus.

Auf der anderen Seite der taktischen Abteilung saß der junge Geschützmaat, der die Kanone auf dem Vordeck bediente, über seine Konsole gebeugt, um die Systemeinstellungen zu ändern.

Wieder ertönte der Alarm, als der argentinische Pilot das Schiff mit dem Zielauffassungslaser anleuchtete. Sein Flügelmann startete währenddessen das Manöver zum Abwurf der Bomben …

Die Kanone feuerte, und im nächsten Augenblick löste sich die Rafale in einem Feuerball auf.

Völlig verblüfft verfolgte die Besatzung des Gefechtsleitstandes, wie die Trümmer der brennenden Maschine ins Meer stürzten. Der Letzte der Angreifer war wohl ebenso verdutzt und dazu noch demoralisiert. Er warf seine Bomben in einer Panikreaktion ab – sie landeten mehrere hundert Meter von der *Cunningham* entfernt im Wasser. Dann drehte er ab und machte sich aus dem Staub.

»Alle verbliebenen argentinischen Jäger ziehen sich zurück«, meldete Beltrain. »Wir gehen wieder auf Raumverteidigung. Bereite ESSM-Raketen vor …«

»Negativ. Alle Systeme – Feuer einstellen«, fiel ihm Amanda ins Wort. »Wir sparen unsere Munition für die, die angreifen.«

Rasch rief Amanda den Schadensbericht auf ihrem Bildschirm auf: Es wurden leichte Schäden an den Deckaufbauten gemeldet. Außerdem war die Wirksamkeit des vorderen SPY-2A-Systems auf 94 Prozent reduziert. Auch an den Brückensystemen waren leichte Schäden zu verzeichnen.

»Schadenkontrolle – ist schon etwas über eventuelle Opfer bekannt?«

»Nur von der Brücke wurden Opfer gemeldet, Ma'am«, berichtete der Offizier aus seiner Station. »Die Sanitäter sind schon unterwegs. Genaueres wissen wir noch nicht.«

Amanda ließ den Blick über die Anzeigen schweifen. Der argentinische Luftangriff schien tatsächlich vorüber zu sein, und es gab auch keine Anzeichen für eine unmittelbare neue Attacke.

»Rudergänger, gehen Sie auf 170 Grad. Volle Kraft voraus.«

»Aye aye, Ma'am. Kurs 170 Grad. Volle Kraft voraus.«

»Kommunikationsraum, geben Sie folgende Meldung an CINCLANT durch. Blitzspruch. ›USS *Cunningham* wurde von Flugzeugen angegriffen, die eindeutig als argentinische Jäger identifiziert werden konnten. Zwei Jäger wurden abgeschossen. Schiff hat leichte Schäden erlitten, ist aber weiterhin voll einsatzfähig. Bis auf weiteres gehen wir davon aus, dass die Vereinigten Staaten und Argentinien sich in bewaffnetem Konflikt befinden.‹

Bereiten Sie alle Daten über den Angriff am Aegis-Speicher vor. CINCLANT wird Einzelheiten erfahren wollen.«

Sie wandte sich wieder ihrem Taktikoffizier zu. »Dix, Sie übernehmen hier – ich gehe an Deck, um nachzusehen, wie schwer es uns erwischt hat. Bleiben Sie auf diesem Kurs, bis wir die nächste Wetterfront erreicht haben, und halten Sie die Augen nach einem neuen Angriff offen. Oh, und erkundigen Sie sich, was da mit der Kanone am Vorschiff los war. Noch Fragen?«

Der junge Offizier wischte sich den Schweiß von der Stirn. »Captain, ich muss mit Ihnen über etwas sprechen, was während des Gefechts geschehen ist ...«

»Ich weiß, Dix. Ist schon okay. Wir reden später darüber.«

Der Schaden erwies sich als viel geringer, als sie erwartet hatte. Die Brücke war mit Metallsplittern der explodierten Exocet übersät, die jedoch in einem Eimer Platz hatten. Das meiste davon hatten die komplexen Materialien der Aufbauten absorbiert. Einige kleinere Stücke steckten noch in den Fensterscheiben der Brücke, wo sie von geschmolzenem Acryl umgeben waren. Die Tür, die zur backbordseitigen Brückennock hinausführte, war eingedrückt worden, und das Innere des Ruderhauses war von Thermoplast-Bruchstücken bedeckt. Des Weiteren hatte die Explosion ein halbes Dutzend Bildschirme zertrümmert; der Boden war mit Glasscherben übersät. Die Steuerkonsolen schienen jedoch mehr oder weniger intakt zu sein, wenn man von einigen recht spektakulären Granatsplittertreffern absah. Nicht ganz so gut war es der Brückenbesatzung ergangen.

Das Erste, was Amanda sah, als sie die Brücke betrat, war ihr Erster Offizier, der sich ein Stück blutdurchtränkten Verbandmull an die Wange hielt, während er sich ziemlich ermattet gegen den Kartentisch lehnte.

»Ken, sind Sie in Ordnung?«

»Ja, ist nur eine kleine Schnittwunde.«

»Lassen Sie mich sehen.«

»Ehrlich, Captain. Mir fehlt nichts.«

»Verdammt, Ken. Misa macht mir die Hölle heiß, wenn ich Sie weniger hübsch zurückbringe, als Sie waren. Jetzt lassen Sie mich schon sehen!«

Amanda nahm den Verband weg und zuckte innerlich zusammen, als sie die Wunde sah. »Da werden Sie wohl ein paar Nähte brauchen. Wie geht's den anderen?«

»Nichts Nennenswertes – bis auf den Rudergänger. Robinson bemüht sich gerade um ihn.« Hiro zeigte mit einem sichtlich schmerzhaften Kopfnicken auf die andere Seite der Brücke, wo eine Hand voll Leute bei einem regungslos daliegenden Mann hockten.

Sanitäterin Erster Klasse Bonnie Robinson war eine ruhige, unscheinbare Frau schwarzer Hautfarbe aus Detroit, Michigan. Nun jedoch, wie sie sich intensiv um ihren verwundeten Kameraden kümmerte, verlieh die Konzentration ihr eine gewisse Ausstrahlung, die von innen zu kommen schien.

Der Verwundete war bereits auf eine Trage gebettet worden. Sein blauer Overall war geöffnet, und auf seiner Brust lag ein großes Stück blutdurchtränkten Verbandsmull. Seine Augen waren geschlossen, und er atmete schwer, zeigte aber darüber hinaus keinerlei Regung. Über einen Schlauch wurde Sauerstoff in seine Nase geleitet; außerdem wurde ihm eine Blutkonserve verabreicht.

Amanda erkannte ihn erst, als sie sich zu ihm kniete. Es war Bootsmann Zweiter Klasse Erikson, 20 Jahre alt, aus einem kleinen Städtchen in South Dakota. Er war erst kurz vor diesem Einsatz in Pearl zu ihnen gestoßen. Wie üblich hatte sie sich kurz mit ihm unterhalten, als er an Bord kam, hatte seither aber kaum ein Dutzend Worte mit ihm gewechselt. Er schien ein guter und tüchtiger Junge zu sein.

»Was ist es denn?«, fragte sie.

»Ich bin mir noch nicht sicher«, antwortete die Sanitäterin knapp. Wenn sie es mit einem ernsten Fall zu tun hatte, vergaß Bonnie Robinson jede militärische Förmlichkeit. Ihre Kommandantin hatte dafür Verständnis.

»Er war bewusstlos, als wir kamen, und er steht unter schwerem Schock. Es handelt sich um eine ernste Brustverletzung; ich glaube, dass ein Granatsplitter eingedrungen ist. Allem Anschein nach keine Blutungen in der Lunge, dafür aber in der Brusthöhle. Sobald er stabil ist, bringen wir ihn runter ins Lazarett und machen Röntgenaufnahmen. Dann wissen wir mehr.«

Amanda verkniff sich die Phrasen, die man in solchen Situationen gern verwendete, wie ›Tun Sie, was in Ihrer Macht steht‹ oder ›Halten Sie mich auf dem Laufenden‹. Sie nickte nur kurz und erhob sich dann.

Als sie noch einmal in das blasse Gesicht des jungen

Matrosen hinunterblickte, lief es ihr eiskalt über den Rücken. Sie trat einen Schritt zurück und atmete tief durch. Sie hatte schon mehr Verwundete und auch Sterbende und Tote gesehen. Warum also sollte es ihr ausgerechnet jetzt besonders zu schaffen machen?

Schnell kehrte sie an ihren Platz auf der Brücke zurück und stöpselte ihren Kopfhörer in die Bordsprechanlage ein.

»Hier spricht der Captain. Die Situation ist folgende: Wir wurden ohne Vorwarnung von Jagdflugzeugen der argentinischen Luftwaffe und Marine angegriffen. Es gibt geringfügige Schäden am Schiff und einige Verwundete. Zwei der Jäger, das entspricht einem Drittel der Angreifer, haben wir abgeschossen. Für unseren ersten Gefechtseinsatz haben wir uns gut geschlagen.

Wir wissen noch nicht, was die Ursache für diesen Angriff war oder wie die gegenwärtige politische Situation zwischen den Vereinigten Staaten und Argentinien aussieht. Sie werden informiert, sobald es etwas Neues gibt. Bis auf weiteres müssen wir jedenfalls davon ausgehen, dass wir uns im Kriegszustand befinden, und dementsprechend handeln. Von nun an, Ladys and Gentlemen, ist die Sache ernst.«

Drake-Passage
25. März 2006, 14:20 Uhr

Amanda war allein in der Offiziersmesse. Die anderen Besatzungsmitglieder befanden sich noch auf ihren Posten, während das Schiff südwärts auf eine Wetterfront zulief.

Ihr Instinkt sagte ihr zwar, dass es wohl besser wäre, im Gefechtsleitstand zu bleiben und am Radarschirm zu sitzen – doch sie hatte sich gezwungen, ihren Platz auf dem Kommandosessel zu verlassen. Schließlich war sie ohnehin jederzeit über Funk erreichbar, und ein wenig Vertrauen in ihre Mannschaft und die Bordinstrumente musste sie schon aufbringen.

Sie kochte etwas Wasser im Mikrowellenherd und machte sich eine Tasse Tee; dann strich sie Erdnussbutter auf ein Stück Toast, setzte sich an den Tisch und begann zu essen.

Nicht, dass sie besonders hungrig gewesen wäre. Sie hatte eher ein bleischweres Gefühl im Bauch, doch sie konnte es sich nicht leisten, diesem Gefühl nachzugeben. Die Lage hatte sich zugespitzt, und sie brauchte nun ihre ganze Energie für die bevorstehenden Aufgaben.

Während sie noch einen Schluck von dem starken Tee trank, starrte sie in die Luft. Ihre Gedanken beschäftigten sich mit der Frage, was die nächsten Stunden und Tage bringen mochten.

»Verzeihung, Ma'am?«

Sie blickte auf und sah einen Oberbootsmann aus der Bordwaffenabteilung in der offenen Türe stehen; hinter ihm stand ein jüngerer Mannschaftsdienstgrad, der – wie sie sich erinnerte – als Geschützmaat an einem der Oto-

Melara-Geschütze postiert gewesen war. Er schien sich aus irgendeinem Grund nicht recht wohl in seiner Haut zu fühlen.

»Das ist Geschützmaat Zweiter Klasse Danny Lyndiman, Ma'am«, sagte der Oberbootsmann und warf seinem jüngeren Begleiter einen warnenden Blick zu, wie um ihm zu sagen: Mach dich schon mal auf ein Donnerwetter gefasst. »Mr. Beltrain hat gesagt, Sie möchten ihn sprechen.«

»Das stimmt«, antwortete Amanda und schob ihren Stuhl zurück, um sich den beiden Männern zuzuwenden. »Nun, Lyndiman«, sagte sie mit etwas leiserer Stimme, so dass der Angesprochene sich konzentrieren musste, um sie zu verstehen. »Ihnen ist heute Nachmittag bei dem Flugzeugangriff ein ungewöhnlich spektakulärer Abschuss gelungen. Würden Sie mir berichten, wie Sie dabei vorgegangen sind?«

Der schlanke junge Mann trat unsicher von einem Fuß auf den anderen. Überall, wo er vorher gedient hatte, wusste man, dass Unheil drohte, wenn der Commander laut wurde. Doch auf der *Cunningham*, oder der ›Duke‹, wie die Besatzungsmitglieder sie nannten, hatte man dann Grund zur Beunruhigung, wenn ›Die Lady‹ leise sprach. Plötzlich erschien ihm seine ›brillante Tat‹ gar nicht mehr so brillant.

»Es war so, Ma'am: Nachdem die Argentinier angefangen hatten, lasergelenkte Raketen abzuschießen, da dachte ich mir, man könnte ihre Waffe ja gegen sie verwenden.«

»Weiter«, forderte sie ihn auf.

»Als die erste Rafale ihren Zielbeleuchtungsstrahl auf uns richtete, da kam mir der Gedanke, dass wir ihren Laserstrahl dazu benützen könnten, unsere eigenen lasergelenkten Waffen ins Ziel zu befördern und sie so mit hundertprozentiger Sicherheit zu treffen. Als dann die zweite Maschine angriff, schien mir der Winkel günstig zu sein. Ich ging auf manuelle Bedienung, lud das Geschütz mit lasergelenkter Munition, wurde rechtzeitig fertig und feuerte. Und es hat wohl funktioniert.«

»Ja, scheint so«, erwiderte Amanda mit immer noch leiser Stimme. »Haben Sie die Maßnahme mit dem Taktikoffizier besprochen?«

»Nein, Ma'am. Dafür hätte die Zeit nicht gereicht. Ich konnte gerade noch laden und feuern.«

»Verstehe. Und weshalb waren Sie sich so sicher, dass unsere Systeme mit den ihren kompatibel sind?«

»Ich habe die Instruktionen für unsere Mission genau gelesen, Ma'am. Die Argentinier verwenden eine Thomson-CSF-Feuerleitanlage. Sie entspricht den NATO-Normen und ist mit unseren Waffen voll kompatibel. Es musste einfach funktionieren.«

»Nicht unbedingt. Was wäre gewesen, wenn die zweite Maschine keine lasergelenkten Geschosse verwendet hätte?«

Amanda beobachtete, wie sich der Gesichtsausdruck des jungen Seemanns veränderte; zunächst sah er nur ziemlich verwirrt drein, ehe ihm die schreckliche Erkenntnis dämmerte. Sie ließ ihn eine Weile zappeln, während er sich wohl ausmalte, wie das Schiff in tausend Stücke zerbarst. Doch er hatte es eigentlich nicht verdient, sich schuldig zu fühlen; er war trotz allem ein gewissenhafter und intelligenter junger Mann, und er hatte in einer schwierigen Situation Initiative gezeigt und damit Erfolg gehabt.

»Es tut mir Leid, Captain. Ich dachte, ich würde das Richtige tun«, sagte er zerknirscht.

»Das haben Sie auch. Sie haben in einer Extremsituation rasch und logisch gehandelt und eine mögliche Schwachstelle beim Feind entdeckt. Sie haben ein angreifendes Flugzeug abgeschossen und damit vielleicht das Schiff gerettet. Eine der Stärken unserer Navy, so denke ich, war immer schon, dass unsere Schiffe mit intelligenten, eigenständig denkenden Leuten bemannt sind, die auch mit heiklen Situationen fertig werden können. Ich brauche nämlich keine Roboter an Bord der *Cunningham*, die nur das tun, was man ihnen sagt. Was Sie heute getan haben, war zwar riskant – aber es war ein kalkuliertes Risiko. Wenn man damit Erfolg hat, ist man ein Held. Wenn man allerdings scheitert, muss man zusehen, wie die Kameraden sterben. Das sollten Sie nicht vergessen – für den Fall, dass Sie wieder einmal vor einer solchen Entscheidung stehen.«

»Jawohl, Captain«, antwortete er und nickte. »Ich werd's mir merken.«

»Schön. Chief, dieser Gentleman hier scheint der Ansicht zu sein, dass er etwas mehr Verantwortung übernehmen sollte. Wir werden seinem Wunsch nachkommen. Geschützmaat Zweiter Klasse Lyndiman ist ab sofort Geschützmaat Erster Klasse. Bitte setzen Sie Mr. Beltrain davon in Kenntnis und sorgen Sie dafür, dass die entsprechenden Papiere demnächst auf meinem Schreibtisch liegen.«

»Aye aye, Captain.«

»Sind Sie damit einverstanden, Mr. Lyndiman?«

»Jawohl, Ma'am! Vielen Dank!«

Sie zog eine Augenbraue hoch. »Ich danke *Ihnen*. Das wär's.«

Nachdem die beiden Männer auf dem Korridor verschwunden waren, konnte Amanda gerade noch einen Schluck des lauwarmen Tees trinken, ehe sie die Stimme eines ihrer Lieutenants, es war Christine Rendino, im Kopfhörer vernahm.

»Captain, kommen Sie doch bitte in den Gefechtsleitstand.«

»Was ist los, Chris?«

»Nun, ich würde sagen, es beginnt wieder einmal brenzlig zu werden.«

Drake-Passage
25. März 2006, 14:45 Uhr

Lieutenant Rendino und Lieutenant McKelsie saßen nebeneinander am Computer, als Amanda in den gedämpft beleuchteten Gefechtsleitstand kam. Es hatte fast etwas Intimes, wie sie so Schulter an Schulter vor dem Bildschirm hockten.

»Was gibt's?«, fragte sie, als sie zu den beiden trat.

»Es sieht ganz so aus, als müssten wir uns auf einen neuerlichen Luftangriff gefasst machen«, antwortete Christine.

»Wie ist das möglich? Wir verzichten doch ohnehin schon auf Funk und Radar, damit sie uns nicht orten können.«

»Es ist dieser verdammte argentinische Satellit. Er wird uns sehr bald passieren – ich glaube, in ungefähr …« – Christine blickte auf die digitale Uhr an der Wand – »45 Minuten. Der Schwarzmaler hier neben mir meint, dass er uns erfassen könnte.«

»Wirklich, McKelsie? Sind diese Dinger so leistungsstark? Reicht unsere Tarnung denn nicht aus?«

McKelsie schüttelte den Kopf. »Ich habe einige Modelle am Computer durchgerechnet, um mehr über die Fähigkeiten der argentinischen Satelliten zu erfahren, insbesondere ihr thermografisches Erfassungsvermögen. Und ich muss sagen, es sieht nicht gut aus.«

»Sie meinen, unsere Isolierung und das Black-Hole-System reichen nicht?«

»Das meine ich, ja. Wir haben eine Lufttemperatur von sieben Grad unter null, und auch die Wassertemperatur an der Oberfläche liegt ungefähr am Gefrierpunkt – ein allzu auffälliger Kontrast zur Wärme, die wir abstrahlen. Selbst wenn wir die Temperatur hier drin drastisch senken und alle Anlagen abstellen, werden wir für den Satelliten trotzdem so hell leuchten wie eine Glühbirne vor einem schwarzen Hintergrund, wenn er über eine einigermaßen brauchbare Infrarot-Erfassung verfügt. Der einzige Weg, wie wir den krassen Temperaturunterschied verschleiern könnten, wäre mit Hilfe der Nebelanlage.«

McKelsie meinte die Hochdruck-Wasserstrahl-Anlagen, die auf dem Sturmdeck und dem Oberwerk installiert waren. Sie waren zwar ursprünglich zur Reinigung des Schiffes bei radioaktiver Verseuchung oder biochemischer Verunreinigung gedacht, konnten aber auch dazu eingesetzt werden, die thermische Signatur des Zerstörers unter einer kühlenden Wolke aus Sprühregen zu verhüllen.

»Ich kann die Wasserstrahlanlage jetzt unmöglich einsetzen«, wandte Amanda ein. »Wir hätten binnen einer halben Stunde eine dicke Eisschicht auf dem Sturmdeck und müssten die Deckheizung einsetzen, um es wieder wegzubekommen.«

McKelsie nickte. »Ja, und das würde unsere Wärmesignatur wiederum so sehr erhöhen, dass uns sogar eine kurzsichtige Klapperschlange aufspüren könnte.«

Christine erhob sich von ihrem Stuhl vor dem Bildschirm und streckte sich. »Ich hab mir das so vorgestellt«, begann sie. »Uns bleiben noch drei Stunden Tageslicht und etwa 40 Minuten, bis der Satellit über uns hinwegzieht. Die Argentinier bereiten vermutlich schon einen weiteren Luftschlag vor. Bestimmt starten sie ihre Maschinen, sobald sie unsere genaue Position kennen. Wenn man davon ausgeht, dass sie 20 Minuten brauchen, um ihre Flugzeuge in die Luft zu bekommen, und in etwa einer Stunde vom Stützpunkt Rio Grande aus den Punkt erreicht haben, wo sie uns zuletzt orten konnten, dann bleibt ihnen noch etwa eine Stunde Tageslicht.

Im Augenblick sind es 600 Meter zwischen dem unteren Rand der Wolkendecke und der Meeresoberfläche. Wahrscheinlich stoßen sie genau dort durch die Wolkendecke herab, wo sie uns zuletzt wahrgenommen haben, und machen sich dann auf die Suche. Wenn wir davon ausgehen, dass sie ein Tankflugzeug einsetzen, dann dürften sie über genügend Treibstoff verfügen, um uns aufzuspüren.«

Amanda atmete mit einem leisen Seufzen aus. »Sie haben also eine wirklich gute Chance, uns zu finden. Kommen sie uns sehr nahe, dann können wir nicht einmal unter totaler EMCON bleiben. Wir müssen unser Radar einsetzen, um den Luftraum zu überwachen, damit sie uns nicht völlig überrumpeln; dadurch können sie uns aber an den Emissionen aufspüren. Finden wir nicht einen Schneesturm oder eine Nebelbank, um uns zu verstecken, werden wir uns wohl auf den nächsten Angriff gefasst machen müssen.«

»Vielleicht könnten wir uns eine Menge Ärger ersparen, wenn wir uns um den Aufklärungssatelliten kümmern, bevor er uns entdeckt«, warf Nachrichtenoffizierin Rendino ein.

»Sie meinen mit der Zenith-Rakete? Es dauert zwei Stunden, um sie vorzubereiten. So viel Zeit haben wir nicht. Heute Nacht könnten wir sie aber einsetzen.«

Wenn wir dann noch dazu in der Lage sind, fügte Amanda in Gedanken hinzu.

»Ich glaube, wir haben noch eine andere Möglichkeit.« Vince Arkady stand schon seit einiger Zeit in einem dunklen Winkel des Raumes. Nun stieß er sich von dem Schott ab, an dem er sich angelehnt hatte, und trat zu ihnen. Er trug seine Fliegermontur und darüber die Schwimmweste. Auch den Helm hatte er auf.

»Könnte ich Sie einen Augenblick sprechen, Ma'am?«, fragte er förmlich.

»Natürlich.« Amanda nickte ihrer Intel-Spezialistin

und ihrem Offizier für Elektronische Kampfführung (ECM) zu und trat auf den Piloten zu. »Sie haben einen Vorschlag, Lieutenant?«

»Ja – ich glaube nämlich nicht, dass es eine gute Idee wäre, sie rankommen zu lassen, Captain.«

»Und was sollen wir Ihrer Meinung nach dagegen tun?«

»Wir warten nicht auf ihren Angriff, sondern werden selbst aktiv.«

»Sie meinen, wir sollten ihnen auflauern?«, fragte Amanda mit nachdenklicher Miene. »Na ja, wir könnten uns tatsächlich nach Norden wenden und versuchen, über der Sichtlinie eine Raketenfalle mit unseren LORAINs aufzustellen.«

»Das könnte funktionieren, aber ich habe mir gedacht, es wäre besser, wenn wir uns ihnen direkt nähern.«

»Und wie?«

»Ich würde gerne versuchen, sie mit dem Helikopter abzufangen. Mit Luft-Luft-Raketen bewaffnet könnte das gelingen.«

Amanda blickte ihn mit großen Augen an. »Arkady! Ein Jagdbomber-Geschwader mit dem Hubschrauber zu bekämpfen – das wäre nicht mehr Tollkühnheit, sondern ganz einfach Dummheit!«

»Ich würde ja auch nicht die Jagdbomber aufs Korn nehmen, Captain, sondern das Tankflugzeug.«

»Wie meinen Sie das?«

»Ich fliege ihnen mit Hubschrauber Zero One entgegen. Wenn ich den Punkt erreiche, wo sie vermutlich tanken, gehe ich auf volle Tarnung und warte, bis sie über mich hinwegfliegen. Dann tauche ich plötzlich auf und schieße das Tankflugzeug ab. Das sollte nicht nur diesen Angriff unterbinden, sondern uns auch eine längere Verschnaufpause verschaffen, wenn man bedenkt, dass sie nur über sehr wenige Tankflugzeuge verfügen.«

Amanda blickte ihn stirnrunzelnd an. »Wie können Sie wissen, aus welcher Richtung sie diesmal kommen?«

»Natürlich weiß ich es nicht mit Sicherheit, aber es gibt genügend Anhaltspunkte für eine brauchbare Schätzung. Ich denke, die Argentinier werden sich in einer ziemlich geraden Linie von ihrem Stützpunkt auf Isla Grande auf die letzte Position zubewegen, die ihnen von uns bekannt ist. Ich fliege ihnen auf dieser Route entgegen und lauere auf meine Chance. Und während ich meinen Einsatz fliege, wird unser zweiter Heli – mit einem Radar-Frühwarnsystem ausgerüstet – unterwegs sein und uns beide mit Bildern versorgen. Auf diese Weise erhalte ich ein taktisches Display, ohne dass ich dafür meine Position preisgeben müsste. So könnte ich die Argentinier überraschen.«

Amanda wünschte sich mit einem Mal, dass sein Vorschlag nicht ganz so plausibel klingen würde.

»Aber wie haben Sie vor, sich hinterher in Sicherheit zu bringen?«

»Auf demselben Weg, wie ich gekommen bin: in voller Tarnung. Wenn ich Glück habe, bin ich längst über alle Berge, bis sie wissen, was los ist.«

»Aber wenn das Glück Sie im Stich lässt, dann müssen Sie sich da draußen ganz allein mit ein paar ziemlich wütenden argentinischen Jagdbomberpiloten herumschlagen.«

Auf seinen Lippen erschien der Hauch eines Lächelns. »Wer nicht wagt, der nicht gewinnt. So heißt's doch, oder?«

»Okay«, antwortete sie und suchte nach einem letzten Argument. »Beantworten Sie mir noch eine Frage: Was spricht dafür, das Leben einer Hubschrauberbesatzung aufs Spiel zu setzen, wenn man dasselbe mit den LORAINs erreichen kann?«

»Der Überraschungseffekt und die größere Erfolgswahrscheinlichkeit. Wir müssen davon ausgehen, dass die Argentinier ihre Bordanzeigen keine Sekunde aus den Augen lassen, um jede nur erdenkliche Gefahr zu orten. Über unser Suchradar werden sie sich noch keine großen Gedanken machen, aber wenn sie unser Feuerleitradar orten, werden sie sich sofort zerstreuen; und in den Minuten, die unsere Luftabwehrraketen brauchen, um sie zu erreichen, würden ihnen bestimmt allerhand Tricks einfallen. Wenn wir es nach meinem Plan machen, werden sie gar nicht merken, dass sie ein Problem haben, bis es zu spät ist.«

Arkady beobachtete, wie Amanda den Kopf senkte, die Arme vor der Brust verschränkte und auf ihrer Unterlippe kaute. Es war unschwer zu erkennen, wie angestrengt sie nachdachte.

Plötzlich blickte sie zu ihm auf. »Okay, Arkady, versuchen wir's.«

Drake-Passage
25. März 2006, 16:30 Uhr

Alle Vorbereitungen für den Einsatz wurden getroffen. Die *Cunningham* hielt ihren Südostkurs, während der Aufklärungssatellit über sie hinwegzog. Doch kaum war der Satellit unter dem Horizont verschwunden, machte sie kehrt und fuhr Richtung Norden – ein Manöver, das den Feind zweifellos überraschen würde.

Die beiden Helikopter erhoben sich in die Luft, um ihre Mission zu erfüllen. Zero Two, mit einem Frühwarnsystem unter einem der Flügelstummel ausgerüstet, postierte sich etwa 30 Kilometer vor dem Bug des Zerstörers und flog auf gleichem Kurs und mit gleicher Geschwindigkeit wie das Schiff. Der Hubschrauber würde als eine Art Mini-AWACS-Flugzeug fungieren und mit seinem Radarsystem eine Verbindung zwischen der *Cunningham* und dem anderen Hubschrauber herstellen, der in unmittelbarer Nähe der feindlichen Linien operierte.

Das Führungsteam der *Cunningham* war im Gefechtsleitstand versammelt. Amanda saß an ihrem Platz und verfolgte auf dem großen Bildschirm die Bilder, die Hubschrauber Zero Two mittels Radar lieferte. Von der Auflösung her konnte man sie nicht mit der Qualität des großen SPY-2A-Systems auf dem Schiff vergleichen – die Küste von Isla Grande und Kap Horn war nur unklar zu erkennen.

Dix Beltrain legte die Hand auf den Rücken ihres Stuhles und fragte mit leiser Stimme: »Captain, dürfte ich Sie kurz unter vier Augen sprechen?«

Amandas Taktikoffizier, TACCO genannt, für gewöhnlich ein freundlicher, umgänglicher Mensch, wirkte seit dem Luftangriff der Argentinier sehr still und verschlossen. Amanda hatte gespürt, dass es in ihm brodelte, und war auf diesen Augenblick vorbereitet.

»Aber sicher, Dix«, antwortete sie und erhob sich von ihrem Stuhl. Sie ging mit Beltrain in einen stillen Winkel des Raumes, wo ein Kaffeeautomat stand.

Der junge Offizier stand aufrecht da, die Hände auf dem Rücken, und begann schließlich mit leiser Stimme zu sprechen. »Captain, ich muss mit Ihnen über etwas sprechen, das während des Luftangriffs passiert ist.«

»Vermutlich über den Schlamassel, den Sie mit unserer ESSM-Zonenverteidigung angerichtet haben?«

»Genau, Ma'am. Ich hab großen Mist gebaut! Ich sah, dass diese Exocet-Raketen in den Punktverteidigungsbereich eindrangen, beobachtete die Warnlichter auf meinem Bildschirm und wusste, dass es keinen Sinn hatte, den einzelnen Raketen nachzujagen – und doch habe ich versucht, sie abzuschießen, anstatt mich auf die Rafale-Jagdbomber selbst zu konzentrieren. Ich fürchte, Captain, dafür gibt es ... keine Entschuldigung oder Rechtfertigung.«

»Ach ja, Lieutenant?«, wandte Amanda in nachsichtigem Ton ein. »Mir fällt schon eine Erklärung ein. Ich glaube, mein Vater würde so etwas ganz einfach ›Jagdfieber‹ nennen, wahrscheinlich gepaart mit einer Spur Angst.«

»Nicht bloß eine Spur, Ma'am. Ich habe mir vor Angst fast in die Ho... Tatsächlich hatte ich Angst, einen schrecklichen Fehler zu begehen und damit das Schiff in große Gefahr zu bringen. Ich glaube, es ist meine Pflicht, Ihnen das zu melden und Ihnen die Möglichkeit zu geben, mich aus dem Kommandoteam zu entfernen.«

»Dix, wir wurden von Leuten angegriffen, die ihr Handwerk verstehen. Sie haben versucht, uns in die Luft zu jagen – und um ein Haar wäre es ihnen auch geglückt. Denjenigen, der unter solchen Umständen keine Angst hätte, würde ich sofort aus seiner Position entfernen, weil es ihm ganz eindeutig an Realitätssinn mangelt.«

Beltrain schüttelte heftig den Kopf. »Das ist nicht der Punkt. Entscheidend ist, dass ich falsch reagiert habe. Ich hätte mich um die Jagdbomber kümmern, hätte den ganzen Luftangriff unterbinden müssen, bevor sie uns auch nur gefährlich werden konnten. Stattdessen habe ich nur diese verdammten Raketen gesehen, die auf uns zukamen. Ich hab wirklich Mist gebaut, Ma'am!«

Amanda zuckte die Schultern. »Das will ich ja auch gar nicht bestreiten, Mr. Beltrain. Sie haben tatsächlich einen schweren Fehler gemacht. Aber wenn man es objektiv betrachtet – hätte diesen Fehler nicht auch jeder andere begehen können, den ich an die Hauptkonsole gestellt hätte? Sie sollten irgendwann einmal, wenn sich die Gelegenheit bietet, mit Chief Thomson über seine Erfahrungen während der ›Operation Desert Storm‹ sprechen. Er war damals an Bord der alten *Sacramento,* und er wird Ihnen sehr anschaulich beschreiben können, wie es ist, wenn man sechs Monate hindurch bei Außentemperaturen von fast 50 Grad am Geschütz steht. Von einem solchen Veteranen kann man allerhand Interessantes erfahren.

Wenn ich es recht bedenke, dann war das hier das erste Mal seit dem Golfkrieg, dass ein amerikanisches Schiff aus der Luft angegriffen wurde. Wenn ich Sie jetzt ihres Postens enthebe, dann würde ich auf den erfahrensten Geschützoffizier verzichten, der zur Zeit in der US Navy Dienst tut. Das wäre doch wirklich dumm von mir, nicht wahr?«

Beltrain strich sich mit der Hand durch das schweißnasse Haar. »Trotzdem bleibt die Tatsache, dass ich einen schwerwiegenden Fehler begangen habe, Ma'am.«

»Glauben Sie, dass Sie da der Einzige sind? Ich schätze, wenn wir später das Ganze analysieren, wird sich herausstellen, dass viele von uns den einen oder anderen

Fehler gemacht haben. Auch ich kann mir einiges vorwerfen. Wichtig ist, dass wir überlebt haben und daraus die Lehren ziehen können. Wir sind zum ersten Mal in eine richtige Schlacht geraten. Beim nächsten Mal sind wir schlauer.

Verstehen Sie mich nicht falsch, Dix. Ich will das, was geschehen ist, nicht als unwichtig abtun. Ich glaube nur, dass Sie trotzdem der fähigste Mann sind, den wir für diesen Job haben. Und jetzt vergessen Sie einmal diese ganzen Schuldgefühle und beantworten Sie mir eine Frage: Wenn ich Sie an der Hauptkonsole lasse – wird so etwas noch einmal vorkommen?«

Er holte tief Luft, bevor er antwortete: »Nein, Ma'am, bestimmt nicht.«

»Okay.« Amanda lächelte und machte das Kreuzzeichen. »Ich spreche dich von deinen Sünden frei, mein Sohn. Gehe hin und sündige nicht mehr. Und jetzt zurück an die Arbeit.«

»Aye aye, Captain.« Beltrain lächelte ebenfalls; die Last, die er mit sich herumgeschleppt hatte, schien bereits etwas leichter geworden zu sein.

In diesem Augenblick hörten sie den Ruf des Aegis-Systemoperators: »Ferner Kontakt! Bewegt sich langsam von Isla Grande in süd-südwestlicher Richtung. Entfernung 350 Kilometer, Höhe 5500 Meter, Richtung null Grad zum Bug. Noch mehr Kontakte!«

Mit drei raschen Schritten waren Amanda und ihr TACCO auf ihren Posten. Ein Blick genügte, um auf dem Bildschirm den Kontakt zu erkennen, der sich langsam von Isla Grande entfernte. Leider war die Position von Hubschrauber Zero One im Moment nicht klar auszumachen. Der SAH 66 Sea Comanche flog im Stealth-Modus, also in voller Tarnung und unter absoluter Radar- und Funkstille dem Feind entgegen, so dass er nicht einmal für die empfindlichen Sensoren der *Cunningham* wahrzunehmen war. Auf dem Bildschirm wurde lediglich ein bestimmter Bereich angezeigt, in dem man seine Position vermuten konnte – irgendwo zwischen dem Schiff und den argentinischen Jagdbombern. Ein unsichtbarer Wächter, der darauf wartete, dass der Feind seinen Weg kreuzte.

»Machen Sie Ihre LORAINs bereit, Mr. Beltrain«, befahl Amanda mit einer Stimme, aus der jede Freundlichkeit und Wärme gewichen war.

Knapp 250 Kilometer vor dem Bug der *Cunningham* und etwa 80 Kilometer von der argentinischen Küste entfernt kreiste Hubschrauber Zero One über den Wellen. Mit seinem grauen Tarnanstrich hob er sich nicht von der Meeresoberfläche ab.

Arkady benutzte den Trackball am kollektiven Blattverstellhebel, um sich den Treibstoffstatus an der Instrumententafel anzeigen zu lassen.

»Okay, Gus, Übergang zu Innentanks. Fertigmachen zum Abtrennen der Außentanks.«

»Roger.«

Vince ließ den Cursor über den Monitor wandern und wählte den Befehl ›Treibstofftank abtrennen‹. Auf Knopfdruck lösten sich die Tanks mit klirrendem Geräusch und tauchten ins Wasser ein.

»Laut meinen Anzeigen ist alles klar. Bestätigen Sie.«

Im hinteren Cockpit wandte sich der Copilot nach Backbord und Steuerbord und blickte unter die Stummelflügel, um zu überprüfen, ob der Abwurf geglückt war. »Tanks sind abgetrennt. Keine Leckage im System zu erkennen.«

»Okey-doke. Wie sieht es mit den Bildern aus, die wir von Zero Two empfangen?«

»Soweit alles klar. Ich hoffe nur, es bleibt auch so.«

»Sie könnten ruhig etwas mehr Optimismus an den Tag legen, mein Freund. Vergessen Sie nicht, wir beide sind freiwillig hier draußen und trotzen Wind und Wetter, um für alle braven amerikanischen Mütter und ihre pausbäckigen Kinderchen Heldentaten und so'n Zeug zu vollbringen.«

»Freiwillig! Ich habe mich für nichts freiwillig gemeldet!«

»Sie waren gerade beschäftigt. Ich hab's für Sie getan.«

»Fuck you very much, Sir.«

»Was war das eben, Matrose?«

»Ich sagte: ›Thank you very much, Sir!‹«

»Keine Ursache, Gus.«

Gus Grestovitch wandte sich wieder seinen Instrumenten und Displays zu. Er mochte Lieutenant Arkady wirklich gern und flog mit ihm lieber als mit jedem anderen Piloten, mit dem man ihn jemals zusammengespannt hatte. Der Lieutenant hatte einst selbst als einfacher Mannschaftsdienstgrad begonnen. Mit ihm konnte man scherzen und lachen wie mit einem guten Kumpel, und solange man seine Arbeit tat, war er auch nicht kleinlich, wenn man die eine oder andere Vorschrift einmal um einen Zentimeter übertrat.

Der Nachteil mit ihm war allerdings, dass man, eh man sich's versah, in solch absolut wahnwitzige Situationen geraten konnte.

Für einen Augenblick überlegte Grestovitch, ob Arkady sich vielleicht nur deshalb zu dieser Mission gemeldet hatte, um bei der Lady zu punkten, die ihr neuer Captain war. Er verwarf diesen Gedanken jedoch gleich wieder; wenn der Skipper ein fünfzig Jahre alter Mann und abgrundtief hässlich gewesen wäre, dann befänden sie sich jetzt wohl genauso hier draußen und würden Kopf und Kragen riskieren.

Waffensystemoffiziere von Helikoptern, die mit Zerstörern unterwegs waren, hatten nicht oft Gelegenheit, sich in der Luftüberwachung zu üben; deshalb brauchte Grestovitch einige Sekunden, bis er erkannte, was sich auf seinen Bildschirmen abspielte.

»Kontakt direkt vor der Küste! Richtung eins-acht-sieben. Höhe eins-acht-null-null-null. Distanz 77 Kilometer.«

»Geschwindigkeit, Gus?«

»Äh … 180 Knoten.«

»Relative Richtung?«

»Null-zwei-fünf. Zweites Ziel erscheint auf dem Bildschirm, nähert sich dem ersten.«

»Okay! Los geht's!«

Arkady schwang den Hubschrauber herum und brachte ihn auf einen Kurs, der sich unweigerlich mit dem der argentinischen Jagdbomber kreuzen musste.

Kommandant Alfredo Cristobal hatte mit seinem Tornado das Hercules-Tankflugzeug erreicht, um seine Maschine auftanken zu lassen. Die Kontrolllichter am Flügel des Tankflugzeugs zeigten ›feste Verbindung‹ und ›Tankvorgang läuft‹ an. Die Anzeige an seinem Instrumentenbrett sagte ihm, dass die Tanks des Jagdbombers sich mit Treibstoff füllten.

Er überprüfte alle Anzeigen, die ihn auf eventuelle Feindkontakte hinweisen könnten – doch im Augenblick schien am Himmel ringsum alles ruhig zu sein. Nur ganz schwach machte sich in der Ferne amerikanisches Suchradar bemerkbar. Während er sich entspannt in seinem Schleudersitz zurücklehnte, fühlte er sich im Augenblick völlig sicher.

Seiner Meinung nach war der erste Luftangriff nur deshalb fehlgeschlagen, weil die reguläre Luftwaffe sich daran beteiligt hatte. Dies war eine Aufgabe, der sich am besten die *Aeronaval,* die Luftstreitkräfte der Marine, allein widmeten. Die nächste Operation würde er selbst befehligen, um Nägel mit Köpfen zu machen. Damit würde er auch seinen verletzten Stolz wiederherstellen.

Cristobal stammte aus einem Kulturkreis, in dem sich die feste Überzeugung gehalten hatte, dass die Frau ein

Wesen sei, das man beschützen, lieben, aber vor allem beherrschen müsse. Dieser weibliche Kapitän der *Nortenos,* der Nordamerikaner, hatte ihn fast zur Strecke gebracht, als er einen ihrer Hubschrauber mit ein paar Manövern ein wenig ärgerte. Sie hatte ihn vor seinen Kameraden gedemütigt – und das konnte er nicht vergessen.

Amanda Garrett erzürnte und faszinierte ihn gleichermaßen. Er hatte sich die Akte kommen lassen, die der Nachrichtendienst über die Frau zusammengestellt hatte, und brachte Stunden damit zu, sie zu studieren. Die Bilder verrieten ihm mehr über die Frau als der Text. Eines der Fotos hatte er an sein Instrumentenbrett im Cockpit geklebt. Eine rothaarige Frau in Navy-Uniform blickte ihm darauf entgegen; sie war von einer herben Schönheit, hatte einen kühlen, aber sinnlichen Ausdruck und wirkte überaus selbstbewusst.

Mehr als alles andere auf der Welt wünschte sich Alfredo Cristobal, dieses Selbstbewusstsein zu erschüttern.

Diesmal wollten sie ihre Exocet-Raketen hinter einem Schwarm Anti-Radar-Lenkwaffen des Typs Matra STAR herschicken. Auf diese Weise würden sie die Punktverteidigung der Amerikaner mit absoluter Sicherheit knacken und zumindest einen tödlichen Treffer landen.

Für einen Augenblick überlegte er, ob es nicht besser gewesen wäre, noch weitere Flugzeuge beizuziehen, die mit Sprengbomben das Werk hätten vollenden können – doch dafür war es jetzt zu spät. Außerdem waren alle vier Tornados mit Brandgeschossen bewaffnet, die von den automatischen 27-mm-Mauser-Kanonen abgefeuert wurden. Das sollte reichen, um allem, was den Raketenschlag überleben würde, den Garaus zu machen.

Vielleicht gab es ja Überlebende ... Ein durchaus interessanter Gedanke.

Cristobals Wut und Faszination beflügelten seine Fantasie. Immer wieder hatte er sich vorgestellt, wie es wäre, wenn er diese Frau als seine persönliche Gefangene in seine Gewalt bekäme, so wie es den Konquistadoren früherer Tage vergönnt war. Dann könnte er sie zähmen wie eine feurige Stute. Er sehnte sich danach, sie all ihrer Autorität und Selbstbeherrschung zu berauben und ihre kühle Sinnlichkeit in heiße Leidenschaft zu verwandeln.

Dann schüttelte er bedauernd den Kopf. In diesen modernen Zeiten waren solche Dinge nicht mehr erlaubt. Er würde sich damit zufrieden geben müssen, sie ganz einfach zu töten.

»Raven's Roost bestätigt Emissionsmuster von Flugzeugen des Typs Tornado«, meldete Beltrain von seiner Konsole aus. »Arkady hatte Recht. Sie kommen auf geradem Weg auf uns zu.«

»Hmm, okay«, antwortete Amanda nachdenklich, während sie das Alpha-Display studierte. Die argentinischen Angreifer bewegten sich langsam auf den Punkt zu, wo Hubschrauber Zero One ihnen vermutlich auflauern würde. Noch einige Kilometer weiter, und sie befanden sich in Reichweite der SAM, der Luftabwehrraketen der *Cunningham.* Doch sie würde noch warten. Sie hatte Arkady den ersten Schuss versprochen.

Amanda sank in ihren Stuhl zurück und biss sich nachdenklich auf die Unterlippe. Ihrer Erfahrung nach gab es zwei Menschentypen, die sich freiwillig zu solchen Unternehmungen meldeten: zum einen jene, die sich für unbesiegbar hielten und daran glaubten, dass der Tod etwas war, das immer nur die anderen ereilte; die andere Gruppe wurde von Menschen gebildet, die sich ihrer Sterblichkeit sehr wohl bewusst waren und trotzdem das Risiko eingingen, um der Sache zu nützen, der sie dienten. Amanda stellte fest, dass sie allzu gern herausfinden würde, zu welcher Kategorie Arkady gehörte …

Grestovitchs Hände schwitzten in seinen Nomex-Flughandschuhen, als er die neuesten Daten abrief.

»Zielgeschwindigkeit immer noch eins-acht-null. Höhe immer noch 5500 Meter. Distanz zehn Kilometer.«

»Liegen wir immer noch auf Kurs, Gus?«

»Roger. Richtung des Ziels null Grad zum Heck. Sie werden in etwa vier Minuten über uns hinwegrauschen.«

Arkady dachte bei sich, dass dies vielleicht der erste Einsatz eines Hubschraubers gegen ein oder mehrere Kampfflugzeuge war; einmalig war wohl auch, dass der Gejagte auf den Jäger zukam.

»Könnte es sein, dass sie uns bald orten?«

»Negativ, Lieutenant. Sie haben ihr Radar zwar eingeschaltet, aber sie haben uns nicht im Visier.«

»Okay, das heißt, wir befinden uns unterhalb ihres Suchkegels. Es wird Zeit, ein wenig höher zu klettern, alter Junge.«

Arkady steigerte mit dem Steuerknüppel die Leistung der beiden LHTEC-T800-Wellenturbinen und zog den Helikopter mit dem kollektiven Blattverstellhebel in den Steigflug.

Dieses Pop-up-Manöver, bei dem der Hubschrauber die Deckung kurz verlässt, um zu feuern, war eine überaus heikle Angelegenheit. Die beiden Sidewinder-X-Luftkampfraketen, die der Sea Comanche mit sich trug, beinhalten zwar modernste Technologie, besaßen jedoch nur eine Reichweite von 20 Kilometern; und wenn sie zu ihrem Ziel ›hochklettern‹ mussten, verringerte sich die Reichweite noch um einiges. Aus diesem Grund musste der Comanche der Rakete ein wenig von ihrer Arbeit abnehmen, wenn das Unternehmen erfolgreich sein sollte.

»Da sind sie, Lieutenant.«

Arkady blickte durch die Plexiglasscheibe des Cockpits hinauf und sah die argentinischen Flugzeuge fast direkt über sich. In einer Höhe von 5500 Metern bildeten sich normalerweise noch keine Kondensstreifen, doch hier in der kalten Polarluft zogen alle fünf Flugzeuge dünne Fahnen von Eiskristallen hinter sich her, die sich von dem strahlend blauen Himmel abhoben.

Was Arkady gar nicht passte, war die Tatsache, dass die Jagdbomber sich ziemlich rasch entfernten. Er warf einen Blick auf den Höhenmesser und den Geschwindigkeitsmesser und stellte fest, dass sie durch den Anstieg empfindlich an Fahrt verloren, momentan hinkten sie hinter der geplanten Verfolgungskurve her.

»Gus, klarmachen zum Feuern!«

Das Fadenkreuz für die Luft-Luft-Raketen erschien im Zentrum seines Heads-up-Displays (HUD), und der hohe Ton, der darauf hinwies, dass die Sidewinder scharfgemacht wurden, ertönte in seinem Kopfhörer.

Das Tankflugzeug geriet langsam außer Reichweite, und sie hatten immer noch nicht die Höhe erreicht, die Arkady sich vorstellte. Doch jetzt half alles nichts – es musste sein. Er riss Zero One zurück, so dass sich die Nase über den Horizont hinaushob; der Hubschrauber erbebte, und die Rotorblätter kamen fast zum Stillstand. Dann nahm er die feindlichen Flugzeuge mit einem kurzen Radarimpuls ins Visier, um die Raketen darauf einzuorten.

Der Ton, der das Scharfmachen der Waffen anzeigte, verwandelte sich in ein durchdringendes Brummen.

»Unser Raketenleitradar hat sie erfasst! Es geht los! Ich feuere sie ab!«

Auf Knopfdruck schossen zwei Sidewinder-Raketen aus ihren Schleuderschienen. Er und Gus hatten getan, was in ihrer Macht stand. Nun konnten sie nichts mehr tun als auf die Götter und Ford Aerospace zu vertrauen. Arkady senkte die Nase des Hubschraubers und tauchte zur Meeresoberfläche hinunter.

Nach dem Auftanken drehten Kommandant Cristobal und sein Flügelmann nach Steuerbord des Tankflugzeugs ab, um den Platz für die nächsten Maschinen freizumachen. Wenig später hatten sich zwei Jagdbomber unter den Flügeln der Hercules postiert, um ebenfalls Treibstoff aufzunehmen – ein Vorgang, der in etwa einer Minute beendet sein würde.

Cristobals Gedanken waren schon auf die nächsten Schritte gerichtet, die vor ihm lagen, als plötzlich ein gelbes Licht aufleuchtete und ein Warnsignal ertönte, was seine Aufmerksamkeit augenblicklich in das Hier und Jetzt zurückrief.

Das Heckradar-Warnsystem! Cristobal riss die Maschine rasch nach rechts und überprüfte den Luftraum hinter sich, doch außer einer fernen Wolkenbank war weit und breit nichts zu erkennen.

Er entspannte sich und ging wieder auf Kurs.

»Carcel, haben Sie das eben mitbekommen?«

»*Si, Capitan*«, antwortete sein Hintermann. »Ein kurzfristiger schwacher Kontakt am Heckwarnsystem. Im Augenblick ist aber nichts festzustellen.«

Cristobal runzelte die Stirn. Es schien alles klar zu sein, doch er wollte kein Risiko eingehen und wandte sich über Funk an die anderen Piloten. »*Tigre* Zwei, hier *Tigre* Eins. Habt ihr irgendwelche Kontakte ausgemacht?«

»Negativ, Eins. Nichts zu sehen.«

Cristobal bestätigte den Funkspruch und war drauf und dran, den kleinen Zwischenfall zu vergessen, als das Warnsystem sich erneut meldete. Diesmal empfing er ein Infrarotsignal.

Er riss die Maschine nach links und suchte den Himmel nach irgendeinem Objekt ab. Diesmal erspähte er zwei orangefarbene Funken, die eine dünne Rauchfahne hinter sich herzogen. Sie näherten sich von unten dem Tankflugzeug. Cristobal drückte hastig auf den Mikrofonknopf und suchte nach den richtigen Worten, um die drohende Katastrophe abzuwenden. Doch er blieb sprachlos.

Die Sidewinder waren beinahe am Ende ihrer Reichweite angelangt; ihr Treibstoff war nahezu verbraucht, und sie hatten ihre Höchstgeschwindigkeit erreicht. Während der letzten Sekunde ihres Fluges wurde das Lenksystem der ersten Rakete durch die Tatsache verwirrt, dass mit dem Tankflugzeug und den beiden Jagdbombern gleich mehrere Ziele vorhanden waren, worauf sie mit einem leichten Schwanken reagierte. Im nächsten Augenblick schlug sie von unten im Rumpf des Tankflugzeuges ein. Sie durchschlug die Panzerung, worauf der 25 Pfund schwere Splitter-Gefechtskopf inmitten der halb vollen Treibstofftanks im Laderaum detonierte.

Die Hercules explodierte in einem leuchtenden Feuerball, der auch die beiden Tornados unter ihren Flügeln verschlang. Im nächsten Augenblick stürzten Kaskaden von Wrackteilen auf den Ozean hinunter.

Von der Stoßwelle durchgerüttelt, starrten die überlebenden argentinischen Piloten fassungslos auf das Inferno, das sich vor ihren Augen abspielte. Einer von ihnen sprach in seiner Angst ein rasches Gebet, das die anderen über Funk mithören konnten.

Cristobal zwang sich, den Schock zu überwinden und darüber nachzudenken, was soeben vorgefallen war. Er versuchte, den Raketenangriff möglichst nüchtern zu rekonstruieren. Es bestand kein Zweifel. Dieses verdammte Miststück war ihm schon wieder in die Quere gekommen! Der Fluch, den er ausstieß, klang beinahe wie ein Seufzer.

Mit der linken Hand griff er hastig nach dem Instrumentenbrett, um seine Lenkwaffen abzuwerfen und die Bordkanone bereitzumachen. Dann befahl er seinem Flügelmann das Gleiche zu tun und ließ seine Tornado in einem waghalsigen Manöver zur Meeresoberfläche abtauchen. Man hatte ihn mit dieser Attacke aufs Tiefste in seiner Ehre gekränkt. Aber Cristobal schwor sich, blutige Rache zu nehmen.

»Erstes Ziel zerstört!«

Alle Anwesenden im Gefechtsleitstand konnten die Explosion auf dem großen Bildschirm mitverfolgen.

»Sieht so aus, als wären mit dem Tankflugzeug auch zwei Jagdbomber getroffen worden«, meldete Dix. »Zeit zu verschwinden, Vince!«

Von allen Seiten brandete Jubel auf, der jedoch abrupt wieder verstummte, als Amanda in entschiedenem Ton einwarf: »Hebt euch das für später auf! Erst wenn unsere Leute sicher zurück sind, haben wir Grund zum Jubeln.«

Der Comanche Zero One flog südwärts aus dem Einsatzgebiet; die Überlastung der Turbinen ließ den Helikopter erzittern. Offiziell erreichte der LAMPS IV Boeing/Sikorsky SAH 66 Sea Comanche eine Höchstgeschwindigkeit von knapp 320 Stundenkilometern. Wenn es die Besatzung jedoch sehr eilig hatte zu verduften, wie in diesem Fall, dann ließ er sich wohl noch einige zusätzliche Stundenkilometer entlocken.

»Geben Sie gut Acht, Gus. Wir haben es immer noch mit einigen Jagdbombern zu tun.«

»Ich weiß«, antwortete Grestovitch. Er drehte sich um, soweit die Gurte es zuließen, um nach hinten über den Heckrotor hinauszublicken. »Verzeihen Sie die Frage, Lieutenant, aber wie haben Sie es sich vorgestellt, uns lebend hier wieder rauszubringen?«

»Nun, ehrlich gesagt, Gus, ich hab mir gedacht, die Kerle würden sich einfach verziehen.«

»Mit Verlaub, Sir, aber ich halte nicht allzu viel von Ihrem Plan.«

»Ich muss zugeben, dass das eine kleine Schwachstelle in unserem ansonsten tadellosen Konzept sein könnte.«

Grestovitch sah an seiner Instrumententafel Warnlichter aufleuchten. »Sie sind dabei, uns zu orten. Zwei Tornado-Suchsysteme. Sie haben uns zwar noch nicht im Visier, aber sie kommen rasch näher.«

»Okay, ich werde kurz bremsen. Versuchen Sie, die Kerle zu erfassen.«

Vince trat auf die Pedale für die Seitenruder und drehte den Hubschrauber dadurch ein wenig, um seinem Waffensystemoffizier einen Blick auf das zu ermöglichen, was sich hinter ihnen abspielte.

»Ich hab sie, Lieutenant! Zwei Maschinen ... Verdammt! Sie halten direkt auf uns zu! Sie haben uns entdeckt!«

»Okay. Wir weichen ihnen aus.«

Arkady schaltete Radar und Funk ein. Es hatte ohnehin keinen Sinn, jetzt noch auf Emissionsvermeidung zu achten und zu versuchen, sich zu tarnen. Während er die feindlichen Maschinen auf seinem Heads-up-Display verfolgte, versuchte er sich daran zu erinnern, was man ihm einst in den Hubschrauber-Luftkampfkursen der Army erzählt hatte.

»Lasse dich nie auf allzu riskante Auseinandersetzungen mit feindlichen Flugzeugen ein ...«

Was du nicht sagst, Schlaumeier.

Arkady betätigte weiter ganz leicht die Pedale für die Seitenruder, um den Zickzackkurs fortzusetzen, während die argentinischen Jets heranbrausten. Wenn sie mit Raketen angriffen, würde er mit Magnesiumbrandsätzen und seinen Anti-Infrarot-Systemen antworten. Setzten sie aber ihre Kanonen ein, konnte er nur versuchen, sich ihnen durch geschickte Manöver zu entziehen.

Als die feindlichen Maschinen sich dem kritischen Bereich näherten, riss Arkady seinen Sea Comanche hart nach rechts. Er hielt die Richtung einige Augenblicke, ehe er wieder auf den ursprünglichen Kurs ging.

Wumm! Wumm! Die Tornados brausten über den Hubschrauber hinweg, und die Druckwellen ließen ihn erzittern. Im nächsten Augenblick schoss an Backbord die Gischt über einen Streifen von mehreren hundert Metern hoch; die Geschosse der argentinischen Jagdbomber wühlten die See auf.

»Sie kommen zurück, Lieutenant!«

»Roger. Nehmen Sie sie aufs Korn. Ich werde um Hilfe rufen.«

»Zero One an Grey Lady. Ich möchte euch nur sagen, dass wir hier draußen ein kleines Problem haben«, drang Arkadys Stimme aus einem der Lautsprecher. »Das Tankflugzeug und zwei Jagdbomber sind außer Gefecht. Die beiden übrigen Jäger sind jetzt hinter uns her. Wir haben alle Hände voll zu tun, uns zu verteidigen. Könnt ihr uns Deckung geben?«

»Schalten Sie Ihre Warnsysteme auf volle Leistung«, antwortete Amanda rasch. »Ich möchte mir einen Überblick über die Situation verschaffen!«

Auf dem Alpha-Bildschirm erschienen die Umrisse des Gebietes, in dem sich die Auseinandersetzung abspielte; im nächsten Augenblick nahm das Kampfgebiet den ganzen Schirm ein. Das Bild, das sich hier zeigte, ließ nichts Gutes ahnen. Hubschrauber Zero One bewegte sich quälend langsam in südwestlicher Richtung, während die beiden argentinischen Jäger ihn mit ihren Radarsignalen umschwärmten.

»Dix, wie weit sind die beiden Flugzeuge von uns entfernt?«

»Sie sind bereits in Reichweite unserer LORAINs.«

»Gut. Dann feuern Sie!«

Der Geschützoffizier beugte sich über seine Konsole. Die Sekunden vergingen in quälendem Warten.

»Dix, was, zum Teufel, ist denn los?«

»Die Ziele können nicht erfasst werden!«, gab Beltrain aufgeregt zurück, während seine Hände sich am Feuerleitsystem zu schaffen machten. »Sie fliegen zu niedrig. Sie sind immer wieder unterhalb der Sichtlinie.«

»Was ist mit Zero Two? Können wir sie nicht über den Hubschrauber ins Visier nehmen?«

»Negativ. Ihre AEW-Anlage kann nur zur Suche verwendet werden, und ihre Bordradarsysteme haben keine große Reichweite.«

Amanda schlug entnervt mit der Hand auf die Armlehne ihres Stuhls. Da drang erneut eine Stimme aus dem Lautsprecher.

»Zero One an Grey Lady. Die Argentinier sind uns auf den Fersen. Ich möchte hier nicht schwarzmalen, aber wir könnten wirklich Hilfe gebrauchen.«

Die Frage, die Amanda sich zuvor gestellt hatte, war beantwortet. Arkadys Stimme klang ruhig und kontrolliert, doch man konnte sehr wohl die Angst heraushören, die mitschwang. Es war ihm bewusst, dass sein Leben in Gefahr war – mehr noch, er schien fast schon damit zu rechnen, dass es jeden Moment zu Ende sein konnte.

Sie überlegte fieberhaft hin und her, ob es nicht doch noch einen Weg gab, um helfend einzugreifen.

»Dix, feuern Sie einige LORAINs in das Gefechtsfeld. Vier Raketen in Intervallen von zehn Sekunden in mittlerer Höhe – über das ganze Gebiet verteilt.«

»Captain, ich habe keine Zielerfassung!«

»Egal, Dix, feuern Sie! Kommunikationsoffizier! Verbinden Sie mich mit Zero One.«

Arkady riss gleichzeitig am zyklischen und kollektiven Blattverstellhebel, und der Helikopter sprang hoch wie ein aufgescheuchtes Huhn. Die kollektive Blattverstellung am Hauptrotor bewirkte einen jähen Steigflug, der die Vorwärtsgeschwindigkeit des Hubschraubers spürbar drosselte. Einen Sekundenbruchteil später schäumte die See unter ihm auf, von Kanonenfeuer aufgewühlt. Das Kampfflugzeug der *Aeronaval* drehte ab wie ein Barracuda nach missglücktem Angriff.

»Um einem Angriff feindlicher Flugzeuge auszuweichen,

fliegen Sie in Achterschleifen um zwei in der Nähe befindliche Bergkuppen …«

Wenn er hier lebend rauskommen sollte, würde Arkady den nächsten Flugausbilder, der ihm über den Weg lief, windelweich prügeln.

Er senkte die Nase des Sea Comanche und beschleunigte wieder; die Überhitzungswarnleuchten versuchte er einfach zu ignorieren. Die Argentinier hatten sich getrennt und machten nun unabhängig voneinander Jagd auf ihn, wodurch die Zeit, die ihm zum Verschnaufen blieb, noch kürzer wurde. Früher oder später musste einer der beiden zwangsläufig einen Treffer landen. Alle wichtigen Systeme des Hubschraubers waren durch die Kevlar-Panzerung geschützt, die jedoch auf Dauer nur relativ kleinkalibrigem Geschützfeuer standhalten konnte. Es würden nicht allzu viele Kanonentreffer nötig sein, um den Comanche vom Himmel zu holen.

»Zero One, hier Grey Lady.« Der starke Sender der *Cunningham* sorgte dafür, dass er Amanda Garretts Stimme klar und deutlich über den Kopfhörer empfing. »Wir wissen, wie eng es für euch wird, deshalb schicken wir einige LORAINs, die euch bei eurem Kampf helfen sollen. Aber ihr müsst sie selbst ins Ziel lenken. In ungefähr drei Minuten werden sie bei euch ankommen. Haben Sie mich verstanden, Arkady? Sie müssen noch drei Minuten durchhalten!«

Der kleine, mit Festtreibstoff betriebene Booster der Raytheon/General Dynamics LORAIN (LOng RAnge INterceptor) wurde gezündet, und die Lenkwaffe schoss aus dem Startschacht des Senkrechtstart-Systems, VLS genannt. Sechs Sekunden später brannte der Booster aus und wurde abgeworfen, nachdem er die Lenkwaffe auf 1000 Stundenkilometer pro Stunde beschleunigt hatte. An der Basis der kreuzförmig angeordneten vorderen Flügel bildeten sich Lufteinlassöffnungen, und das Marschtriebwerk wurde gezündet. Dieser Düsenmotor mit sehr hohem Schub sorgte dafür, dass die Rakete rasch die Schallmauer durchbrach und schließlich mit knapp 5000 Stundenkilometern dahinschoss.

Die LORAIN war eines der Vorzeigestücke des amerikanischen Waffenarsenals – die modernste zur Zonenverteidigung eingesetzte Luftabwehrrakete, die zur Zeit im Einsatz war. Doch während sie mit hoher Geschwindigkeit über das Südpolarmeer hinwegjagte, gefolgt von drei weiteren Waffen ihres Typs, waren ihre ausgeklügelten Jagd- und Suchsysteme inaktiv.

Sie war schlussendlich nur eine Maschine. Ihre Aufgabe würde sie erst wahrnehmen, wenn es einen Menschen gab, der sie auf ein Ziel richtete und ihr sagte, wo sie zuschlagen sollte.

Kommandant Cristobal hatte mittlerweile einsehen müssen, dass der amerikanische Hubschrauber nicht so leicht auszuschalten war. Seine Tarneigenschaften, die auf modernster Stealth-Technologie beruhten, hatten eine brauchbare Radarzielsuche unmöglich gemacht. Aber auch der Pilot erwies sich als Meister seines Fachs. Immer wieder war der *Norteno* geschickt seinen Angriffen ausgewichen, indem er im letzten Moment zur Seite schwenkte. Mittlerweile hatte Cristobal mehr als die Hälfte seiner Munition verpulvert.

Es war höchste Zeit, die Taktik zu ändern. Er befahl dem Piloten von *Tigre* Zwei, über dem Hubschrauber zu kreisen und ihn im Visier zu behalten, während er selbst in großem Bogen nach Norden abdrehte und die Landeklappen sowie das Fahrwerk ausfuhr. Auf diese Weise machte er sein Kampfflugzeug zu einer vergleichsweise langsamen, aber umso stabileren Geschützplattform, von der aus er den Feind unter Beschuss nehmen konnte. Cristobal ließ die Maschine absinken und glitt knapp über den Wellen dahin, um den entscheidenden Angriff zu starten.

»Hören Sie, Gus, wir haben folgenden Plan: Die Duke schickt uns Raketen, und wir werden sie mit unserem Radar ins Ziel steuern.«

»Es würde uns helfen, wenn wir etwas mehr Höhe hätten, Lieutenant.«

»Ja, aber das würde uns viel angreifbarer machen. Tun Sie ganz einfach, was Sie können.«

»Aye aye, Sir. Sie haben sich anscheinend ein wenig zurückgezogen. Meinen Sie, dass sie die Sache abgeblasen haben?«

»Nein. Ich schätze eher, dass sie etwas Neues ausbrüten.«

Arkady ließ den Blick kurz über den Horizont vor ihm schweifen, überprüfte rasch die Instrumente und versuchte schließlich die Vibrationen zu analysieren, die sich an der Steuerung bemerkbar machten. *Fühlt sich an, als hätte der Rotor etwas abbekommen. Wenn wir jetzt ein Rotorblatt verlieren ...* Schließlich kontrollierte er noch das Heckradar.

Da war jemand hinter ihnen, aber er näherte sich langsamer als zuvor. Arkady drehte den Hubschrauber leicht seitwärts und blickte nach hinten. Am Horizont entdeckte er zwei hell aufleuchtende Landescheinwerfer, die direkt auf den Hubschrauber gerichtet waren.

O Gott, dachte er, *dieser Kerl hat bestimmt die ganze Zeit zu Hause gesessen und hat seine Pilotenhandbücher genau studiert, anstatt mit schönen Frauen auszugehen.*

»Erste Lenkwaffe erreicht das Gefechtsfeld«, meldete Dix Beltrain. »Zeit, mit dem Countdown für Arkady zu beginnen.«

»Ja, fangen Sie an«, antwortete Amanda mit tonloser Stimme.

»Grey Lady an Zero One. Die erste Rakete kommt. Wir beginnen mit dem Countdown.«

Arkady bestätigte die Meldung nicht einmal; er riss

den Helikopter stattdessen in einer möglichst engen Wende herum. Anstelle der 20-mm-Revolverkanone, mit der der RAH-66-Kampfhubschrauber ausgestattet war, verfügte der SAH 66 Sea Comanche über das Hughes-APG-65-Radarsystem, mit dem auch der F/A-18-Hornet-Jäger ausgerüstet war. Dieses System wurde zur Suche und Zielverfolgung eingesetzt, doch es deckte nur einen Winkel von 270 Grad ab. Sie mussten dem Feind ins Auge blicken, um ihn zu bekämpfen.

»Okay, Gus, nehmen Sie den Burschen vor uns aufs Korn.«

Im hinteren Cockpit starrte Grestovitch auf sein taktisches Display und versuchte mit seinem Joystick den angreifenden Tornado mit dem Leitradar zu erfassen, was ihm schließlich auch gelang, worauf ein Bestätigungston zu hören war.

»Ziel ist erfasst!«

»Okay! Jetzt sehen wir zu, dass wir uns eine Rakete schnappen!«

Über Funk lauschte Arkady, wie der ferne Taktik-Offizier den Countdown durchführte.

»... Vier ... drei ... zwei ... eins ... zero.«

»Verdammt! Hab sie verpasst!«, rief Grestovitch aus.

»Die zweite Rakete kommt. Drei ... zwei ... eins ... zero.«

»Wieder daneben! Immer noch nichts erwischt!«

Der argentinische Jäger und der amerikanische Hubschrauber flogen direkt aufeinander zu, so dass sich die Distanz zwischen ihnen rasch verringerte. Jetzt hatte es keinen Sinn mehr, ein Ausweichmanöver zu versuchen. Die Tornado würde in wenigen Sekunden das Feuer eröffnen.

»Die dritte Rakete kommt. Drei ... zwei ... eins ...«

»Verdammter Mist ...! Nein, warten Sie ... wir haben sie. Wir haben sie erwischt!«

Etwa 7500 Meter über der Meeresoberfläche und acht Kilometer entfernt entdeckte die LORAIN eine Abfolge von Radarimpulsen, die in einer ihr vertrauten Frequenz und einem vorprogrammierten Muster auftraten. Diese Impulse wurden von einem fliegenden Ziel reflektiert. Das Lenksystem der Rakete aktivierte sich und nahm das Ziel ins Visier. Dass sich das Ziel vor dem bewegten Hintergrund der Meeresoberfläche befand machte die Erfassung etwas schwieriger, doch die Lenkwaffe behalf sich, indem sie mit Hilfe des Doppler-Effekts das Flugzeug von den Bodenechos unterschied und gleichzeitig auch die passiven Mikrowellen-Emissionen wahrnahm, die von der Metalloberfläche der Tornado ausgingen. Die Rakete tauchte ab und schoss auf ihr Ziel zu.

Die Wirkung der Schwerkraft sorgte zusammen mit dem Triebwerkschub dafür, dass die Rakete fast fünffache Schallgeschwindigkeit erreichte. Die Ränder der Gleitflossen begannen zu verkohlen, als sie in die unteren Schichten der Atmosphäre eintauchte, und die Geschwindigkeit war so groß, dass der Annäherungszünder des Gefechtskopfes nicht richtig funktionierte. Doch das spielte keine Rolle mehr. Die Rakete erzielte einen Volltreffer.

Ein greller, blauweißer Lichtblitz flammte auf, und die Trümmer von Cristobals Tornado regneten in weitem Umkreis auf den Ozean herab.

Arkady wagte wieder zu atmen. »Alles, was recht ist, Gus, Sie haben den Burschen voll erwischt.«

»Grey Lady, hier Zero One. Der dritte Tornado ist versenkt. Der einzige Überlebende macht, dass er nach Hause kommt, und genau das werden wir jetzt auch tun. Wir gehen wieder auf EMCON und kommen auf dem schnellsten Weg zurück.«

Diesmal dachte Amanda nicht daran, dem Jubel Einhalt zu gebieten.

In dem schwächer werdenden Leuchten der antarktischen Dämmerung erspähte Arkady die Silhouette der *Cunningham* mit ihrer typischen, einer Haifischflosse ähnelnden Form. Als er den Landeanflug einleitete, drehte sich der große Zerstörer in den Wind, und die Begrenzungslichter des Landeplatzes begannen zu pulsieren, wie um ihn zu Hause zu empfangen.

Er fuhr das Fahrwerk aus und bereitete die Landung vor. Als er über die Reling hereinschwebte, sah er auf der Brücke eine Gestalt im schweren Dufflecoat stehen; ihr rötliches Haar wehte im Wind. Er lächelte und gab ein Signal mit den Landescheinwerfern. Sie antwortete, indem sie die geballte Faust hochreckte – zum Zeichen des Sieges, den sie gemeinsam errungen hatten.

Buenos Aires
25. März 2006, 19:20 Uhr

»Unsinn, Sir!«

Harrison Van Lyndens Worte explodierten im Büro des argentinischen Präsidenten wie eine Granate.

»Die Behauptung, dass Ihre Flugzeuge unter dem Aspekt purer Selbstverteidigung agiert hätten, verdient keinen höflicheren Ausdruck«, fügte der amerikanische Außenminister hinzu.

»Ich habe es gar nicht gern, wenn man mich einen Lügner nennt, Mr. Secretary«, antwortete Präsident Sparza, hinter seinem Schreibtisch sitzend, mit steinernem Gesicht.

»Und ich bezichtige das Oberhaupt einer Nation und einen Staatsmann Ihres Kalibers nur äußerst ungern der Lüge. Könnte es vielleicht sein, Mr. President, dass die Führungsspitzen Ihrer Streitkräfte Sie nicht ausreichend informiert haben?«

»Ganz im Gegenteil, Mr. Secretary. Man hat mich bis ins kleinste Detail davon unterrichtet, was sich vor unserer Küste zugetragen hat, und ich stehe voll und ganz hinter der Pressemitteilung unseres Verteidigungsministers. Erlauben Sie mir, dass ich zitiere …«

Sparza nahm ein Blatt Papier zur Hand und las laut daraus vor. »›Als der Kommandant des Geschwaders feststellte, dass das Schiff der Vereinigten Staaten in feindseliger Absicht handelte, befahl er seinen Flugzeugen, das Feuer zu eröffnen.‹ Das sind nun einmal die Fakten, Mr. Secretary.«

Van Lyndens Stimme klang beherrscht, als er antwortete: »Mir wurde von unserem eigenen Verteidigungsministerium mitgeteilt, dass wir durch die Aegis-Computer von USS *Cunningham* mit dem vollständigen Datenmaterial über die Vorfälle versorgt wurden. Die Auswertung der Daten wird zeigen, dass Ihre Kampfflugzeuge die Auseinandersetzung verursachten, und nicht unser Schiff. Die *Cunningham* eröffnete das Feuer erst, als auf sie geschossen wurde und sie in ernste Gefahr geriet, versenkt zu werden.«

Sparza ließ die Pressemitteilung auf den Schreibtisch sinken. »Vielleicht haben wir hier ein kleines Verständigungsproblem. Unsere Piloten haben Ihr Schiff tatsächlich bei einer aggressiven Handlung ertappt. Als Argentinier mussten unsere Leute mit ansehen, wie Ihr Schiff sich in argentinischen Hoheitsgewässern bewegte, was ganz klar als ein Akt der Aggression zu werten ist. Deshalb handelten sie in Verteidigung ihrer Heimat.«

»Das nehmen Ihnen vielleicht die Menschen in Ihrem Land ab, aber die Regierung der Vereinigten Staaten sieht das anders. Ich muss Sie warnen, Präsident Sparza – Sie haben eine ohnehin schon sehr kritische Situation weiter angeheizt. Meine Regierung wird es nicht dulden, dass man auf unsere Schiffe feuert und die Besatzung in Gefahr bringt!«

»Dann ziehen Sie Ihre Schiffe aus Gewässern zurück, wo sie nichts zu suchen haben! Es waren die Vereinigten Staaten, die diese Eskalation ausgelöst haben mit Ihrer unzulässigen Blockade der San-Martin-Halbinsel!«

Sparza hielt inne, um nicht völlig die Beherrschung zu verlieren. Er atmete tief ein und beruhigte sich wieder. Van Lynden wartete mit finsterer Miene, dass er fortfuhr.

»Mr. Secretary«, sagte der Argentinier schließlich, »dieses Wortgefecht ist genauso entbehrlich wie das Aufeinanderprallen unserer bewaffneten Streitkräfte. Man sollte die ganze Angelegenheit mit offenen und ehrlichen Verhandlungen bereinigen – und daran sollten sich alle betroffenen Nationen beteiligen. Das ist es, was Argentinien sich wünscht. Können wir nicht dieses kindische Verhalten sein lassen und das Ganze in konstruktivere Bahnen lenken?«

»Die Vereinigten Staaten würden offene, ehrliche Verhandlungen begrüßen, wenn sie tatsächlich offen und ehrlich wären. Wir vermuten jedoch, dass Sie nichts anderes im Sinn haben, als Zwietracht unter den Signatarstaaten des Antarktisvertrags zu säen, um auf diese Weise ungehindert die Vorherrschaft auf der Antarktis an sich reißen zu können. Aber das wird Ihnen nicht gelingen, Mr. President.«

Van Lynden erhob sich von seinem Stuhl und nahm seine Aktentasche. »Ich stehe in ständiger Verbindung mit meinem Präsidenten. Er lässt Ihnen mitteilen, dass er den argentinischen Angriff auf unser Schiff auf das Schärfste verurteilt. Außerdem soll ich Sie davon in Kenntnis setzen, dass er den Captain der USS *Cunningham* ermächtigt, alle notwendigen Mittel zu ergreifen, um das Schiff zu verteidigen und die Blockade aufrechtzuerhalten. – Guten Tag, Sir!«

Drake-Passage
25. März 2006, 19:41 Uhr

»Tut mir Leid, dass ich Sie habe warten lassen, Ma'am«, sagte die dienstälteste Sanitäterin des Schiffes in entschuldigendem Ton, während sie den Vorhang beiseite schob und aus dem kleinen Krankenzimmer mit vier Betten in das noch kleinere Büro trat, das gleichzeitig als Untersuchungszimmer des Schiffslazaretts diente.

»Schon gut, Chief«, erwiderte Amanda. »Wie geht es ihm?«

»Er ist jetzt stabil. Ich glaube, wir haben den Schock unter Kontrolle. Sein Blutdruck ist okay, und auch das Herz arbeitet normal. Meiner Meinung nach sieht es fürs Erste ganz gut aus. Es besteht keine unmittelbare Gefahr.«

Amanda achtete nicht nur auf Chief Robinsons Worte, sondern auch auf ihre finstere Miene. »Aber das ist nicht alles, Chief, nicht wahr? Sie können mir ruhig die ganze Wahrheit sagen.«

»Eriksons Brust wurde von einem Splitter durchschlagen. Es ist eine sehr tiefe Wunde.«

»Das klingt nicht gut.«

»Ist es auch nicht, Ma'am.«

Chief Robinson wandte sich dem Drucker des Röntgengeräts zu und drückte auf eine Taste. Einen Augenblick später wurde unter leisem Summen ein Röntgenbild ausgespuckt. Sie trat an das hintere Schott und befestigte das Bild an einem beleuchteten Schaukasten.

»Kommen Sie, Captain. Ich zeige Ihnen, wie die Sache aussieht.«

Amanda trat neben die Sanitäterin. »Der Splitter ist

fast genau in der Brustmitte eingedrungen. Zum Glück wurde die Lunge nicht beschädigt. Allerdings ist das Brustfell gerissen. Dieser Schatten hier zeigt an, dass eine Blutung erfolgt ist, aber nicht allzu schlimm. Das große Problem sitzt hier.«

Chief Robinsons schmale Finger wanderten zu einem gezackten schwarzen Schatten.

»Ein Granatsplitter?«

»Ja, Ma'am. Er ist mitten zwischen den Hauptblutgefäßen über dem Herz eingedrungen. Es ist geradezu ein Wunder, dass nichts Lebenswichtiges direkt verletzt wurde.«

»Dann hatte er also Glück.«

»Das kann man leider auch nicht sagen, Ma'am.«

»Was meinen Sie damit, Chief?«

»Der Splitter könnte sich verschieben und eine Arterienwand durchtrennen. Dann wäre es immer noch möglich, dass er sehr schnell an der Verletzung stirbt.«

»Was können Sie tun, um das zu verhindern?«

»Nichts. Das ist eine Arbeit, die ein Chirurg zusammen mit seinem Team durchführen muss. Wir sollten zusehen, dass Erikson so rasch wie möglich von hier wegkommt, damit er operiert werden kann.«

»Chief, das nächste Krankenhaus liegt mehr als 1500 Kilometer von hier auf den Falkland-Inseln. Wir müssen mit dem zurechtkommen, was wir hier zur Verfügung haben.«

Chief Robinson schüttelte den Kopf. »Ich weiß nicht, was ich sagen soll, Captain. Ich habe lediglich eine Grundausbildung in Notfallchirurgie, und wenn mich ein Arzt über Videoverbindung anleiten würde, könnte ich auch eine Blinddarmoperation durchführen, wenn es sein muss. Aber eine solche Operation übersteigt meine Fähigkeiten bei weitem; da könnte ich ihm auch gleich die Kehle durchschneiden. Tut mir Leid, Ma'am, aber so ist die Lage nun mal.«

Amanda nickte schweigend. Dann drehte sie sich um und stieg die zwei Stufen hoch, die zum Krankenzimmer führten. Sie schob den Vorhang zur Seite und betrachtete die regungslose Gestalt, die auf einem der Betten lag, an Schläuche und Kanülen angeschlossen. Irgendwie spürte sie, dass es wichtig war, ihn zu sehen, ehe sie die Entscheidung traf, vor der sie nun stand.

»Die Flotte wird uns in etwa einer Woche erreicht haben, Chief. Können Sie ihn so lange stabil halten?«

»Captain, im Lehrbuch steht, dass solche Verletzungen so rasch wie möglich behandelt werden sollten. Sein allgemeiner Zustand wird sich zwangsläufig verschlechtern. Es besteht Infektionsgefahr, und der Splitter könnte sich jederzeit verschieben.«

»Das glaube ich Ihnen ja, Chief. Aber ich frage Sie noch einmal: Können Sie ihn so lange am Leben halten?«

»Nun, vielleicht, wenn mich der leitende Arzt beraten könnte, der mit der Flotte …«

»Keine Chance. Wir werden völlige Funkstille wahren. Sie sind ganz auf sich allein gestellt. Also, wie sieht es aus?«

Chief Robinson seufzte. Sie war an Bord der *Cunningham,* seit man das Schiff in Dienst gestellt hatte, und sie wusste, dass ihr Captain von niemandem Wunder erwartete. Doch sie verlangte, dass jeder an seinem Platz das Menschenmögliche tat.

»Wir werden es versuchen, Ma'am. Wir werden tun, was wir können.«

Drake-Passage
25. März 2006, 21:00 Uhr

Mit geringer Fahrt kroch die *Cunningham* durch die Nacht. Die niedrig hängenden Wolken ließen nirgends auch nur den kleinsten Stern durchblinzeln. Abgesehen von den wenigen Lichtern am Bug des Schiffes war die Welt dunkel, soweit das Auge reichte.

Die Zenith war die größte Waffe, die die *Cunningham* mit sich führte. Sie war fast acht Meter lang und hatte den dreifachen Durchmesser einer LORAIN, wodurch sie gleich vier Startschächte im Senkrechtstart-System (VLS) einnahm. Diese Waffe verlangte auch von allen die meiste Vorbereitung, ehe man sie abfeuern konnte.

Die Rakete und ihre Startrampe mussten hydraulisch an Deck gehoben werden. Dann wurden die vier Booster, die nahezu gleich lang wie die Waffe selbst waren, mit einem Kran an Deck gehievt und an der Rakete befestigt. Schwere Deflektoren aus Stahl wurden unter den Düsen bereitgestellt, und ein dicker Belag aus Isolierfaser wurde ausgelegt, um die radarabsorbierende Beschichtung (RAM) der Decks zu schützen. Danach konnte die eigentliche Arbeit, das Überprüfen der Systeme, beginnen.

Immer noch fegte ein eisiger Wind über die Decks des Zerstörers hinweg. Schwere Navy-Parkas schützten einigermaßen vor der beißenden Kälte, doch manche der feineren Einstellungen konnten nur ohne Handschuhe vorgenommen werden. Die Männer und Frauen der Bordwaffenabteilung gaben ihr Bestes. Sie arbeiteten, bis ihre vor Kälte starren Finger ihnen nicht mehr gehorchten. Dann traten sie fluchend zur Seite und steckten die frierenden Hände in die Taschen oder schoben sie unter die Achselhöhlen, um sie ein wenig aufzuwärmen. Wenn dann mit einem unangenehmen Kribbeln und Brennen das Gefühl zurückkehrte, fluchten sie erneut und kehrten an die Arbeit zurück.

»Wie geht's bei euch da oben, Dix?«, fragte Amanda mitfühlend über Funk.

Auf dem Monitor, der die Arbeitenden zeigte, sah sie den Lieutenant nach achtern blicken.

»Wir liegen wieder im Zeitplan, Skipper. Es sieht recht gut aus. Wir haben, glaube ich, nichts übersehen.«

Amanda blickte auf die andere Seite des Gefechtsleitstandes, wo sich das Terminial der Zenith befand. »Sehr gut. Wie viel Zeit brauchen Sie noch?«

»Vielleicht noch fünf Minuten für die letzten Checks.«

»Ich gebe Ihnen zehn. Gute Arbeit, geben Sie das an Ihre Leute weiter.«

»Warten Sie lieber, bis wir sehen, ob das Ding auch funktioniert, Ma'am.«

Der Gefechtsleitstand wirkte im Augenblick wie eine Miniaturausgabe des Raumfahrt-Kontrollzentrums von Houston. Auf dem Hauptbildschirm würde man anschließend die Flugbahn der Zenith bis in die Erdumlaufbahn verfolgen können. Christine Rendino beaufsichtigte die Arbeit der Operatoren, die das System für den bevorstehenden Abschuss der Rakete vorbereiteten.

»Wie sieht's aus, Chris?«

»Laut Aerospace Command befindet sich der Satellit Aquila B auf seiner vorgesehenen Bahn. Er wird in etwa zwölf Minuten und 34 Sekunden über unserem Horizont auftauchen.«

»Sehr nahe, aber wir sind ohnehin gleich fertig. Gibt's etwas Neues von den Argentiniern?«

»Gelegentliche schwache Radaremissionen aus Nord und West. Es sind Luft-Boden-Suchsysteme, aber sehr weit entfernt. Auf den Standardfrequenzen ihrer Luftwaffe und Marine das übliche Gequatsche. Nichts Bedrohliches.«

»Trotzdem werden wir ihre Aufmerksamkeit auf uns ziehen, wenn wir unsere Systeme aktivieren, um den Satelliten ins Visier zu nehmen. Wie lange werden wir aktiv bleiben müssen?«

»Vielleicht 60 bis 90 Sekunden – dann müssten die Raketen den Orbit erreicht haben, und das Zenith-System sollte in der Lage sein, die exakten Zielkoordinaten zu ermitteln. Anschließend können wir abschalten. Ich würde aber vorschlagen, dass wir die aktiven Systeme noch einmal kurz einschalten, um den Abschuss zu verfolgen.«

»Klingt einleuchtend. Aber dann gehen wir auf volle Tarnung und machen, dass wir wegkommen. Also los.«

Während die letzten Sekunden des Countdowns verstrichen, zeigten alle Bildschirme im Gefechtsleitstand Bilder der Außenkameras.

»Drei … zwei … eins … Ziel ist über dem Horizont.«

»Suchsysteme einschalten.«

Die Radarsysteme an Steuerbord begannen ihre Signale zu senden.

»Ziel erfasst!«

Auf dem großen Bildschirm erschien das erfasste Ziel ganz unten im Bild, es bewegte sich langsam auf das blaue Dreieck zu, das die Position der *Cunningham* markierte.

»Zenith-Operator, Raketenleitradar an.«

»Aye aye, Captain. Werde es mit Leitradar erfassen. Ziel wird vom Zenith-System verfolgt … Es ist soweit! Ziel ist erfasst. Ich habe exakte Zielkoordinaten.«

»Gut, dann los – Feuer.«

»System ist aktiviert.«

Es folgte keine unmittelbare Reaktion. Die Zenith war eine typische für den Seekrieg gefertigte Waffe. Ihr Lenksystem wartete auf den Moment, in dem das Stampfen und Schlingern des Schiffes einen annähernd vertikalen Start ermöglichte. Erst dann wurde der Befehl zur Zündung gegeben.

Die Luft knisterte. Plötzlich leuchteten orange glühende Flammen auf dem Vordeck der Duke auf. Im nächsten Augenblick stieg die Antisatellitenrakete hoch und ließ das Schiff und die umgebende See unter einer Kuppel aus blassgoldenem Licht zurück.

Innerhalb von Sekunden erreichte sie die Wolkendecke, durchstieß sie, und das Leuchten verschwand. Nur ein schwaches Flackern war noch zu sehen, wie von einem Blitz, der von Wolken vedeckt war.

In einer Höhe von fast 14 000 Metern – die Rakete hatte mittlerweile auf zweifache Schallgeschwindigkeit beschleunigt – wurden die Booster abgesprengt und die Hauptstufe zündete.

In fast 50 000 Meter Höhe, wo sie siebenfache Schallgeschwindigkeit erreichte, hatte auch diese Stufe ihre Arbeit getan. Das obere Viertel der Rakete, in dem der Suchkopf sowie ein Marschtriebwerk untergebracht waren, trennte sich ab und setzte die Reise allein fort. Auch der Kunststoffmantel an der Spitze wurde abgeworfen, nachdem der Großteil der Atmosphäre durchquert war. Die Sensoren lagen nun frei und begannen die Suche nach dem Ziel.

Einst hatte man die kühne Hoffnung gehegt, dass der Weltraum nicht für militärische Zwecke genutzt werden müsse und bemühte sich, Antisatellitenwaffen wie die Zenith durch ein internationales Abkommen zu verbieten. Doch als immer mehr Nationen in der Lage waren, die Erdumlaufbahn zu erreichen und so den Weltraum für verschiedene – nicht immer friedliche – Zwecke zu nutzen, musste der kühne Traum bald der düsteren Wirklichkeit weichen. Wie sagte doch einst ein großer chinesischer Krieger:

»Du musst den Berg einnehmen, sonst wirst du im Tal untergehen.«

Die Großmächte unterzeichneten verschiedene Abkommen, um Antisatellitenwaffen zu verbieten, doch das hinderte keinen der Signatarstaaten, weiterhin solche Waffen zu entwickeln. Und man sah höflich über die Tatsache hinweg, dass alle Beteiligten logen.

Auf seinem Weg rund 320 Kilometer über der Erdoberfläche trimmte der argentinische Aufklärungssatellit Aquila B seine Sonnenpaneele, um das Licht der tief stehenden Sonne einzufangen. Auf seiner Reise um die Erde von Pol zu Pol führte ihn seine Umlaufbahn nun wieder über die Südhalbkugel. Gemäß der Programmierung, die der Satellit bei seinem letzten Überflug erhalten hatte, tastete er mit seinen Sensoren erneut die Antarktis sowie die Drake-Passage ab.

Nun aber meldeten die Sensoren das plötzliche Auftauchen einer starken Radar-Emissionsquelle, die sich nahe dem Zentrum seiner Suchzone befinden musste, gefolgt von dem Strahl einer Rakete, die direkt auf die Flugbahn des Satelliten zukam.

Hätte es sich um einen der großen amerikanischen Key-Hole-13-Aufklärungssatelliten gehandelt oder um einen russischen Sentinel Cosmos, so wäre Aquila B in der Lage gewesen, die potentielle Bedrohung zu erkennen und ein Ausweichmanöver zu starten oder bestimmte Gegenmaßnahmen zu aktivieren. Doch der argentinische Satellit war von eher einfältiger Natur. Er beschränkte sich darauf, alle Details seines eigenen Untergangs aufzuzeichnen, ohne zu wissen, dass niemand von diesen Daten würde Gebrauch machen können.

Das Herzstück des Zenith-Systems war eine Waffe, die auf der Basis der ›Intelligent Tomato Can‹ entwickelt worden war, einer Antisatellitenwaffe der US Air Force aus den 1980er Jahren. Sie bestand im Wesentlichen aus einem Weitwinkel-Infrarotsensor, des Weiteren aus ringförmig angeordneten Korrekturtriebwerken sowie einem kleinen, äußerst leistungsfähigen Computer. All das war in einem Zylinder untergebracht, der kaum größer als ein gewöhnlicher Eimer war.

Nach der Trennung vom Marschtriebwerk hatte die Rakete keine Mühe gehabt, das von der Sonne aufgeheizte Metall von Aquila B vor dem Hintergrund des kalten leeren Raumes auszumachen. Nun begann die Waffe die Flugbahn anzusteuern, der der argentinische Satellit folgen würde. Es gab keinen Gefechtskopf als solchen. Angesichts der Energien, die bei einer Kollision mit acht Kilometern pro Sekunde frei wurden, war auch kein Sprengstoff nötig.

»Uuuund … Treffer!«, rief Christine. »Argentinien ist aus dem Satellitengeschäft raus.«

»Sind Sie sicher, Chris?«, fragte Amanda.

Lieutenant Rendino erkundigte sich kurz beim Zenith-Operator.

»Ja, Captain«, antwortete die Frau. »Es war ein Volltreffer. Das Ziel zeigt eine plötzliche Abweichung von der Umlaufbahn, und die Schwankungen in der Reflexion legen den Schluss nahe, dass der Satellit ins Trudeln geraten ist. Außerdem können wir eine Trümmerwolke ausmachen, die sich allmählich zerstreut. Wir haben den Transponder der Zenith im Augenblick des Aufpralls verloren. Mag sein, dass immer noch ein Überrest des Satelliten da oben kreist – aber funktionstüchtig ist das Ding bestimmt nicht mehr.«

»Besteht die Möglichkeit, dass sie einen Ersatz hochschicken?«

»Nicht allzu wahrscheinlich. Keiner der südamerikanischen Staaten verfügt über eigene Raketen, die in der Lage wären, Nutzlasten von solcher Größe in eine Polarumlaufbahn zu transportieren. Die Argentinier haben ja auch diesen Satelliten von Arianespace ins Orbit bringen lassen. Selbst wenn sie einen Reservesatelliten hätten und jemanden fänden, der ihnen hilft, so würde es doch Monate dauern, bis sie einen Platz auf dem dicht gefüllten Terminkalender für Raketenstarts bekämen. Ich schätze, die Kerle sind für eine Weile außer Gefecht.«

»Freut mich zu hören. Rudergänger, bringen Sie uns weg von hier. Volle Kraft voraus. Kurs null-neun-sieben Grad.«

»Aye aye, Ma'am. Volle Kraft voraus. Kurs null-neun-sieben.«

»An alle Stationen: Absolute Radar- und Funkstille. Wir gehen auf EMCON und volle Tarnung.«

»Aye aye, Emissionskontrolle und volle Tarnung.«

»Kommunikationsraum – bevor ihr eure Sender abschaltet, setzt bitte folgenden Blitzspruch ab: ›DDG 79 an CINCLANT. Zenith-Operation gemäß Einsatzplan erfolgreich abgeschlossen. Ziel zerstört. Gehen jetzt auf volle Tarnung. Dies ist unsere letzte Nachricht. Garrett, Commander.‹«

Der Funker las ihr den Text noch einmal vor, ehe Amanda ihn abschicken ließ. Dann legte sie den Kopfhörer ab und lehnte sich in ihrem Stuhl zurück. Sie schloss die Augen und nahm das Gemurmel im Gefechtsleitstand sowie das leise Knarren im Schiffsrumpf nur noch wie von fern wahr.

Ein großer Brocken war aus dem Weg geräumt. Ihre Feinde waren immer noch da und machten Jagd auf sie – doch nun war ihr Spielraum größer geworden. Sie konnte untertauchen oder dem Feind offen gegenübertreten – wie die Situation es erforderte.

New York
25. März 2006, 23:30 Uhr

»Wir beginnen, sobald die Pause vorüber ist. Die Verbindung mit Buenos Aires ist hergestellt, und wir blenden jetzt in die Botschaft. Drei ... zwei ... eins ... ab!«

Die Monitore im Kontrollraum der Fernsehanstalt flackerten auf und füllten sich mit verschiedenen Bildern. Da war das wohl bekannte Gesicht des Moderators der Informationssendung zu sehen, danach ein Lateinamerikaner in mittleren Jahren mit eindringlichem Blick, ergrauendem Haar und kurz geschnittenem Oberlippenbart, der in einem der Studios saß. Schließlich kam Dr. Caroline Towers auf einem Stuhl in der Empfangshalle der US-Botschaft ins Bild, an ihrem Revers war ein kleines Mikrofon befestigt.

»Guten Abend, Dr. Towers«, begann der Moderator mit freundlicher Stimme. »Ich nehme an, Sie haben gehört, wie der argentinische Handelsminister hier in unserem Studio in New York die Pläne seines Landes für die Entwicklung in der Antarktis dargestellt hat. Möchten Sie darauf direkt antworten?«

»Das möchte ich in der Tat, Mr. Douglas«, gab sie zurück. »Bei allem Respekt gegenüber Mr. Anaya muss ich sagen, dass Argentiniens Pläne für die Entwicklung in der Antarktis ein Weg in den nahezu sicheren ökologischen Ruin sind.«

Der Argentinier schüttelte ungeduldig den Kopf. »Das sind dieselben abgedroschenen Phrasen, wie wir sie seit Jahrzehnten von extremen Umweltaktivisten zu hören bekommen. Ich kann Ihnen versichern, dass der Schutz der antarktischen Umwelt für Argentinien eines der wichtigsten Anliegen ist. In den vergangenen Jahren hat sich gezeigt, dass man die industrielle Entwicklung auch in ökologisch heiklen Gebieten vorantreiben kann, ohne größeren Schaden zu verursachen – vorausgesetzt, man sorgt für die nötigen Schutzmaßnahmen. In der Antarktis ist das nicht anders.«

»Nein, Sir! Sie irren sich. Ich gebe Ihnen Recht, dass die globale Industrie in den vergangenen Jahren große Fortschritte in Richtung einer umweltverträglichen Entwicklung gemacht hat. Doch ein großer Teil der neuen Technologien kann in der Antarktis nicht angewendet werden. Hier haben wir es buchstäblich mit einer anderen Welt zu tun. Einer Welt, die mit unserer gewohnten Umwelt so wenig gemein hat wie ein Planet in einem fernen Sonnensystem. Die Antarktis ist einzigartig. Sie erstreckt sich über eine riesige Fläche und bildet ein Ökosystem, das gleichzeitig äußerst komplex und doch wieder sehr einfach funktioniert. Diese Einfachheit aber macht ihr ökologisches Gleichgewicht so empfindlich.«

»Können Sie uns das näher erläutern, Dr. Towers?«, warf der Moderator ein.

»Die Biosphäre der Antarktis kennt keinen Überfluss der Lebensformen.«

»Keinen Überfluss der Lebensformen?«

»Ja«, erklärte Dr. Towers geduldig. »Ich möchte Ihnen ein Beispiel geben. Gegen Ende des vergangenen Jahrhunderts war der Wolf auf dem Territorium der Vereinigten Staaten so gut wie ausgerottet. Das Verschwinden eines solchen Raubtieres, so könnte man meinen, hätte eine Störung im ganzen Ökosystem bewirken können. Tatsache ist jedoch, dass der robustere, anpassungsfähigere Kojote an seine Stelle getreten ist. Das Ökosystem blieb dadurch intakt.

Eine solche Artenvielfalt fehlt jedoch in der Antarktis. In vielen Fällen gibt es an einer ganz bestimmten Stelle in der Nahrungskette nur eine einzige Spezies. Verschwindet diese eine Spezies, so könnte das ganze System in sich zusammenbrechen. Das ist der Grund, warum in der Antarktis alles so eng miteinander verflochten ist. Der südlichste Kontinent der Erde und seine umgebenden Gewässer müssen in ihrer Ursprünglichkeit erhalten bleiben. Alles andere würde unweigerlich zu einem ökologischen Desaster führen.«

»Ach, Sie übertreiben, Dr. Towers. Selbst wenn auch andere Nationen beschließen würden, ihre Souveränitätsrechte auf der Antarktis zu nutzen und ihre Ressourcen zu erschließen – wie viel von dem Kontinent wäre im Endeffekt davon betroffen? Fünf Prozent, oder zehn?«

»Mr. Anaya, wie groß muss ein Krebsgeschwür sein, um einen Menschen zu töten?«

»Das sind starke Worte, Dr. Towers«, wandte der Moderator ein, ehe Anaya einen allzu hitzigen Einwand machen konnte. »Aber ich möchte noch auf etwas anderes zu sprechen kommen, was vielen hier in den Vereinigten Staaten Sorge bereitet: Man befürchtet nämlich, dass Argentinien und die USA wegen dieser Meinungsverschiedenheit über die Antarktis auf einen offenen militärischen Konflikt zusteuern könnten. Es wurde vom Pentagon zwar noch nicht bestätigt, aber es gibt Berichte, denen zufolge es bereits mindestens ein Aufeinanderprallen der Streitkräfte im Südatlantik gegeben hat. Und es sieht ganz so aus, als wäre das noch nicht das Ende.

Die Frage ist: Muss das alles wirklich sein? Rechtfertigen Polarbären und Pinguine den möglichen Verlust von Menschenleben?«

Dr. Towers lächelte und nahm die Brille ab: »Mr. Douglas, es gibt keine Polarbären in der Antarktis. Ich bin Naturwissenschaftlerin, und Fragen der Ethik gehören nicht unbedingt zu meinem Gebiet. Mein Job ist es, Tatsachen und Fakten zu sammeln. Und Faktum ist, dass aus dem Südpolarmeer jedes Jahr Millionen Tonnen Protein in die globale Biosphäre gelangen. Wenn dieser Zustrom abreißt, dann kommt es in den ozeanischen Ökosystemen auf der ganzen Erde zu folgenschweren Störungen. Außerdem ist die Antarktis ein ganz wesentlicher Faktor für das Weltklima. Wird das Klima dort beeinträchtigt, dann macht sich das auch auf allen anderen Kontinenten negativ bemerkbar.

Und ich möchte Ihnen noch etwas anderes sagen: Die polare Kälte verlangsamt alle natürlichen Prozesse, die die Erde in Gang setzt, um Umweltschäden zu reparieren. Mit den Fehlern, die wir heute in der Antarktis begehen, wird die Menschheit für die nächsten tausend Jahre leben müssen.«

Drake-Passage
26. März 2006, 02:10 Uhr

Die Stunden nach Mitternacht benutzte Amanda gern dazu, durch die Gänge und verschiedenen Abteilungen des Schiffes zu streifen. Es war dies keine Inspektion im eigentlichen Sinn – sie wollte ganz einfach die Stimmung erkunden.

Langsam ging sie durch die gedämpft beleuchteten Gänge und stützte sich hier und dort an einem Schott ab, wenn das Stampfen und Schlingern des Schiffes stärker wurde. Gelegentlich blieb sie stehen, um dem Flüstern eines Luftzugs zu lauschen oder das schwache Vibrieren einer Pumpe zu registrieren. Einmal hielt sie auch an einer halbgeöffneten Tür inne, durch die gemurmelte Gesprächsfetzen nach außen drangen. Es war nicht so, dass sie jemanden belauschen wollte; es interessierte sie überhaupt nicht, *was* da drin gesprochen wurde, sondern nur in welchem Ton man sprach. Klang es verärgert? Besorgt? Zuversichtlich?

Im nächsten Augenblick drang helles Lachen aus dem Dunkeln zu ihr heraus. Amanda lächelte und ging weiter.

Sie wechselte einige Worte mit dem Dienst habenden Wachmann und dem Decksunteroffizier, die gerade ihren Rundgang machten. Dann warf sie einen Blick in den Gefechtsleitstand, um sich zu erkundigen, wie sich das Wetter entwickelte und was es Neues gab. Schließlich suchte sie den zwei Decks tiefer gelegenen Maschinenraum auf, um nach dem Treibstoffverbrauch zu sehen.

Unter normalen Umständen hätte sie ihre Runde damit wohl beendet. Sie wäre vielleicht noch kurz in die

Kombüse gegangen, um die Zimtbrötchen zu probieren, die es zum Frühstück geben würde. Dann hätte sie sich aber einige Stunden Schlaf gegönnt, um bei Sonnenaufgang wieder auf der Brücke zu sein.

In dieser Nacht war es jedoch anders.

»Guten Morgen, Terrel.«

Der Sanitätsgehilfe, der Nachtdienst im Lazarett hatte, rappelte sich hinter dem Schreibtisch des kleinen Büros hoch.

»Bleiben Sie ruhig sitzen«, sagte Amanda. »Ich wollte nur mal sehen, wie es Ihrem Patienten geht.«

»Ja, Ma'am. Es hat sich aber nicht viel geändert. Chief Robinson ist beunruhigt, weil sich um die Lungen Flüssigkeit angesammelt hat. Wir müssen das im Auge behalten. Heute Abend ist das Fieber angestiegen, aber jetzt scheint es wieder zu sinken.«

»Danke, Terrel. Machen Sie so weiter.«

Eriksons Krankenbericht lag auf dem Schreibtisch. Sie nahm die Akte, öffnete sie und studierte die letzten Einträge.

»Entschuldigen Sie, Captain«, sagte der Sanitäter zögernd, »bleiben Sie vielleicht noch ein paar Minuten hier?«

»Ich denke schon. Warum?«

»Ich bin gerade mit der Inventur fertig geworden und habe festgestellt, dass uns einiges fehlt. Unser Chief hat angeordnet, dass ich Erikson nicht allein lassen soll, aber wenn Sie hier sind, Ma'am, könnte ich ja mal rasch ins Lager laufen und die fehlenden Dinge holen.«

»In Ordnung, gehen Sie nur.«

Der junge Mann verließ den Raum. Amanda legte den Krankenbericht zurück auf den Tisch und ging zum Krankenzimmer hinüber. Sie zog den Vorhang beiseite und warf einen Blick hinein.

Eigentlich konnte sie Krankenhäuser nicht ausstehen,

insbesondere in den stillen Nachtstunden; die Atmosphäre dort erinnerte sie stets an die Nacht, als sie ihre halbe Familie verloren hatte.

Es war bei einem Autounfall passiert. Amandas Mutter und ihr acht Jahre alter Bruder waren mit dem Auto nach Norfolk gekommen, um sie von einer abendlichen Tanzstunde abzuholen. Ein betrunkener Autofahrer, der ihnen entgegenkam, war auf die andere Fahrbahn geraten und frontal mit ihnen zusammengestoßen. Die Ärzte hatten getan, was sie konnten, doch vergeblich: Ihre Mutter und ihr Bruder starben noch in derselben Nacht.

Amandas Vater war im Westpazifik gewesen, als es passierte. Es hatte fast zwei Tage gedauert, bis er nach Hause kommen konnte. Amanda war damals 14 Jahre alt, und sie war völlig allein. Die Leute im Krankenhaus wollten sie zum Heimgehen bewegen, doch sie weigerte sich. Sie konnte nicht anders – sie musste einfach an der Seite ihrer Mutter und ihres Bruders bleiben.

»Terrel? He, Terrel, bist du hier?«, tönte Eriksons schwache Stimme aus dem Dunkeln; er drehte sich mühsam auf seinem Bett herum. Rasch trat Amanda zu ihm und hockte sich neben das niedrige Bett.

»Ist alles in Ordnung?«

Der junge Matrose war ziemlich verblüfft, dass es seine Kommandantin war, die auf seinen Zuruf zu ihm kam.

»Äh … ja, Ma'am, es ist alles okay. Ich wollte nur den Sanitäter rufen.«

»Er ist für einen Moment hinausgegangen, und ich vertrete ihn hier solange. Kann ich irgendetwas für Sie tun?«

»Ach, es ist nur … ich bin ein wenig durstig. Vielleicht könnte ich noch ein wenig von dem Eis haben, das man mir zuvor gegeben hat.«

»Kein Problem.«

Amanda stand auf und füllte einen Plastikbecher aus

dem Eisbehälter am vorderen Schott. Dann kehrte sie zu dem Verletzten zurück und schob ihm vorsichtig ein paar Stückchen Eis in den Mund.

»Danke, Ma'am«, sagte er und ließ sich wieder in die Kissen sinken. »Ich wollte Ihnen keine Umstände machen.«

»Ach wo. Ich bin ja schließlich gekommen, um zu sehen, wie es Ihnen geht.«

»Das ist nett von Ihnen, Ma'am. Es geht mir ganz gut. Sie kümmern sich hier wirklich sehr um mich.« Er verlagerte das Gewicht ein wenig, was ihm sichtlich Schmerzen bereitete. »Was mir nicht gefällt, ist, dass man sich überhaupt um mich kümmern muss und dass ich so hilflos bin.«

»Ich weiß, was Sie meinen«, sagte sie und setzte sich wieder mit überkreuzten Beinen neben dem niedrigen Bett auf den Boden. »Ich mag es auch nicht, wenn sich andere um mich kümmern müssen.«

»Ja. Ich schätze, es wird noch eine Weile dauern, bis ich wieder meinen Dienst tun kann. Es macht mich noch verrückt – hier nur herumzuliegen.«

»Wenn ich mich recht erinnere, waren Sie eine richtige Sportskanone. Football, nicht wahr?«

»Ja, Ma'am. Ich war Fullback. Einmal wurden wir sogar Zweiter in der Meisterschaft. Ich habe mich mehrmals um ein Sportstipendium beworben, aber es hat nie geklappt. So habe ich mich dann hier beworben. Mom und Dad sind geschieden, und sie haben beide nicht besonders viel Geld. Ich dachte mir eben, dass ich über die Navy am besten aufs College komme.«

»Mit dem Matching-Funds-Programm?«

»Ja, Ma'am. Ich habe auch schon einiges gespart. Irgendwann möchte ich Bauunternehmer werden. Meine eigene Firma haben, wissen Sie. Als Basis dafür will ich Architektur studieren ... Tut mir Leid, Ma'am. Ich wollte Ihnen nicht meine ganze Lebensgeschichte erzählen.«

»Das macht doch nichts«, gab sie zurück und ließ ihren Blick ins Halbdunkel schweifen. »Ich kenne das. Wenn man mitten in der Nacht aufwacht und Schmerzen hat, dann ist man manchmal froh, wenn man mit jemandem reden kann.«

»Ja … Captain?«

»Was gibt's?«

»Sind meine Leute benachrichtigt worden, dass ich verwundet wurde?«

»Ich denke schon. Wir haben der Zweiten Flotte von den Schäden und den Verwundeten berichtet, bevor wir auf EMCON gingen. Warum?«

»Ich wünschte, es wäre möglich, ihnen zu sagen, dass alles in Ordnung ist und dass alles gut wird.«

»Ja, aber das geht im Augenblick nicht. Wir müssen Funkstille wahren.«

»Das verstehe ich, Ma'am.« Der junge Matrose zögerte einen Augenblick, ehe er weitersprach. »Captain, könnten Sie mir einen Gefallen tun?«

»Welchen?«

»Wenn etwas passieren sollte – könnten Sie dann meinen Eltern sagen, dass ich keine Schmerzen hatte und keine Angst?«

»Mir scheint, das entspricht nicht ganz der Wahrheit.«

»Stimmt, Ma'am«, gab der junge Matrose zu. »Ganz so ist es nicht.«

Amanda kniete sich hin und nahm seine Hand in ihre Hände. »Hören Sie, das können Sie Ihren Eltern alles selbst sagen, weil wir Sie nämlich hier rausbringen. Ich habe als Commander noch nie jemanden verloren, und Sie werden ganz bestimmt nicht der Erste sein. Vergessen Sie es nicht, Matrose: Ich habe vor, uns alle heil nach Hause zu bringen.«

Base Aerea Militar Rio Grande, Feuerland
26. März 2006, 10:10 Uhr

Zwei Rafale der *Fuersa Aerea* donnerten die Hauptrollbahn des Flughafens Rio Grande entlang, als Präsident Sparza die kurze Treppe von der Tür seines Flugzeugs hinabstieg. Das Dröhnen der Nachbrenner ließ die Luft erzittern. Einige Augenblicke später folgte ihnen eine C-130 in Richtung Antarktis; ihre Turboprop-Triebwerke heulten auf, als sich das Flugzeug in den verregneten Himmel hob. Die Flugzeuge, die sich auf den Rollbahnen angesammelt hatten, während die Präsidentenmaschine angeflogen war, machten sich nun auf den Weg – und das mit der Eile, wie sie in einer so kritischen Situation geboten war.

Sparza selbst hatte darauf bestanden, dass ihn keine Ehrengarde erwartete, sondern lediglich ein Kommandofahrzeug mit einer kleinen Eskorte der Militärpolizei. Dementsprechend waren auch keine ranghöheren Soldaten des Stützpunkts von ihren Pflichten weggerufen worden, sondern nur ein junger Offizier, der vergeblich versuchte, den argentinischen Präsidenten mit einem Schirm vor dem kalten Regen zu schützen, während sie zu den wartenden Fahrzeugen eilten.

»General Arco lässt Sie höflichst grüßen, Herr Präsident«, stammelte der junge Angehörige der Luftwaffe, als sie in den Wagen einstiegen. »Er erwartet Sie im Operationsgebäude.«

»Sehr gut, Leutnant. Fahren wir los. Wir haben keine Zeit zu verlieren.«

Das gleiche Gefühl von Dringlichkeit, das auf dem Flughafen herrschte, war auch in der Kommandozentrale des

Stützpunkts zu spüren. Seit dem Falklandkrieg, als Rio Grande an vorderster Front der Operationen gegen die britische Flotte gestanden hatte, war es auf der Militärbasis nicht mehr zu einem solchen Betrieb gekommen. Als die südlichste von Argentiniens großen Militärbasen war diese hier zum Ausgangspunkt für die Luftbrücke der Operation Konquistador Süd gewählt worden. Von hier aus dirigierte man auch die Suche nach der *Cunningham*.

Sparza wurde in das Lagebesprechungszimmer geführt, das sich unmittelbar neben der Operationszentrale befand und das von den Workstations der hochrangigen Offiziere und den Karten-Displays durch eine Glaswand getrennt war. General Marcello Arco gesellte sich nach wenigen Augenblicken zu ihm.

»Guten Morgen, Herr Präsident. Darf ich etwas für Sie bestellen? Eine Tasse heiße Schokolade vielleicht?«

»Nein danke, General«, antwortete Sparza, schüttelte seinen nassen Regenmantel aus und legte ihn auf den Konferenztisch. »Ich werde noch heute Nachmittag in Buenos Aires zurückerwartet – also müssen wir uns leider kurz fassen. Gibt es etwas Neues, das Sie mir berichten können?«

»Nein, Sir. Wir haben das nordamerikanische Kriegsschiff immer noch nicht aufgespürt. Seit gestern 17 Uhr ist es spurlos verschwunden.«

»Und unser verlorener Satellit?«

»Auch da gibt es keine Neuigkeiten. Die San-Martin-Basis meldet, dass Aquila B planmäßig über der Antarktis erschienen ist. Doch als unsere Station in Comodoro Rivadavia Daten von dem Satelliten einholen wollte, war er verschwunden. Ein möglicher Augenzeugenbericht der Brasilianischen Raumfahrtorganisation lässt vermuten, dass der Satellit aus der Umlaufbahn geriet und beim Eintritt in die Atmosphäre über den Anden verglüht ist.«

»Ein bloßer Unfall, General?«, fragte Sparza und zog einen der Stühle vom Tisch zurück, um sich zu setzen.

»Unwahrscheinlich«, erwiderte Arco. »Ich würde eher davon ausgehen, dass Aquila B von den Nordamerikanern abgeschossen wurde, als er über der Drake-Passage erschien.«

»Tatsächlich?«

»Es ist kein Geheimnis, dass die Vereinigten Staaten über Antisatellitenwaffen verfügen. Was wir nicht wussten, ist, dass sie sie auch auf ihren Kriegsschiffen mitführen können.«

»Und sie beschlossen, uns dieses Geheimnis preiszugeben«, sagte Sparza nachdenklich und griff in seine Mantelinnentasche, um die Zigarettendose hervorzuholen. »Es hatte bestimmt seine Gründe, warum sie Aquila B fürchteten.«

»Die thermografischen Kameras des Satelliten waren wohl die einzigen Sensoren, über die wir verfügten, mit denen wir die *Cunningham* hätten aufspüren können.«

Sparza zündete sich eine Zigarette an und sagte dann: »Die Stealth-Technologie der Nordamerikaner ... Ist sie denn wirklich so gut?«

»Das ist sie«, antwortete Arco knapp und wandte sich der Glaswand zu, hinter der sich das Gefechtsinformationszentrum befand. »Seit vergangener Nacht haben wir zweimal den Sektor der Drake-Passage abgesucht, in dem sich das Schiff befinden muss. Wir haben unsere besten Radarflugzeuge eingesetzt – die Atlantique der *Aeronaval* ebenso wie unsere 737er und die Dessault Falcon der *Prefectura Naval*. Ohne Erfolg. Wenn die *Cunningham* mit herkömmlichen Mitteln aufzuspüren wäre, dann hätten wir sie gefunden – da bin ich mir ganz sicher, Herr Präsident.«

Sparza gestikulierte mit seiner Zigarette. »Ich akzeptiere Ihre Erklärung voll und ganz, General. Nehmen Sie Platz. Unterhalten wir uns darüber, was für Möglichkeiten uns noch bleiben.«

Arco kam Sparzas Aufforderung nach und ließ sich in

einen Stuhl sinken, so dass er seinem Oberbefehlshaber gegenübersaß. »Leider sind wir im Augenblick auf die Methoden der dreißiger Jahre des vorigen Jahrhunderts zurückgeworfen«, sagte der General der Luftwaffe. »Nachdem das Radar unwirksam ist, können wir nur hoffen, sie tagsüber visuell auszumachen. Das Problem ist, dass das Wetter nicht auf unserer Seite ist. Die dichten Wolken über dem Gebiet zwingen unsere Flugzeuge, praktisch über den Wellen zu fliegen, so dass sie natürlich nicht allzu weit sehen. Außerdem müssen die Piloten gegen Regen, Schnee und dichten Nebel ankämpfen. Es ist zu erwarten, dass die Nordamerikaner diese Bedingungen voll zu ihren Gunsten ausnutzen.«

Sparza ließ ein bitteres Lachen hören. »Erst vorgestern habe ich gemeint, dass das Wetter auf unserer Seite wäre. General Winter scheint ein recht unzuverlässiger Verbündeter zu sein.«

»Ich bedauere die Situation, Sir«, sagte Arco, ebenfalls mit einem Hauch von Sarkasmus. »Meine Leute tun ihr Bestes.«

»Das bezweifle ich nicht, General. Und Sie brauchen mich auch nicht daran zu erinnern, dass es meine Entscheidung war, die uns in diese Lage gebracht hat. Nun, lassen Sie uns kurz annehmen, dass Sie Ihr Ziel aufspüren können. Die *Aeronaval* wurde schwer geschlagen, als sie gestern das Schiff angriff. Wie würde *Ihr* Plan aussehen?«

»Wir haben unsere Rafale zur Gänze nach Süden verlegt. *Grupo* Zwei und Acht sind hier in Rio Grande stationiert. *Grupo* Sechs ist oben in Rio Gallegos mit unseren restlichen Tankflugzeugen. Alle drei Geschwader haben je acht Jäger startklar. Wenn wir das Schiff finden, werden wir es versenken – aber wie gesagt, zuerst müssen wir es finden.«

Sparza neigte seinen Stuhl zurück und drückte die Zigarette in dem leeren Aschenbecher aus. »Arco, ich bin mir bewusst, welche Zweifel Sie bezüglich Konquistador Süd haben. Doch ich bin auch überzeugt davon, dass Sie im Moment am ehesten in der Lage sind, die Operation zu retten. Sie haben mir von all den konventionellen Maßnahmen berichtet, die Sie durchführen. Aber kann man nicht auch unkonventionelle Schritte unternehmen?«

»Tja, da gäbe es schon etwas, Sir«, begann Arco langsam. »Ich bin regelmäßig mit einigen meiner technischen Spezialisten in Kontakt – Leute, die auf dem Gebiet der Stealth-Technologie forschen. Sie meinen, dass es einen Weg gibt, wie wir die Anti-Radar-Verteidigung der Nordamerikaner durchbrechen könnten. Aber das wäre mit einem großen Aufwand an Personal und Ausrüstung verbunden.«

»Aha.«

Sparza beugte sich interessiert vor. »Vielleicht sollten wir doch einen Kaffee miteinander trinken, General. Dann können Sie mir ja sagen, was Sie brauchen und wofür.«

Vor dem antarktischen Packeisgürtel
70 Kilometer nordwestlich von Kap Lloyd
26. März 2006, 15:45 Uhr

Sie hockte sich an das Bett im Schiffslazarett.

»Wie geht's denn heute?«

Erikson streckte mit einer müden Geste den Daumen nach oben. »Ganz gut, Captain. Ich glaube, es geht mir ein wenig besser.«

Amanda blickte zu Chief Robinson zurück, die draußen im Büro stand. Sie schüttelte kaum merklich den Kopf.

»Das ist schön. Ich hatte gehofft, so etwas von Ihnen zu hören.«

»Ja, Ma'am. Ich sage allen, die vorbeikommen, dass ich schon bald wieder meinen Dienst aufnehmen kann.«

»Hatten Sie viele Besucher heute?«

»Ja, einige meiner Kumpel von der Decksmannschaft. Auch mein Chief, Mr. Nichols. Sogar der neue Lieutenant, der in Rio an Bord gekommen ist. Der Hubschrauberpilot.«

»Lt. Arkady?«

»Ja, Ma'am. Dabei kenne ich ihn gar nicht.«

Amanda war einigermaßen überrascht. »Nun, ich schätze, er wollte ihnen rasch guten Tag sagen, solange er noch Gelegenheit dazu hat. Die Flotte wird nämlich schon in einigen Tagen zu uns aufschließen – dann werden Sie an Bord eines Trägers wechseln.«

»Ich war gerade dabei, mich an dieses Schiff zu gewöhnen, Ma'am.«

»Keine Sorge. Sie werden bestimmt zu uns zurückkehren.«

»Gut. Es gefällt mir hier.«

Seine Stimme verebbte, und er schloss die Augen. Amanda legte kurz die Hand auf seine Schulter und erhob sich dann. Als sie ins Büro des Lazaretts zurückkehrte, wandte sie sich an Chief Robinson.

»Wie sieht's aus?«

»Ich würde Ihnen gern versprechen, dass ich ihn stabil halten kann, Captain – aber ich fürchte, das wäre zu viel gesagt.«

»Verstehe, Chief. Machen Sie weiter so.«

Amanda trat in den Korridor hinaus und erschrak. Da stand Arkady, die Arme verschränkt und gegen die Wand gelehnt. Er hatte einen Fuß in einer Verstrebung des Handlaufs eingehakt, um sich gegen das zunehmende Stampfen des Schiffs abzustützen.

»Irgendwas Neues?«, fragte er.

»Nichts Positives. Ich habe selbst mitgeholfen, den Besatzungsplan für die *Cunningham* zusammenzustellen, und es ist mir und auch sonst niemandem in den Sinn gekommen, dass ein Arzt absolut notwendig ist für ein Schiff, das unabhängig operiert. Verdammt! Wie konnte mir das nur entgehen?«

»Wir sind eben verwöhnt. Bisher brauchte man ja bloß über die Schulter zurückzublicken, und da lag schon der große Flugzeugträger, der uns mit allem versorgte, was wir brauchten.«

Eine wirklich treffende Analyse.

»Sie haben Recht«, pflichtete Amanda ihm bei und lehnte sich neben ihm gegen das Schott. »Leider können wir jetzt nichts mehr tun.«

»Stimmt. Wir müssen mit dem zurechtkommen, was wir haben.«

»Wieder mal ein ehrliches Wort, wie es so Ihre Art ist?«

»Genau. So bin ich nun mal.«

Amanda lächelte, ohne es zu wollen. Es gab einiges zu

tun für sie – nicht zuletzt an Deck, wo sie sich vergewissern musste, wie das Wetter sich entwickelte. Doch sie wollte diese kurze Unterhaltung noch um ein paar Augenblicke ausdehnen.

»Erikson hat gesagt, dass Sie ihn besucht haben«, stellte sie fest. »Warum? Kennen Sie ihn etwa von früher?«

»Nicht dass ich wüsste. Aber er ist irgendwie wichtig für das Schiff und unsere Mission. Ich glaube, dass es wegen des Jungen bald zu bestimmten Entscheidungen kommen wird – und da wollte ich ihn wenigstens kurz kennen lernen.«

Amanda blickte ihn an. Konnte er etwa ahnen, dass sie genauso dachte? Sie hatte ja bereits festgestellt, dass Arkady aus irgendeinem Grund in der Lage war, sie gefühlsmäßig anzusprechen. Jetzt hatte sie fast das Gefühl, dass er die Fähigkeit besaß, ihre Gedanken zu erahnen – und sie war sich nicht sicher, ob ihr das so besonders gefiel. Erneut fragte sie sich, was wohl damals in Rio passiert wäre, wenn sie etwas mehr Zeit gehabt hätten.

Sie wandte sich dem Leiter ihres Hubschrauberteams zu, eine Schulter immer noch gegen das Schott gelehnt. »Als ich mein erstes Kommando erhielt«, sagte sie langsam, »da hatte ich das Gefühl, eine Familie anvertraut zu bekommen. Eine Familie von Fremden zum großen Teil – aber das Verantwortungsgefühl war trotzdem da.«

Arkady nickte zustimmend. »Während der Ausbildung hat man uns immer wieder darauf hingewiesen, dass ein guter Offizier eine gewisse Distanz zur Besatzung einhalten sollte. Wahrscheinlich deshalb, weil es einem besonders schwer fällt, jemanden, den man persönlich gut kennt, in eine gefährliche Situation zu schicken.«

»Mir haben sie in Annapolis dasselbe gesagt«, gab sie zurück, »und ich kenne viele Kollegen, die auf diesen Grundsatz schwören. Aber ich selbst hatte immer das

Gefühl, dass die besten Kommandanten immer diejenigen waren, die sich nicht um solche Prinzipien scherten – auch wenn sie es dadurch schwerer hatten.«

»Ganz meine Meinung.«

Amanda merkte plötzlich, dass Arkady sie eingehend betrachtete. In seinen Augen war die gleiche offene Bewunderung zu lesen wie damals am Strand von Ipanema – nur dass er diesmal ihre Persönlichkeit zu bewundern schien und nicht ihren Körper. Trotzdem kam sie sich mit einem Mal ziemlich nackt vor.

Die Duke wurde von einer Welle emporgehoben, und da Amandas Aufmerksamkeit einen Moment nachgelassen hatte, verlor sie kurz das Gleichgewicht und taumelte gegen Arkady. Er fasste sie mit einem Arm um die Taille, um sie zu stützen. Sie nahm einen Hauch von Aftershave und Flugzeugbenzin wahr, und die Wärme seines Körpers ging ihr durch und durch. Erschrocken wich sie zurück, während Arkadys Hand noch einen Augenblick an ihrer Taille ruhte, ehe er sie losließ.

Sie trat zwei Schritte zurück und stützte sich wieder am Schott ab. Als sie dem jungen Offizier in die Augen blickte, sah sie, dass er eine ganz ähnliche Empfindung gehabt haben musste.

Nur hatte er keine Angst davor.

Sie wollte etwas sagen, ohne wirklich zu wissen, was – doch das Gedröhn der Hupe hinderte sie daran.

»Alle Mann auf Gefechtsstation! Fertigmachen zum Anti-Schiff- und Anti-U-Boot-Einsatz!«

Eilig machten sich beide auf den Weg zu ihrem Posten.

»Captain auf der Brücke!«, rief Ken Hiro, als sie an ihm vorüber zur Hauptkonsole lief.

Ihr erster Blick aus dem Fenster sagte ihr, dass es richtig gewesen war, hierher auf die Brücke zu kommen und nicht in den Gefechtsleitstand. Gegen feindliche Soldaten konnte man auch von einem Bildschirm aus kämpfen – aber dem Wetter musste man direkt ins Auge sehen.

Sie hatten es mit einer äußerst rauen See zu tun; ein Wind von gut 25 Knoten peitschte die grauen Sturzwellen auf und ließ die Gischt an den Wellenkämmen aufschäumen. Dunkle Wolken hingen tief herab und gingen im Norden in eine dichte Nebelbank über.

Im Süden war der Himmel ein wenig heller – doch da war auch ein blassgelbes Leuchten zu erkennen, ein Phänomen, das als Eisblink bekannt war und das nichts anderes war als der Widerschein des Eises am Horizont. Nicht weit dahinter begann der äußerste Rand des antarktischen Eisgürtels.

Doch das unmittelbarere Problem lag direkt vor der *Cunningham*. Im Westen war es bedrohlich dunkel geworden, dort wo See und Himmel zusammentrafen. Ein Blick auf die meteorologischen Bildschirme zeigte, dass der herannahende Sturm lediglich die Vorhut einer starken Kaltfront war.

»Okay, Ken«, sagte Amanda zu ihrem Ersten Offizier. »Das Kommando bleibt hier oben. Richten Sie uns eine Direktverbindung zum Gefechtsstand ein.«

»Aye aye, Captain. Freut mich, dass Sie hier bei uns bleiben.«

Sie ging um die Steuerkonsole herum zur Vorderseite der Brücke, wo eine Reihe von Bildschirmen die Gefechtsdaten wiedergaben. Der Großteil der Schäden war bereits repariert worden. Am Zugang zur backbordseitigen Brückennock hatte man eine neue Thermoplast-Tür eingesetzt, und die zertrümmerten Bildschirme waren ebenfalls ersetzt worden. Nur die Risse in den Decks und den Schotten, die von Granatsplittern stammten, sowie Hiros weißer Kopfverband erinnerten noch an das, was hier tags zuvor geschehen war.

»Okay, Gefechtsstand. Captain hier. Was gibt es Neues?«

Am Achterdeck strömte eiskalte Luft in den Hangar, als der Hubschrauberaufzug herunterkam, um Helikopter Zero One aufzunehmen. Arkady und sein Waffenoffizier legten ihre Pilotenkluft an und darüber den Schutzanzug und die Schwimmweste.

Vince schnappte sich den Helm und drückte einen Knopf an der Flugstatusanzeige, die in das Schott eingebaut war. Die Anzeigen für das Stampfen und Schlingern des Schiffs und die Windgeschwindigkeit schnellten hoch und erreichten vorübergehend sogar den roten Bereich; ein sicherer Flugbetrieb war allem Anschein nach nicht mehr gewährleistet.

»He, Lieutenant«, wandte sich Grestovitch etwas unsicher an seinen Piloten. »Wir werden doch nicht etwa bei diesem Sauwetter starten, oder?«

»Das wird sich zeigen, Gus. Wir wollen das Pferd jedenfalls mal satteln.«

»Wir haben 30 Sekunden lang das Signal eines schwachen Überwasser-Suchradars aufgefangen«, ertönte Christine Rendinos gedämpfte Stimme auf der Brücke. »Richtung etwa 15 Grad steuerbord voraus. Entfernung unbestimmt, aber sehr nah. Die System-Signatur hab ich nicht rausbekommen, vielleicht ein Terma. Das Signal war zwischendurch weg, und es gab starke Schwankungen, so als würde die Signalquelle immer wieder von den Wellen überflutet.«

»Klingt fast so, als hätten wir's mit einem U-Boot zu tun, das seinen Radarmast rausstreckt, um sich umzusehen.«

»Genau, Ma'am. Aber sie haben uns nicht entdeckt. McKelsie meint, dass die Signalstärke zu gering war, um ein Echo zu bekommen.«

»Glaub ich nicht, sie haben uns bestimmt aufgespürt, Chris. Wahrscheinlich haben sie uns schon mit ihrem passiven Sonar entdeckt und dann versucht, sich mit einem Radar-Rundblick zu vergewissern, wer wir sind. Gerade weil sie kein Echo bekommen, ist ihnen sicher klar, mit wem sie es zu tun haben.«

Amanda rief über die Schulter zu den Steuerstationen zurück:

»Klarmachen zur Schleichfahrt. Hauptmaschinen stopp. Prairie-Masker-System aktivieren und auf Hydrojet-Antrieb gehen.«

»Aye aye, gehen auf Hydrojet. Prairie-Masker-System ist aktiviert. Schiff klar zur Schleichfahrt.«

Angesichts der Tatsache, dass das moderne U-Boot wahrscheinlich der gefährlichste Feind eines Überwasser-Kriegsschiffs war, erstreckten sich die Tarnungsmöglichkeiten der *Cunningham* auch auf den Bereich unterhalb der Wasserlinie. Ihre Maschinen waren in eine dicke Isolierschicht gehüllt; darüber hinaus war das Schiff mit einem Prairie-Masker-System ausgestattet, das den Rumpf jederzeit mit einer Schicht von schalldämpfenden Luftblasen umgeben konnte.

Das Schiff verfügte außerdem über einen zusätzlichen Pumpenantrieb, ›Jet-Propulsion‹ genannt, der keinerlei Kavitationsgeräusche produzierte, wie sie bei herkömmlichen Schiffsschrauben üblich waren.

»Taktik-Offizier, machen Sie Ihre V-ROC fertig.«

Auf dem langen Vordeck der Duke öffnete sich eine Reihe von kleinen sechseckigen Klappen, unter denen sich die drei Mark-42-Senkrechtstart-Systeme befanden. Unter jeder Klappe war eine wasserdichte Plastikhülle angebracht, die eine Raketenabschussrampe bedeckte, unter der sich schließlich die Anti-U-Boot-Rakete (V-ROC) befand – die wirkungsvollste U-Boot-Abwehrwaffe der gesamten Flotte.

Es brauchte nur noch ein Ziel, auf das sie abgefeuert werden konnten. Die taktischen Displays zeigten jedoch nichts als Leere.

»Sonar, bekommen Sie etwas rein?«

»Nichts Passives, Captain. Bei diesem Wetter wird der Schall nur sehr schlecht weitergeleitet, und wir haben außerdem Hintergrundgeräusche vom Packeis.«

Im nächsten Augenblick ertönte Christines Stimme über die Bordsprechanlage: »Wenn es sich um das argentinische Kockums 471 handelt, das wir vor einigen Tagen nicht mehr orten konnten, dann haben wir es nicht mit einem U-Boot im herkömmlichen Sinn zu tun, sondern mit einem riesigen Brocken aus Stahl, der keinen Mucks von sich gibt.«

Amanda antwortete mit einem Kopfnicken, das die Intel-Offizierin nicht sehen konnte. Von allen Waffen, die den Argentiniern zur Verfügung standen, war dieses Jagd-U-Boot schwedischer Herkunft wahrscheinlich diejenige, die sich von der Technologie her am ehesten mit der *Cunningham* messen konnte. Eines dieser Boote saß im Augenblick irgendwo da unten in den dunklen Tiefen des Meeres verborgen und lauerte darauf, einen todbringenden Schuss anbringen zu können.

»Was meinen Sie dazu, Ken?«

Hiro rückte ein wenig beunruhigt seine Offiziersmütze zurecht. »Ich würde sagen, dass wir keine große Chance gegen den Kerl haben, wenn wir nicht rasch einen Hubschrauber einsetzen.«

»Sie haben Recht.« Amanda zögerte einen Augenblick und ließ ihren Blick erneut über den wolkenverhangenen Horizont schweifen. »Nur würde das den Rahmen unserer Luftoperationen sprengen.«

Im nächsten Augenblick peitschte der Wind die Gischt gegen die Scheibe vor ihr – und damit war die Entscheidung gefallen.

»Wir warten noch mit dem Hubschrauber-Einsatz. Rudergänger, gehen Sie auf zwei-sechs-null. Wir wollen doch mal sehen, ob wir uns nicht an dem Burschen vorbeischleichen können.«

Die Minuten verstrichen. Amanda verfolgte stirnrunzelnd das taktische Display, das einfach nichts anzeigen wollte. Sie stöpselte ihren Kopfhörer in die Konsole ein und rief die Geräusche auf, die von den Hydrofonen hereinkamen. Mit Hilfe der Computerfilter trennte sie die verschiedenen Laute, die das Südpolarmeer produzierte.

An der Oberfläche war vor allem das Zischen und Brechen der Wellen zu hören, die von dem beginnenden Sturm aufgepeitscht wurden. Darüber hinaus konnte Amanda das leise Knistern eines Krill-Schwarms wahrnehmen, der irgendwo tief unten vorüberzog. Und dann war da noch das ständige Knirschen und Ächzen des Packeises, das Geräusch von Milliarden Tonnen Eis, die sich – gegeneinander stoßend und immer wieder berstend – langsam rund um den südlichsten Kontinent schoben.

Welches Geräusch das argentinische U-Boot auch immer produzierte – es ging in der Geräuschkulisse der Umgebung unter. Blieb nur zu hoffen, dass dies auch für die *Cunningham* galt.

Amanda riss den Stecker mit einer ungeduldigen Geste aus der Buchse.

»Es ist schon ärgerlich, wenn irgendwelche Kerle ebenfalls getarnt daherkommen und den Spieß umdrehen, nicht wahr?«, stellte Hiro mit bitterem Lächeln fest.

»Das kann man wohl sagen«, sagte sie und setzte sich an ihren Platz, der ihr durch seine Höhe einen noch etwas besseren Überblick bot. Plötzlich nahm sie direkt vor dem Bug einen etwas helleren Fleck in dem Grau der See wahr.

»Achtung! Eis an Steuerbord! Kurs Backbord, zwei-vier-null!«

Ein Brocken von der Größe eines Autos driftete langsam am Schiff vorbei, um schließlich achtern zu verschwinden.

»Gehen Sie wieder auf ursprünglichen Kurs. Verdammt, Ken, wenn wir uns noch viel weiter nach Süden vorwagen, bekommen wir bald ernste Probleme mit dem Eis.«

»Ich stimme Ihnen zu, Captain. Rudergänger! Langsam voraus! Geben Sie Acht! Wir weichen vom Kurs ab!«

»Das Ruder spricht nicht richtig an, Sir. Ich habe Probleme, den Kurs zu halten.«

Der Hydrojet-Antrieb war nicht besonders stark und keineswegs dafür gebaut, es mit einer so rauen See aufzunehmen. Die Duke wälzte sich immer schwerfälliger durch die Wellen, während der Sturm zunehmend heftiger wurde.

Amanda spürte, wie die Lage sich zuspitzte. Eine Reihe verschiedener Faktoren spielte zusammen und beschwor eine drohende Katastrophe herauf. Rasch rief sie auf dem Bildschirm an ihrer Sessellehne die Global Positioning Unit auf, worauf sich eine weitere Befürchtung bestätigte.

»Ken, das sieht nicht gut aus. Bei diesem Wetter kommen wir überhaupt nicht mehr voran. Wir hängen hier herum und bieten diesen Kerlen ein ausgezeichnetes Ziel.«

»Captain, darf ich einen Vorschlag machen?«

»Nur zu.«

»Wie wär's, wenn wir uns ostwärts wenden, eine Weile mit dem Wetter laufen und dann nach Norden abdrehen?«

Sie dachte einen Augenblick über den Vorschlag ihres Ersten Offiziers nach und schüttelte dann den Kopf.

»Das klingt zwar verlockend, aber wenn wir uns erst einmal vom Sturm treiben ließen, dann könnten wir uns rasch irgendwo im Südatlantik wiederfinden. Nein, Ken, ich bin nicht bereit, unsere Position aufzugeben. Ich lasse mich weder vom Wetter noch von den Argentiniern von unserem Ziel abbringen.«

»Zweiter Rudergänger, Maschinen anwerfen«, sagte Amanda mit etwas lauterer Stimme, um die Mikrofone zu aktivieren. »Sonar und Gefechtsstand, los! Ich werde versuchen, uns hier rauszumanövrieren.«

»Aye aye.«

»Zweiter Rudergänger, hundert Prozent Leistung auf die Hydrojets. Hauptmaschinen langsam voraus. Gehen Sie auf zehn Knoten Fahrt. Schrauben auf minimale Kavitation trimmen.«

Die Duke erbebte kurz und beruhigte sich schließlich, als sie wieder gegen die See lief. Amanda überprüfte noch einmal die vom Hydrofon kommenden Geräusche, die nun von dem Schwirren und Dröhnen dominiert wurden, das die Schiffsschrauben der Duke erzeugten. Zwei Minuten verstrichen. Dann noch eine.

Bis plötzlich von irgendwoher aus der Dunkelheit ein einzelner durchdringender Ton kam.

»Entfernungspeilung! Richtung null-sechs-null zum Bug!«

Amanda beugte sich rasch aus ihrem Stuhl nach vorn, um das taktische Display zu verfolgen, während der Sonar-Operator weiter die Situation schilderte.

»Abschussgeräusch! Wahrscheinlich Öffnen der äußeren Luke ... Abschuss eines Fischs! Torpedo im Wasser!«

»Sonar, aktive Systeme einschalten!«

Die Zeit der Tarnung war vorüber. Die Sonaranlage der *Cunningham* begann nun ihrerseits Schallwellen ins Wasser zu schicken, um ein Echo von dem feindlichen U-Boot zu bekommen. Wenige Augenblicke später erschien das Symbol eines Zieles und die Linie seiner Bewegungsrichtung auf dem taktischen Display – und entlang dieser Linie kam der Torpedo auf die Duke zugerast.

Amandas Hände glitten rasch über die Tastatur des Displays, um die entsprechenden Daten über die Waffe, die ihnen im Nacken saß, zu erhalten.

* WAFFEN IDENT: (SCHWED) TYP 613 533MM SURF-SUB 60 KN MULTI-MODE-STEUERUNG: DRAHT/PASSIV/AKTIV

Nur ein einziges Geschoss im Wasser. Bestimmt war der Fisch drahtgesteuert unterwegs. Eine Spinndüse an dem abgefeuerten Torpedo spulte einen haarfeinen Draht ab und wahrte so die Verbindung zum Feuerleitsystem des U-Boots. Der Waffenoffizier des Bootes würde auf diese Weise den Fisch mit seiner Joystick-Steuerung ins Ziel lenken.

* ENTFERNUNG ZU PRIMÄREM ZIEL 8500 M
* VORAUSSICHTLICHE ZEIT BIS ZUM EINSCHLAG DES TORPEDOS: 3:41

»Zweiter Rudergänger, Maschinen volle Kraft voraus!«

»Maschinen volle Kraft voraus, Captain!«

Die Duke beschleunigte spürbar. Ein Dampfturbinen-Kriegsschiff brauchte etwa 20 Minuten, um Höchstfahrt zu erreichen – ein Gasturbinenschiff wie die *Cunningham* schaffte das in rund vier Minuten.

»Gefechtsstand, fertig machen zum Abwerfen der LEAD-Täuschkörper.«

»LEAD-Täuschkörper sind bereit.«

Der riesige Zerstörer durchschlug eine entgegenkommende Welle, deren Gischt am Bug explodierte, und gewann mit jeder Umdrehung der Schiffsschrauben an Fahrt. Oben auf der Brücke starrte Amanda gebannt auf den Bildschirm.

Komm schon, Freundchen. Spitz die Ohren und hör auf die schönen Geräusche, die meine Schrauben machen. Du brauchst den Torpedo nicht auf aktive Peilung umzuschalten – noch nicht.

»Wir haben Zielkoordinaten für das U-Boot«, meldete Dix Beltrain über die Sprechanlage. »V-ROC ist bereit.«

»Zeit bis zum Eintreffen beim Ziel?«

»Voraussichtlich 45 Sekunden.«

»Okay. Stellen Sie LEAD-Täuschkörper auf ... 90 Sekunden Verzögerung ein.«

»Täuschkörper sind eingestellt, Captain.«

»LEAD abwerfen.«

Achtern glitten zwei LEAD-Täuschkörper (Launched Expendable Acoustic Devices) aus ihrem Schacht und direkt in das Kielwasser der *Cunningham* hinein.

»LEAD sind im Wasser.«

»V-ROC abfeuern.«

Auf dem Vorschiff schoss ein weißer Zylinder aus seinem Schacht im dritten Senkrechtstart-System. Für einen Augenblick schien er über dem Deck zu schweben, ehe das Triebwerk gezündet wurde und die Lenkwaffe hoch in den Himmel schoss, um auf ihr Ziel loszujagen.

* VORAUSSICHTLICHE ZEIT BIS ZUM EINSCHLAG DES TORPEDOS: 2:50

* LEAD-SET 1 – AKTIVIERUNG: 0:65

Amanda verfolgte den Weg der V-ROC sowohl auf dem taktischen Display als auch im Kopf. Die lange bogenförmige Flugbahn, die Trennung der Sprengladung vom Raketenantrieb und das Öffnen des Bremsfallschirms bis hin zum Abwurf der Hülle und dem Aktivieren des todbringenden kleinen Mark-50-Barracuda-Torpedos.

»Unser Geschoss ist im Wasser«, meldete Beltrain über die Sprechanlage. »Es ist aktiv und macht Jagd auf das Ziel.«

Okay, ihr da draußen. Jetzt seid ihr an der Reihe, euch zu verstecken. Kappt ruhig den Draht! Lasst den Fisch von der Leine!

»Sonar bekommt jetzt Schrauben-Kavitationsgeräusche vom argentinischen U-Boot rein. Sie beschleunigen und wenden.«

Ja!

Wenn sie das argentinische Boot zwangen zu manövrieren, dann zwangen sie es auch, die Lenkung des Torpedos aufzugeben. Damit war der menschliche Einfluss aus dem Vorgang herausgenommen, und die Waffe musste auf eigene Faust handeln. Das änderte die Lage nicht unerheblich, denn auch so genannte ›intelligente‹ Waffen waren oft dumm genug, sich von Täuschungsmanövern in die Irre führen zu lassen.

Gott gebe, dass ihnen genug Zeit zur Abwehr blieb und genug Raum zum Manövrieren.

* VORAUSSICHTLICHE ZEIT BIS ZUM EINSCHLAG DES TORPEDOS: 2:15
* LEAD-SET 1 – AKTIVIERUNG: 0:20

»Verliere Sonar-Unterscheidung aufgrund von Strömungsgeräuschen.«

»Transponder abschalten, Mr. Beltrain. Peilen einstellen.«

* LEAD-SET 1 – AKTIVIERUNG: 0:10

»Alle Maschinen stopp!«

* LEAD-SET 1 AKTIV

Der Trick bestand darin zu versuchen, den herannahenden Torpedo genau in dem Moment der Verwirrung zwischen dem Abreißen des Leitdrahts und dem unabhängigen Erfassen des Ziels zu erwischen. Die LEAD-Täuschkörper, die mittlerweile ein gutes Stück hinter der Duke lagen, produzierten Geräusche, die denen der Schrauben des Schiffes glichen. Da die Maschinen der *Cunningham* schwiegen, sollte der Torpedo nun eigentlich den neuen Schallquellen hinterherjagen.

So war das Ganze jedenfalls gedacht. Nachdem ihr Sonar durch die Strömungsgeräusche vorübergehend unwirksam war, würden sie aber erst Gewissheit haben, wenn die Explosion erfolgte.

Trotz des beißenden Windes, der draußen wehte, trat Amanda auf die steuerbordseitige Brückennock und blickte nach achtern. Hiro folgte ihr hinaus und trat an ihre Seite, als sie ihr Mikrofon einschaltete.

»Achtung, hier spricht der Captain. Wir spielen im Augenblick mit einem argentinischen U-Boot Fangen, und sie haben einen Torpedo abgefeuert. Ich glaube, dass wir ihn abschütteln konnten, aber genau wissen wir es erst in einer Minute. Nur für alle Fälle – bereiten Sie sich entsprechend vor.«

Sie war selbst überrascht, wie beiläufig ihre Stimme klang. Als sie zu ihrem Ersten Offizier hinüberblickte, sah sie, dass er seine Brieftasche in der Hand hatte und ein Bild von seiner Familie betrachtete.

Das war der Unterschied zwischen einem Raketen- und einem Torpedoangriff. Raketen gaben einem keine Zeit, lange nachzudenken. Bei einem Torpedo hingegen dauerte es verhältnismäßig lang, bis man endlich wusste, woran man war.

Amanda stellte plötzlich fest, dass sie mit ihren Gedanken bei Vince Arkady war. Sie dachte an ihre Begegnung beim Schiffslazarett vor einigen Minuten und an den kurzen elektrisierenden Körperkontakt. Dies wiederum weckte die Erinnerung an die gemeinsame Stunde im Fitnessraum, an die wohltuende Berührung seiner Hände und schließlich an jenen flüchtigen Kuss, den sie ihm gegeben hatte, bevor sie einander näher kannten.

Plötzlich verspürte sie ein heftiges Rumpeln, und als sie aufblickte, sah sie die Wassersäule, die sich hinter dem Schiff hoch in die Luft erhob. Hiro schloss seine Brieftasche mit einer entschlossenen Geste.

»Achtung, hier spricht der Captain. Das war der Torpedo, und wir sind offensichtlich ungeschoren geblieben. Jetzt sind wir dran, den Kerlen den Tag zu vermiesen.«

Sie kehrten rasch in die Brücke zurück. »Rudergänger, gehen Sie auf Kurs zwei-sieben-null. Zweiter Rudergänger, Hydrojets anwerfen. Schleichfahrt aufnehmen.«

»Jetzt sind wir wieder dort, wo wir begonnen haben«, stellte Hiro fest und rieb sich die Arme, um sie zu wärmen.

»Ja, leider. Gefechtsstand, hier Brücke. Was ist mit der V-ROC passiert?«

»Unser Fisch zieht immer noch da draußen seine Kreise, Ma'am«, antwortete Beltrain. »Für einen Augenblick dachte ich vorhin, er hätte ein Ziel gefunden – aber ich glaube, ich habe mich getäuscht.«

»Wie steht es mit dem U-Boot?«

»Ist weg. Kontakt ist abgerissen. Aber da war etwas anderes, Ma'am.«

»Ja?«

»Vorhin haben die Argentinier für einen Augenblick irgendein Sonar-System aktiviert. Wir konnten es nicht identifizieren, aber es war kein Standardmodell. Vielleicht ein Minensuchsystem. Ich weiß nicht, was sie vorhaben, aber ich glaube, da braut sich wieder was zusammen.«

»Irgendeine Idee?«

»Im Moment noch nicht, Ma'am.«

»Okay. Halten Sie Augen und Ohren offen.«

Amanda lehnte sich in ihrem Sessel zurück und blickte aufs Meer hinaus. Sie war sich bewusst, dass alle Augen auf sie gerichtet waren. Die Sturmfront näherte sich mit Riesenschritten. Wenn sie erst mit voller Stärke hereinbrach, würden sie wohl wieder ihre Maschinen einsetzen müssen. Sie mussten handeln – und zwar jetzt –, ehe sie einem neuerlichen Angriff ausgesetzt waren. Abrupt wählte sie eine Nummer an der Bordsprechanlage.

»Hubschrauber Zero One, hier Brücke.«

Der Sea Comanche balancierte auf seinem Fahrwerk, einen Tauchsonardom und einen Magnetanomalie-Detektor an den innenbordseitigen Halterungen der Stummelflügel befestigt, während außen Torpedos angebracht waren, die im Flug abgeworfen werden konnten. Die Rotoren waren bereits angeworfen, und die Decksarbeiter hockten zusammengekauert da, um sich gegen den kalten Luftzug zu schützen; sie waren jederzeit bereit, auf Kommando die Seile zu lösen, mit denen der Helikopter gesichert war. Eine Direktleitung war zwischen dem Hubschrauber und dem Mutterschiff eingerichtet worden, so dass die Bordsysteme und die Besatzung von Zero One jederzeit mit der Brücke in Verbindung standen.

»Arkady, ich möchte eine rasche, ehrliche Antwort von Ihnen«, ertönte Amandas Stimme in seinem Kopfhörer. »Das Wetter ist schlecht, und es wird noch schlechter. Können Sie unter diesen Bedingungen einen wirkungsvollen Anti-U-Boot-Einsatz fliegen und dabei auch Ihre eigene Sicherheit nicht völlig vernachlässigen?«

»Einen Augenblick, Brücke.«

Arkady schaltete zur Bordsprechanlage und drehte sich zu seinem Bordwaffen-Offizier um.

»He, Gus, die Lady möchte wissen, ob wir starten können, um das argentinische U-Boot aufzuspüren. Das wäre ein freiwilliger Einsatz. Was meinen Sie?«

»Was ist, wenn ich nein sage, Sir?«

»Dann mach ich mich allein auf die Suche nach dem Kerl.«

»Verzeihung, Lieutenant, ich möchte sicher nicht unhöflich sein, aber der Lieutenant wäre nicht mal imstande, mit einer Taschenlampe seinen eigenen Arsch zu finden. Sagen Sie der Lady, wir machen es.«

»Okay, Gus, danke. Brücke, hier Zero One. Wir machen es. Wir sind startbereit.«

»Verstanden, Zero One«, sagte sie in nüchternem, hundertprozentig professionellem Ton. Beherrschung war jetzt das Wichtigste. »Ich drehe das Schiff gegen den Wind. Starten Sie nach eigenem Ermessen. Sie sind ermächtigt, alle erforderlichen Waffen einzusetzen und EMCON zu brechen, wenn Sie einen Kontakt verfolgen und wenn Sie zurückkehren.«

Die Duke begann ihr Manöver. Arkady hob eine Hand im Cockpit und gab damit dem Deck-Chief das Signal zur Startvorbereitung. Eine Frau aus der Decksmannschaft sprang vom Helikopter weg und hob die Hand, um dem Piloten zu signalisieren, dass sie die Sicherungen der Torpedos entfernt hatte. Schließlich löste der Chief das letzte Seil und wünschte mit einem Klaps auf das Cockpit der Besatzung für ihren Einsatz viel Glück.

Mit angezogenen Bremsen warf Arkady die Turbinen an und ließ den Rotor anlaufen. Als sich das Heck leicht anhob, zog er am Steuerknüppel und ließ den Helikopter mit der kollektiven Blattverstellung abheben.

Der Sea Comanche taumelte im Wind, doch Arkady schaffte es, die Nase des Hubschraubers hinunterzudrücken und so rasch an Geschwindigkeit und Höhe zu gewinnen. Er kämpfte gegen die Sturmböen an und steuerte in nördlicher Richtung auf den Bezugspunkt zu, der die letzte bekannte Position des U-Bootes darstellte.

Auf der Brücke der *Cunningham* lauschte Amanda dem Dröhnen der Rotoren und beobachtete, wie der Hubschrauber sich im Steigflug allmählich nach Norden entfernte.

Hals- und Beinbruch, Vince Arkady …

Vor dem antarktischen Packeisgürtel
80 Kilometer nordwestlich von Kap Lloyd
26. März 2006, 16:50 Uhr

»Verdammt, Lieutenant. Der Kerl ist gut.«

»Immer noch nichts, Gus?«

»Ich hör, wie sich die Garnelen da unten die Zeit vertreiben, aber sonst rein gar nichts.«

Zum dritten Mal flog der Hubschrauber knapp über den Wellenkämmen dahin und ließ dabei den Dom seines Tauchsonars an einem Seil in etwa hundert Meter Tiefe die See durchpflügen.

Arkady runzelte die Stirn, während er sich bemühte, den Hubschrauber mit dem Steuerknüppel und dem kollektiven Blattverstellhebel in der Balance zu halten. »Verdammt! Auch diese schwedischen Boote können doch nicht völlig geräuschlos sein!«

»Stimmt, Lieutenant. Wenn er manövriert, müsste ich zumindest leichte Strömungsgeräusche rund um den Rumpf auffangen, und wenn er auf dem Fleck bleibt, dann müssten seine Trimmpumpen zu hören sein. Tatsache ist aber, dass ich überhaupt nichts höre. Er wird doch wohl nicht auf dem Grund sitzen, oder?«

Arkady überlegte einen Augenblick und schüttelte dann den Kopf. »Nein, sicher nicht. Wir sind weit vom Kontinentalschelf entfernt und haben hier vielleicht tausend Meter Wasser unter uns. Die Kockums sind nicht in der Lage, so tief zu gehen.«

»Aber wo kann er sich denn sonst verkrochen haben?«

»Kann es sein, dass er eine Thermokline gefunden hat, unter der er sich versteckt?«

»Ich werd's überprüfen, Sir.«

Grestovitch rief an einem seiner Bildschirme das Sonar-Kontrollmenü auf und gab den Befehl, das leichte Kevlar-Seil mit dem isolierten Koaxialkern noch tiefer hinuntergehen zu lassen.

»Volle Länge … 210 Meter … Thermograf zeigt keine Thermokline an. Da unten ist nichts, unter oder auf dem er sich verstecken könnte, und ich höre immer noch nichts.«

»Okay, Gus. Dom hoch. Versuchen wir's noch mal.«

Arkady steuerte den Hubschrauber einen Kilometer nach Westen zur nächsten Station auf der Sonar-Linie, die er zwischen der *Cunningham* und der letzten bekannten Position des U-Bootes zog. Während er mit der Maschine gegen Wind und Wetter ankämpfte, ließ er seine Gedanken über die Bedienung des Helikopters hinaus weiter schweifen.

Dieser Kerl führt uns ordentlich an der Nase herum. Ich weiß zwar nicht, wie er es anstellt, aber er tut's jedenfalls. Der Hubschrauber wurde von einer Windböe erfasst und sackte drei Meter ab, wobei die Rotorblätter gefährlich durchgebogen wurden. *Früher in der Steinzeit hatte man's leichter, wenn man einer Lady imponieren wollte. Man brauchte nichts anderes zu tun, als zu Mittag einen Dinosaurier als Mahlzeit anzuschleppen.*

Er lächelte grimmig, während er den Hubschrauber wieder ein Stückchen hochzog. Offensichtlich hatte es ihn ganz schön erwischt, wenn er seinen etwas verschrobenen Humor nun schon gegen sich selbst richtete.

»Sind auf dem Posten. Wir können mit der Suche beginnen. Dom ab auf hundert Meter. Passive Suche aufnehmen.«

»Dom ab auf hundert Meter, aye Sir.«

Es kam bei diesen Verhältnissen nicht in Frage, dem Autopiloten den Schwebeflug zu überlassen. Eigentlich schwebte der Hubschrauber überhaupt nicht, sondern befand sich im Vorwärtsflug gegen den Wind. Auch eine Art, sich seinen Lebensunterhalt zu verdienen.

»Dom ist unten. Nehmen passive Suche auf.«

Arkady kämpfte mit der Steuerung seines Hubschraubers und versuchte sich einzureden, dass die Turbulenzen nicht stärker wurden.

»Na los, Gus! Wir wollen doch nicht den ganzen Tag hier draußen verbringen!«

»Der Halunke ist einfach nicht da, Sir.«

»Versuchen Sie's noch mal.«

Der Waffenoffizier beugte sich über seine Konsole und bemühte sich mit all seiner Erfahrung, noch etwas mehr Leistung aus dem System herauszukitzeln.

»Kein Kontakt ... kein Kontakt ... kein Kon... Verdammt! Da ist er! Ich hab ihn! Er geht runter. Deutliches Rumpfknistern, außerdem hat er die Ventile der Ballasttanks geöffnet. Ich verstehe gar nicht, wie ich ihn übersehen konnte.«

»Egal, Gus. Hauptsache, wir haben ihn! Gehen Sie auf aktive Peilung, damit wir eine Entfernung bekommen.«

»Aktive Peilung ... das Echo ist da! Entfernung des Ziels fünftausend Meter, Richtung eins-sechs-null, stabil.«

»Angriff einleiten!«

»Angriff ist eingeleitet. Torpedo auf Position eins wird startklar gemacht!«

»Verstanden«, antwortete Arkady. »Fisch für aktive Zielverfolgung klarmachen. Aktivierung in fünfzig Meter Tiefe. Einstellen auf Schlangenkurs.«

»Einstellungen fertig.«

»Okay, ich wende noch rasch. Wir feuern gleich von hier aus.«

Arkady versuchte den Hubschrauber zu wenden und stieß einen wüsten Fluch aus, als die Maschine sich seinem Manöver widersetzte und mit dem Wind zu treiben begann. Vom hinteren Sitz aus hielt ihn Grestovitch über die aktuelle Entwicklung auf dem Laufenden.

»Ziel immer noch unverändert, keine seitliche Bewegung ... Moment mal, Ziel verändert Tiefe ... Ziel wird aktiv ... Ziel sendet Peilsignal aus.«

»Komm schon, du flügellahmer Mistkerl! Beweg deinen Arsch gefälligst!«

»Ziel verändert seine Tiefe ... Ziel steigt wieder an die Oberfläche ... Ziel ist verschwunden, Sir.«

»Verdammt!« Arkady kämpfte mit dem Helikopter nicht länger gegen den Wind an. »Was ist passiert, Gus?«

»Keine Ahnung, Lieutenant«, antwortete der Waffenoffizier ziemlich verdutzt. »Ich hatte ihn passiv und aktiv erfasst, da hat er sich einfach in Luft aufgelöst. Ich bekomme überhaupt nichts mehr rein.«

»Kann es sein, dass Sie einen Augenblick unachtsam waren?«, fragte Arkady.

»Kann ich mir schwer vorstellen. Ich hatte ein deutliches Echo. Da kann man ihn doch nicht so einfach verlieren.«

Arkady flog bereits lange genug mit Grestovitch, um zu wissen, dass sein Bordschütze keinen Fehler begangen hatte. Der argentinische U-Boot-Kommandant musste wohl irgendeinen Trick angewendet haben.

»Gus, Sie haben gesagt, er wäre aktiv geworden. Waren es seine Waffensysteme?«

»Nein, Sir. Es war ein schwächeres System. Er hat nur ein paar Peilsignale abgegeben. Könnte ein Echolot gewesen sein.«

Ein Echolot?

»Ich hab mir da was überlegt«, fuhr Grestovitch fort. »Ich habe gehört, wie der Bursche Luft in seine Tanks geblasen hat, bevor er verschwand. Nun, angenommen, er weiß, dass wir unser Radar ausgeschaltet haben – könnte es nicht sein, dass er ganz einfach mäuschenstill in der Nebelbank an der Oberfläche liegt? Ich meine, Mut genug dafür dürfte er haben.«

Arkady blickte auf die dichte Nebelwand hinaus, die sich an seiner Steuerbordseite erstreckte. »Ja. So sind die deutschen U-Boote den Briten ausgewichen – damals im Zweiten Weltkrieg, als sie zwar Sonar hatten, aber kein Radar, um die Oberfläche abzusuchen. Da sind Sie vielleicht auf etwas sehr Interessantes gestoßen, mein Freund. Dom hoch.«

Als das Sonargerät in seinem Gehäuse unter dem Stummelflügel des Sea Comanche einrastete, erhöhte Arkady die Leistung der Triebwerke und zog den Hubschrauber höher. »Bereiten Sie alles zum Absuchen der Oberfläche vor und aktivieren Sie das APG-65-Radar. Tasten Sie das Gebiet ab, in dem wir sie zuletzt geortet hatten.«

»Aye, aye.«

Grestovitch rief das Radar-Display an seinem Bildschirm auf und aktivierte das System. Er verfolgte aufmerksam, wie die Meeresoberfläche Stück für Stück vom Radar abgetastet wurde.

»Negativ! Kein Oberflächenkontakt. Nicht einmal ein Echo vom Periskop. Nichts.«

»Verdammt, Gus. Wenn er nicht an der Oberfläche ist und auch nicht darunter – wo, zum Teufel, steckt er dann?«

»Keine Ahnung. Da draußen gibt's jedenfalls keine Spur von ihm.«

Grestovitch suchte das Bild auf seinem Schirm aufmerksam ab.

»Lieutenant, Sie haben doch sicher schon mal jemanden von einem ›Loch im Wasser‹ reden hören?«

»Ja.«

»Nun, ich habe gerade eins vor mir. Ich habe überall auf dem Schirm das Echo der Wellen – außer an der Stelle, wo das argentinische U-Boot sein sollte. Da ist rein gar nichts, nur ein großer schwarzer Fleck.«

»Ich hab noch nie ein Schwarzes Loch gesehen, Gus. Das sollten wir uns nicht entgehen lassen.«

Hubschrauber Zero One drang sachte in die Nebelbank ein. ›Nebelbank‹ war eigentlich nicht ganz der richtige Ausdruck, es handelte sich vielmehr um einen rasch fließenden Strom von feuchter Luft, der von dem heftigen Wind angetrieben wurde. Arkady blickte einige Augenblicke auf die vorbeiströmenden Nebelschwaden hinaus und spürte sogleich die Gefahr des Schwindels, der einen in einer solchen Umgebung befallen konnte. Sogleich wandte er seinen Blick den Instrumenten und dem FLIR-Display zu, auf dem die Anzeige des vorwärts gerichteten Infrarot-Sensors erschien.

»Weisen Sie mir den Weg, Gus.«

»Halten Sie sich weiter auf null-vier-null. Entfernung zum Bezugspunkt 500 Meter. GPU-Angabe ... stimmt mit Bezugspunkt überein. Wir sind da.«

»Okay. Ich geh runter. Halten Sie die Augen offen.«

Auf dem FLIR-Display war bereits etwas zu sehen, doch der Kontrast war noch zu schwach. Als der Höhenmesser sich bei etwa 30 Meter einpendelte, riskierte Arkady einen Blick aus dem Cockpit.

Da war alles weiß. Aber das war nicht Nebel, sondern Eis. Sie befanden sich über einer Eisfläche von nicht viel weniger als einem Quadratkilometer. Die Eisschicht lag nahezu flach auf der Meeresoberfläche – zu flach jedenfalls, um ein Radarecho zu erzeugen. Aber dort, wo die Sturzwellen sich an den Rändern brachen, schäumte die Gischt hoch auf, und die Wassermassen strömten flach über das Eis hinweg. Das also war das Phänomen, das Grestovitch als ›Loch im Wasser‹ bezeichnet hatte.

»Ich glaub es nicht! He, Gus – könnte es sein, dass das eigenartige Peilsignal, das die Argentinier vorhin von sich gaben, von einem Vertikal-Sonar stammte?«

»Auf einem dieselelektrischen Boot? Das wär ja was ganz Neues.«

»Nun, vielleicht verwenden sie es ja, um die richtige Position unter dieser Eisscholle zu finden – so wie ein fetter alter Barsch, der sich unter einem umgestürzten Baumstamm versteckt. Aktivieren Sie unsere MAD-Anlage.«

Arkady drehte ab, um sich dann mit dem Wind wieder der Stelle anzunähern, während er die Ergebnisse des Magnetanomalie-Detektors auf seinem Bildschirm aufrief. Langsam schwebte er über das Eis hinweg und wartete auf ein Echo.

Er musste nicht allzu lange warten. Die Sensoren begannen auf das Magnetfeld anzusprechen, das von dem riesigen Klumpen aus Metall ausging.

Arkady flog langsam und in noch engeren Kurven, und das Echo wurde deutlicher. »Hallo, Fisch«, sagte er und blickte auf die Eisplatte hinunter.

Im Gefechtsleitstand der *Cunningham* tönte Vince Arkadys Stimme, von atmosphärischen Störungen überlagert, aus den Lautsprechern. »Grey Lady, Grey Lady, hier Zero One. Wir haben einen deutlichen Kontakt, aber die Situation ist ein wenig ungewöhnlich. Wir brechen EMCON, weil wir um Hilfe beim Angriff ersuchen möchten.«

»Zero One, fahren Sie fort«, antwortete Commander Garrett mit ruhiger Stimme.

»Roger. Zero One an TACCO, können Sie mich hören?«

Dix Beltrain meldete sich. »Ich höre Sie, Zero One. Was ist los bei Ihnen da draußen?«

»Nun, der Grund, warum wir dieses U-Boot so lange nicht finden konnten, ist folgender: Es sitzt unter einer riesigen Eisscholle. Wir können ihn mit den passiven Systemen nicht erfassen, weil er sich völlig still verhält, und durch aktive Peilung erwischen wir ihn auch nicht, weil er durch sein Versteck geschützt ist.«

Beltrain konnte sich die Situation sehr gut vorstellen. »Ja, habe verstanden. Und wenn er auf uns feuern möchte, braucht er bloß ein Stück runterzugehen, und schon kann er uns ins Visier nehmen und seinen Fisch loslassen.«

»Genau, Grey Lady«, pflichtete Arkady ihm bei. »Ich

habe ihn gerade vor einigen Minuten wieder in sein Versteck zurückgejagt. Das Problem ist nur, dass unsere Anti-U-Boot-Torpedos in dieser Situation nicht funktionieren. Wir bekommen ganz einfach keine Zielerfassung und müssen es irgendwie anders versuchen.«

»Haben Sie schon eine Idee?«

»Ja, ich möchte dem Kerl mit einer Sea-SLAM zu Leibe rücken.«

Beltrain wechselte rasche Blicke mit einigen der Anwesenden, die das Gespräch mitangehört hatten. Die Sea-SLAM (Stand-off Land Attack Missile) war eine besonders vielseitige Präzisionswaffe, doch keiner an Bord der Duke hatte je davon gehört, dass sie gegen ein U-Boot eingesetzt worden wäre.

»Können Sie das wiederholen, Zero One?«

»Hören Sie«, begann Arkady mit etwas gereizt klingender Stimme. »Ich habe die Position des Burschen mit meinem MAD-System exakt ermittelt. Im Augenblick stehe ich etwa 15 Meter über ihm. Ich schätze, dass die Eisscholle einen halben bis einen Meter dick ist und dass er mit seinem Turm direkt an der Unterseite klebt. Wenn wir es schaffen, eine SLAM in seine Nähe zu bringen, sollten wir ihn damit ziemlich ärgern können, und er wird zumindest aus seinem Versteck fliehen müssen.«

Beltrain lächelte schließlich, schnippte mit den Fingern und zeigte auf die SLAM-Konsole. Ein Waffentechniker nahm auf dem Sessel davor Platz und begann das System hochzufahren.

»Ich hab Sie jetzt verstanden, Zero One. Wie möchten Sie genau vorgehen?«

»Wir brauchen die Erlaubnis des Captains, für ein paar Sekunden das Feuerleitradar einzusetzen ...«

»Brücke an Gefechtsleitstand, Sie haben meine Erlaubnis«, warf Amanda Garrett mit einer Entschlossenheit ein, die verriet, dass sie das Gespräch mitgehört hatte.

»... dann aktiviere ich meinen IFF-Transponder, und

Sie nehmen mich ins Visier, um einen Bezugspunkt zu bekommen. Wenn Sie das geschafft haben, werfe ich eine Rauchboje über dem Eis ab und mache mich aus dem Staub. Dann feuern Sie und lenken die Rakete anhand der Wärmestrahlung, die von der Boje ausgeht.«

»Verstanden, Zero One! Captain, haben Sie alles mitangehört?«

»Ja, Dix. Sie können genau so vorgehen.«

»Aye aye. Aegis-Operator, aktivieren Sie ihr Steuerbord-System und machen Sie sich bereit, den nördlichen Sektor ins Visier zu nehmen.«

»Steuerbord-System aktivieren, Sir.«

»Zero One, wir sind soweit. Sie können den Transponder einschalten.«

»Roger, Dix. Transponder wird in zehn Sekunden eingeschaltet. Neun ... acht ...«

»Aegis-System, Heli erfassen.«

»Aye aye, Sir. Heli ist erfasst. Bezugspunkt ist hergestellt.«

»Okay. Systeme abschalten.«

Beltrain nahm die Funkverbindung mit dem Hubschrauber wieder auf. »Zero One, wir haben Sie erfasst. Werfen Sie Ihre Rauchboje ab und gehen Sie in Deckung.«

»Roger, Dix, Rauchboje ist abgeworfen, und wir sind weg.«

Beltrain durchquerte den Gefechtsleitstand mit ein paar raschen Schritten und blickte dem SLAM-Operator über die Schulter.

»System ist aktiviert, Sir«, meldete der Geschützmaat, die Hand an der Joystick-Steuerung. »Rakete ist klar. Passive Zielsuche mit Aegis-System abgestimmt. Aktive Lenkung ist soweit. Startschacht geöffnet. System entsichert und einsatzbereit.«

»Feuer.«

Vom Vorschiff kam das gedämpfte Rumpeln eines Raketenstarts.

Die SLAM war eine jener Improvisationen, die sich als noch erfolgreicher erwiesen, als selbst ihre Erfinder vermuten konnten. Mit dieser Rakete sollten die Luftstreitkräfte der Marine eine Luft-Boden-Waffe in die Hand bekommen, die für den Angriff auf besonders stark verteidigte Ziele eingesetzt werden konnte. Es handelte sich um eine Kreuzung aus zwei verschiedenen Lenkwaffen: Das Flugwerk stammte ebenso wie das Triebwerk und der Gefechtskopf von der Harpoon-Anti-Schiff-Rakete der Navy, während das Infrarot-Lenksystem auf die Maverick-Luft-Boden-Rakete der Air Force zurückging.

Diese Lenkwaffe erwies sich als derart wirkungsvoll, dass man davon auch eine Boden-Boden-Variante herstellte. Mit der Sea-SLAM bewaffnet, konnte ein Zerstörer oder eine Fregatte die Feuerkraft eines Kampfschiffs mit der Präzision eines Gewehres vereinen.

Als die Rakete den Scheitelpunkt ihrer Flugbahn erreichte, schaltete sich die thermografische Fernsehkamera in ihrer Nase ein und begann die Meeresoberfläche abzusuchen; sie nahm die Eisscholle fast augenblicklich wahr. Auf den Bildschirmen im Gefechtsleitstand der Duke erschien die Eisfläche als eine dunkle, unregelmäßig geformte Masse, die sich von ihrer wärmeren Umgebung abhob und auf der etwas heller gefärbten Meeresoberfläche dahintrieb. Ein einzelner heller Stern leuchtete nahe dem Zentrum der Scholle – die Wärmeenergie, die von der brennenden Rauchboje ausging.

Der System-Operator schob mit einer geschickten Bewegung das Fadenkreuz des Lenksystems über den Leuchtpunkt und drückte auf den Knopf, um der Rakete ein Ziel zu geben.

Weiter im Norden schoss die SLAM aus dem Himmel herab, und der rauchende Stern, der im Fadenkreuz fixiert war, wurde immer größer, bis er den ganzen Bildschirm ausfüllte. Plötzlich verschwand das Bild vom Schirm – denn es gab keinen Sender mehr.

»Das scheint ja geklappt zu haben«, stellte Beltrain zufrieden fest.

Von ihrer Position aus, die etwas östlich der Eisscholle lag, konnten Arkady und Grestovitch die Fontäne nicht sehen, die von dem zertrümmerten Eis emporstieg; sie nahmen lediglich einen blauen Lichtstrahl im Nebel wahr.

»Dom ab, Gus. Tiefe einhundert Meter.«

Der Sonardom schlug auf den Wellen auf, und Grestovitch verfolgte den Tiefenmesser, während das Seil abgespult wurde. Als die gewünschte Tiefe erreicht war, lauschte er aufmerksam, ob sich irgendetwas ereignete.

Ringsum war immer noch der Nachhall der Explosion zu hören, und es dauerte einige Minuten, bis die Echos verhallt waren.

Plötzlich – das Knarren und Ächzen von Metall, das Sprudeln von Luftblasen und das typische Geräusch einer sich rasch drehenden Schraube, in das sich ein pulsierendes Summen mischte.

»Ich hab ihn. Richtung drei-fünf-null, Entfernung nimmt rasch zu. Er hat soeben eine Lenzpumpe eingeschaltet. Wir haben ihn erwischt, Lieutenant! Wir haben ihn erwischt, und jetzt macht er sich aus dem Staub!«

»Yeah!«, rief Arkady jubelnd aus. »Eins zu null für die Heimmannschaft. Gute Arbeit, mein Freund!«

Der Pilot drückte auf den Mikrofonknopf am kollektiven Blattverstellhebel.

»Grey Lady, Grey Lady, hier Zero One. Wir hatten Erfolg. Das argentinische U-Boot wurde beschädigt und flieht in nordwestlicher Richtung. Sollen wir das Ziel verfolgen?«

Amanda Garretts Antwort kam wie aus der Pistole geschossen. »Negativ, Zero One! Ich wiederhole, negativ! Kommen Sie sofort zum Schiff zurück!«

Die Lady klang irgendwie besorgt.

Vor dem antarktischen Packeisgürtel
75 Kilometer nordwestlich von Kap Lloyd
26. März 2006, 17:20 Uhr

Mittlerweile hatte die *Cunningham* den äußersten Rand der Kaltfront erreicht. Feine, harte Schneeflocken wurden gegen die Fenster der Brücke geweht, wo sie mit den gefrierenden Wassertropfen verschmolzen, die aus der Gischt hochgepeitscht wurden.

»Ken, Sie übernehmen das Kommando!«, rief ihm Amanda über die Schulter zu, während sie sich einen Parka aus dem Kleiderschrank holte. »Ich will die Bergung des Hubschraubers überwachen. Wenn nötig, gebe ich Ihnen Kursänderungen durch. Im Augenblick gehen Sie auf drei-null-null. So kann der Hubschrauber gegen den Wind anfliegen, und wir bekommen außerdem ein wenig Raum zum Packeis hin.«

»Wird gemacht«, antwortete der Erste, während er auf dem Kommandosessel Platz nahm.

»Und schalten Sie die Black-Hole-Systeme ab. Arkady soll eine thermische Spur haben, der er folgen kann.«

»Wird erledigt. Passen Sie auf sich auf da draußen, Skipper. Es wird immer stürmischer.«

»Machen Sie sich nur Gedanken um das Schiff, Ken. Mir passiert schon nichts.«

Im Hauptdurchgang der Aufbauten auf der Ebene des Sturmdecks drängten sich Angehörige des Hubschrauberteams, die Bergungsausrüstung in die Kälte hinaustrugen.

»Sind wir soweit, Chief?«, fragte Amanda, zu Oberbootsmann Muller gewandt.

»Jawohl, Ma'am«, antwortete der stämmige Mann, »aber es wird eine ziemlich heikle Sache. Der Seegang wird immer unangenehmer, also nicht gerade ideale Voraussetzungen für eine Landung.«

Sie nahm den Sicherheitsgurt entgegen, den der Chief ihr reichte, und befestigte ihn um die Taille. Dann legte sie ihren leichten mobilen Kopfhörer ab, setzte stattdessen ein schwereres Exemplar auf, das mit Kabelverbindung funktionierte, und nahm rasch Kontakt mit der Brücke auf, um die Verständigung zu testen. »Alles klar, Captain?«

»Alles klar. Gehen wir's an.«

»Okay. Flugtechnikteam! RAST-Bergungstrupp! Klar zum Einsatz!«

Die Luke öffnete sich, und die Mannschaften eilten auf das Deck hinaus. Amanda lief zur Steuerbord-Reling, während die Leute vom Hubschrauberdeck sich auf ihre Posten begaben.

Das Deck der *Cunningham* mit seiner radarabsorbierenden Beschichtung war im trockenen Zustand gut begehbar, doch nun fühlte es sich unter den Gummisohlen von Amandas Stiefeln gefährlich glitschig an. Und der Wind war mittlerweile von einer beißenden Kälte. Als sie nach der Reling griff, spürte sie die Eiskristalle, die daran hafteten, und wünschte sich, sie hätte wärmere Handschuhe an.

Doch das war jetzt ihre geringste Sorge. Sie strich sich mit einer raschen Handbewegung die Haare aus den Augen und versuchte in der polaren Dämmerung irgendetwas zu erkennen.

»Brücke«, sagte sie und schloss die Hände um ihr Mikrofon, »vergesst die Belastungsgrenzen und fahrt die Stabilisatoren hoch, so weit es geht. Außerdem möchte ich etwas mehr Leistung auf dem Steuerbord-Antrieb. Das wird uns helfen, bei diesem Wetter den Kurs zu halten.«

Vor einigen Jahren während ihrer Ausbildung hatte sie einmal eine Auseinandersetzung mit einem älteren Captain gehabt. Dieser Mensch hatte offensichtlich gedacht, dass weibliche Offiziere zusätzlich zu ihren sonstigen Pflichten auch Dienst als Haremsdamen zu tun hätten. Amanda hatte dieses Missverständnis mit einer kräftigen Ohrfeige korrigiert.

Nach diesem Vorfall hatte sie bisweilen das Gefühl gehabt, dass der einflussreiche Herr ihr Weiterkommen in der Navy zu verhindern suchte, indem er sie zum Dienst auf einem Ozeanschlepper verdonnerte, obwohl sie eigentlich auf ein Kampfschiff wollte. Heute jedoch war sie diesem zudringlichen Mistkerl dankbar dafür – denn in den zwei Jahren ihres Kommandos auf der *Piegan* hatte sie mehr über die unangenehmen Seiten des Seemannslebens erfahren, als bei all ihren übrigen Einsätzen zusammengenommen.

»Da ist er!«

Der Tarnanstrich des Sea Comanche machte ihn bei dem trüben Wetter nahezu unsichtbar, doch Amanda konnte trotzdem erkennen, dass Arkady seine Torpedos abgeworfen hatte, um besser für die äußerst schwierige Landung vorbereitet zu sein. Am Ende des Flugdecks waren bereits Barrieren für einen eventuellen Aufprall angebracht worden, und der RAST-Bergungstrupp stand einsatzbereit, um das Seil des Hubschraubers aufzufangen und zu fixieren.

Bei einer dermaßen stürmischen See ist es so gut wie unmöglich, einen Helikopter auf einer kleinen Fläche abzusetzen. Das Heck eines Schiffes, das sich aufgrund der Wellenbewegung um gut sechs Meter heben und senken kann, würde dann nach einem landenden Helikopter schlagen, als wäre er nicht mehr als eine lästige Fliege. Das war der Grund, warum man ein RAST-Team (Recovery Assistance Securing and Traversing) beigezogen hatte.

Man ging bei der Bergung so vor, dass der Helikopter ein Seil fallen ließ, das an einer Winsch an Deck befestigt wurde, mit deren Hilfe man den Hubschrauber dann herunterzog. Der Pilot achtete darauf, dass das Seil gespannt blieb und konnte auf diese Weise stets einen sicheren Abstand zum Deck einhalten, bis er schließlich aufsetzte.

Der Hubschrauber flog den Landeplatz an und fuhr sein Fahrwerk aus, ehe er das Landeseil hinunterließ. Ein Matrose eilte herbei und fing das leichte Stahlseil mit einem geerdeten Fanghaken auf. Das Seil war vom Hubschrauber elektrisch aufgeladen, so dass bei der ersten Berührung die Funken sprühten.

Der Bergungstrupp brauchte nur wenige Augenblicke, um das Seil an der Winsch zu befestigen. Einer der Männer gab dem Piloten das Zeichen, das soviel wie ›Klar zum Einholen‹ bedeutete, und Arkady bestätigte, indem er die Landescheinwerfer aufleuchten ließ. Langsam begann die Winde, Zero One nach unten zu holen, so wie man ein widerspenstiges Hündchen an seiner Leine herbeizieht.

Amanda hatte den Verlauf der Aktion aufmerksam verfolgt. Nun blickte sie aufs Meer hinaus, um zu sehen, wie die Bedingungen während der nächsten, besonders kritischen Sekunden sein würden.

Der Himmel hatte sich verändert. Es sah aus, als wären die Nebelschwaden vor dem Bug der *Cunningham* zu etwas Festem geronnen. Eine dunkle Wand senkte sich auf das Schiff herab.

»Seil lockern!«, rief sie. »Seil lockern!«

Zu spät – die Sturmbö schlug mit der Wucht einer Explosion zu.

Der Zerstörer bäumte sich auf wie ein erschrockenes Pferd – und so gut wie alle an Deck Anwesenden verloren das Gleichgewicht, während die Gischt über die Reling hereinbrach. Die Wasserwand, die der Sturm vor sich her peitschte, rollte unter dem Kiel der *Cunningham* weg und hob das Heck des Schiffes hoch, um es mit voller Wucht sofort wieder niedersausen zu lassen.

Amanda hörte einen Knall wie von einem Gewehrschuss, gefolgt von einem Schrei, der den Sturm und den Rotorlärm übertönte. »O Gott! Das Seil ist gerissen!«

Sie blickte auf und sah den Hubschrauber im Wind davontreiben wie einen Drachen, dessen Leine gerissen ist.

An Bord des Helikopters hatte Vince Arkady nur einen Gedanken – den plötzlich außer Kontrolle geratenen Hubschrauber in der Luft zu halten. Eine solche Situation war nie im Simulator trainiert worden. Unter diesen Bedingungen würden die Experten wohl nur sagen, dass man nichts mehr tun könne außer beten.

Gus Grestovitch, der hinter dem Piloten saß, war nur noch ein Passagier, der hilflos zusehen musste, wie die *Cunningham* im Schneesturm verschwand.

»Wir sind verloren«, flüsterte er heiser.

»Brücke! Beleuchten Sie das Schiff! Positionslichter, Ankerlichter, Arbeitsbeleuchtung, alles! Drehen Sie alles auf, was wir haben!«

Ringsum war fast schon die Nacht hereingebrochen, die nun von den grellen Lichtern des Schiffs erhellt wurde. Amanda rappelte sich hoch und lief durch einen dichten Vorhang von rot erleuchteten Schneeflocken zum Bergungsteam hinüber.

Oberbootsmann Muller und sein Team waren rund um die Winsch versammelt, so als hätten sie es mit einer Angelschnur zu tun, die sich nicht mehr aufwinden ließ.

»Chief, wie schlimm ist die Lage?«, rief sie so laut sie konnte, um den pfeifenden Wind zu übertönen.

»Es könnte nicht schlimmer sein. Das Seil ist ganz oben am Helikopter gerissen. Wir haben kein Seil mehr, an dem wir ihn runterbringen könnten, und ohne das sind wir bei diesem Wetter machtlos.«

Amanda sah deutlich, dass Muller keinerlei Hoffnung mehr hatte. Bei jedem anderen Navy-Hubschrauber wäre es kein Problem gewesen, ein zweites Seil aus dem Cockpit zu werfen – doch der Sea Comanche war ein Kampfhubschrauber mit engem, voll gestopftem Cockpit, der über eine solche Möglichkeit nicht verfügte.

Zwei weiße Lichtstrahlen drangen durch die Dunkelheit herab und tanzten über das Heck der Duke. Zero One war wieder unter Kontrolle und kam erneut auf das Schiff zu, langsam und vorsichtig tastete er sich durch den Sturm voran.

»Captain, hier Gefechtsstand«, ertönte eine gedämpfte Stimme in ihrem Kopfhörer. »Lieutenant Arkady ersucht um Erlaubnis, mit Ihnen zu sprechen, Ma'am.«

»Okay. Geben Sie ihn mir.«

Klick!

»Grey Lady, hier Zero One. Wie's scheint, haben wir hier einen ziemlichen Schlamassel.«

Amanda hockte sich neben Chief Muller nieder und versuchte, ihr Mikrofon vor dem pfeifenden Wind zu schützen.

»Ja, Zero One. Ihr Bergungsseil ist gerissen. Wir sind dabei, die Lage zu checken.«

»Da gibt's nicht viel zu checken, Grey Lady. Wir werden den Hubschrauber heute nicht mehr zurückbringen können.« Vince Arkadys Feststellung klang genauso endgültig wie die von Chief Muller vorhin.

Tief in ihr krampfte sich etwas zusammen.

»Keine vorschnellen Schlussfolgerungen, Zero One. Wenn es sein muss, schreiben wir den Hubschrauber ab. Sie können einen kontrollierten Absturz in die Barrieren durchführen.«

»Negativ, negativ! Falls ein Tank draufgeht, wäre es möglich, dass Feuer an Deck ausbricht. Und wenn wir seitlich über Bord gehen, könnten wir eine Antriebsgondel beschädigen. Ich möchte das Schiff nicht einem solchen Risiko aussetzen.«

»Das muss *ich* entscheiden, Zero One.«

»Nein, Captain«, erwiderte Arkady in grimmigem Ton über Funk. »Als Kommandant des Helikopters bin ich verantwortlich.«

Amanda stieß ein paar Worte hervor, die eine Dame angeblich nicht verwendete, auf die ein Offizier der Navy aber manchmal nicht verzichten konnte.

»Chief, es muss noch einen anderen Weg geben!«, sagte sie und schob das Mikrofon zur Seite.

»Vielleicht wenn er es schaffen würde, nahe genug heranzukommen, damit wir ein Seil an seinem Transportbügel befestigen könnten ...«

In diesem Augenblick neigte sich das Deck des Zerstörers, als eine Welle unter ihm wegtauchte, und wenig später donnerte ein weiterer Brecher gegen die Reling, wie um die Aussichtslosigkeit des Vorschlags zu untermauern, den der Chief soeben gemacht hatte.

»Grey Lady, hier Zero One. Es bringt nichts, wenn wir hier oben rumhängen. Ich mach mich jetzt sofort in Richtung Antarktis auf. Wir landen bei der russischen oder der polnischen Station und warten dort, bis der Sturm sich gelegt hat. Später, wenn das Wetter danach ist, können wir ja ein neues Rendezvous ausmachen.«

»Was? Nein! Augenblick, Zero One ...«

Muller hatte das Gespräch mitangehört. Der Oberbootsmann legte Amanda die Hand auf die Schulter. »Das schafft er nie! Er hat nicht genug Treibstoff, um in diesem Wetter so weit zu kommen. Selbst wenn er tatsächlich zu einer der Stationen gelangen sollte, würde nicht einmal dieser Kerl den Vogel heil runterbringen. Falls überhaupt eine Landung möglich ist, Ma'am, dann nur hier!«

Sie nickte zustimmend. Der Wind und das Donnern

der Rotoren machten es schwer, ein Wort zu verstehen, und bei der Kälte hatte man Mühe, einen klaren Gedanken zu fassen. Auch die beste Kälteschutzkleidung nützte nichts mehr, wenn sie einmal feucht war – und das Deck war mittlerweile fast ständig von einigen Zentimetern gefrierendem Meerwasser überspült.

»Grey Lady, können Sie mich hören?«, drängte Arkadys Stimme. Er wollte unbedingst die Erlaubnis zu einem hoffnungslosen Unternehmen bekommen.

»Negativ, Zero One. Diese Möglichkeit scheidet aus. Ich wiederhole, diese Möglichkeit scheidet aus. Halten Sie Ihre Position, bis wir einen anderen Weg gefunden haben.«

»Grey Lady, ich hab keine Zeit mehr für solchen Unsinn!«, stieß Arkady gereizt hervor. »Wenn ich eine Chance haben will, irgendwo zu landen, dann muss ich sofort aufbrechen! Ich hab nicht genug Sprit, um hier rumzuhängen!«

»Lieutenant Arkady! Sie halten da oben noch zwei Minuten Ihre Position! Das ist ein Befehl!«

Es kam keine Antwort, aber die Lichter des Hubschraubers tanzten immer noch ziellos in der Dunkelheit über dem Heck des Schiffes hin und her.

Amanda kniete auf dem Deck nieder und versuchte den Schmerz und die Kälte zu ignorieren, die ihr in die Glieder krochen. Fieberhaft versuchte sie eine Lösung zu finden, auch wenn ihr Kopf sich matt und leer anfühlte.

Irgendwie muss es doch möglich sein – aber wie, wenn das Deck ständig auf und ab schaukelt. Vielleicht, wenn wir ihm eine Leine ins Cockpit hinaufschießen? Nein! Wir könnten den Rotor treffen … Komm schon, denk nach!

Sie biss die Zähne zusammen, damit sie nicht so laut klapperten, beugte sich vor und trommelte mit den Fäusten auf das Deck – einerseits aus Frustration, andererseits um wieder ein wenig Gefühl in ihre Hände zu bekommen.

»Grey Lady.« Die zwei Minuten waren vorüber, und

Arkadys Stimme klang wieder ruhiger – vielleicht auch resigniert. »Wir brechen jetzt zum Stützpunkt Bellinghausen auf. Viel Glück. Wir sehen uns nach dem Sturm.«

»Arkady, Sie haben nicht genug Treibstoff!«

»Keine Sorge, Grey Lady. Ich werd eben haushalten. Ich werfe die MAD-Anlage und das Tauchsonar ab ...«

Amanda hob abrupt den Kopf. »Warten Sie! Das Tauchsonar! Arkady, werfen Sie das Tauchsonar nicht ab und warten Sie noch eine Minute!«

Sie wandte sich an Chief Muller. »Chief, können wir Zero One am Seil des Tauchsonars an Bord holen?«

»Verdammt!«, rief Muller aus. »Ich hab noch nie gehört, dass es einer versucht hätte.«

»Ich auch nicht, Grey Lady«, warf Arkady über Funk ein, »aber das gefällt mir auf einmal doch besser, als das Wochenende bei den Russen zu verbringen. Seid ihr bereit, das Seil aufzufangen?«

»Alles klar, Zero One. Lassen Sie's runter.«

Amanda rappelte sich hoch und rief, so laut sie konnte: »Bergungstrupp klarhalten! Passt gut auf, wir versuchen eine Bergung mit dem Sonarseil. Chief, machen Sie die Winsch klar! Sie da – ja, der mit der schweren Drahtschere! Halten Sie sich bereit! Wir werden Sie gleich brauchen.«

Der Sea Comanche näherte sich erneut mit aller Vorsicht, um nicht in die Nähe der Masten zu kommen, und machte sich bereit, das Seil auf den Landeplatz hinunterzulassen.

Sie konnten bereits den tropfenförmigen Sonardom erkennen, der wie ein Pendel unter dem Hubschrauber hin- und herschwang. Im Gegensatz zum Bergungsseil hatte dieses Gerät genug Masse, um einem Mann, der ihm in den Weg kam, alle Knochen zu brechen. Die Schiffsmannschaft drückte sich gegen die Decksaufbauten, als Arkady über dem Landeplatz Position bezog. Dann ließ er das Seil herunter, und der Dom krachte mit solcher Wucht auf das Deck nieder, dass einige Fliesen barsten.

»Los!«

Die kräftigsten Männer der Decksmannschaft eilten herbei und stürzten sich auf das Seil, als wäre es der Quarterback der gegnerischen Football-Mannschaft; sie hielten es fest, bevor es durch den Seegang davongewischt werden konnte. Der Matrose mit der Drahtschere folgte ihnen und kappte das Seil knapp oberhalb des Doms. Einer der Männer hielt das abgetrennte Gerät in seinen Armen wie ein kleines Kind und kämpfte sich damit zum Deckhaus hinüber.

Arkady ließ noch mehr Leine hinunter und entfernte sich ein Stückchen, um sowohl sich selbst als auch der Deckmannschaft etwas mehr Spielraum zum Arbeiten zu geben. Die Männer schleppten das Seil zur Winsch hinüber, was so aussah, als wollten sie mit dem Helikopter tauziehen – ein Wettkampf, bei dem sie kaum Aussichten gehabt hätten, zu gewinnen. Eine falsche Bewegung von Seiten des Piloten, eine außergewöhnlich hohe Welle oder eine plötzliche Windbö – und das Seil würde über Bord gehen und wahrscheinlich einen oder mehrere Männer mit sich reißen.

Sie schafften das Seil zur Winsch und standen dann eine Weile um die Winde versammelt. Amanda wurde ungeduldig.

»Chief, gibt's ein Problem?«, rief sie und kämpfte sich zum Oberbootsmann vor.

»Das Seil geht nicht in diese verflixte Winde rein. Es hat nicht die richtige Stärke!«

»Verdammt! Verdammt!«

»Wir müssen eine andere Winsch holen, Captain!«

»So viel Zeit haben wir nicht!«

Sie blickte sich Rat suchend auf dem Deck um. Es musste doch irgendein Gerät geben, das dafür taugte! Aber welches? Zum ersten Mal verfluchte Amanda die

Tatsache, dass die Duke als Stealth-Schiff auf so vieles verzichten musste, was auf anderen Schiffen zur Standardausrüstung gehörte. Dann fiel ihr die Luke direkt vor dem Aufzug ins Auge.

Sie eilte hinüber und riss die Luke auf. Unten im hell erleuchteten Hangar schauten eine Hand voll Matrosen verdutzt zu ihr hinauf.

»Holt mir schnell zwei große Stützbalken und eine schwere Kabelschelle«, rief sie aufgeregt. »Schnell!«

Am anderen Ende des Seils hielt Vince Arkady seinen prekären Balanceakt weiter aufrecht. Sein Blick wanderte ständig zwischen den Anzeigen des Sea Comanche und den Lichtern hin und her, die unten auf der *Cunningham* das Dunkel durchdrangen. In den wenigen Momenten, die er für das FLIR-Display erübrigen konnte, sah er nichts als schwarze Sturzwellen, die sich bis in die Unendlichkeit zu erstrecken schienen.

»Lieutenant«, meldete sich Grestovitch in sachlichem Ton. »Wollte Sie nur wissen lassen, dass sich in den Ansaugstutzen schön langsam Eis bildet.«

»Ich weiß, Gus. Ich spüre, dass die Leistung nachlässt.«

Die Umdrehungszahl der Rotoren ließ ebenfalls langsam nach – denn auch hier setzte sich allmählich Eis fest. Gelegentlich hörte man, wie sich mit einem berstenden Geräusch ein Eisklumpen von den Rotorblättern löste. Bald würde der Sea Comanche nicht mehr in der Lage sein, seine Last zu tragen, und einfach ins Meer niedersinken.

»Ich hoffe, die brauchen nicht die ganze Nacht.«

Wer hoffte das nicht? Arkady verzichtete darauf zu antworten.

Der bittere Geschmack der Angst machte sich in seiner Kehle bemerkbar. Vor nicht allzu langer Zeit hatte er vor einer Lady damit geprahlt, dass er noch nie in der

Luft Angst gehabt hätte. Das entsprach nicht ganz der Wahrheit.

Alle Piloten fürchten das Wetter.

Die meisten würden es nicht zugeben, doch die Angst ist da. Das Wetter schert sich keinen Deut darum, wie gut oder gut ausgebildet man ist. Es ist einfach da, und wenn man es nicht schafft, rechtzeitig auf den Boden zu kommen oder seiner Gewalt in der Luft auszuweichen, dann bringt es einen mit derselben Gleichgültigkeit um, mit der ein Felsbrocken einen Käfer überrollt.

»Zero One, hier Grey Lady«, ertönte Amandas Stimme in seinem Kopfhörer, vom Heulen des Windes und dem Knattern der Rotoren überlagert. »Wir haben da ein Problem. Das RAST-System nimmt das Seil nicht an. Sie müssen mit Hilfe Ihrer eigenen Winde runterkommen. Wir geben Ihnen das Signal, sobald wir das Seilende fixiert haben.«

Aus dem Augenwinkel verfolgte der Pilot den gewundenen Verlauf des Seils hinunter, bis es irgendwo im roten Licht des Hubschrauberdecks verschwand.

»Warum nicht?«, seufzte er.

Das Seilende wurde um die Mitte der beiden Stützbalken gewunden und mit einer schweren Kabelschelle befestigt.

»Es ist fixiert, Captain!«, rief ein Matrose vom Deck des Hangars herauf.

»Okay. Vorsicht da unten! Haltet genug Abstand!«

Amanda wandte sich wieder den Ereignissen an Deck zu. »Alle Mann weg vom Seil! Haltet genug Abstand!«

Sie wartete, bis alle ihren Befehl befolgt hatten, und setzte sich dann mit der Brücke in Verbindung. »Ken, wir holen ihn jetzt runter. Halten Sie sich bereit.«

»Aye, aye. Wir sind soweit.«

»Zero One. Wir sind klar zum Bergen. Okay?«

»Roger, Grey Lady. Bringen wir's hinter uns.«

Sie blickte sich ein letztes Mal um, um sich zu vergewissern, dass die Landeplattform geräumt war, und trat dann selbst ein paar Schritte zurück.

»Zero One, Landung einleiten!«

»Landung wird eingeleitet. Dom hoch!«

Das Seil spannte sich, und die Stützbalken wurden hochgerissen und mit solcher Wucht gegen den Rahmen der Luke geknallt, dass ein Beben durch das ganze Deck ging. Stück für Stück hangelte sich der Sea Comanche an dem Seil auf das sichere Deck zu.

»Dom hoch!« Arkady musste seine fliegerischen Fähigkeiten voll ausschöpfen und sich selbst übertreffen, um auf die vielen Faktoren zu reagieren, die sich mit jeder Sekunde änderten. Er musste den Wind ebenso berücksichtigen wie die Triebwerksleistung, die Sinkgeschwindigkeit und die Bewegungen des Decks und durfte dabei auch die Winde nicht überfordern.

Das Hubschrauberdeck wurde rasch größer – und plötzlich zu rasch, als die *Cunningham* sich wie ein Mustang aufbäumte, der eine lästige Bremse loswerden will.

Arkady riss den Hubschrauber hoch, und das Seil spannte sich wieder. Doch als das Schiff plötzlich erneut sank, begann Zero One sich auf einmal zu drehen. Verdammt! Der Helikopter geriet aus der Balance, weil das Seil nicht in seinem Zentrum angebracht war. Doch anstatt zu versuchen, die Lage zu korrigieren, tauchte Arkady hinunter, direkt auf das Deck zu. Im nächsten Augenblick prallte das Fahrwerk mit einer solchen Wucht auf, dass die Stoßdämpfer bis an die Grenze ihrer Leistungsfähigkeit beansprucht wurden.

Arkadys Hände flogen nur so im Cockpit hin und her. Treibstoffzufuhr aus! Bodenbremsen an! Rotorbremse aktiv!

»Gus, sichern Sie die Winde!«

»Ist erledigt!«

Alle Systeme aus!

»Nichts wie raus hier!«, rief Arkady.

»Bin schon draußen, Lieutenant!«

Die Kabinenhaube ging hoch, und die eisige Luft von draußen vertrieb in Sekundenbruchteilen die Wärme, die hier drin geherrscht hatte. Als die beiden Flieger aus dem Cockpit kletterten, kamen die Leute von der Decksmannschaft herbei und warteten zunächst in sicherer Entfernung, bis die Windmühle der Rotorblätter sich verlangsamt hatte, ehe sie sich dem Hubschrauber näherten.

»Freut mich, dass Sie's geschafft haben, Sir!«, rief Chief Muller und ging auf Arkady zu. »Wirklich kein schöner Abend heute.«

»Was Sie nicht sagen, Chief.«

Dann sah Arkady etwas weiter hinten eine schlanke Gestalt im roten Licht der Arbeitsbeleuchtung stehen.

Oben auf der Brücke blickte Commander Ken Hiro zwischen den verschiedenen Bildschirmen hin und her. Auf den achterlich angebrachten Monitoren waren die Ereignisse draußen auf dem Hubschrauberdeck zu sehen, während die Schirme vorne die See zeigten, die das Schiff durchpflügte. Auf diese Weise konnte die Besatzung der Brücke in der mittlerweile fast völligen Dunkelheit erkennen, was vor der Duke lag.

Plötzlich ertönte eine Stimme vom Beobachtungsposten: »Objekt im Wasser. Richtung fünf Grad backbord voraus, Sir.« Es war mehr als nur ein Objekt. Hiro sah einen kleinen Eishügel, der auf das Schiff zurollte – ein Bruchstück eines Eisbergs, das vom Sturm hierher getrieben worden war.

»Ruder hart Steuerbord! Kurs null-null-null Grad!«

Es blieb gerade noch genug Zeit, um die Meldung über die Bordsprechanlage durchzugeben.

»Achtung an Deck! Wir laufen seitlich gegen den Sturm!«

Noch bevor Hiro seine Warnung durchgab, spürte Amanda, dass sich etwas Gewaltiges zusammenbraute. Das einzig Sinnvolle, das sie in den wenigen Sekunden tun konnte, war, die Luke wenigstens teilweise zu schließen, durch die das Bergungsseil des Helikopters verlief. Im nächsten Augenblick brach eine Wand aus schwarzem Wasser über die Backbord-Reling herein, die alles und jeden unter sich begrub.

So wie die Leute von der Bergungsmannschaft hatte Amanda ohnehin schon stark unter der eisigen Kälte gelitten, die draußen herrschte, doch der Schock dieser eiskalten Überflutung ließ ihr das Herz im Leib stillstehen, und ihr wurde einen Moment lang schwarz vor Augen.

Amanda klammerte sich an den Lukenrahmen, bis die Wasserlawine vorüber war, dann schüttelte sie sich das Salzwasser aus den Augen und blickte sich um. Der Großteil der Decksmannschaft war ebenfalls von den Beinen gerissen worden – doch es gab noch eine andere Bedrohung, die buchstäblich über ihnen schwebte.

Sie waren bisher noch nicht dazu gekommen, den Hubschrauber am Boden zu fixieren und zu sichern. Die einzige feste Verbindung mit dem Deck bestand in dem Seil, mit dem sie ihn geborgen hatten. Nun, wo der Sturm gegen die Flanke des Schiffes hereinbrach, begann sich der Helikopter um diesen Verbindungspunkt zu drehen und schlitterte mit voller Wucht über das Deck hinweg.

Im blutroten Licht der Decksbeleuchtung glich der Hubschrauber einem jener Insekten, wie sie in den Horrorfilmen der 1950er Jahre oft aufgetaucht waren. Amanda verfolgte gebannt die Bahn des Helikopters und sah, wie zwei Decksarbeiter, die sich nicht rechtzeitig in Sicherheit bringen konnten, zur Seite bugsiert wurden. Dann erkannte sie eine dritte Gestalt, die sich seitlich am Rumpf festklammerte wie ein Cowboy, der einen riesigen Stier zu bändigen versucht.

Es war Arkady.

»Nein!«

Sie versuchte sich hochzurappeln, was ihr jedoch nicht gelang, weil sie sich in der Sicherungsleine und dem Kabel ihrer Funkverbindung verheddert hatte. Fieberhaft versuchte sie sich zu befreien und sah dabei, wie Arkady von dem Helikopter heruntersprang, der sich nun anschickte, den ganzen Weg zurückzuschlittern. Arkady zog die beiden verletzten Männer auf die Beine und schob sie vor sich her zum Deckshaus, wo sie in Sicherheit waren. Doch anstatt ihnen zu folgen, schnappte er sich eine der Nylonleinen, die sie mit sich getragen hatten, und befestigte sie an einer Halterung an Deck.

Der Flieger wollte es nicht zulassen, dass sich sein Fluggerät selbst zerstörte. Amanda riss sich den Kopfhörer herunter und löste ihre Sicherungsleine – doch es war schon zu spät, um einzugreifen.

Die nächste Sturzwelle brach über den Zerstörer herein. Diesmal spürten die Leute an Deck nicht einmal mehr die durchdringende Kälte des Wassers. Als Zero One erneut über den Landeplatz zu schlittern begann, warf sich Arkady flach auf den Boden, um das Heck des Hubschraubers über sich hinwegsausen zu lassen. Als die Welle vorüber war und Zero One kurz innehielt, rollte sich Arkady auf den Rücken und befestigte die Leine rasch an einer Halterung am Rumpf.

Zero One machte einen kurzen Ruck, blieb aber stehen.

Im nächsten Augenblick blies Chief Muller zum Generalangriff auf den Hubschrauber, um ihn voll und ganz zu bändigen. Amanda sah ein paar Bremsklötze in ihrer Nähe, schnappte sie sich und schloss sich der Decksmannschaft an. Sie hockte sich bei einem der Räder des Fahrwerks nieder und befestigte die Gummikeile zu beiden Seiten des Rades.

Eine dritte Sturzwelle strömte über das Deck hinweg, wenn auch nicht so heftig wie die beiden vorangegangenen. Mit heulenden Turbinen schwenkte die *Cunningham* herum und lief nun wieder dem Sturm entgegen.

Es dauerte noch eine Weile, bis der Helikopter fixiert war. Ein weiteres Dutzend Halteseile musste angebracht und festgezogen werden. Auch die Rotoren wurden zusammengeklappt und gesichert, bis die Männer und Frauen, die dies bewerkstelligten, schließlich nicht mehr allein aufgrund des Seegangs taumelten, sondern mindestens ebenso sehr vor Erschöpfung.

Amanda nahm das alles nur noch wie von fern wahr. Sie merkte gar nicht, dass ihre Körpertemperatur dramatisch gesunken war. Das Einzige, was sich noch in ihrem Bewusstsein festsetzte, war Arkadys Gesicht, das hier und dort auftauchte, während er sich an seinem Helikopter zu schaffen machte. Als sie schließlich an der Spitze des Bergungsteams zur Geborgenheit der Decksaufbauten zurückkehrte, schien das leuchtende Oval der wasserdichten Tür kilometerweit entfernt zu sein.

Vor dem antarktischen Packeisgürtel
Hundert Kilometer nördlich von Seal Island
26. März 2006, 18:10 Uhr

Als die Luke des Sturmdecks schließlich zugeschlagen wurde, war der Korridor voll mit durchnässten, schneebedeckten Gestalten, die zu erschöpft waren, um sich zu bewegen.

»Tja, das war ein schönes Stück Arbeit«, stellte Arkady keuchend fest. »Meinen Sie, Zero One wird's unbeschadet überstehen, dass er draußen bleiben muss?«

»Wahrscheinlich schon, wenn wir dem Sturm nicht noch mal so in die Quere kommen wie vorhin«, antwortete Chief Muller. »Tut mir Leid, dass wir ihn an Deck lassen müssen, Sir. Aber es wäre keine sehr gute Idee, jetzt noch zu versuchen, ihn mit dem Aufzug runterzubefördern.«

»Ja, ich weiß. Ihr Jungs habt wirklich gute Arbeit geleistet da draußen, Chief.«

»Danken Sie der Lady. Sie hatte die Idee, wie wir Sie da runterbekommen. Wenn ich ganz ehrlich sein soll, Lieutenant, ich habe nicht mehr damit gerechnet, dass Sie zum nächsten Appell antreten.«

»Ich auch nicht.«

Arkady ließ den Handlauf los, an dem er sich festhielt, und betrachtete prüfend seine Hand. Ja, kein Zweifel, er hatte einen gehörigen Tatterich. Mindestens genauso stark wie tags zuvor nach diesem nervenaufreibenden Nahkampf.

»Sorgen Sie dafür, dass diese Leute wieder auftauen«, sagte Amanda Garrett, gegen das Schott gelehnt. Ihre Augen waren geschlossen, und ihre heisere Stimme schwankte ein wenig. »Vergessen Sie die Wasserrationierung und gönnen Sie allen eine heiße Dusche, egal wie lang. Guelette und … der andere, der sich verletzt hat – geht ins Lazarett und lasst euch untersuchen. Los.«

Die Bergungsmannschaften begannen sich zu zerstreuen und suchten ihre Quartiere auf. Gus Grestovitch saß auf dem Boden, den Kopf auf die Arme gestützt. Arkady beugte sich hinunter und zog ihn auf die Beine.

»Kommen Sie, mein Freund. Sie haben ja gehört, was die Lady gesagt hat. Also heben Sie schon Ihren Hintern.«

Grestovitch brachte ein schwaches Lächeln zustande, während sein Pilot ihn mit einem Klaps auf die Schulter entließ.

Einige Augenblicke später waren nur noch Arkady und seine Kommandantin im Korridor. Ein ganzer Tag war vergangen, seit er zum letzten Mal mit ihr allein gewesen war. Nur waren sie jetzt beide durch und durch nass, halb erfroren und am Rande des Zusammenbruchs. Was sich jedoch nicht geändert hatte, war, dass sie ihm immer noch als eine äußerst begehrenswerte Frau erschien. Er war sich jedoch nicht sicher, was Amanda dachte. Sie sah ihn nun mit demselben Ausdruck fast ängstlicher Zurückhaltung an wie zuvor vor dem Schiffslazarett.

Schließlich wandte sie sich ab und ging unsicheren Schrittes von ihm weg. Als sie die Leiter erreichte, die zum nächsten Deck führte, gaben ihre Beine fast unter ihr nach.

»He, sind Sie okay?« Verdammt, er war selbst ziemlich wacklig auf den Beinen, als er zu ihr eilte.

»Es geht schon«, sagte sie und hielt sich an der Leiter fest. »Ich muss nur rasch auf die Brücke.«

Er erschrak über ihren Blick, der in die Ferne gerichtet zu sein schien, und über die Blässe ihres Gesichts, die mit der Kälte allein nicht zu erklären war.

»Captain, Sie sollten Ihren eigenen Befehl ernst nehmen und sich eine heiße Dusche genehmigen. Sie sehen nämlich gar nicht gut aus.«

»Mir geht's gut, und ich werde auf der Brücke gebraucht!« Sie versuchte die Leiter zu erklimmen, rutschte dabei aber aus und krachte mit einem Bein hart gegen die unterste Sprosse.

»Verzeihung, Ma'am, aber ich würde sagen, Sie leiden unter einem Schock durch die Unterkühlung!«

»Lassen Sie mich in Ruhe, Lieutenant!«

Ihre Worte versetzten ihm einen Stich, und Arkady vergaß für einen Augenblick die militärischen Umgangsformen. Er griff nach der Kapuze ihres Parkas und schüttelte sie heftig. »Verdammt, Lady, wie wär's, wenn Sie mal fünf Minuten an sich selbst denken würden!«, brüllte er sie an und suchte nach den richtigen Worten, um sie zu überzeugen. »Was soll aus dem Schiff werden, wenn Ihnen etwas zustößt? Wer bringt uns dann hier raus?«

Das saß. Sie schien wieder zu sich zu kommen. »Okay, okay! Helfen Sie mir in meine Kajüte!«

Er legte den Arm um ihre Taille und half ihr die Leiter hinauf und weiter zu ihrem Quartier. Sie bewegten sich auf so wackeligen Beinen, als hätten sie zusammen eine Flasche Whisky geleert. Als sie die Kajüte erreicht hatten, riss er den Reißverschluss ihrer Jacke auf, schälte sie aus dem nassen Kleidungsstück und ließ es achtlos zu Boden fallen.

Sie wich zurück. »Das kann ich selbst, Lieutenant!«, sagte sie gereizt.

»Na schön! Nur zu!« Er ging zur Tür, drehte sich aber noch einmal um und blickte ihr direkt in die Augen. »Und für Sie bin ich nicht nur ein ›Lieutenant‹! Ich heiße Arkady!«

Er knallte die Tür hinter sich zu.

Einige Augenblicke stand er draußen auf dem Korridor und balancierte das Stampfen des Schiffes aus.

»Warum, zum Teufel, hab ich das bloß gesagt!«

Er schlug mit seinem Helm gegen das Schott, was nicht nur einen ordentlichen Knall auslöste, sondern auch eine stattliche Beule in dem Metall hinterließ. Es kribbelte in seinem Unterarm von der Wucht des Schlages, als er sein eigenes Quartier aufsuchte.

Amanda ging quer durch die Kajüte. Sie befreite sich rasch von ihren Stiefeln und stieg, ohne sich auszuziehen, unter die Dusche, wo sie sogleich das heiße Wasser aufdrehte.

Es dauerte fast eine Minute, bis sie die dampfende Wärme spürte. Sie hob ihre Hände dem warmen Strom entgegen und bewegte die Finger, bis sie sich wieder abbiegen ließen. Dann erst begann sie sich langsam zu entkleiden.

Jetzt, wo sie sich allmählich erholte, erkannte sie erst, wie schlecht es ihr gegangen war. Arkady hatte Recht gehabt, was ihren körperlichen Zustand betraf. Die Frage war, ob er auch in anderer Hinsicht Recht hatte.

Seit Annapolis waren viele von Amandas Männerbekanntschaften Kollegen von der Navy gewesen. Mit einigen hatte sich ein freundschaftliches Verhältnis entwickelt, mit anderen war sie gelegentlich ausgegangen. Mit zwei oder drei von ihnen hatte sie sogar kurze Affären gehabt. Nie jedoch hatte sie es sich gestattet, sich zu einem Kollegen hingezogen zu fühlen, mit dem sie unmittelbar zusammenarbeitete. Das war, beruflich gesehen, einfach ein zu großes Risiko. Sie hatte sich geschworen, sich niemals eine solche Blöße zu geben.

Leider war ihr nun ein gewisser Lieutenant Arkady über den Weg gelaufen, der ihr ohne viele Worte, aber umso beharrlicher zu verstehen gab, dass er an ihr interessiert war.

Um sich gegen die Kälte zu schützen, hatte Amanda draußen an Deck einen ihrer Gymnastikanzüge unter der

Uniform getragen. Sie schälte sich aus dieser zweiten Haut und ließ sie einfach zu Boden sinken. Ihr BH und Slip folgten gleich darauf. Dann sank sie auf den Boden der Duschkabine nieder und ließ sich das heiße Wasser auf die Schultern prasseln.

Die Antwort auf ihre Frage war denkbar einfach. Sie musste das Ganze jetzt sofort beenden, bevor sie beide etwas ziemlich Dummes taten.

Leider war das wirkliche Leben manchmal nicht mit so einfachen Antworten zu bewältigen. Es ging hier nämlich nicht allein um körperliche Anziehung. Zuvor an Deck hatte sie tatsächlich Angst um ihn gehabt; nicht nur dieses Gefühl von Verantwortung, das sie für jeden empfand, der unter ihrem Kommando stand, sondern eine tiefere, persönlichere Angst. Es war ein Gefühl, das aus ihrem tiefsten Inneren zu entspringen schien. Fast war es so, als wäre ihr plötzlich bewusst geworden, welche Möglichkeiten ihr genommen würden, wenn es diesen Mann nicht mehr für sie gäbe.

Sie kniete auf ihren verstreuten Kleidern und murmelte leise vor sich hin. »Verdammt … verdammt … verdammt …«

Doch diesmal hätte sie nicht zu sagen vermocht, ob ihre Worte Arkady oder mehr ihr selbst galten.

Die *Cunningham* pflügte durch die Sturzwellen, und die Gischt, die als schwacher Lichtschein am Bug zu erkennen war, schäumte hoch auf.

»Wie steht's, Ken?«

Hiro drehte sich um und sah Amanda hinter sich stehen. Sie war in eine frische Khakiuniform gekleidet und hatte ihr immer noch feuchtes Haar im Nacken hoch gesteckt. Mit einer wegwerfenden Handbewegung verzichtete sie darauf, ihre Ankunft auf der Brücke verkünden zu lassen.

»Wir kommen gut voran, Captain. Alle Systeme arbeiten tadellos. Auch mit dem Helikopter scheint alles in Ordnung zu sein.«

»Schön. Sehen wir uns mal den Kurs an.«

Sie durchquerten die verdunkelte Brücke und traten an den leuchtenden Kartentisch.

»Wir sind immer noch auf zwei-neun-null und laufen unter totaler EMCON. Ich habe mich außerdem entschlossen, die Fahrt um ein paar Knoten zu steigern. Das knabbert zwar ein wenig an unseren Treibstoffreserven, aber ich dachte mir, dass es gut wäre, den letzten Kontaktpunkt noch vor dem Morgengrauen möglichst weit hinter uns zu lassen.«

»Einverstanden.« Amanda zog mit dem Finger eine Linie auf dem Kartentisch. »Wir halten diesen Kurs und kehren ins Zentrum der Drake-Passage zurück. Es hilft uns nicht weiter, wenn wir am Packeis entlanglaufen.«

»Ja. Die Drift hier draußen ist stärker, als man annehmen sollte.«

»Richtig. Außerdem wüssten die Argentinier dann zu genau, wo sie uns finden können. In der Passage sind wir zwar näher an den argentinischen Luftwaffenstützpunkten, aber damit müssen wir nun mal leben. Wie sieht's mit dem Wetter aus?«

»Das Letzte, was wir vom Wettersatelliten erfahren haben, lässt vermuten, dass wir so um vier Uhr morgens das Ärgste hinter uns haben sollten.«

»Gut. Wir bringen den Helikopter nach unten, sobald die See sich beruhigt hat.« Amanda richtete sich am Kartentisch auf. »Tut mir Leid, dass es so lange gedauert hat, bis ich wieder auf die Brücke gekommen bin«, sagte sie und rieb sich den Rücken. »Nach unserer kleinen Sitzung da draußen am Hubschrauberdeck musste ich erst ein wenig auftauen.«

»Kein Problem«, antwortete Hiro verständnisvoll. »Auf den Monitoren sah das alles nicht gerade lustig aus. Soll ich vielleicht noch ein wenig länger hier oben bleiben?«

»Nein, ich bin ja jetzt da. Sie können die mittlere Wache übernehmen. Ruhen Sie sich ein wenig aus und kommen Sie dann um 24 Uhr wieder.«

»Aye aye. Gute Nacht, Ma'am. Captain hat das Kommando.«

Amanda nahm kurz mit den Wachhabenden Kontakt auf und überprüfte dann die Daten auf den verschiedenen Bildschirmen. Danach ließ sie sich mit einem Ächzen auf dem Kommandosessel nieder. Auch die ausgiebige Dusche hatte nicht jeden Schmerz in ihrem geplagten Körper lindern können. Sie wandte das Gesicht vom Bildschirm ab, und es dauerte einige Augenblicke, bis sie in der Dunkelheit etwas erkennen konnte.

»Earl Grey, ein Schuss Milch und zweimal Zucker«, sagte eine Stimme hinter ihr.

Im nächsten Augenblick erschien die Schale über ihrer Schulter. Sie zögerte einen Augenblick, ehe sie sie annahm.

»Danke, Arkady.«

»Nein. Ich danke Ihnen.« Sie spürte sein Gewicht auf ihrem Stuhlrücken, als er sich dagegenlehnte. »Ich hätte es heute nie bis zur russischen Station geschafft. Aber mir fiel eben nichts anderes ein. Dafür hatten Sie die Idee, der Gus und ich unser Leben verdanken. Ich schulde Ihnen was, Captain.«

»Nein, wir sind quitt«, erwiderte sie und blickte in die Nacht hinaus. »Wenn Sie mich vorhin nicht zur Vernunft gebracht hätten, wäre ich nie heil auf der Brücke angekommen. Und das nur deshalb, weil ich den Mythos aufrechterhalten wollte, dass ein Kommandant alles ertragen muss und niemals erschöpft sein darf.«

»Ja … nun, ich schätze, vor solchen Dingen ist keiner von uns gefeit. Ich mach Ihnen einen Vorschlag. Wenn Sie mich davon abhalten, irgendwelchen waghalsigen Unsinn zu machen, den ich mir vielleicht in den Kopf setze, dann tu ich dasselbe für Sie.«

Amanda schlürfte ihren Tee. Er war genauso wie sie ihn mochte, und seine Wärme durchströmte ihren ganzen Körper. Sie schloss die Augen und atmete mit einem leichten Seufzer aus.

»Abgemacht«, sagte sie.

Buenos Aires
27. März 2006, 14:40 Uhr

Dr. Towers schob den Vorhang beiseite und schaute aus dem Fenster.

»Das ist ja lustig«, sagte sie.

»Was, Doktor?«, fragte Steve Rosario von der anderen Seite des zu einem Büro umfunktionierten Wohnzimmers.

»Nun, ich dachte immer, dass die Südamerikaner in der Politik ein wenig … gefühlsbetonter und impulsiver wären. Ich hatte erwartet, dass es Demonstrationen geben würde, so wie damals während des Falklandkrieges gegen die Briten. Aber gegen uns – nichts dergleichen. Kein Mensch, der einen Stein nach uns wirft oder ›Yankee go home!‹ brüllt. Die Straßen sind fast ausgestorben.«

»Das hat einen Grund.«

Der stellvertretende Außenminister trat zu ihr ans Fenster. »Schauen Sie mal zum Dach des Hauses da vorn an der Ecke hinüber. Das auf der anderen Seite der Kreuzung.«

Dr. Towers kam seiner Aufforderung nach und entdeckte sofort die beiden Männer hinter der Dachbrüstung. Einer von ihnen war mit einem Sturmgewehr mit Zielfernrohr ausgerüstet, während der andere mit seinem Fernglas die Gegend beobachtete.

»Staatspolizisten, die gegen eventuelle Heckenschützen auf der Lauer liegen. Auf jedem Häuserblock hier in der Gegend haben sie ihre Leute postiert.«

Rosario lächelte grimmig. »Heute Vormittag habe ich einen kleinen Spaziergang gemacht und bemerkte dabei mindestens zehn Polizisten in Zivil – wahrscheinlich waren es doppelt so viele. Drüben auf der anderen Seite des Parks haben sie eine Eingreiftruppe und einige gepanzerte Einsatzfahrzeuge stationiert, und wenn man ein wenig weitergeht, sieht man auch die Armeepatrouillen. Sparza hat ein ganzes Regiment einfliegen lassen, das eventuelle Unruhen niederschlagen soll. Die ganze Stadt steht unter strenger Beobachtung.«

»Ich hätte nicht gedacht, dass wir so Furcht erregend sind.«

»Ich glaube, das Ganze dient unserem Schutz und unterstützt indirekt den Plan der Argentinier. Sparza ist schlau genug, um zu wissen, dass es in seinem höchsten diplomatischen Interesse liegt, die Sicherheit der amerikanischen Bürger zu gewährleisten. Wenn Sie eine Einheimische wären, dann würde es Ihnen jetzt vielleicht in den Sinn kommen, auf die Straße zu gehen und zu demonstrieren.«

»Erklärt das vielleicht auch die Zurückhaltung der Medien hier im Land?«, meinte Dr. Towers nachdenklich und wandte sich vom Fenster ab. »Zensur durch die Regierung?«

»Vermutlich ja«, antwortete Rosario. »Wahrscheinlich ist das auch der Grund dafür, warum weder wir noch die Argentinier öffentlich erklärt haben, dass es bereits zu bewaffneten Auseinandersetzungen gekommen ist. Jeder möchte einen begrenzten Krieg unter Ausschluss der Öffentlichkeit.«

Eine schwarze Lincoln-Limousine fuhr durch die Tore der Botschaft, von einigen Ford Explorer eskortiert, den üblichen ›Einsatzfahrzeugen‹ des Geheimdienstes.

»Mr. Secretary Van Lynden ist zurück.«

Der Außenminister betrat einige Minuten später die Suite. Er stellte seine Aktentasche neben einen der bequemen Stühle und nahm darin Platz, den Kopf in beide Hände gestützt.

»Was meinen die Vereinten Nationen, Steve?«

»Botschafter DeSantis berichtet, dass sich eine satte Mehrheit für eine Verurteilung der argentinischen Vorgangsweise aussprechen dürfte. Leider haben die Argentinier erreicht, dass die Entscheidung darüber um zwei weitere Tage aufgeschoben wird.«

»O Gott. Auch das noch.«

»Möchten Sie vielleicht einen Drink, Mr. Secretary?«, fragte Dr. Towers mitfühlend.

»Gern, Doktor. Danke. Einen Whiskey on the rocks, bitte.«

»Wie ist es bei Ihnen gegangen, Sir?«, wollte Rosario wissen.

»Ich habe die letzten fünf Stunden mit dem argentinischen Außenminister am Tisch gesessen, und wir haben uns im Grunde nur angestarrt. Wir stehen da wie vor einer Wand, Steve. Die Positionen sind bezogen, und jetzt nimmt alles seinen Lauf.«

»Was passiert als Nächstes?«, fragte Dr. Towers von der kleinen Bar aus.

»Gute Frage. Diplomatisch gesehen ist ein Stillstand eingetreten. Beide Seiten haben ihre Krisenmaßnahmen getroffen – und darüber hinaus bewegt sich nichts mehr. Es gibt so lange nichts mehr zu besprechen, bis eine Seite in irgendeinem Punkt nachgibt. Wir müssen einfach abwarten, bis ein äußeres Ereignis das gesamte Szenario verändert und die Tür wieder aufstößt.«

»So etwas wie das, was momentan da unten im Südpolarmeer vor sich geht?«, fragte die Wissenschaftlerin, während sie Van Lynden das Whiskeyglas reichte.

»Genau«, antwortete er, schüttelte das Glas leicht und sah zu, wie die Eiswürfel in der bernsteinfarbenen Flüssigkeit tanzten.

Drake-Passage
27. März 2006, 19:12 Uhr

Lieutenant Commander Carl Thomson kam zum ersten Mal seit 48 Stunden aus dem Maschinenraum herauf. Der Chefingenieur der Duke war seit dem ersten Angriff der Argentinier auf seinem Posten geblieben; die meiste Zeit davon hatte er auch an seiner Konsole verbracht und nur gelegentlich zwischendurch ein Nickerchen eingeschoben.

Doch schließlich musste auch er einmal etwas Abstand von dem unaufhörlichen Heulen der Turbogeneratoren gewinnen.

»Hat jemand was von den Playoff-Spielen gehört?«, fragte er, als er die Offiziersmesse betrat.

»Vegas hat Philly mit acht Punkten Unterschied geschlagen«, murmelte Christine Rendino auf seine Frage. Die Nachrichtenoffizierin lag auf der Couch ausgestreckt, die Augen geschlossen, die Schuhe abgestreift. Ihr gegenüber lümmelte Frank McKelsie in seinem Stuhl und starrte vor sich hin, offensichtlich ohne etwas Bestimmtes zu betrachten. Die Messe wurde, so schien es, von Meerespoltergeistern heimgesucht – die Ränder des Tischtuchs bewegten sich leicht, Schränke knarrten, und das Gestell mit den Tassen klirrte leise im Einklang mit den Bewegungen des Schiffes.

»Jemand muss die verdammten Schiedsrichter bestochen haben.«

»Wem sagen Sie das.«

Thomson ging zur Anrichte hinüber und holte sich aus einer Schachtel eine so genannte Gefechtsration. Dann nahm er sich an der Kaffeemaschine eine Tasse Kaffee und setzte sich damit an den Tisch. Er warf einen Blick in die Gefechtsration, bei der es sich um so etwas wie ein Lunchpaket für jene Zeiten handelte, in denen Gefechtsbereitschaft ausgerufen war. Thomson entschied sich für ein Sandwich mit Hühnerfleisch und biss mit mehr Appetit hinein, als das Brötchen rechtfertigte. Der Kaffee war anständig – und allein dass die Kaffeemaschine in der Messe eine andere war als im Maschinenraum, bewirkte schon eine willkommene Abwechslung im Geschmack.

»Sieht so aus, als würde es ein wenig ruhiger«, stellte er fest.

»Mhm«, antwortete Christine, »wir dürften das Schlimmste überstanden haben. Wird nett, wenn man mal wieder an der frischen Luft spazieren gehen kann.«

»So lange uns unser Captain nicht wieder sonnenbaden lässt«, knurrte McKelsie.

»Was soll'n das heißen?«, fragte die Nachrichtenoffizierin.

»Verdammt, Rendino. Wir wurden von dem ersten Angriff der Argentinier weit weg von unserer Position überrascht. Die Kommandantin hat nichts getan, um in Deckung zu gehen.«

»Falls es noch niemand erwähnt haben sollte – das war ein Überraschungsangriff, McKelsie. Niemand konnte erwarten, dass die Argentinier sich so aufführen würden. Nicht einmal die Kommandantin … oder ich.«

»Sie hat ein Grundprinzip des getarnten Einsatzes verletzt, weil sie es versäumt hat, rechtzeitig den Schutz einer Wetterfront aufzusuchen. Das hätte uns beinah alle den Kopf gekostet, und wenn Sie nicht so beschäftigt damit wären, sich bei ihr einzuschmeicheln, dann würden Sie das auch zugeben.«

Christine öffnete ein Auge und warf ihm einen kalten Blick zu. »McKelsie, die Medizin hat doch längst Mittel gegen Cholera, Tripper und die Pest gefunden. Ich frage mich, warum Sie immer noch rumlaufen dürfen.«

»Das reicht jetzt«, wandte Thomson ein. »Lieutenant McKelsie, ich glaube, Sie werden noch merken, dass man in unserer Navy nicht weit damit kommt, dass man über Vorgesetzte herzieht.«

»Scheiße, Chief! Ich stelle doch nur eine Tatsache fest! Die Kommandantin hat vorgestern einen Fehler gemacht.«

»Vielleicht hat sie das«, stimmte Thomson zu, während er in dem Lunchpaket kramte. »Ich habe schon unter vielen Captains gedient – unter den verschiedensten Umständen. Früher oder später hat jeder von ihnen irgendeinen Fehler begangen. Wie er dann darauf reagiert hat, um ihn wieder gutzumachen – das allerdings hat schon immer den Unterschied zwischen einem guten und einem schlechten Skipper ausgemacht.«

Der Ingenieur holte einen Doughnut aus der Tüte hervor und hielt ihn hoch, so dass McKelsie ihn gut sehen konnte. »Das hier sagt mir, dass die Lady gut ist.«

»Wie meinen Sie das, Chief?«

»Ganz einfach. Dieses Schiff hat in zwei Tagen nicht weniger als drei schwere Einsätze überstanden, und ich sitze heute hier und esse diesen Doughnut, während so mancher Kerl das jetzt nicht mehr tun kann. Das, mein Junge, ist es, was in unserem Geschäft vor allem zählt.«

Drake-Passage
28. März 2006, 04:01 Uhr

Amanda bewegte sich unruhig in ihrem Klubsessel. Sie ließ den Blick durch die dunkle Offiziersmesse schweifen und erinnerte sich dabei schwach an einen etwas hochtrabenden Vortrag an der Militärakademie. Es war dabei um die Notwendigkeit gegangen, dass ein Offizier sich einen ›Schlafplan‹ zurechtlegen müsse, um unter allen Bedingungen genügend Ruhe zu bekommen.

Es war ein durchaus vernünftiger Gedanke. Doch der Vortragende konnte nicht wirklich erklären, wie man es anstellen sollte, den Schlafplan einzuhalten, wenn sich die Situation auf völlig unvorhergesehene Weise entwickelte. Und er hatte den angehenden Offizieren auch nicht verraten, wie man es schaffte, in den kurzen Ruhephasen nicht andauernd an die Situation zu denken, in der man schwebte.

Sie drückte sich noch etwas tiefer in den Stuhl und unterdrückte den kalten Schauer, der ihr über den Rücken lief. Noch immer spürte sie die Nachwirkungen ihrer Unterkühlung; nirgendwo schien es ihr warm genug zu sein. Schließlich wurden ihre Augenlider immer schwerer, und sie begann sich von der Welt abzuschotten.

»Captain, bitte in den Gefechtsleitstand.«

Sie war schon draußen und die Leiter hinuntergeeilt, noch ehe sie richtig wach war.

Christine Rendino und der Dienst habende Decksoffizier Frank McKelsie erwarteten sie an ihren Konsolen. Sie sahen beide genauso abgekämpft aus wie wahrscheinlich sie in diesem Augenblick, doch zeichnete auch Sorge ihre Gesichter.

Amanda blickte an ihnen vorbei auf die taktischen Displays.

Auf einigen der sekundären Monitore waren Fernseh- und Infrarotbilder von draußen zu sehen. Es war immer noch stockdunkel – erst in etwa eineinhalb Stunden würde es zu dämmern beginnen. Nichts war zu erkennen außer dem ständigen Auf und Ab der Wellen und den niedrig herabhängenden Wolken. Sie liefen immer noch unter völliger Emissionskontrolle, und die wichtigsten Aegis-Systeme waren ausgeschaltet. Der Alpha-Schirm zeigte im Augenblick ein computergeneriertes Signal-Intelligence-Display. Ein rot flackerndes Symbol zeigte einen möglichen feindlichen Luftkontakt etwa 130 Kilometer entfernt in nordöstlicher Richtung. Vier weitere Kontakte folgten, ein jeder von einem rosafarbenen Kreis umgeben, der für eine unbestimmte Positionsanzeige stand.

»Womit haben wir's zu tun, Mr. McKelsie?«

»Wir sind noch nicht sicher, Captain, glauben aber, dass die Burschen etwas Neues ausbrüten.«

»Einzelheiten?«

»Rendino hat nähere Informationen. Ihr Team hat einiges gesammelt.«

»Wir haben mehrere Kontakte auf den Sigint-Monitoren, und die verhalten sich ziemlich sonderbar«, warf Christine ein und zeigte mit einem Kopfnicken auf den großen Bildschirm. »Ziel Alpha ist vor etwa 15 Minuten über dem Horizont aufgetaucht. Er fliegt in etwa 7500 Meter Höhe mit rund 300 Knoten. Aber die Maschine fliegt im Zickzack, so dass sie tatsächlich mit rund 170 Knoten vorwärts kommt. Sie hat schwaches Suchradar eingeschaltet und tastet damit die Gegend ab. Ich bin mir ziemlich sicher, dass es sich um eine dieser umgebauten 737er handelt, die die Argentinier als eine Art AWACS-Maschinen einsetzen.«

»Ja«, stimmte McKelsie zu. »Also nichts, was uns beunruhigen müsste bei dieser Entfernung.«

»Es ist nur so«, fuhr die Nachrichtenoffizierin fort, »dass der Vogel offensichtlich als eine Art Kommando- und Kontrollzentrale fungiert. Meine Leute in Raven's Roost melden, dass er zumindest mit vier anderen Systemen aus der Gegend Daten austauscht. Außerdem hat er regen Funkverkehr – das Übliche – mit mehreren Quellen unter unserem Horizont. Ich glaube, es handelt sich um Atlantique ANG.«

»Es sieht so aus, als suchten sie aufmerksam nach U-Booten«, warf Amanda ein. »Vielleicht glauben sie, wir bekommen Unterwasser-Verstärkung.«

»So sieht es aus, aber ich glaube nicht recht daran. Wenn man die Daten genau betrachtet, sieht es durchaus nicht nach einem herkömmlichen Sonar-Einsatz aus. Ja, ich muss sagen, dass ich so etwas überhaupt noch nie gesehen habe.«

»Stimmt, Captain«, pflichtete McKelsie bei. »Rendino und ich stimmen darin überein, dass die Argentinier etwas Neues ausbrüten, mit dem sie uns zu überraschen versuchen.«

Interessant, dachte Amanda. Wenn die beiden unter voller Belastung standen, vergaßen sie alle Feindseligkeiten und bildeten ein wirklich gutes Team.

»Okay, Mr. McKelsie. Was unternehmen Sie dagegen?«

»Die Argentinier bewegen sich von Ost nach West, deshalb dachte ich mir, wir sollten versuchen, Ihnen aus dem Weg zu gehen. Ich habe unseren Kurs auf 180 Grad korrigiert und die Fahrt auf 25 Knoten erhöht, damit wir uns ein wenig Luft verschaffen. Auf Gefechtsstation bin ich zwar noch nicht gegangen, aber ich habe die Steuerung in den Gefechtsstand verlegt. Außerdem habe ich die Wachen von Brücke und Gefechtsstand in erhöhte Alarmbereitschaft versetzt. Wir laufen unter voller EMCON und üblicher Tarnung; alle passiven Sensoren sind voll aufgedreht.«

»Sehr gut, Mr. McKelsie. Ich übernehme hier«, antwortete Amanda und nahm auf dem Kommandosessel Platz. »Wie lange wird es dauern, bis wir mehr wissen?«

»Nicht lange, glaube ich. Bis diese Tiefflieger über unseren Horizont kommen.«

Sie warteten in dem blau erleuchteten Halbdunkel. Es war warm und ruhig im Gefechtsleitstand, und die gedämpften Stimmen der System-Operatoren hatten etwas Beruhigendes an sich. Amanda ließ sich tief in ihren Stuhl sinken. Seltsamerweise hatte sie ausgerechnet jetzt das Gefühl, auf der Stelle einschlafen zu können.

Nein! Sie riss die Augen auf und schüttelte verärgert den Kopf. Es war nicht mehr lange bis zum Morgengrauen – also jene Zeit, in der die körperlichen Reserven am geringsten waren. Und folglich genau die Stunde, in der eine militärische Einheit am verwundbarsten für einen Überraschungsangriff war. Nein, sie würde jetzt nicht den Fehler begehen, ihrem biologischen Rhythmus nachzugeben.

Plötzlich änderte sich die Darstellung auf dem Large Screen Display. Die vier Luftziele, die zuvor noch unbestimmt gewesen waren, wurden jetzt durch rotfarbene v-förmige Symbole angezeigt, was bedeutete, dass es sich zweifelsfrei um feindliche Flugzeuge handelte. Vor jeder der Maschinen war ein kegelförmiges gelbes Suchsymbol zu erkennen.

Im nächsten Augenblick bildeten die gelben Symbole eine Einheit, und die Positionsanzeige der *Cunningham* wurde vom südlichen Rand der feindlichen Radarsuche umgeben. Christine und McKelsie erstarrten für einen Augenblick und eilten dann auf ihre Posten.

»Bestätige – mehrere Radar-Emissionsquellen«, meldete Christine wenige Sekunden später. »Es handelt sich bei den Flugzeugen um Atlantique ANG und beim Radar um Ignasie B, Oberflächen-Suchmodus. Sie haben Frequenz und Abtastrate aufeinander abgestimmt. Entfernung verringert sich rasch!«

»Scheiße!«, knurrte McKelsie an seinem Platz. »Sie führen eine Mehrfachecho-Radarsuche durch!«

Amanda biss die Zähne zusammen. Die Stealth-Technologie baute auf dem Grundsatz auf, dem Angreifer ein möglichst geringes Radar-Echo zu bieten, indem man den auftreffenden Radarstrahl entweder absorbierte oder ihn weithin zerstreute, so dass ebenfalls kein klares Echo zustande kam. Diesem Zweck dienten die äußere Polymer-Schicht sowie das glatte äußere Design des Schiffes, das kaum scharfe Kanten aufwies.

Doch auch dieser Schutzschild konnte durchbrochen werden – und zwar durch Mehrfach-Radar. Wenn man ein Gebiet von mehreren leistungsstarken Radarsystemen abtasten ließ, die auf derselben Frequenz und mit derselben Abtastrate arbeiteten, dann würde jedes Ziel innerhalb dieses Raumes von mehreren Radarstrahlen gleichzeitig getroffen werden, die aus verschiedenen Winkeln auftrafen und so viele Teil-Echos produzieren konnten.

Verfügte man nun noch über mehrere Radar-Empfänger, die diese Echos aufnahmen, und das Ergebnis an einer zentralen Stelle sammelten, wo ein Computer die Fragmente analysierte und wieder zusammensetzte wie ein kybernetisches Puzzle, dann konnte man ein vollständiges Bild erhalten. Und wenn die Sender stark genug, die Empfänger empfindlich genug und die Computer schnell genug waren, dann konnte man auch ein gut getarntes Schiff aufspüren.

»Mr. McKelsie, haben sie uns schon geortet?«

»Negativ, aber ihre Signalstärke nimmt ständig zu.«

»Können Sie uns in dem Muster der Wellen verstecken?«

»Ich kann's versuchen, aber momentan haben wir die ruhigste See seit Tagen. Ich hab nicht viel, mit dem ich arbeiten kann.«

»Tun Sie, was Sie können.«

Die Argentinier mussten jeden Hacker südlich von Venezuela rund um die Uhr beschäftigt haben, um die Software für dieses Unternehmen zustande zu bringen. Die Frage war, was man dagegen tun konnte. Sollten sie es zum Kampf kommen lassen, oder sollten sie trotz allem versuchen, sich unter ihrer Tarnkappe zu verstecken? Amanda tippte langsam und bedächtig mit dem Nagel ihres rechten Zeigefingers auf die Stuhllehne aus Kunststoff.

»Rudergänger, alle Maschinen langsam voraus. Fahrt null-fünf Knoten.«

»Aye aye, Ma'am. Langsam voraus. Fahrt null-fünf Knoten.«

»Ruder auf Backbord.«

»Aye aye. Ruder auf Backbord.«

Amanda erhob ihre Stimme ein wenig, so dass sie im ganzen Gefechtsleitstand zu hören war. »Wir versuchen, ihnen auszuweichen. Aegis-Operator, legen Sie dem Rudergänger ein taktisches Display auf den Navigationsmonitor.«

Die *Cunningham* drehte in weitem Bogen nach Backbord ab und verringerte dabei drastisch ihre Fahrt; die verlangsamten Schrauben erzeugten nun einen Widerstand statt einen Schub. Amanda lauschte den Worten des Rudergängers, der die Richtungsänderung verkündete.

»Kurs Backbord, 110 Grad … 100 Grad … 90 Grad … 80 Grad …«

»Okay, Rudergänger«, unterbrach ihn Amanda. »Ich möchte, dass Sie unser Radarprofil möglichst gering halten. Steuern Sie direkt auf die Flugzeuge zu und folgen Sie ihnen, wenn sie uns passieren. Falls Sie mehr Leistung brauchen, sagen Sie es. Tun Sie, was notwendig ist.«

»Aye aye, Captain. Wird gemacht.«

Mehr konnte man an passiven Maßnahmen nicht ergreifen, als die Geschwindigkeit zu verringern, um möglichst wenig Kontrast zu erzeugen, und dem Feind den Bug zu bieten, um das Profil gering zu halten. Amanda wandte sich an den Dienst habenden Taktik-Offizier. »Wenn wir die aktiven Systeme einschalten müssen, bereiten Sie zwei LORAINs für das nächstgelegene Flugzeug vor und zwei weitere für das Kommandoflugzeug. Warten Sie nicht auf meinen Feuerbefehl. Feuern Sie die Raketen ab, sobald Sie sie erfasst haben.«

Er nickte wortlos. Es war im Gefechtsleitstand ohnehin üblich, den Geräuschpegel möglichst niedrig zu halten, doch im Moment war es ganz besonders still. Es wurde nur noch im Flüsterton gesprochen – eine uralte instinktive Reaktion auf das Herannahen eines Feindes. Die Männer und Frauen der *Cunningham* hockten in ihrer blau beleuchteten Techno-Höhle und warteten darauf, dass das Wolfsrudel vorüberzog.

Amanda blickte zur Stealth-Abteilung hinüber. »Wie steht's, Mr. McKelsie?«, fragte sie.

Der Offizier für elektronische Gegenmaßnahmen schwieg und wandte nicht einmal den Blick von seinen Bildschirmen. Stattdessen streckte er nur die Hand aus, mit der Handfläche nach unten, und bewegte sie leicht hin und her, was soviel wie ›so la la‹ bedeuten sollte.

An dem Punkt der größten Annäherung würden die Flugzeuge knapp 25 Kilometer entfernt sein.

Für einen Augenblick nahm eine der Außenkameras das ferne Flackern von Positionslichtern auf. Dann waren sie wieder verschwunden, und auf dem taktischen Display verließ die *Cunningham* die Abtast-Zone der Argentinier.

»Wir sind nicht länger in Reichweite des feindlichen Radars, Captain«, meldete McKelsie.

»Bestätigt«, warf Christine ein. »Keine Änderung in Abtastrate oder Kurs. Sie sind weg, und wir leben noch!«

Christines gedämpfter Jubelschrei löste die Nervosität, und alle Anwesenden entspannten sich.

»Gott, Rendino. Wann werden Sie mal erwachsen!«, brummte McKelsie und rieb sich den Nacken.

Auch das war also wieder wie vorher.

»Okay, Leute«, sagte Amanda. »Wir haben sie ausgetrickst, aber sie kommen bestimmt zurück. Rudergänger, hervorragend gemacht. Gehen Sie jetzt auf 340 Grad, Fahrt 25 Knoten. Wir werden den sichersten Platz aufsuchen, den es im Moment für uns gibt – nämlich mitten in dem Fleck, den sie gerade überflogen haben. Mr. McKelsie, Sie machen sich mit Ihren Leuten an die Arbeit und analysieren das neue System, mit dem die Argentinier arbeiten.«

»Aye aye.«

»Chris, lassen Sie McKelsies Abteilung alles zukommen, was Sie über die neuen Systeme wissen. Operations-Gruppenbesprechung in einer Stunde. Wir brauchen eine Gegenstrategie!«

Amanda rieb sich die Augen und ließ sich auf ihrem Sessel nieder. Sie holte einen Kamm aus der Tasche und begann ihr zerzaustes Haar zu kämmen. »Oh, übrigens, guten Morgen allerseits.«

Drake-Passage
28. März 2006, 14:51 Uhr

»Immer noch nichts?«

General Marcello Arco beugte sich über die Schulter des System-Operators und blickte auf den runden, einen Meter durchmessenden Bildschirm hinunter. Von der anderen Seite trat der Radar-Spezialist vom Technischen Stab der Marine näher. Die drei Männer verfolgten aufmerksam, wie ihre Suchflugzeuge das Gebiet durchkämmten.

Sie befanden sich an Bord der *Fuersa Aria* 737-400, dem Kommandoflugzeug, das im Augenblick acht Kilometer über der westlichen Zufahrt zur Drake-Passage unterwegs war. Unter ihnen ging knapp über der Meeresoberfläche Argentiniens jüngste Aufklärungseinheit ihrer Arbeit nach.

»Nichts auf den Bildschirmen oder Datenleitungen, Sir.«

»Bitte ein wenig Geduld, General«, wandte Kommandant Fillipini vom Technischen Stab ein.

»Geduld haben wir ja, nur keine Zeit, Kommandant. Wir müssen das Schiff bald finden.«

»Das werden wir auch, Sir. Wie ich schon bei der Lagebesprechung sagte – selbst mit der Stealth-Technologie kann sich ein großer Zerstörer nicht völlig unsichtbar machen. Aus nächster Nähe muss es zumindest ein schwaches Echo geben, und mit unserem Mehrfachecho-Radar können wir unsere Suchleistung um ein Vielfaches steigern. Wir durchkämmen die ganze Gegend. Wenn das Schiff da unten ist, werden wir es auch aufstöbern.«

Arco brummte nur vor sich hin. In der Theorie klang das ja recht plausibel, aber ob es auch funktionierte, das wusste Gott allein.

Kurz entschlossen setzte Arco den Kopfhörer auf und drückte eine Taste an der Kommunikationskonsole.

»*Halcon*-Kommando an *Halcon* Eins. Können Sie mich hören?«

»Ich höre Sie, *Halcon*-Kommando.« Eine elektronisch verzerrte Stimme meldete sich von irgendwo unterhalb der Wolkendecke.

»Wie ist Ihre Lage, Kommandant?«

»Unverändert. Es gibt nichts zu berichten, Sir. Halten Kurs, wie im Einsatzplan vorgesehen.«

»Wie ist das Wetter und die Sicht?«

»Gelegentliche Windböen aus Westen. Wir operieren unter den Wolken, aber wir haben Schneeschauer und reichlich Nebel. Im Augenblick kann ich gerade eben die Positionslichter von *Halcon* Zwei ausmachen. Kein guter Tag für eine Besichtigungstour, Sir.«

Arco lächelte über die etwas entschuldigend klingende Bemerkung des Piloten. »Wir wissen, dass es nicht leicht ist, *Halcon* Eins. Kommando Out.«

Arme Teufel. Der Autopilot würde in den Turbulenzen da unten wenig nützen. Zwölf Stunden in der Luft – vom Start bis zur Landung im ständigen Kampf mit der Steuerung und keine vorzeitige Ablösung in Sicht, weil nicht genügend Crews zur Verfügung standen.

Egal, ob *Aeronaval* oder *Fuersa Aria* – Arco fühlte mit den Piloten. Vielleicht war das der Grund, warum er heute Nachmittag hier draußen war. Es bot zwar keine besonders große Hilfe, hier in der Operationszentrale des Kommandoflugzeugs auf und ab zu gehen, aber es war immer noch besser, als zu Hause in Rio Grande tatenlos herumzusitzen.

Er wurde in seinen Gedanken von einem plötzlichen Ausruf des Radar-Spezialisten unterbrochen. »Kontakt! Wir haben einen Überwasser-Kontakt!«

Arco kam so rasch herbeigeeilt, dass er und Fillipini fast mit den Köpfen zusammenkrachten. »Da!«, sagte der

Offizier und zeigte auf einen kleinen Fleck im südwestlichen Quadranten des Bildschirms. »Ungefähr 40 Kilometer von *Halcon* Vier entfernt. Ziemlich schwach, Richtung Norden, Fahrt etwa 20 Knoten.«

Arco blickte nach achtern auf den Elint-Monitor. »Haben Sie schon was, Sergeant?«

»Keine Funk- oder Radaremissionen, Sir.«

Der General wandte sich wieder dem Radarspezialisten zu.

»Könnte es sich vielleicht um irgendein kleineres Schiff handeln?«

Fillipini schüttelte den Kopf. »Nicht mit dieser Geschwindigkeit bei dieser See«, erwiderte er fast jubelnd. »Wir haben sie!«

»Ich muss Sie korrigieren – wir haben sie *gefunden*. Jetzt werden wir versuchen, sie zu erwischen. Leiten Sie alle Daten an unsere Maschinen weiter. Melden Sie der Rio-Grande-Basis, dass wir glauben, den Gegner entdeckt zu haben. Geben Sie ihnen unsere Position durch und teilen Sie ihnen mit, dass wir angreifen.«

Der General schaltete sein Mikrofon ein. »An alle *Halcon*-Maschinen, hier spricht *Halcon*-Kommando. Feind in Sicht. Das Ziel wurde als das nordamerikanische Kriegsschiff identifiziert. Sie bekommen alle nötigen Daten unverzüglich auf die Schirme. Torpedos scharfmachen. Gehen Sie auf Abwurfhöhe hinunter. Bringen wir die Sache hinter uns!«

Unter der dichten Wolkendecke bereiteten sich die vier Jagdbomber französischer Herkunft auf den entscheidenden Schlag vor. Die Turboprops erreichten volle Leistung, und die Bombenschächte wurden geöffnet, während die Besatzung gebannt die Schirme der Sensoren verfolgte, um die Beute zu erspähen. Die wachsende Anspannung war auch in ihren Stimmen zu hören, als sie über Funk Informationen austauschten.

»*Halcon* Vier an *Halcon*-Kommando. Entfernung auf 20

Kilometer verringert. Noch kein Sichtkontakt. Direkt vor uns ist ein ordentlicher Schneesturm im Gange. Da drin verstecken sie sich wahrscheinlich. Keine Warnlichter bisher, keinerlei Reaktion des Feindes ... Moment mal ... Unser Radar hat sie erfasst. Wir erreichen gleich den Punkt zum Abwurf ...«

Arco blickte Fillipini stirnrunzelnd an. »Warum reagieren sie nicht auf uns?«

»Vielleicht merken sie nicht, dass wir sie entdeckt haben. Oder vielleicht sind sie von unserer Mehrfach-Radarsuche noch etwas verwirrt. Was immer es ist – es ist nur zu unserem Vorteil.«

Arco nickte und wandte seine Aufmerksamkeit wieder den Mitteilungen von *Halcon* Vier zu.

»Immer noch keine feindliche Reaktion, Kommando. Alle Torpedos sind scharf und klar zum unabhängigen Einsatz ... Wir haben den vereinbarten Punkt erreicht ...«

Arco hörte ein leises Knacken in seinem Kopfhörer, und dann war Stille.

»*Halcon* Vier? *Halcon* Vier, können Sie mich hören?«

»*Halcon* Vier ist vom Bildschirm verschwunden, General«, meldete der System-Offizier. »Die Verbindung ist abgebrochen.«

Arco und Fillipini blickten einander wortlos an. »Was ist passiert?«, fragte der Luftwaffenoffizier schließlich.

»Ich weiß nicht. Sie sind einfach weg. Vielleicht abgestürzt. Ein Unfall möglicherweise.«

Arco schaltete sein Mikrofon ein. »*Halcon* Drei, haben Sie gesehen, was mit *Halcon* Vier passiert ist?«

»Negativ, negativ. Die Sicht wird immer schlechter. Heftiger Schneefall. Sicht mittlerweile nicht einmal mehr ein Kilometer.«

»*Halcon* Drei, überprüfen Sie, ob Ihre Anzeigen irgendeine Bedrohung melden.«

»Radardetektoren zeigen nichts an. Ich habe die Systeme für Gegenmaßnahmen aktiviert. Ziel ist jetzt auf unseren Bildschirmen, wir haben Zielkoordinaten … Torpedos sind scharf … Wir nähern uns dem vereinbarten Punkt … Torpedos sind abgeworfen … Alles klar …«

Der Pilot von *Halcon* Drei stieß einen kurzen Schrei aus.

»General, *Halcon* Drei ist verschwunden …«

»Ich seh es! Fillipini, was, zum Teufel, geht hier vor?«

Der Technik-Experte wusste keine Antwort. Sein Gesicht war wie versteinert. Arco vermutete, dass er selbst nicht anders dreinblickte. Einzig der System-Operator, ein einfacher Mannschaftsdienstgrad, war noch fähig, zusammenhängend zu denken.

»Das Ziel wird schneller, Sir.« Rasch hob er die geheimnisvolle Radarquelle auf dem Schirm hervor und begann Ihre Geschwindigkeit zu messen. »60 Knoten … jetzt 80 … 100 …«

Plötzlich verschwand der Kontakt wieder vom Bildschirm.

Arco spürte ein krampfartiges Zucken in seinem Inneren. Plötzlich verstand er, was hier vor sich ging. Augenblicklich hämmerte er auf die Sprechtaste.

»*Halcon* Eins und *Halcon* Zwei, Angriff abbrechen! Angriff abbrechen! Gehen Sie auf totale EMCON und kehren Sie sofort um!«

Arco drückte rasch die Tasten für Funk und Radar. »Alles ausschalten!«, brüllte er den anderen Operatoren zu. »Alles ausschalten! Pilot, aktivieren Sie ihre Anti-Raketen-Maßnahmen! Ausweichmanöver einleiten!«

Arco und Fillipini hielten sich an Stuhllehnen und Armaturen fest, als der Pilot die Maschine in einen steilen Steigflug hochzog. Er steigerte die Leistung der Triebwerke, bis ein Beben durch den gesamten Rumpf ging. Im nächsten Augenblick brachte er die Maschine in den Sturzflug, während am Heck mit leisem Knall eine Serie von Düppeln und Magnesiumbrandsätzen abgestoßen wurden. Die Männer in der fensterlosen Operationsabteilung konnten sich nur festhalten und voller Bangen warten, was passierte.

Schließlich kam es auch – eine ferne Erschütterung, die sie mehr spürten als hörten. 1500 Meter über ihnen und einige Kilometer entfernt hatte sich eine irregeführte Rakete selbst zerstört, nachdem sie ihre Beute aus den Augen verloren hatte.

Die Boeing tauchte in die dichten Wolken ein, als der Pilot das Flugzeug aus dem Sturzflug abfing. Die Triebwerke nahmen wieder ihr leises Dröhnen auf, während der Pilot das Einsatzgebiet so rasch wie möglich hinter sich ließ. General Arco nahm die Hände von der Sessellehne und schüttelte sie ermüdet.

»Kommandant, sagen Sie dem Piloten, dass wir zur Basis zurückkehren. Sobald wir weit genug von hier weg sind, nehmen Sie Verbindung mit *Halcon* Eins und Zwei auf und befehlen ihnen, sie sollen das Gleiche tun.«

»Aber General, wir wissen, dass der *Norteno*-Zerstörer hier irgendwo sein muss. Sollten wir nicht …«

»Nein, Kommandant. Für heute haben schon genug gute Männer dran glauben müssen.«

Drake-Passage
28. März 2006, 18:40 Uhr

Amanda kniete sich leise an das Bett im Schiffslazarett. Eriksons Augen waren geschlossen, und er reagierte nicht gleich, so dass sie Gelegenheit hatte, ihn genau zu betrachten. Er war ein kraftstrotzender junger Mann gewesen, als er an Bord gekommen war. Das hatte sich geändert. Völlig schlaff lag er da, und seine Haut schien immer blasser zu werden. Auch ohne Stethoskop konnte sie das Rasseln in seinem mühsamen Atmen hören.

»Hallo, Matrose«, sagte sie mit sanfter Stimme. »Wie geht's heute?«

Er öffnete die trüben Augen und versuchte zu lächeln. »Ganz okay, Captain. War das ein Raketenstart, was ich da vorhin gehört habe?«

»Ja. Die Argentinier hatten's mal wieder auf uns abgesehen, und wir mussten ihnen zeigen, dass das ein Fehler ist. Zwei haben wir abgeschossen, und einem dritten haben wir einen ordentlichen Schrecken eingejagt.«

»Geschieht ihnen recht.«

Es bereitete ihm offensichtlich Schmerzen zu sprechen, und Amanda zuckte innerlich zusammen.

»Ich wollte nur mal schnell vorbeikommen, um Sie auf dem Laufenden zu halten«, fuhr sie fort und bemühte sich, ihre Stimme ganz ruhig klingen zu lassen. »Und wollte auch gleich Chief Robinson fragen, wann wir Sie wieder im Dienst zurück erwarten dürfen. Wir brauchen jeden guten Mann.«

Er brachte nur ein wortloses Nicken zustande. Trotz der schmerzstillenden Mittel, die man ihm verabreicht hatte, war ihm der Schmerz in den Augen anzusehen.

Amanda legte die Hand für einen Augenblick auf seine Schulter, erhob sich und ging hinaus.

Chief Robinson wartete in ihrem Büro auf sie. Amanda deutete mit einer stummen Kopfbewegung zum Krankenzimmer zurück. Sie musste sich mit der Frau unterhalten, ohne dass Erikson sie hören konnte.

»Er wird schwächer«, sagte Amanda knapp, nachdem sie die schalldichte Tür geschlossen hatte.

»Captain, er stirbt«, erwiderte Chief Robinson geradeheraus. »Die Antibiotika haben bisher eine Infektion verhindert, aber das ist auch schon alles. In seinen Lungen bildet sich Flüssigkeit, und er wird schon bald wieder künstlich beatmet werden müssen. Ich vermute, dass da immer noch eine leichte innere Blutung im Gange ist. Aber das Schlimmste ist, dass der Granatsplitter nicht stabil ist. Die neuesten Röntgenbilder zeigen, dass er seine Lage verändert hat. Der Mann muss dringend operiert werden.«

Amanda schüttelte den Kopf. »Es wird noch mindestens vier Tage dauern, bis wir mit unserem Kampfverband zusammentreffen.«

»In vier Tagen ist er wahrscheinlich tot.«

»Was kann ich tun, Chief?«, stieß Amanda verzweifelt hervor. »Der einzige Hafen, der für uns in Frage kommt, liegt auf den Falkland-Inseln. Aber dann wären wir meilenweit von unserem Posten entfernt. Die Briten können nicht zu uns runterkommen, weil dann *sie* sich von ihrem Posten entfernen müssten. Ich kann nicht einmal über Funk Hilfe rufen, ohne die Sicherheit des Schiffs zu gefährden. Was soll ich also tun? Ich bin für gute Vorschläge dankbar!«

»Ich kann Ihnen auch keinen Rat geben, Ma'am«, erwiderte die junge Frau mit ruhiger Stimme. »Ich sage Ihnen nur, wie es um ihn steht.«

Amanda schämte sich plötzlich und war auf sich selbst zornig. *Wirklich großartig, Amanda, mach nur weiter so und lass deine Frustration an dem Boten aus, der die schlechte Nachricht überbringt. Egal, wie viele Orden du hast – Dad würde dich dafür übers Knie legen, und du hättest es nicht anders verdient.*

»Ich weiß, Chief. Tut mir Leid, dass ich die Nerven verloren habe. Die Sache mit Erikson setzt mir ein wenig zu.«

»Ist schon okay, Ma'am. Ich bin auch noch nie in einer solchen Situation gewesen. Es macht einem schon ein wenig Angst.«

»Sie leisten gute Arbeit, Chief. Helfen Sie ihm, dass er noch eine Weile durchhält. Ich lasse mir was einfallen.«

Tief in Gedanken versunken, ging Amanda am Gefechtsleitstand vorbei, um das Quartier ihrer Nachrichtendienst-Offizierin aufzusuchen. Sie klopfte leise an die Tür, die mit Christines Namensschild versehen war.

»Es ist jemand zu Hause. Nur hereinspaziert.«

Christines Kajüte zeigte bei all ihrer Enge doch eine gewisse individuelle Note. Jeder Zentimeter Raum an den Schotten, der nicht von ihrer Stereoanlage und ihrem hochmodernen Videospielsystem eingenommen wurde, war mit Postern der Science-Fiction-Art bedeckt. Ihr Schreibtisch war überhäuft mit Stapeln von Papieren, Büchern und Zeitschriften, die bei jedem Schlingern des Schiffs auf die Pappkartons herunterzufallen drohten, die mit Büchern voll gestopft waren.

Christine saß mit überkreuzten Beinen auf ihrer Koje, auf der ebenfalls eine solche Menge von Papieren lag, dass man schwer zu sagen vermochte, ob sie gerade arbeitete oder eher dabei war, sich ein Nest damit zu bauen. »Hallo, Ma'am«, sagte sie in munterem Ton. »Setzen Sie sich doch eine Weile. Übrigens, Sie sehen furchtbar aus.«

Amanda lächelte müde. »Danke, Miss Rendino, wirklich sehr aufmerksam von Ihnen.« Sie entfernte einen halben Milky-Way-Riegel von dem einzigen Stuhl der Kajüte und ließ sich nieder. »Ich würde gern Ihre Meinung zu einer bestimmten Sache hören. Wie groß ist die Wahrscheinlichkeit, dass wir entdeckt werden, wenn wir EMCON kurz brechen, um mit der Zweiten Flotte Kontakt aufzunehmen?«

Die Intel-Offizierin zuckte die Schultern. »Sie kennen die Antwort genauso gut wie ich. Egal, wie kurz wir senden, es gibt keine Garantie. Wenn jemand zur richtigen Zeit am richtigen Ort ist und noch dazu über geeignete Ausrüstung verfügt, dann könnte es durchaus sein, dass man uns aufspürt. Wir gehen dieses Risiko jedes Mal ein, wenn wir uns Daten von einem Wetter- oder Aufklärungssatelliten holen. Falls Sie mit jemandem Funkkontakt aufnehmen wollen, ist das natürlich noch heikler.

Sie könnten das Risiko eliminieren, indem Sie mit Laser arbeiten, aber dazu müssten wir unsere Wetterdeckung verlassen, um eine Sichtlinie zu einem Satelliten zu bekommen. Zusammenfassend würde ich sagen, wir haben eine Chance, eine Nachricht durchzubekommen – schließlich sind die technischen Möglichkeiten der Argentinier beschränkt –, aber Garantie kann ich Ihnen keine darauf geben.«

Amanda seufzte und verschränkte die Arme. »Genauso habe ich es mir auch gedacht. Chris, der Junge unten im Lazarett wird sterben, wenn ich nicht bald Hilfe hole.«

»Aha, das ist es also, was Ihnen Kopfzerbrechen bereitet.«

»Ja, und leider wäre es, rein mit dem Verstand betrachtet, das Klügste, den Verlust hinzunehmen und ihn sterben zu lassen. Alles andere hieße, das Schiff und die Besatzung zu gefährden – und auch unsere ganze Mission.«

»Aber Sie werden sich natürlich trotzdem sofort an die Strippe hängen und um Hilfe rufen, so laut es nur geht, damit der Junge gerettet wird.«

Amanda hob eine Augenbraue. »Wie kommen Sie darauf, Lieutenant?«

»Weil Sie in mancher Hinsicht ziemlich berechenbar sind. Im Moment überlegen Sie vielleicht noch, ob Sie das tun sollen, was vom Verstand her das Klügste wäre, oder das, was Sie für das einzig Richtige hatten. Und ich bin mir sicher, der Verstand hat nicht die geringste Chance. Sie haben Ihre Entscheidung längst getroffen, bevor Sie reinkamen. Sie mussten nur ein Weilchen hier rumsitzen und es sich bewusst machen, indem Sie darüber redeten.«

»Nun, das ist ja interessant. Passiert Ihnen das eigentlich öfter, dass Sie schon vorher wissen, was ich tun werde?«

»Klar«, antwortete Christine lächelnd. »Wenn Sie mal wieder wissen möchten, wie Sie in Zukunft über irgendwas denken werden, dann kommen Sie einfach vorbei und fragen Sie mich.«

Die Nachrichten-Offizierin schwang ihre Beine von der Koje herunter und griff zum Schreibtisch hinüber. Sie schob einen Stapel *Playgirl*- und *International Defense Review*-Hefte beiseite, um die Sprechanlage freizumachen. Sie nahm den Hörer zur Hand und reichte ihn ihrer Kommandantin.

Amanda nahm ihn und spürte, wie die Bürde auf ihren Schultern bereits ein wenig leichter wurde.

»Funkraum, hier spricht der Captain. Werfen Sie Ihre Systeme an. Wir müssen EMCON kurz brechen.«

Chief Robinson horchte auf, als die Schrauben der Duke ihre Umdrehungszahl spürbar erhöhten. Doch da auf diese Veränderung nicht der erwartete Ruf zu den Gefechtsstationen folgte, entspannte sie sich wieder und wandte ihre Aufmerksamkeit erneut den Unterlagen zu, die sie an ihrem Schreibtisch bearbeitete. Die Beschleunigung war wohl nur vorübergehend, um einen raschen

Ortswechsel durchzuführen. Einige Augenblicke später summte die Sprechanlage.

»Lazarett, aye?«

»Chief, hier Captain.« Amanda Garrett klang erleichtert und zufrieden. »Wir haben eine Lösung für Erikson gefunden! Wir werden uns mit dem britischen Eispatrouillenschiff treffen, der *Polar Circle.* Sie haben nicht bloß *einen* Arzt an Bord, sondern ein ganzes Ärzteteam und sind auch für Operationen ausgerüstet. Das Problem ist nur, dass die Briten einen weiten Bogen nach Süden und Osten machen müssen, um außerhalb der Reichweite der Argentinier zu bleiben.

Heute Nacht werden wir an den Ostrand unseres Patrouillengebietes abdrehen. Und morgen werden wir dann noch einmal einen Sprint nach Osten einlegen, sobald die *Polar Circle* meldet, dass sie bereit ist. Wir müssen zusehen, dass wir in Reichweite ihres Helikopters kommen.

Mit etwas Glück merken die Argentinier gar nicht, dass wir unsere Position verlassen haben. Wir brauchen nur noch ein wenig Zeit, um die Sache durchzuziehen. Können Sie Erikson noch für 24 Stunden stabil halten?«

»Darauf können Sie sich verlassen, Ma'am! Darf ich ihm sagen, was wir vorhaben?«

»Negativ, Chief. Ich komme gleich zu Ihnen runter. Das möchte ich selbst machen.«

Buenos Aires
29. März 2006, 08:45 Uhr

»Es war ein Hinterhalt«, sagte General Arco geradeheraus. »Der Überwasserkontakt, den wir ausgemacht hatten, war einer ihrer Stealth-Helikopter, der langsam in geringer Höhe dahinflog. Er verwendete einen Signalverstärker, so dass wir ein Radar-Echo erhielten, das dem des Schiffes glich. Der Zerstörer selbst lag währenddessen vermutlich in einem Schneesturm versteckt.

Als wir das Ziel entdeckten, gingen wir zum Angriff über – doch die Nordamerikaner antworteten mit Lenkwaffen, höchstwahrscheinlich LORAIN-Boden-Luft-Raketen. Sie nahmen uns mit Hilfe der Radar-Emissionen ins Visier, die sie passiv von uns erhielten. Und schlugen völlig überraschend zu.«

»Diese verdammten Radartricks, die wir anwenden wollten, haben also nicht funktioniert – und um das herauszufinden, haben Sie zwei meiner Flugzeuge geopfert«, warf Admiral Fouga wütend ein.

»Sie *haben* funktioniert, Admiral. Deshalb haben uns die Nordamerikaner ja aufs Korn genommen.«

»Bemerkenswert«, wandte Präsident Sparza nachdenklich ein. »Ein Kriegsschiff greift seinerseits die Flugzeuge an, von denen es gejagt wird. Das ist nicht gerade eine Strategie, wie man sie erwarten würde.«

»Es ist auch kein gewöhnliches Schiff«, antwortete Arco grimmig.

Sparza hatte seine Militär-Stabschefs und seinen Außenminister wieder in seinem Büro zusammengerufen. Es war schon während ihrer letzten Konferenzen des Öfteren zu kleinen Spannungen gekommen – nun jedoch waren die Differenzen nicht mehr zu übersehen. Grund dafür war die wachsende Besorgnis, dass die Ereignisse immer mehr außer Kontrolle gerieten.

»Wir werden noch einmal zwei Atlantique-Maschinen für die Mehrfach-Radarsuche klarmachen«, fuhr der General der *Fuersa Aria* fort. »Außerdem werden wir unsere Taktik ändern, damit wir für solche Hinterhalte nicht mehr so anfällig sind. Morgen um diese Zeit sollten wir die Suche neu beginnen können.«

»Und was machen wir bis dahin? Herumsitzen und Däumchen drehen?«

»Es ist egal, was wir tun, Fouga! Als sie unseren Aufklärungssatelliten abschossen, haben wir das einzig brauchbare Instrument verloren, mit dem wir sie aufspüren konnten. Während der vergangenen vier Tage haben wir über dreihundert konventionelle Aufklärungsflüge über der Drake-Passage durchgeführt – und das mit allen Flugzeugtypen, die uns zur Verfügung stehen. Wir haben es nicht geschafft, dem Feind auf die Spur zu kommen. Die Tarnsysteme der Nordamerikaner funktionieren zu gut! Und bei diesen Wetterbedingungen sind sie regelrecht unsichtbar für uns. Das Mehrfach-Radar ist unsere einzige Hoffnung!«

»Mag sein«, wandte Sparza ruhig ein, »aber wir haben nicht genug Zeit, um darauf zu warten. Gentlemen, kurz bevor Sie hier eintrafen hat General Orcho die neuesten Geheimdienst-Informationen von den Malvinen bekommen. Ich schlage vor, dass wir uns einmal anhören, was er zu sagen hat.«

Der Armee-Kommandant warf einen kurzen Blick auf seine Unterlagen, obwohl er genau zu wissen schien, was sie enthielten.

»Mit Hilfe des United States Air Force Transport Command haben die Briten ihre Verteidigungsstreitkräfte in Stellung gebracht. Gegenwärtig haben sie zwei vollständige Tornado-Geschwader auf ihrem Militärflughafen in Mount Pleasant zur Verfügung.

Darüber hinaus haben sie Jagdbomber- und Helikopter-Einheiten, die von zwei Feldflugplätzen bei Port Stanley aus operieren, nämlich Goose Green und Pebble Island. Wir wissen außerdem, dass sie über mobiles Suchradar und Luftabwehrraketen der Typen Patriot und Rapier verfügen. Die Bodenstreitkräfte wurden durch ein Fallschirmregiment der British Army verstärkt, außerdem haben sie leichte Panzereinheiten und Artillerie herbeigeschafft.

Vor der Küste haben die Briten alle Bohrungen eingestellt. Sie haben die Bohrmannschaften evakuiert und die Plattformen mit Marineinfanteristen besetzt, die mit Stinger- und Starstreak-Luftabwehrraketen ausgerüstet sind. Außerdem setzt die Royal Navy Anti-U-Boot-Patrouillenhubschrauber ein. Wir haben auch Hinweise darauf, dass sie rund um die Bohrtürme CAPTOR-Minen einsetzen. Sie haben auch ihre Erdgaslagerstätten bei Low Bay geschlossen.«

»Was gibt es Neues von ihren Seestreitkräften?«, wollte Fouga wissen.

»Kurs und Fahrt sind unverändert. Sie werden in etwa 70 Stunden in unsere Reichweite kommen. Es wird vermutet, dass sowohl die britischen als auch die amerikanischen Trägerverbände Atom-U-Boote vorausgeschickt haben, die etwa einen Tag voraus sind. Aber das ist nicht die unmittelbarste Gefahr für uns.«

Der General holte einen Umschlag aus seiner Aktentasche und nahm einige Fotos heraus, die er an seine Kollegen weitergab.

»Die erste Aufnahme ist ein Standbild von einer CNN-Nachrichtensendung aus Mount Pleasant. Im Hintergrund können Sie das Heck eines KC-10-Transportflugzeuges erkennen und daneben Bodenpersonal, bei dem es sich ebenfalls um Nordamerikaner handelt.

Das zweite Bild ist eine vergrößerte Aufnahme, die vom brasilianischen Geologie-Satelliten von Wideawake Field auf der Himmelfahrtsinsel gemacht wurde. Bei den drei Flugzeugen handelt es sich um P-3E-Orion-Patrouillenflugzeuge der US Navy. Und hier ist auch eine zweite KC-10 und allem Anschein nach ein schwerer strategischer Bomber vom Typ B-1C.

Wir glauben, dass sowohl Briten als auch Nordamerikaner jetzt, wo die britische Verteidigung parat ist, erhöhte Angriffsbereitschaft zeigen werden. Wahrscheinlich werden sie Aufklärungs- und Kampfflugzeuge einsetzen, um ihre Blockade aufrechtzuerhalten. Unsere Lage dürfte dadurch … schwieriger werden.«

»Wie viel Zeit haben wir, bis sie mit ihren Einsätzen beginnen?«, fragte Sparza.

»Höchstens zwei Tage noch.«

Der argentinische Präsident wandte sich wieder dem Kommandanten der Luftwaffe zu. »Arco, was können wir ihnen entgegensetzen?«

Der General der Luftwaffe blickte einen Augenblick auf den Teppich hinunter, während er versuchte, die Lage zu überschauen. »Nun, es wäre möglich, Mount Pleasant anzugreifen. Das hieße aber, dass wir unsere besten Flugzeuge von unserer Anti-Schiff-Mission abziehen müssten. Aber auch dann könnte ich Ihnen keine Garantie geben. Einen gut befestigten Flugplatz anzugreifen ist äußerst schwierig, zumal sie bereit sind und auf uns warten. Wir müssten große Opfer in Kauf nehmen.«

»Sie können kein einzelnes Schiff versenken! Sie können keinen Flugplatz zerstören! Lieber Himmel, wozu haben wir überhaupt eine Luftwaffe?«

»Das reicht jetzt, Fouga!«, wies ihn Sparza zurecht. »Ich allein beurteile hier, wer etwas leistet und wer nicht. Ich habe bisher keinen Fehler in der Vorgangsweise von General Arco und seinen Streitkräften entdecken können.«

Fouga saß still da und brütete dumpf vor sich hin, und Sparza wandte sich seinem Außenminister zu. »Aldo, wie sieht die diplomatische Situation aus?«

»Nicht allzu gut, Herr Präsident«, antwortete Salhazar. »Bei den Vereinten Nationen scheinen wir momentan zwischen dem starken Einfluss der USA und dem diplomatischen Geschick der Briten zerrieben zu werden, so wie es uns schon während des Kampfes um die Malvinen erging. Einige der Länder, die traditionell antiwestlich eingestellt sind, haben ihre Sympathie bekundet – aber das ist wohl eher eine Reflexhandlung als ein Ausdruck echter Solidarität. Wir haben also kaum mehr als Brasilien und Chile auf unserer Seite.«

»Was ist mit den Unterzeichnerstaaten des Antarktisvertrags?«

Der Politiker schüttelte den Kopf. »Auch da haben wir Probleme. Die anderen Vertragsstaaten reagieren nicht so, wie wir es gehofft hatten. Die entschiedene Haltung der Vereinigten Staaten und Großbritanniens zeigt anscheinend Wirkung. Es ist nicht zu der Uneinigkeit gekommen, die wir uns erwartet hatten. Noch einmal, wir können uns nur auf Brasilien und Chile verlassen. Die meisten anderen Mitgliedsstaaten scheinen eine eher abwartende Haltung einzunehmen. Sie wollen wohl sehen, was aus der Blockade wird.«

»Das würde ich selbst auch ganz gern wissen, Aldo«, erwiderte Sparza und holte seine Zigarettendose hervor. Er zündete sich mit dem Schreibtischfeuerzeug eine Zigarette an, ehe er fortfuhr. »Gentlemen, die Chance, unser Unternehmen erfolgreich durchzuführen, wird immer kleiner, und die Lage ist sehr kritisch. Wir müssen jetzt entschlossen handeln, wenn wir Konquistador Süd retten wollen. Ansonsten haben wir nur die Möglichkeit, die Operation abzubrechen und die diplomatischen Ergebnisse und ihre politischen Folgen abzuwarten. Nun, was sollen wir tun?«

Eine ganze Weile war es still im Raum.

Schließlich meldete sich Admiral Fouga zu Wort. »Der springende Punkt unserer Operation war stets, rechtzeitig Nachschub auf die Antarktis zu bekommen. Also gut, dann sorgen wir dafür, dass das passiert! Und zwar jetzt gleich, ehe wir völlig abgeschnitten sind!«

»Wir sind doch schon abgeschnitten, Fouga«, warf Arco gereizt ein. »Die *Cunningham* würde Sie stoppen, kaum dass Sie den Hafen verlassen hätten.«

»Na schön, sollen sie nur kommen. Ihr Geisterschiff ist zwar gut im Verstecken, aber um uns aufzuhalten, wird es sich zum Kampf stellen müssen!«

Der Flottenkommandant beugte sich in seinem Stuhl vor. »Herr Präsident, unsere besten Geleitschiffe werden den Transport begleiten, und unser bestes Zerstörer-Geschwader wird dem Konvoi aus einiger Entfernung Deckung geben. Mit dieser Feuerkraft bin ich mir sicher, dass ich jedes Kriegsschiff schlagen kann, dass sich uns in den Weg stellt.«

»Das klingt so, als würden Sie das zu Ihrer persönlichen Angelegenheit machen«, warf Sparza ein.

»Das tue ich auch, Herr Präsident. Ich habe vor, den Einsatz selbst zu leiten, sollten Sie den Befehl zum Auslaufen geben.«

»Ich verstehe. Gentlemen, gibt es noch weitere Vorschläge?«

Sparza blickte von einem zum andern – doch es kam keine Antwort.

»Also gut, Admiral. Sie werden mit dem Nachschub-Konvoi auslaufen, um so schnell wie möglich die San-Martin-Basis zu erreichen.«

»Jawohl, Sir! Unverzüglich, Herr Präsident.« Fouga erhob sich hastig von seinem Stuhl.

»Einen Moment noch, Admiral.« Sparzas Stimme ließ ihn innehalten. »Ihre vorrangige Aufgabe ist es, den Konvoi durchzubringen und nicht, irgendwelche Kriegsschiffe der Vereinigten Staaten zu jagen. Vergessen Sie nicht die Prioritäten.«

»Jawohl, Sir«, antwortete Fouga mit großer Gebärde. »Die Flotte wird Sie nicht enttäuschen.«

Der stämmige Marineoffizier nahm seine Aktentasche und Mütze und eilte zur Tür.

»Fouga«, sagte General Arco, ohne sich nach dem Admiral umzudrehen, »um Ihrer Männer willen – unterschätzen Sie die Nordamerikaner keine Sekunde.«

Drake-Passage
29. März 2006, 02:10 Uhr

Hubschrauber Zero Two sank mit zurückgeklappten Rotorblättern aus der Dunkelheit hinunter in den rot beleuchteten Hangar. Während der hydraulische Aufzug niederging, lehnte sich Arkady in seinem Sitz zurück und schloss die Augen. Sie brannten von den vielen Stunden, die er durch ein Nachtsichtgerät geblickt hatte.

Als der Aufzug unten ankam, richtete er sich auf, öffnete die Gurte und die Kabinenhaube und entfernte den festgefrorenen Schnee, der sich entlang des Rahmens angesammelt hatte.

»Wie ist es gegangen, Sir?«, fragte Chief Muller, der bereits auf Arkady wartete.

»Nicht so schlecht. Eine recht angenehme Nacht da draußen.«

»Das ist ziemlich relativ, würde ich sagen«, wandte Grestovitch von seinem Platz aus ein. »Angenehm kann man das nur nennen, wenn man's mit den letzten Tagen vergleicht.«

»Sie sehen das, wie immer, viel zu negativ, Gus – aber ich muss zugeben, Sie haben nicht ganz Unrecht damit.«

Arkady nahm den Helm ab und stemmte sich mühsam im Cockpit hoch. »Wie sieht's mit unserem Operations-Status aus, Chief?«

»Das hängt davon ab, ob Sie möchten, dass Ensign Delany heute Morgen eine weitere Runde fliegt.«

»Ja. Warum nicht?«

»Nun, in diesem Fall gibt's ein Problem. Zero One ist immer noch unten. Er hat einige Kälterisse abbekommen. Wir mussten den ganzen Heckteil auseinander nehmen, und ich weiß nicht, ob wir ihn bis vier Uhr wieder startklar haben.«

»Okay, dann muss sie eben diesen Vogel nehmen«, sagte Arkady und schwang sich aus dem Helikopter. »Lassen Sie ihn rasch durchchecken.«

»Lieutenant, Zero Two ist schon zu lange im Einsatz. Wir müssen zuerst mal einen Blick in das Getriebe werfen, bevor wir ihn wieder rausschicken.«

»Mist!« Arkady hakte die Daumen in seinem Gürtel ein und starrte finster auf den Boden hinunter. »Na gut, machen wir's anders. Verschieben Sie Delanys Start auf vier Uhr dreißig. Später hätte es keinen Sinn mehr, denn sobald es hell wird, kommen auch unsere Freunde wieder aus ihren Löchern. Wenn Zero Two bis dahin nicht startklar ist, blasen wir die Sache einfach ab.«

»Aye aye, Sir.«

»Verständigen Sie Ensign Delany von der Verschiebung und halten Sie mich auf dem Laufenden.«

»Wird gemacht.«

Grestovitch schwang sich nun ebenfalls ziemlich steif aus dem Cockpit. »Ich habe alle Sensordaten runtergeladen, Sir«, sagte er und klopfte auf die Datenkassetten in der Brusttasche seiner Montur.

»Gut. Ich werd mich mal mit dem Captain in Verbindung setzen, während Sie das Zeug in den Gefechtsleitstand bringen. Danach können Sie sich gern zurückziehen und ein paar Stunden aufs Ohr hauen.«

»Danke, Lieutenant. Das klingt wirklich gut.«

»Ich danke Ihnen, Gus. Wenn man so auf die letzten paar Tage zurückschaut, dann erstaunt es mich fast ein wenig, dass Sie überhaupt noch mit mir fliegen.«

»Ach, was soll's, Sir. Nach einer Weile gewöhnt man sich daran, verrückt zu sein.«

Amanda Garrett war allein in der Offiziersmesse und merkte gar nicht, dass Arkady eintrat. Sie saß vornübergebeugt am Tisch, den Kopf in die Armbeuge gelegt. Eine Tasse kalten Tee und ein halbes Sandwich hatte sie neben sich auf dem Tisch. Der Schlaf war stärker gewesen als der Hunger.

Doch das leise Scheppern, als Arkady seinen Helm auf den Tisch legte, ließ sie augenblicklich hochschrecken wie eine Katze. Sie richtete sich auf und blickte sich erschrocken um.

»Mit dem Schiff ist alles in Ordnung, Captain«, sagte Arkady, weil er wusste, dass diese Worte sie am schnellsten wieder beruhigen würden.

Sie blinzelte und kam langsam zu sich. »Oh, hallo, Arkady. Wann sind Sie zurückgekommen?«

»Gerade erst vor ein paar Minuten.«

Sie blickte auf ihre Armbanduhr und rieb sich die Augen mit dem Handrücken. »Dann war ich wohl nicht sehr lange außer Gefecht. Wie ist es gegangen?«

»Nicht so schlecht«, antwortete Arkady, zog einen der Stühle unter dem Tisch hervor und setzte sich. »Wir sind etwa hundertvierzig Kilometer nach Osten geflogen und haben nichts aufgespürt außer normalen Handelsschiffen. Was sich unter der Oberfläche abspielt, kann ich nicht mit Sicherheit sagen, aber ich habe einige Sonarbojen abgeworfen und auch Stichproben mit dem Tauchsonar gemacht. Ich glaube, die Gewässer sind klar.«

»Freut mich zu hören. Wie ist die See im Moment?«

»Immer noch Stärke drei. Der Nebel an der Oberfläche lichtet sich allmählich, aber es gibt Gebiete mit gefrierendem Regen oder Schneefall.«

»So stark, dass es Probleme mit dem Helikopter-Rendezvous geben könnte?«

Arkady zuckte die Schultern. »Nicht, wenn die Briten ihr Handwerk verstehen. Außerdem werden wir die Zone erst heute Nachmittag erreichen. Bei Tageslicht geht das alles leichter.«

»Das ist gut. Aber sagen Sie, was ist mit Nancy? Wollen Sie sie immer noch rausschicken heute Nacht?«

»Nun, das ist im Moment nicht ganz so einfach. Ich hätte gern vor dem Morgen noch einen Flug gestartet, aber es sieht so aus, als hätten wir keinen einsatzbereiten Hubschrauber mehr. Wir kommen mit der Wartung nicht mehr nach.«

»O Gott, auch das noch.« Sie beugte sich über den Tisch und legte die Stirn auf ihre überkreuzten Handgelenke. »Wie schwer ist es denn für Ihre Leute, Arkady?«

»Es machen sich schon kleinere Probleme bemerkbar. In dieser polaren Umgebung sind eine Menge Extra-Arbeitsstunden für die Instandhaltung nötig, und dafür haben wir einfach nicht genügend Leute. Aber ich glaube, wir können den Betrieb noch einige Tage auf diesem Niveau aufrechterhalten, ohne dass die Sicherheit allzu sehr leidet. Danach müssen wir die Flugstunden ein wenig zurückschrauben.«

»Wenn Sie es nur die paar Tage noch schaffen, Arkady«, sagte sie mit gedämpfter Stimme. »Mehr brauche ich gar nicht.«

»Wie geht's *Ihnen*, Captain?«

Sie richtete sich auf und blickte ihn ein wenig gereizt an. Instinktiv weigerte sie sich, ihre Schwäche zuzugeben. Arkady erwiderte ihren Blick völlig ruhig. *Ja, verdammt, ich frage trotzdem.*

Im nächsten Augenblick verschwand die Gereiztheit aus ihrem Blick, und ein schwaches Lächeln erschien auf ihren Lippen. »Na ja, nicht mehr ganz so taufrisch, aber sonst ist alles, wie's sein sollte. Es war nicht ganz einfach die letzten paar Tage. Aber wenigstens konnten wir uns wieder ein wenig Luft verschaffen, indem wir ihr Mehrfach-Radar ausgetrickst haben. Wenn wir jetzt noch Erikson hier rausbringen …« Sie sprach den Satz nicht zu Ende.

»Das klingt so, als liege Ihnen der Junge persönlich am Herzen, Skipper.«

»Genauso ist es auch, Arkady. Wenn ich bloß unter der Wetterfront geblieben wäre, an dem Tag, als sie angriffen, dann wäre er heute nicht verwundet.«

»Und wenn meine Tante ›nen Pimmel hätt‹, dann wär sie mein Onkel. Was vorbei ist, ist vorbei, egal wie es war. Sie machen sich nur verrückt, wenn Sie hier mit Selbstvorwürfen rumsitzen. Was soll dabei schon rauskommen?«

»Leider, Arkady, hängt einem die Vergangenheit manchmal länger nach – so wie im Hinblick auf diesen Jungen da, der unten im Lazarett liegt.«

Norfolk, Virginia
29. März 2006, 14:30 Uhr

Admiral Elliot MacIntyre war gar nicht erfreut, als er feststellte, dass immer mehr Arbeit unerledigt auf seinem Schreibtisch liegen blieb, seit er den Großteil seiner Zeit der Antarktiskrise widmen musste. Schließlich blieb ihm nichts anderes übrig, als sich widerwillig hinzusetzen und zumindest die größten Brocken zu erledigen.

Er war deshalb ganz und gar nicht unglücklich, als ihn das Summen der Sprechanlage in der Arbeit unterbrach.

»Admiral, haben Sie einen Augenblick Zeit?«, fragte seine Stabschefin.

»Eigentlich nicht, aber das macht gar nichts. Was gibt's, Maggie?«

»Eine etwas ungewöhnliche Situation. Die Sicherheitswache unten am Tor hat gerade angerufen. Wilson Garrett ist unten und möchte Sie sprechen, Sir.«

MacIntyre war nicht sonderlich überrascht. Zum Teufel mit dem Papierkram.

»Schicken Sie ihn herauf, Maggie. Behandeln Sie ihn wie einen Ehrengast.«

MacIntyre wartete im Korridor des Operationsraumes auf seinen Gast. Als dieser schließlich an Captain Callendars Seite heraufkam, fühlte sich der CINCLANT an alte Zeiten zurückerinnert, als sie gemeinsam im Pazifik stationiert waren. Wilson Garrett war damals sein unmittelbarer Vorgesetzter gewesen; vom ihm wusste er, wie man als Skipper ein Schiff zu führen hatte.

Garretts Bürstenhaarschnitt war mittlerweile etwas weißer geworden, doch seine Haltung war immer noch genauso aufrecht und sein Blick so scharf wie früher, und er trug seine Nylon-Windjacke so würdevoll, als wäre es eine Uniform. Es war gewiss eine Riesenungerechtigkeit, dass man es verabsäumt hatte, diesem fähigen kleinen Mann den zweiten Stern zu verleihen.

»Willkommen an Bord, Sir«, sagte MacIntyre und streckte ihm die Hand entgegen.

»Sir?«, antwortete Garrett mit einem kurzen, festen Händedruck. »Du scheinst dich besser durchzuschlagen, als ich es je vermochte, Eddie Mac.«

»Das weiß ich nicht. Du warst ja schlau genug zu verschwinden, als deine Flagge noch auf einem Schiff wehte und nicht auf einem Betonklotz wie diesem hier.«

Garrett erwiderte mit einem etwas bitteren Lächeln: »Mag sein. Unsere Freunde oben in DC haben wahrscheinlich ohnehin vor, die gesamte Flotte irgendwann trockenzulegen. Sparen um jeden Preis heißt die Devise.«

Der Offizier im Ruhestand wurde wieder ernst. »Ich weiß, dass ihr hier viel zu tun habt, darum will ich lieber gleich zur Sache kommen. Ich bin hier, um ein paar Privilegien in Anspruch zu nehmen und dich um einen Gefallen zu bitten. Ich möchte wissen, was mit meiner Tochter ist, Eddie Mac.«

»Das dachte ich mir. Komm, gehen wir runter in die Einsatzzentrale.« Einige Minuten später stand Wilson Garrett am Geländer des Kommandobalkons und blickte bewundernd auf das Large Screen Display und die wohl geordneten Reihen der Workstations hinunter.

»Also, das hier ist wirklich nicht zu verachten. Ich hätte alles dafür gegeben, wenn ich damals auf der alten *Callahan* diese Fülle von Informationen zur Verfügung gehabt hätte, die ihr hier reinbekommt.«

»Wir bekommen genug Material, das stimmt«, antwortete MacIntyre. »Oft sogar mehr, als wir brauchen. Wir suchen immer noch nach geeigneten Analyseverfahren, um das Datenmaterial bestmöglich zu verwerten.

Das Problem ist, dass einen das System hier ein wenig von der Wirklichkeit abhebt. Wenn man nicht aufpasst, fängt man an, die einzelnen Einsatzkommandanten draußen wie Figuren in einem Videospiel herumzuschieben. Aber sag, was weißt du eigentlich über die ganze Sache?«

»Ungefähr soviel wie jeder durchschnittliche Zivilist im Land«, antwortete Garrett. »Die Argentinier sind in der Nähe des Südpols aufmarschiert, und damit sind wir nicht einverstanden. Wir haben mit einer Blockade geantwortet, und das wiederum gefällt den Argentiniern nicht. Die Briten bereiten sich auf eine Fortsetzung des Falkland-Konflikts vor, und wir schicken einen Trägerverband nach Süden, so schnell das möglich ist. Es geht außerdem das Gerücht, dass bald geschossen wird oder dass die ersten Schüsse sogar schon gefallen sind – und niemand will es so recht zugeben.« Garrett strich sich besorgt mit der Hand durch das kurz geschnittene Haar. »Verdammt, ich habe keine Ahnung, ob Mandys Schiff in die Sache verwickelt ist. Ich weiß nur, dass die Duke in Rio war und dass sie Befehl zum Auslaufen erhalten hat. Das Einzige, was ich sonst noch weiß, ist, dass in meinem Garten ein CNN-Team seine Zelte aufgeschlagen hat und nur darauf wartet, dass ein paar von den Leuten vorbeikommen, die die Angehörigen benachrichtigen, wenn jemand gefallen ist.«

MacIntyre beschloss, dass es keinen Sinn hatte, lange um den heißen Brei herumzureden. »Es wird bereits geschossen, und deine Tochter steckt mittendrin, Wils. Um die Wahrheit zu sagen, sie ist im Augenblick so ziemlich alles, was wir da unten haben.«

»Verdammt!«

»Das ist die schlechte Nachricht«, fuhr der CINCLANT fort. »Die gute Nachricht ist, dass sie und ihr High-Tech-Zerstörer bisher die gesamten argentinischen Streitkräfte in Schach gehalten haben.«

»Wirklich?« Ein Leuchten flackerte in den Augen des älteren Mannes auf. »Nun, das überrascht mich nicht einmal. Es war noch nie Mandys Art, klein beizugeben.«

»Das wissen die Argentinier mittlerweile auch«, stellte MacIntyre trocken fest. »Die Seeverbindung der Argentinier mit der Antarktis ist abgerissen. Außerdem hat deine Tochter fast die gesamte argentinische Luftwaffe außer Gefecht gesetzt. Acht Abschüsse wurden bisher verzeichnet. Sie hat auch ein U-Boot zum Aufgeben gezwungen, das die Argentinier auf das Schiff angesetzt hatten. Sie schlägt sich unglaublich gut, Wils.«

»Hat sie irgendwelche Schäden zu verzeichnen?«

»Ja, beim ersten Luftangriff hat es leichte Schäden gegeben. Die *Cunningham* ist aber nach wie vor voll einsatzfähig, und es ist nur ein Schwerverletzter zu beklagen. Ich habe gehört, dass sie zur Zeit versuchen, ihn mit Hilfe der Briten mit einem Sanitätshubschrauber abzutransportieren.«

Garrett blickte aufmerksam auf den großen Bildschirm.

»Wie ist ihre gegenwärtige Position?«

»Gute Frage. Wir wissen leider oft selbst nicht genau, wo sie steckt. Dieses Stealth-System ist wirkungsvoller, als wir dachten. Am genauesten wissen wir es immer dann, wenn sie sich Informationen von einem Aufklärungssatelliten holt.«

MacIntyre blickte zu seiner Stabschefin hinüber. »Maggie, wann ist unser nächster Vogel über der Drake-Passage?«

»Wir sollten in einigen Minuten eine Verbindung mit Key-Hole-Thirteen-Charley haben, Sir.«

»Klingt gut.« Der Admiral wandte sich wieder Garrett zu. »Wir können dir dann ihre genaue Position sagen.«

»Danke, Eddie Mac. Da ist noch eine einzige Sache, die ich gern wüsste.«

»Das wäre?«

»Wie, zum Teufel, habt ihr meine Tochter ohne jede Unterstützung da runterschicken können!«, explodierte Garrett.

MacIntyre hatte diese Frage erwartet – denn sie war durchaus berechtigt. Der CINCLANT war froh, dass er dem Mann eine vertretbare Antwort geben konnte.

»Aus demselben Grund, aus dem auch du selbst es getan hättest, Wils«, antwortete er ruhig. »Weil wir Verantwortung für drei Ozeane tragen, aber nur die Flotte für einen Ozean haben. Weil die Duke das einzige Schiff war, das wir in der Nähe hatten. Und weil unser Job nun mal so ist.«

Es folgte ein langer Augenblick angespannter Stille, ehe Garrett schließlich müde den Kopf schüttelte. »Ja, ja, bitte verzeih mir diesen väterlichen Gefühlsausbruch. Wenn Mandy hier wäre, würde sie mir dafür in den Hintern treten.«

»Mach dir deshalb keine Sorgen. Du hättest mich sehen sollen, als meine Tochter zum ersten Mal nach Mitternacht heimkam. Ich war das reinste Nervenbündel.«

Hinter ihnen läutete ein Telefon, und Captain Callendar nahm den Anruf entgegen. »Thirteen Charley erreicht jetzt die Antarktis, Sir. Daten-Download über Milstar-Verbindung beginnt.«

»Danke, Maggie. Schau dir mal den Hauptbildschirm an, Wils. Das ist ziemlich beeindruckend, kann ich dir sagen.«

Auf dem großen Kartendisplay an der gegenüberliegenden Wand erschienen mehrere Quadrate von zwei Metern Kantenlänge, die sich teilweise überlappten und nach Norden wanderten. Jedes der Quadrate stellte ein Gebiet auf der Erde dar, das von dem Aufklärungssatelliten beobachtet wurde.

Die Daten wurden mit Hilfe verschiedener Sensor-Systeme gesammelt, darunter hochauflösende optische und Infrarot-Kameras, Synthetisches Apertur-Radar und andere hoch entwickelte Systeme, die ihre Informationen über ein halbes Dutzend Satelliten-Kommunikationskanäle an das Flottenhauptquartier schickten. Manche der Daten waren für die eingehende Analyse durch die Nachrichtendienst-Abteilungen gedacht, während andere zur sofortigen Verwendung in der Einsatzzentrale bestimmt waren.

»Nach dem, was du mir erzählt hast, hatte es Mandy bisher vor allem mit Luft- und U-Boot-Streitkräften zu tun«, stellte Garrett fest. »Was ist eigentlich mit der argentinischen Marine?«

»Die hat sich noch nicht vorgewagt. Oh, sie sind in einiger Entfernung vor den Falkland-Inseln erschienen, um ein wenig Eindruck zu machen – aber aktiv geworden sind sie noch nicht. Ihre besten Schiffe und einen Transportverband scheinen sie an ihrem südlichsten Flottenstützpunkt in Ushuaia konzentriert zu haben. Wir erhielten die Information, dass sie einen Konvoi zu ihren Basen auf der Antarktis schicken wollen.«

»Sie müsste sich dem Konvoi in den Weg stellen, wenn sie ihn tatsächlich losschicken, nicht wahr?«, wollte Garrett wissen.

»Ich hoffe, dass es gar nicht soweit kommt. Der *Roosevelt*-Verband ist etwas mehr als zwei Tage entfernt, und wir schicken schon mal einige Orions und B-1 zu den Falkland-Inseln voraus. Wenn sie noch ein Weilchen durchhält, wird die rettende Kavallerie bald angeritten kommen.«

Auf dem großen Bildschirm erschienen einige Fadenkreuze vor der Packeislinie in der Nähe der Süd-Shetland-Inseln. Daneben stand in Leuchtschrift: *DDG 79.*

»Okay, da ist sie. Sie hat sich soeben Informationen von Thirteen-Charley geholt. Sie ist wohlauf, Wils.«

Garrett nickte. »Ja. Danke, Eddie Mac. Ich weiß das zu schätzen.«

»Vergiss es.«

»Hab ich nicht vor.« Garrett richtete sich auf und straffte die Schultern. »Verdammt, es gibt keinen Grund, dass ich dir noch länger hier auf deinem Achterdeck im Weg stehe ...«

»Admiral«, warf Captain Callendar ein, den Telefonhörer immer noch am Ohr. »Der Dienst habende Offizier meldet eine Lageänderung in Ushuaia.«

»Sie sollen es mir auf den Hauptbildschirm legen.«

Die computergenerierte Karte auf dem großen Display wurde von einem Überblick über die argentinische Flottenbasis ersetzt. Die Küste und das Land rund um die enge Bucht erschienen graugrün, die See nahezu schwarz. Die Gebäude der Basis sowie der umgebenden Stadt waren als unregelmäßig geformte geometrische Muster von nahezu weißer Farbe erkennbar. Jenseits des Hafens tauchten am unteren Rand des Bildschirms eine Reihe von blass leuchtenden Punkten auf.

»Können wir auch optische Bilder bekommen?«, wollte MacIntyre wissen.

»Nein, Sir. Die Gegend ist von dichten Wolken bedeckt. Wir haben nur Infrarotaufnahmen.«

»Na schön. Können Sie uns mal die Schiffsformation näher heranholen?«

13 000 Kilometer entfernt reagierte in 220 Kilometer Höhe ein ausgeklügeltes System von Spiegeln und Linsen auf den Wunsch des CINCLANT. Die Leuchtpunkte wurden größer und größer, bis sie den gesamten Schirm ausfüllten. Drei oval geformte Schiffe tauchten auf, die von den eleganteren Umrissen von vier Kriegsschiffen umgeben waren.

»Die thermografische Analyse zeigt, dass es sich um drei dieselgetriebene Frachtschiffe handelt, die von zwei großen Gasturbinenschiffen und zwei kleineren Dieselschiffen eskortiert werden«, meldete Maggie Callendar. »Fahrt achtzehn Knoten, Richtung eins-sieben-neun Grad. Die beiden Turbinenschiffe sind wahrscheinlich vom Typ Meho 360. Von den kleineren haben wir noch keine positive Identifikation.«

»Das ist ein guter Teil der verfügbaren argentinischen Seestreitkräfte«, sagte MacIntyre stirnrunzelnd. »Überprüfen Sie, was in Ushuaia noch vor Anker liegt. Was ist mit den Animosos, ihrem Ersten Zerstörer-Geschwader?«

Das Bild wanderte nach Norden und zeigte den Liegeplatz der Marinebasis. Drei Schiffe mit schlankem Rumpf waren noch da. Doch sie begannen plötzlich mittschiffs stärker zu leuchten.

»Die Analyse ergibt, dass die Schiffe des Ersten Argentinischen Zerstörer-Geschwaders die Turbinen anwerfen. Offensichtlich machen sie sich klar zum Auslaufen.«

»Und man braucht kein Prophet zu sein, um zu wissen, wohin sie sich aufmachen. Maggie, schicken Sie einen Bericht der neuen Lage an den Pentagon War Room und an die Verbindungsgruppe der Royal Navy. Dann schicken Sie einen detaillierten Bericht an die *Cunningham.* Teilen Sie mit, dass die argentinische Flotte ausgelaufen ist und verlangen Sie eine Bestätigung! Wahrscheinlich haben sie sich ohnehin schon selbst ein Bild der Situation gemacht, aber wir müssen sichergehen, dass sie wissen, was auf sie zukommt!«

MacIntyre dachte, er hätte Wilson Garrett etwas sagen gehört, doch als er sich dem Offizier im Ruhestand zuwandte, wurde ihm bewusst, dass der Mann zu jemandem sprach, der weit entfernt war.

»Es sind sieben, Schatz«, flüsterte er, während seine Hände das Geländer umklammerten. »Sei um Himmels willen vorsichtig.«

Drake-Passage
29. März 2006, 14:51 Uhr

Ken Hiro gestikulierte heftig mit dem Blatt Papier, auf dem der Funkspruch stand. »Äh, Captain, wir haben gerade eine Blitzmeldung von CINCLANT reinbekommen …«

»Ich weiß, Ken. Wir sehen sie schon.«

Amanda stand über den Kartentisch des Gefechtsleitstandes gebeugt, ihr ausdrucksloses Gesicht von der kalt leuchtenden Oberfläche des Tisches erhellt. Christine Rendino neben ihr wirkte ungewöhnlich still und in sich gekehrt. In der Dunkelheit konnte keiner der Offiziere sehen, wie fest Amanda die Fäuste geballt hatte, wie tief sie die Fingernägel in die Handflächen drückte.

Schließlich holte sie tief Luft. »Chris, verständigen Sie alle Abteilungs-Chefs, dass wir in fünfzehn Minuten eine O-Gruppe abhalten. Ken, bestätigen Sie die Meldung von CINCLANT. Teilen Sie ihnen mit, dass wir uns bereitmachen, den Feind abzufangen. Bitten Sie sie außerdem, die *Polar Circle* für uns zu benachrichtigen. Sie sollen den Briten mitteilen, dass wir nicht zum vereinbarten Rendezvous kommen können.«

Amanda stieß sich vom Tisch ab und ging zur Luke hinüber. »Wenn ihr mich braucht, ich bin unten im Lazarett.«

Drake-Passage
29. März 2006, 18:45 Uhr

Die RPV-Steuerstation der *Cunningham* befand sich am hinteren Ende der Abteilung für elektronische Aufklärung (Elint), die so gerammelt voll war, dass Amanda Garrett und Christine Rendino sich hinter den Sessel des Operators zwängen mussten, um das Display sehen zu können. Wenn Arkadys Aufmerksamkeit manchmal für einen Augenblick abschweifte, empfand er die warme Nähe der beiden Frauen als leicht verwirrend; der Duft von Amandas Wildblumen-Parfüm stieg ihm vermischt mit Christines moschusartigem Eau de Cologne in die Nase.

Arkady hielt in der Rechten den Steuerknüppel und in der Linken den Leistungshebel, während er das ferngesteuerte Aufklärungsfluggerät ›flog‹. Dieses kleine, gut getarnte Remotely Piloted Vehicle (RPV), eine Drohne vom Typ Boeing Brave 2000, sah wie ein etwas gedrungener Marschflugkörper aus. Auf dem Kopf trug Arkady einen Virtual-Reality-Helm, in dessen elektronische Brille die Bilder eingespielt wurden.

Innerhalb dieses Helms existierte eine eigene Welt. Es war, als säße Arkady selbst im Cockpit der ferngesteuerten Drohne, denn er sah rund um sich das dreidimensionale Bild der Umgebung, die er ›durchquerte‹. Er blickte nach ›unten‹ und sah die Meeresoberfläche als weiß-blaues Netzmuster unter der ›Nase‹ der Drohne. Wenn er hinaufblickte, sah er den Himmel als ein etwas weiter gespanntes Netzmuster von grauer Farbe. Er konnte den Blick über den Horizont schweifen lassen und brauchte dazu nur den Kopf zu drehen. Drückte er auf einen Knopf am Steuerknüppel, erschienen ein System-Status-Display oder Navigationsdaten vor seinen Augen.

Gesteuert wurde das Fluggerät mittels UKW-Verbindung, die über einen Milstar-Nachrichtensatelliten hergestellt wurde. Diese Verbindung verletzte eigentlich den Grundsatz der Tarnung – doch Amanda wollte den Feind genauer sehen und nicht bloß als Symbol auf einem Bildschirm.

»Laut Navicom-Daten erreichen Sie jetzt die primäre Suchzone«, murmelte Christine. »Halten Sie die Augen offen.«

»Tu ich doch. Ich empfange mehrfaches Suchradar direkt vor mir.«

Im Virtual-Reality-Programm konnten Radarwellen für das menschliche Auge genauso sichtbar gemacht werden wie der Strahl einer Taschenlampe. Arkady konnte die Suchsysteme des Konvois am Horizont ›sehen‹, die mit ihren blassroten Strahlen die Dunkelheit durchdrangen wie das Licht eines Leuchtturms.

»Okay, das sind sie. Geben Sie besonders auf die weiter entfernt laufende Eskorte Acht, die ihnen Deckung gibt. Vom Satelliten wissen wir, dass sie dem Konvoi ein Stück voraus ist.«

»Roger. Ich gehe jetzt runter und schau sie mir aus der Nähe an.«

Arkady drückte den Steuerknüppel nach vorn, und 360 Kilometer weiter nördlich senkte die Drohne die Nase, um zur Meeresoberfläche hinunterzutauchen.

Für Amanda und Christine hatte es etwas fast Unheimliches, wie Arkady unerhört wachsam den Kopf bewegte, um sich mit seinen fernen Augen umzusehen. Sekunden später entdeckte er etwas.

»Okay, ich hab sie gefunden. Es sind drei Schiffe, die als Deckung vorauslaufen.«

Christine beugte sich vor und drückte eine bestimmte

Tastenfolge, mit der die Kamera der Drohne aktiviert wurde. Auf einem Bildschirm war das verschwommene Grau der Wellen zu sehen. Mit der Trackball-Steuerung schwang sie die Kamera in die Richtung herum, die Arkady angegeben hatte. Optisch war außer einem dichten Nebelvorhang nichts zu erkennen. Durch einen weiteren Tastendruck wechselte das System auf thermografische Abbildung.

Der Horizont wurde klar und bot ein Bild, das einem Foto-Negativ glich: drei geisterhaft blasse Schiffe, die auf der dunklen See unter einem dunklen Himmel dahinsegelten.

»Ladys and Gentlemen, darf ich Ihnen das Erste Argentinische Zerstörer-Geschwader vorstellen«, murmelte Christine. »Typ *Animosos Italianos.* Etwa 5000 Tonnen Verdrängung pro Schiff, bewaffnet jeweils mit einem Fünf-Zoll-Geschütz, drei Oto-Melara-76-mm-Super-Rapid-Geschützen, einem Aster-Boden-Luft-Raketen-System, zwei Röhren für Torpedos vom Typ B-515 und einem Exocet-Raketenwerfer mit acht Startzellen. Das da in der Mitte, mit dem etwas größeren Hubschrauberhangar achtern und der etwas anders geformten Brücke, ist das Flaggschiff des Einsatzverbandes.«

Amanda beugte sich vor, um die Bildschirme zu studieren, wobei sie mit der Schulter unabsichtlich die von Arkady streifte. Es war ihm aufgefallen, wie schweigsam sie war, und jetzt, durch die Berührung, konnte er ihre Anspannung spüren.

»Die sind ein bisschen schwer von Begriff, nicht wahr, Chris?«, stellte sie fest.

»Sie wissen nicht, dass wir da draußen sind, Ma'am. Die Jungs laufen jetzt unter völliger Radar- und Funkstille.«

»Irgendeine Veränderung in ihrer Position?«

»Nicht wirklich. Sie halten sich etwa 16 Kilometer steuerbords oder backbords des Konvois. Wahrscheinlich orientieren sie sich an den Radar-Emissionen des Konvois.«

»Sind sie häufiger auf einer der beiden Seiten?«, wollte Amanda wissen.

»Nein. Nach den Daten des Aufklärungssatelliten wechseln sie mit ziemlicher Regelmäßigkeit die Seite. Das scheint zu ihrem Operationsplan zu gehören.«

Sie sahen zu, wie die drei Zerstörer auf dem Bildschirm achtern davondrifteten.

»Soll ich noch einmal zurückkehren, Skipper?«, fragte Arkady.

»Negativ. Sehen wir uns den Konvoi selbst ein wenig genauer an.«

»Aye aye. Bin schon unterwegs.«

Die Drohne überbrückte rasch die Entfernung zum zweiten argentinischen Verband. Nach weniger als einer Minute erschienen die Umrisse eines Zerstörers der Meko-Klasse auf den Bildschirmen. Gleichzeitig piepste das Signal-Intelligence-Display an der RPV-Steuerkonsole los.

»Aufgepasst, Arkady«, warnte ihn Christine. »Die Kerle bekommen ein Radar-Echo von Ihnen.«

»Roger. Schalten Sie am besten ihre Gyro-Stabilisatoren an der Kamera-Plattform ein. Ich werde sie mit ein paar kleinen Manövern verwirren müssen.«

Arkady sah das feindliche Schiff als ein skizzenhaftes Gebilde mit gelben Umrissen vor dem blau-weißen Hintergrund des Meeres, während er das Radar als pinkfarbenes Flutlicht wahrnahm. Plötzlich leuchtete auch das Feuerleitradar der Argentinier auf – mit aggressiven scharlachroten Strahlen, die die Drohne zu umschließen suchten. Leuchtend orangefarbene Sternchenmuster begannen um die Drohne herum zu tanzen, die den Geschosshagel darstellten, dem Arkady auszuweichen hatte.

Auf dem thermografischen Bild sahen Christine und

Amanda weiß pulsierende Flammen aus dem Zerstörer hervorschießen, als die 40-mm-Geschütze das Feuer eröffneten.

»Der Junge reagiert nicht schlecht«, stellte Amanda grimmig fest. »Weichen Sie ihm aus, Arkady.«

Er war zu beschäftigt, um zu antworten. Sofort ging er noch ein Stückchen tiefer, obwohl er ohnehin schon gefährlich tief flog, und manövrierte die Drohne durch den Geschosshagel der Geschütze. Dann drehte er nach Steuerbord ab und flog über das Heck des Meko hinweg. Ein rascher Schwenk nach Backbord brachte ihn auf Kurs zurück, und einige Sekunden später brauste die Drohne die Steuerbordflanke des Konvois entlang.

Die Kamera nahm ein Schiff nach dem anderen auf – den großen, modern aussehenden Frachter mit den Aufbauten am Achterdeck und den Decks voller Fertigbaracken; danach folgte der wuchtige Öltanker und schließlich das kleinste der drei Schiffe, das nur etwa ein Drittel der Verdrängung der anderen aufwies, aber dennoch mit allerlei Ausrüstungsgegenständen beladen war. Als die Drohne die Schiffe passiert hatte, flammten erneut von allen Seiten Geschosse auf, die in der Luft detonierten.

»Sie feuern wieder«, meldete Arkady.

»Wir sehen's«, antwortete Christine. »Das Feuer kommt von einem der nahen Geleitschiffe. Einem der kleineren.«

»Die möchte ich mir auch kurz mal ansehen«, befahl Amanda.

»Okay, bin gleich dort.« Die Nachrichtendienst-Offizierin verfolgte aufmerksam das Geschehen auf dem Bildschirm. »Ja, da ist er. Eine A-69-Korvette. Französisches Fabrikat. Ein richtiger Oldie.«

»Alt oder nicht«, warf Arkady ein, »der Kerl hat eine argentinische Annie Oakley im Bug-Geschützturm. Der Geschosshagel ist schon langsam nicht mehr lustig.«

»Werfen wir nur noch rasch einen Blick auf die Geleitschiffe auf der anderen Seite«, sagte Amanda. »Kurs Steuerbord …«

Das Bild am Schirm begann heftig zu wackeln und war schließlich ganz weg. In seinem VR-Helm sah Arkady die Warnlichter an seinen Augen vorüberflimmern – zu schnell, um noch zu reagieren. Die Drohne drehte sich im Kreis, und Arkady sah die grafisch dargestellte Meeresoberfläche auf sich zukommen. Von einem Augenblick zum andern wurde es schwarz vor seinen Augen.

»Verdammt!« Amanda schlug mit der Faust auf seine Stuhllehne.

Er nahm den VR-Helm ab und schüttelte den Kopf; gleichzeitig versuchte er das beklemmende Gefühl abzuschütteln, dass er soeben bei einem Flugzeugabsturz ums Leben gekommen war.

»Sorry, Ladys. Sie haben mich erwischt.«

»Tja, so ist das Leben, Kamerad. Wenigstens waren Sie nicht persönlich da draußen, um sich abschießen zu lassen«, sagte Christine und kam aus der Ecke hervor, in der sie gesteckt hatte. »Nun, wenigstens wissen wir eine ganze Menge über die Burschen. Das genügt fürs Erste, würde ich meinen.«

»Das genügt ganz und gar nicht, Lieutenant«, versetzte Amanda erregt. »Ich muss dieses Schiff in ein Gefecht führen, und ich kann es mir nicht leisten, nach bloßen Schätzungen zu operieren!«

Christines Augen weiteten sich, und sie zuckte unter den zornigen Worten der Kommandantin fast ein wenig zusammen.

»Das sehe ich ein wenig positiver, Ma'am«, erwiderte sie in ruhigem Ton. »Wir haben in der nahen Eskorte einen Zerstörer der Meko-Klasse und eine Korvette der A-69-Klasse identifiziert. Die Signal-Intelligence-Truppe hat außerdem die Emissions-Signatur eines zweiten Meko-Zerstörers ausgemacht. Was das leichte Geleitschiff betrifft, so wissen wir vom Aufklärungssatelliten, dass es weniger als neunzig Meter lang ist, einen Dieselantrieb hat und den Emissionen nach dem Standard-System der leichten argentinischen Überwasserstreitkräfte entspricht.

Es könnte sich um eine Korvette der Meko-140-Klasse handeln oder auch um eine Sparviero, aber nachdem die Argentinier ihre Kriegsschiffe stets in Zweier- oder Dreiergruppen desselben Typs losschicken, dürfte es sich am ehesten um eine zweite A-69 handeln.«

Noch während sie sprach, sah sie, wie der Zorn aus Amandas Augen verschwand und von tiefer Müdigkeit abgelöst wurde. Christine war stets der Ansicht gewesen, dass Amanda für ihr Alter eher jung aussah. In diesem Augenblick schien das Gegenteil zuzutreffen.

»Wir könnten in zwanzig Minuten eine weitere Drohne starten, Captain«, warf Arkady von der Steuerstation her ein. Er hatte dem Wortwechsel still gelauscht, ohne auch nur den Sessel zu drehen.

»Nein. Wir brauchen die letzten drei Braves vielleicht später noch. Außerdem möchte ich jetzt wieder EMCON aktivieren. Wir gehen nach Christines Daten vor. Schalten Sie das RPV-System ab, Arkady. Chris, lassen Sie Ihre Leute eine detaillierte Analyse der Informationen durchführen, die wir bisher gesammelt haben. Sehen Sie nach, ob uns die Emissionsmuster der einzelnen Schiffe irgendetwas bieten, mit dem sich etwas anfangen lässt.«

»Aye aye.«

Amanda verließ den engen Raum. Lt. Rendino wartete, bis ihr Captain draußen war, und lehnte sich dann an eine seitliche Konsole. Sie ließ ein leises, nachdenkliches Pfeifen hören.

»Sie ist wirklich cool«, stellte Arkady fest, als er das System herunterzufahren begann.

»Ich weiß. Dabei hat sie's wirklich nicht leicht. Ich bin nicht das erste Mal mit ihr unterwegs – aber ich habe noch nie gesehen, dass ihr die Verantwortung so schwer auf den Schultern lastet. Es ist schon ein wenig gespenstisch. Fast so, als würde Gott plötzlich eine Migräne bekommen.«

»Sie ist schon cool«, wiederholte Arkady, während er auf den leeren Bildschirm starrte. »Sie muss sich zum ersten Mal mit all den Dingen rumschlagen, die man nicht aus Büchern lernen kann.«

Buenos Aires
29. März 2006, 20:00 Uhr

Die kleine Standuhr in Präsident Sparzas Büro schlug gerade acht, als Harrison Van Lynden hereingeführt wurde. Der argentinische Staatschef erhob sich von seinem Stuhl hinter dem Schreibtisch und nickte seinem Gast zu.

»Guten Abend, Mr. Secretary. Bitte, nehmen Sie Platz. Darf ich Ihnen eine Tasse Kaffee anbieten?«

»Ja, gern, Mr. President. Danke.«

Sie waren allein im Zimmer. Sparza selbst goss ihm aus einer silbernen Kanne den Kaffee ein. Es war guter kolumbianischer Kaffee, und besonders stark, so genannter ›Kampfkaffee‹ für eine lange Nacht ohne Schlaf. Van Lynden wusste, dass eine Kanne desselben Gebräus in der amerikanischen Botschaft auf ihn wartete.

»Nun, Mr. Secretary«, sagte Sparza und setzte sich wieder, »was kann ich für Sie tun?«

»Das Problem ist ziemlich offensichtlich. Ihre Schiffe sind auf See und unsere ebenso. Es wird nicht lange dauern, vermutlich nur wenige Stunden, bis sie zusammentreffen und es zum Gefecht kommt.«

»Ich weiß. Ich warte hier auf erste Berichte.«

»Wir haben immer noch die Möglichkeit, das Ganze zu stoppen, Mr. President. Das ist der Grund, warum ich heute Abend noch einmal halboffiziell gekommen bin. Ich wollte Sie fragen, ob es nicht doch einen Weg gibt, wie wir dem allen ein Ende machen können, bevor es noch mehr Opfer gibt und die Beziehungen zwischen unseren Staaten noch mehr leiden.«

Sparza blickte lange auf seinen Schreibtisch hinunter. »Ich weiß nicht, was ich sagen soll, Mr. Secretary – außer dass ich glaube, dass die Maßnahmen, die wir ergriffen haben, notwendig sind für die Zukunft Argentiniens. Mein Volk hat Anspruch auf den antarktischen Kontinent, und diesen Anspruch kann ich ihm nicht vorenthalten. Wir werden von diesem Standpunkt nicht abrücken.«

»Dann werden wir Sie aufhalten müssen. Während der vergangenen Tage ist mir klar geworden, dass es tatsächlich einen Anspruch auf die Antarktis gibt – aber einen Anspruch der gesamten Menschheit, nicht eines einzelnen Landes. Auch die Vereinigten Staaten werden von diesem Standpunkt nicht abgehen.«

»Dann, Mr. Secretary, wird es zum Kampf kommen.«

»Sieht ganz so aus.«

Beide Männer schwiegen für einen Augenblick; sie spürten, dass sie beide mit ihren Worten keinen Einfluss mehr auf das hatten, was nun kommen würde. Sie waren zu bloßen Zuschauern geworden, so wie der Rest der Welt auch.

»Es ist schon seltsam«, sagte Van Lynden schließlich. »Eine alte Binsenweisheit lautet, dass doppeltes Unrecht noch lange nicht Recht ergibt. Nun fürchte ich aber, dass aus unserem jeweiligen ›Recht‹ ein schwerwiegendes Unrecht entsteht.«

»Mag sein. Das Problem bei der Führung der Staatsgeschäfte ist, dass andere für die Irrtümer, die man begeht, mit ihrem Leben bezahlen müssen.« Sparza beugte sich über den Tisch. »Bitte, glauben Sie mir: Als wir mit der Planung für die Operation Konquistador Süd begannen, da dachten wir nicht daran, dass es zu Blutvergießen kommen könnte. Wir wollten keinen Konflikt mit den Vereinigten Staaten.«

»Leider haben Sie jetzt genau diesen Konflikt, Mr. President«, entgegnete Van Lynden und lachte kurz auf. »Damit ist eine weitere Binsenwahrheit über den Haufen geworfen – nämlich dass zwei Demokratien nie gegeneinander Krieg führen würden.«

Sparza zuckte die Schultern. »Das ist eine unrealistische Annahme. Konflikte zwischen Menschen und Nationen erwachsen aus tief verwurzelten Überzeugungen und Wünschen. Daran wird sich auch nichts ändern, solange Menschen und Nationen unterschiedliche Überzeugungen und Wünsche haben. Da spielt es keine Rolle, welcher Art die beteiligten Regierungen sind.«

»Vermutlich haben Sie Recht, Mr. President.«

Van Lynden stellte seine Kaffeetasse auf den Tisch zurück und erhob sich von seinem Stuhl. »Wenn Sie mich jetzt entschuldigen – ich fahre in meine Botschaft zurück. Ich schätze, wir beide haben eine lange Nacht vor uns.«

»Das haben wir. Ich werde hier sein, wenn Sie mich sprechen möchten, Mr. Secretary.«

»Auch ich stehe Ihnen zur Verfügung, obwohl ich bezweifle, dass es für uns noch viel zu tun gibt – bis dann die Zeit kommt, um die Scherben aufzusammeln.«

Drake-Passage
29. März 2006, 20:21 Uhr

»Ken, wie schätzen Sie ihre Strategie ein?«

Es war keine komplette Operationsgruppe – Amanda hatte nur die wichtigsten taktischen Offiziere in der Messe versammelt, um mit ihnen über mögliche Gegenstrategien zu sprechen. Ken Hiro und Dix Beltrain saßen am großen Tisch, während Christine Rendino mit untergeschlagenen Beinen auf der Couch hockte. Amanda ging langsam auf und ab, um das Adrenalin abzubauen, das sie nach den Aufregungen des Tages immer noch in sich spürte.

»Sie haben ihren Verband in zwei Geleitzüge aufgeteilt – einen, der in unmittelbarer Nähe der Frachtschiffe agiert, und einen, der sich weiter entfernt hält«, antwortete ihr Erster Offizier. »Das ist durchaus nicht ungewöhnlich für eine Eskorte – nur hätte ich in diesem Fall eine andere Strategie erwartet.«

»Ich stimme Mr. Hiro zu«, warf Beltrain ein. »Wenn ich den Laden für die Argentinier schmeißen müsste, würde ich die gesamte Eskorte in unmittelbarer Nähe der Transportschiffe konzentrieren. Dann würde ich mein Radar voll aufdrehen und schnurgerade auf mein Ziel zuhalten. Immer darauf vertrauend, dass ich mit meiner konzentrierten Punktverteidigung und den elektronischen Gegenmaßnahmen jeden Angriff eines einzelnen Schiffes abwehren könnte.«

»Das klingt vernünftig«, sagte Amanda und verschränkte die Arme. »Auf diese Weise verlieren Sie vielleicht ein paar Schiffe, aber Sie haben große Chancen, den Konvoi durchzubekommen. Die Frage ist nun – sind die

Argentinier so dumm, dass sie das nicht wissen, oder haben sie etwas anderes im Sinn?«

»Ich glaube, letzteres«, warf Christine ein. »Sie möchten unsere Köpfe auf einem Silbertablett serviert bekommen. Diese ferne Eskorte verfolgt ein ganz bestimmtes Ziel: Die sind auf der Jagd nach uns – darauf können Sie wetten. Diese Kerle wissen, dass sie nahe herankommen müssen, um eine Chance gegen uns zu haben – und deshalb benutzen sie den Konvoi als Köder.«

»Ich verstehe«, pflichtete Amanda kopfnickend bei. »Jetzt sind es die Argentinier, die auf Tarnung setzen. Wir operieren unter EMCON, also macht ihre Jagdgruppe das Gleiche. Folglich kann keiner von uns beiden den anderen ausmachen. Sie wissen aber, dass wir, wenn wir den Konvoi angreifen wollen, irgendwann unser Zielsuchradar einschalten müssen. Auf diesen Moment warten sie, denn dann können Sie uns mit ihren Exocets unter Beschuss nehmen.«

»Entweder das, oder sie lassen sich zurückfallen und nehmen uns zusammen mit den anderen Geleitschiffen ins Kreuzfeuer«, warf Christine ein.

»Halt, einen Moment«, wandte Ken Hiro mit einer abwehrenden Handbewegung ein. »Diese Jungs sind Profis, und wir können doch nicht davon ausgehen, dass sie den Konvoi aufs Spiel setzen, nur um uns zu erwischen.«

»Und ob wir davon ausgehen können«, erwiderte die Nachrichten-Offizierin. »Alle Anzeichen sprechen dafür. Sehen Sie, Mr. Hiro, wir haben es hier mit einer traditionsbewussten lateinamerikanischen Kultur zu tun. Hundertprozentige Machos. In den vergangenen Tagen hat ihnen die Duke ganz gehörig in den Hintern getreten. Noch dazu war es eine Frau, die ihnen diese Schmach zugefügt hat. Da gibt es bestimmt mehr als einen Offizier unter ihnen, der bereit wäre, die ganze verdammte argentinische Handelsmarine zu opfern, wenn sie uns dafür ins Visier bekämen!«

»Trotzdem ergibt das keinen Sinn.«

»Doch Sir, denn diese Kerle folgen nicht unbedingt ihrem Verstand.«

»Lassen wir ihre Motivation mal für einen Augenblick beiseite«, warf Amanda ein, »und konzentrieren wir uns auf das, was wir gegen sie unternehmen können. Irgendwelche Vorschläge?«

Ihre Leute hatten offensichtlich keine rasche Antwort parat. Schließlich sagte Hiro: »Ich würde sagen, es wäre am besten, von achtern anzugreifen. Dieser Sektor wird von ihren kleinsten Schiffen und ihren schwächsten Sensoren abgedeckt. Wir könnten uns in ihrem Kielwasser annähern, die beiden Schiffe ausschalten und dann den Konvoi aufs Korn nehmen. Sie werden wahrscheinlich die meiste Aufmerksamkeit nach vorne richten. Mit etwas Glück sollten wir uns recht nahe heranpirschen können, bevor sie uns entdecken.«

»Mit Verlaub, Sir, das ist eine lausige Strategie«, warf Dix Beltrain mit Nachdruck ein. »Erstens einmal würde es unsere Begegnungsgeschwindigkeit um vierzig Prozent verringern, wenn wir von hinten kommen. Sie hätten also viel länger Zeit, uns zu entdecken. Zweitens wäre es auf diese Weise viel schwieriger, sie ins Visier zu nehmen, weil sie uns ein schmales Radarprofil bieten. Die Ziele würden sich in unterschiedlicher Entfernung überlappen, und sie könnten ihre Gegenmaßnahmen gebündelt gegen uns einsetzen. Ich hätte sie nicht als klar definierte Ziele vor mir, weil es ihnen möglich wäre, sich hinter ihren Düppeln und Störmaßnahmen zu verstecken. Bevor ich die drei Transportschiffe aufs Korn nehmen könnte, würden die übrigen Geleitschiffe sich gegen uns wenden und das Feuer eröffnen.«

»Na schön, was würden Sie vorschlagen, Lieutenant?«, fragte Hiro.

»Wir haben von Haus aus keine sehr guten Karten.

Also müssen wir die Karten neu mischen, damit sich unsere Lage bessert.«

»Was soll das denn heißen?«

»Ich meine damit, wir sollten einige der taktischen Parameter verändern, Sir«, antwortete Beltrain entschieden. Er blickte zu Christine Rendino hinüber. »Chris, kommen heute noch Satelliten vorbei?«

»Hm, sicher. Einer um 24 Uhr und ein weiterer um vier Uhr dreißig.«

»Okay. Also, unsere Stealth-Cruise-Missiles haben eine deutlich größere Reichweite als die Exocets der Argentinier. Ich schlage vor, dass wir reichlich Abstand zum argentinischen Verband halten und ihn mit allen zwölf SCM unter Beschuss nehmen, die wir an Bord haben.« Beltrain zuckte die Schultern. »Verdammt, damit müssen wir einfach irgendwas treffen. Selbst wenn wir die Frachter nicht erwischen, so sollten wir doch in der Lage sein, ihre Eskorte empfindlich zu schwächen. Dann können wir anhand des nächsten Satelliten, der vorbeikommt, die Lage neu beurteilen und einen weiteren Schlag vorbereiten.«

»Wir können aber nicht davon ausgehen, dass wir Gelegenheit zu einem zweiten Schlag bekommen, Lieutenant!«, wandte Hiro ein. »Ohne präzise Zielauffassung können wir nicht wissen, ob wir ihnen genug Schaden zufügen, um ihren Verband auseinanderzureißen. Wir wissen auch nicht, ob wir danach genug Zeit haben werden, eine weitere geeignete Strategie zu entwickeln. Wir haben vielleicht nur diesen einen Schuss – also müssen wir sicher sein können, dass er trifft.«

»Da hat er nicht ganz Unrecht, Dix«, warf Christine von der Couch aus ein. »Sobald es hell wird, kann die Luftwaffe den Konvoi wieder decken. Bis es dann wieder dunkel ist, haben sie bereits ihre Eisbrecher erreicht und dringen ins Packeis vor, wo wir ihnen nicht folgen können. Wir sollten also jetzt gleich zuschlagen, wenn wir etwas erreichen wollen.«

»Ich weiß, Chris, aber ich bin trotzdem dafür, sie aus großer Entfernung unter Beschuss zu nehmen. Meiner Einschätzung nach hätte das mindestens ebenso große Aussichten wie die Strategie von Mr. Hiro, sie von hinten anzugreifen – und es wäre mit viel geringerem Risiko für das Schiff verbunden.«

Dix blickte seine Kommandantin an, um auf ihre Entscheidung zu warten. Alle drei Offiziere sahen sie erwartungsvoll an. Amanda trat einige Schritte vom Tisch weg, um ihnen nicht in die Augen sehen zu müssen. Sie hatte keine Entscheidung für ihre Leute parat.

Zu spät erkannte Amanda, dass sie momentan gar nicht in der Verfassung war, einen Einsatzplan auszuarbeiten. Eigentlich hätte *sie* es sein müssen, die ihnen eine Idee präsentierte, damit ihre Leute sie analysierten. Stattdessen stellte sie nun fest, dass ihr taktisches Gespür sie völlig im Stich ließ. Sie war einfach nicht in der Lage, sich die Situation so konkret vorzustellen, wie es notwendig war, um einen Plan zu entwerfen. Ihre Gedanken liefen leider nicht dorthin, wo sie sie haben wollte. Und sie erkannte auch, woran das lag: Irgendwann in den letzten Stunden hatte sie die Grenze ihrer persönlichen Belastbarkeit überschritten.

Komm schon, Mandy! Du hast dein halbes Leben gearbeitet, um dich auf eine solche Situation vorzubereiten – und jetzt, wo es soweit ist, machst du schlapp, weil du ein paar Stunden zu wenig geschlafen hast.

Sie rieb sich die trockenen, schmerzenden Augen und schaute auf die Uhr. In der Nacht des U-Boot-Angriffs hatte sie einiges gelernt. Es blieb nicht viel Zeit, doch sie musste die wenige Zeit nutzen, um sich soweit zu entspannen, dass sie wieder Entscheidungen treffen konnte.

»Ich danke Ihnen für Ihre Vorschläge«, sagte sie unverbindlich, als sie sich wieder ihren Offizieren zuwandte. »Ich werde darüber nachdenken. Es ist jetzt 20 Uhr 35. Um 22 Uhr werden wir eine vollzählige O-Gruppe einschieben, und da sollten wir uns auf eine Strategie einigen. Ken, sorgen Sie dafür, dass die Besatzung sich noch eine Pause und eine Mahlzeit genehmigen kann. Ruhen Sie sich auch selbst ein wenig aus. Es wird sicher eine lange Nacht werden.«

Es war nicht das, was ihre Leute gern von ihr gehört hätten – aber im Augenblick konnte sie ihnen nicht mehr bieten.

Amanda verließ die Offiziersmesse und machte sich zu ihrem Quartier auf. Sie zögerte am Fuß der Leiter; für einen Augenblick zu müde, um hochzuklettern, lehnte sie sich gegen die Sprossen und ließ ihren Kopf an dem kalten Stahl ruhen.

Bei der Berührung konnte sie das lebendige Vibrieren ihres Schiffes spüren – die Spannung und Entspannung des Rumpfes im Zusammenspiel mit der See, das leise Dröhnen der Turbinen, die das Antriebssystem beständig mit Energie versorgten, und schließlich das gleichmäßige Pulsieren der Schiffsschrauben, die die dunkle See aufwühlten. Sie erkannte jeden kleinsten Ton in dieser gewaltigen Symphonie. Es hatte etwas ungemein Beruhigendes für sie, etwas, das ihr Kraft und Mut gab. Amanda stand einige Augenblicke so da, ehe sie sich aufrichtete und wieder auf den Weg machte.

In ihrem Quartier angekommen, begann sie mit einem altbewährten Ritual. Sie ignorierte die Wasserrationierung und gönnte sich eine zehnminütige Dusche mit Haarwäsche. Dann trocknete sie sich ab, schlüpfte in frische Kleider und wandte sich ihrer CD-Sammlung zu. Sie wählte eine Instrumentalversion von *South Pacific*, legte sie in den CD-Player ein und stellte auf geringe Lautstärke. Dann drehte sie das Licht in der Kajüte ab und streckte sich auf der Koje aus. Sie stellte den Wecker, um sich eine Stunde Schlaf zu gönnen. Vielleicht genügte das, damit sie wieder klar denken konnte.

Doch die Hoffnung war vergebens. Sie konnte einfach

nicht einschlafen. Sie mochte noch so erschöpft sein – ihr Geist gab keine Ruhe. Immer wieder kam ihr der eine oder andere Gedankensplitter in den Sinn und hielt sie wach.

Sowohl Ken Hiro als auch Dix Beltrain hatten gute Vorschläge gemacht. Das Problem war, dass irgendetwas ihr zuflüsterte, dass beide Ideen nicht gut genug waren.

Nachdem sie eine halbe Stunde vergeblich versucht hatte einzuschlafen, gab Amanda es auf. Sie drehte sich auf den Bauch, stopfte sich das Kissen unter das Kinn und starrte in die Dunkelheit. Verdammt, wie ging man am besten vor, wenn man einen Konvoi angreifen wollte? Vielleicht sollte sie die Experten auf diesem Gebiet um Rat fragen – Leute wie ›Red‹ Ramage, Otto Kretschmer oder Günther Prien, die großen U-Boot-Asse des Zweiten Weltkriegs. Auf ihrer Suche nach geeigneten Strategien für ein Stealth-Schiff war Amanda auf diese Kapazitäten gestoßen und hatte sie ausführlich studiert. Sie wusste, was sie sagen würden.

»Du musst hineinkommen! Steuere direkt ins Innere des Konvois und tauch dann unter. Geh tief hinunter und lauf still dahin. Und dann komm ganz plötzlich mitten unter ihnen an die Oberfläche und eröffne das Feuer mit allem, was du zur Verfügung hast, mit Torpedos und Geschützen gleichzeitig. Feuere auf alles, was sich bewegt! Reagiere ganz einfach auf die jeweilige Situation. Nutze die Verwirrung aus, die du geschaffen hast. Schick sie alle zur Hölle!«

»Eine bewährte und taugliche Methode, das Problem zu lösen, Gentlemen«, antwortete Amanda den Männern, an die sie soeben gedacht hatte. »Das Problem ist nur, dass ich mit dem verdammten Kahn nicht tauchen kann.«

Man müsste ihnen möglichst nahe kommen, ohne entdeckt zu werden – das war's. Zwanzig Kilometer – das musste möglich sein, vielleicht auch fünfzehn, wenn das Wetter günstig war. Sie musste nahe genug herankommen, um zwischen den Konvoi und die vorauslaufende Eskorte hineinstoßen zu können.

Wenn man nun acht Exocet-Raketen für jedes der fünf großen argentinischen Kriegsschiffe bereithielt und je vier für die beiden kleineren, dann ergab das 48 schwere Anti-Schiff-Raketen; dazu kam noch das notwendige Geschützfeuer und die Torpedos. Nein, das war einfach zu viel. Amanda wäre durchaus bereit gewesen, mit ihren elektronischen Gegenmaßnahmen und der Punktverteidigung einem der beiden Geleitzüge gegenüberzutreten, aber nicht beiden gleichzeitig.

Nun, man könnte ja versuchen, einige der Geleitschiffe wegzulocken.

Nein, das würde wohl kaum klappen. Amanda hatte schon einmal auf diese Karte gesetzt, und es war ihr gelungen, die Flugzeuge der *Aeronaval* in eine Falle zu locken. Die Argentinier waren wütend und aggressiv – aber dumm waren sie bestimmt nicht. Sie wussten natürlich, dass die Duke früher oder später von allein kommen musste. Sie würden sich nicht verlocken lassen, irgendwelchen Phantomen nachzujagen.

Okay, dann vielleicht ein Ablenkungsmanöver. Etwas, das die argentinische Verteidigung lange genug beschäftigte, damit die *Cunningham* die letzten fünfzehn Kilometer vordringen und ins Zentrum des Konvois gelangen konnte. Vielleicht mit den Hubschraubern? Wenn sie mit Hellfire- und Penguin-Raketen bewaffnet waren und von der anderen Seite angriffen …?

Nein. Vergiss es. Das ist einfach zu riskant.

Moment mal. War es wirklich zu riskant, oder empfand sie es nur so, weil ein gewisser Lt. Vincent Arkady einen der Helikopter fliegen würde?

Versuch dir darüber Klarheit zu verschaffen, Mandy. Denk darüber nach und betrachte es von allen Seiten.

Irgendwann im Laufe der letzten Tage war Arkady plötzlich wichtig für sie geworden. Wichtiger als seit langer Zeit ein Mann für sie gewesen war. Zweimal hatte sie ihn losgeschickt, und zweimal wäre er fast ums Leben gekommen bei dem Bemühen, ihren Befehl auszuführen. War es der Gedanke, es ein drittes Mal zu tun, was ihr so zu schaffen machte?

Das war der Grund, warum sie sich von ihm hätte fern halten sollen: weil ihre Objektivität dadurch beeinträchtigt wurde.

Sie schloss die Augen und versuchte das eine dem anderen gegenüberzustellen: die unumstößlichen Vorgaben der Mission, die sie zu erfüllen hatte, auf der einen Seite – und seine wohltuenden Hände auf der anderen; hier das scharf kalkulierte Risiko – und dort die lässige, entspannte Art, wie er an einem Schott lehnte; das kühle Abwägen von Gewinn und Verlust auf der einen Seite – und auf der anderen seine tröstliche, beruhigende Präsenz in schweren Augenblicken.

Als sie die Augen wieder öffnete, stellte sie erleichtert fest, dass sie sich von ihren Gefühlen noch nicht beeinflussen ließ. Die simple Wahrheit war, dass es keine Rolle spielte, wer den Einsatz fliegen würde. Kein Helikopter, auch nicht ein Sea Comanche, wäre imstande gewesen, innerhalb der Raumverteidigung eines modernen Kriegsschiffes zu überleben, und Amanda Garrett hielt absolut nichts von Selbstmordkommandos – egal, wer den Kopf hinhalten musste.

Sie wälzte sich herum. Zum ersten Mal wünschte sie sich, die alte *Boone* wäre an ihrer Seite, um ihr bei dieser Mission zu helfen. Was sie gebraucht hätte, wäre ein zweites Schiff, das ein Ablenkungsmanöver starten würde, während die Duke ins Zentrum des Konvois vordrang. Entweder das oder die Fähigkeit, mit der Duke an zwei Orten gleichzeitig zu sein.

Aber war das nicht vielleicht sogar möglich?

Amanda setzte sich abrupt auf. Sie starrte fast fünf Minuten in die Dunkelheit, während ihr Geist plötzlich wieder kristallklar arbeitete. Dann wandte sie sich der Sprechanlage am Kopfende der Koje zu.

»Ken, hier spricht der Captain. Vergessen Sie den Zeitplan, den ich vorgeschlagen habe. Ich möchte, dass alle Operations-Offiziere sofort in die Messe kommen. Wir besprechen die Sache jetzt gleich!«

Drake-Passage
30. März 2006, 00:31 Uhr

»Feuer auf zwölf!«

Das Signalhorn plärrte los, und das letzte Stealth-Cruise-Missile schoss aus ihrer Abschussrampe. Mit dem Schwanz nach unten jagte sie von der *Cunningham* weg, während die Zusatztriebwerke sie in einen Vorhang aus goldfarbenen Flammen hüllten. Ihre rasierklingenartigen Flügel öffneten sich, und das Turbostrahltriebwerk trat in Aktion. Als das Geschoss in den Flugmodus überging, wurden die ausgebrannten Zusatztriebwerke abgeworfen, und die Lenkwaffe schoss waagrecht dem Horizont entgegen.

An Bord der SCM begann ein präzises Lenksystem sich an den fernen Impulsen eines NAVSTAP-Satelliten zu orientieren. Der Marschflugkörper war sorgfältig darauf programmiert, einem bogenförmigen Kurs zu folgen und zu einem genau festgesetzten Zeitpunkt einen ganz bestimmten Ort zu erreichen. Nichts außer einem Zusammenbruch des Systems oder die völlige Zerstörung hätte die Rakete daran hindern können.

»Alle SCM gestartet, Captain. Alle Raketen folgen ihrer festgelegten Bahn«, meldete Beltrain von der taktischen Konsole.

»Sehr gut, Dix. Geben Sie uns die Zeit bis zur Zielankunft herein.«

In der rechten unteren Ecke des Alpha-Bildschirms erschien über der eingeblendeten Uhrzeit eine zweite digitale Anzeige, die mit dem Countdown begann.

»Also, Ma'am: Die erste Rakete wird in T-minus-51 Minuten und 30 Sekunden Point Item erreichen.«

»Okay. Rudergänger, sind wir bereit zu beschleunigen?«

»Jawohl, Ma'am«, rief der Mann über die Schulter zurück. »Kurs auf Point Item ist im System gespeichert. Navicom und Autopilot sind startklar. Zeit bis zur Ankunft bei Point Item 50 Minuten.«

»Sehr gut. Rudergänger, Sie starten auf mein Kommando.«

Amanda beugte sich in ihrem Sessel vor und starrte mit verengten Augen auf die Zeitanzeige.

»Fertigmachen zum Start. Drei ... zwei ... eins ... Los!«

Der Rudergänger schaltete den Autopiloten ein, und die Lichter an seiner Konsole zeigten ein verändertes Bild. Ohne menschliches Zutun bewegte sich das Ruder, um die *Cunningham* ihrem neuen Ziel näher zu bringen. An der Station des Zweiten Rudergängers bewegten sich die Leistungshebel bis zum Anschlag vor, wo sie mit einem hörbaren Klicken einrasteten. Auf den Bildschirmen des Antriebssystems kletterten die Anzeigen für die Maschinenleistung aus dem leuchtend grünen in den roten Bereich hinauf.

Ein leises Dröhnen mit schrillen, metallisch klingenden Obertönen erfüllte den Raum. Die enormen Gasturbinen der Duke näherten sich ihrer Maximalleistung, während sie von außen einen Tornado kalter Luft ansaugten und sie auf die schimmernden Schaufeln leiteten. So wie die Marschflugkörper, die die Besatzung soeben gestartet hatte, war nun auch der Zerstörer selbst ein computergelenktes Geschoss, das auf ein ganz bestimmtes Ziel zugesteuert wurde.

Amanda erhob sich von ihrem Sessel, um zu ihrem Taktik-Offizier an den Kartentisch zu treten. Im nächsten Augenblick kam Vince Arkady durch die achterliche Luke herein und schloss sich ihnen an. Er hatte den Start der Marschflugkörper vom Sturmdeck aus beobachtet und trug deshalb noch seinen schweren Navy-Parka über der Fliegermontur. Als er an ihr vorüberging, spürte sie einen Hauch der Kälte von draußen, die seinen Kleidern anhaftete. Er stellte sich ihr gegenüber an den Tisch und grüßte sie mit einem Kopfnicken und einem nüchternen Lächeln.

»Okay. Gehen wir das Ganze ein letztes Mal durch – nur zur Sicherheit.« Amanda rief das neueste Satellitenbild des argentinischen Konvois auf dem Bildschirm des Kartentischs auf. »Der feindliche Kampfverband liegt immer noch auf Kurs eins-neun-null Grad, bei einer Fahrt von achtzehn Knoten. Die vorauslaufende Eskorte hat soeben wieder die Seite gewechselt und befindet sich gegenwärtig an Steuerbord, rund fünfzehn Kilometer vor dem Transportkonvoi. Bei unserem jetzigen Kurs und der momentanen Fahrt werden wir – wenn alles unverändert bleibt – den Konvoi in etwa … siebenundvierzig Minuten erreichen.«

Amanda nahm einen Lichtgriffel zur Hand und zog damit eine leuchtende Linie über den Bildschirm, die zur Spitze des Konvois führte. »Wir laufen in null Grad, genau nach Norden. So nähern wir uns in einem stumpfen Winkel dem Bug des Verbandes an. Wenn man ihre achtzehn Knoten Fahrt zu unseren vierzig Knoten addiert, so nähern wir uns mit etwa achtundfünfzig Knoten. Auf diese Weise sollten wir die 15-Kilometer-Zone zwischen dem Punkt, wo die Tarnung wahrscheinlich versagt, und dem äußeren Rand des Verbandes in etwa acht Minuten durchqueren können.«

»So kommen wir aber auch der vorauslaufenden Eskorte verdammt nahe, und die Tarnung wirkt dann nicht mehr«, warf McKelsie ein.

»Das stimmt«, pflichtete Amanda ihm bei. »Und genau dafür haben wir die Marschflugkörper abgefeuert. Über den Umweg, auf dem sie unterwegs sind, werden sie ungefähr zur selben Zeit an Point Item eintreffen wie wir und der Konvoi. Wir nähern uns von Süden an. Die

Marschflugkörper kommen von Westen in Intervallen von dreißig Sekunden. So nehmen wir die Argentinier ins Kreuzfeuer – aber noch wichtiger ist, dass sie sich hoffentlich unklar darüber sein werden, woher der eigentliche Angriff kommt und um wie viele Gegner es sich tatsächlich handelt. Mit etwas Glück schaffen wir es, an die Frachtschiffe ranzukommen, bevor sie wissen, was gespielt wird.«

»Trotzdem habe ich meine Zweifel, ob es richtig ist, dass die Cruise-Missiles das Ziel so hoch anfliegen«, wandte Beltrain ein. »Dadurch sind sie ja viel leichter zu entdecken und mit der Punktverteidigung auszuschalten.«

»Ich weiß«, erwiderte Amanda, »aber es ist nun mal ihre Aufgabe, Verwirrung zu stiften, während wir angreifen. Wenn sie auch noch etwas treffen, dann wäre das das Tüpfelchen auf dem i. Ach, übrigens, Dix, die SCM sind so programmiert, dass sie nicht auf ein so kleines Radarprofil reagieren, wie wir es bieten. Vergewissern Sie sich trotzdem noch einmal, dass unsere IFF-Freund/Feind-Kennung bereit ist, falls wir einen der Marschflugkörper abwehren müssen.«

»Wird gemacht, Ma'am.«

»Wo war ich stehen geblieben ... ja, unser Ziel ist es, ins Zentrum des Konvois zu gelangen. Dazu ist es notwendig, dass wir die nahe gelegene vordere Eskorte ausschalten, sobald unsere Tarnung wirkungslos wird. Dadurch bekommen wir die Lücke, die wir brauchen. Wenn wir erst einmal drin sind, werden es die Argentinier nicht leicht haben, uns ins Visier zu nehmen – bei dem Durcheinander der elektronischen Gegenmaßnahmen, die wir und die Frachtschiffe starten werden. Sie können nicht so einfach ins Innere des Konvois feuern, weil sie damit riskieren, ihre eigenen Schiffe zu treffen. Wir hingegen können auf alles feuern, was sich bewegt. Wir schalten die Frachter aus und schießen uns dann am hinteren Ende der Eskorte einen Weg ins Freie. Noch Fragen?«

»Eins macht mich ein wenig nachdenklich«, sagte Ken Hiro langsam, »nämlich dass wir ganz darauf setzen, dass die Argentinier genau das tun, was wir von ihnen erwarten. Was ist, wenn sie plötzlich ihren Kurs ändern?«

»Guter Einwand. Ja, ich muss sagen, wenn ich oder Sie ihren Verband anführen würden, dann hätten wir bestimmt einige Kursänderungen eingelegt – vor allem nach jedem Durchgang eines Satelliten. Aber das haben sie nicht getan. Sie haben ihren Kurs beibehalten und auch die Fahrt nicht verändert – und das seit sechzehn Stunden. Es gibt keinen Anhaltspunkt dafür, dass sie sich jetzt plötzlich anders verhalten. Ich denke, davon können wir ruhig ausgehen.

Aber sollten sie ihren Kurs plötzlich doch ändern ... nun, dann gehen auch wir von unserer Linie ab und lassen uns etwas Neues einfallen. Wir wären dann auch nicht schlechter dran als jetzt. Wie auch immer – das wird sich ohnehin bald herausstellen. Sonst noch etwas?«

Amanda blickte in die Runde und sah ihren Leuten in die Augen. Sie war zufrieden mit dem, was sie da sah.

»Okay, Ken. Ich bleibe hier unten. Sie übernehmen die Brücke. Sollte der Gefechtsstand ausfallen, so können Sie davon ausgehen, dass das Schiff schwer beschädigt sein muss und ich selbst tot oder zumindest außer Gefecht bin. Wenn das der Fall ist, dann muss es Ihre vorrangige Aufgabe sein, das Schiff und die Besatzung zu retten. Blasen Sie unsere Mission ab und bringen Sie die Duke in Sicherheit.«

»Aye aye, Ma'am. Wird gemacht.«

»Also gut, dann gehen wir auf unsere Posten.«

Ihre Leute entfernten sich vom Kartentisch – nur Arkady blieb stehen. Er trat in dem gedämpften blauen Licht näher heran, und Amanda lächelte in sich hinein. Sie betrachtete seine Schultern und dachte sich, dass es gerade jetzt nett gewesen wäre, sich ein paar Minuten daran anlehnen zu können.

»Sie hatten nicht allzu viel zu sagen, Arkady.«

»Warum auch. Es ist ein guter Plan. Und ziemlich einfach. So schöpfen wir unsere Möglichkeiten voll aus. Der Plan setzt den Hebel dort an, wo der Feind seine Schwachstellen hat. Und doch wird er – so wie jeder Schlachtplan seit Beginn der Menschheitsgeschichte – keinen Pfifferling mehr wert sein, sobald wir dem Feind gegenüberstehen.«

»Das sind starke Worte.«

Ein Mundwinkel zog sich kurz hoch. »Ich hab Ihnen mal versprochen, stets ehrlich zu sein. Erinnern Sie sich noch? Letzten Endes kommt alles darauf an, wer auf dem Sessel des Captains sitzt und wie gut er oder sie in der Lage ist, die Dinge wieder ins Lot zu bringen, wenn sie anfangen, durcheinanderzugeraten.«

»Ich weiß«, antwortete Amanda in ruhigem Ton. Sie verschränkte die Arme, um auf diese Weise den Schauder zu unterdrücken, der sie überkam. »Lieber Gott, lass es mich nicht vermasseln!«

»Wenn ich Er wäre, dann würde ich, glaube ich, antworten: ›Keine Bange. Schließlich ist es das, wofür ich dich gemacht habe.‹« Arkady trat einen Schritt zurück und salutierte stramm: »Captain, erbitte Erlaubnis, die Operation vom Gefechtsstand aus verfolgen zu dürfen.«

Amanda richtete sich auf und erwiderte den Gruß. »Gestattet, Lieutenant.«

Von weiter vorne rief der Aegis-Operator: »Mehrere Überwasser-Radarquellen kommen über den Horizont! Richtung und Zahl der Kontakte stimmen mit feindlichem Kampfverband überein.«

Irgendjemand, wahrscheinlich Christine, flüsterte vor sich hin: »Jetzt wird's Ernst.«

Norfolk, Virginia
30. März 2006, 01:10 Uhr

»Ja?«

»Admiral Garrett? Hier Captain Callendar, Admiral MacIntyres Stabschefin. Entschuldigen Sie, dass ich so spät noch störe, Sir, aber der Admiral dachte, Sie würden wissen wollen, dass es jetzt losgeht. Wir halten Sie über die Entwicklung auf dem Laufenden.«

»Danke, Captain. Ich weiß das zu schätzen. Grüßen Sie Admiral MacIntyre von mir.«

Wilson Garrett legte den Hörer auf und ging ins Wohnzimmer zurück. Ungeduldig nahm er die Fernbedienung des Fernsehers vom Kaffeetisch, warf einen Blick auf die Nachrichtensendung, die gerade lief, und schaltete aus. Dann wandte er sich den Skizzen zu, an denen er zuvor gearbeitet hatte. Er stellte fest, dass sich die Bilder von Empress Augusta Bay, die er sich zu vergegenwärtigen versucht hatte, immer mehr mit einer anderen Schlacht vermischten, die im Augenblick viel bedeutender für ihn war.

Er legte den Bleistift zur Seite und rieb sich gereizt die Augen mit dem Handrücken. Als er schließlich wieder zu zeichnen begann, ging es nicht mehr um eine Seeschlacht. Es war das Bild einer jungen Frau mit den Zügen gleichzeitig eines kleinen Kindes und eines jungen Mädchens – ein Bild, wie ein Vater es in sich trug.

Drake-Passage
30. März 2006, 01:20 Uhr

Einige der sekundären Monitore im Gefechtsleitstand waren auf das äußere Fernsehsystem umgeschaltet worden. Auf diesen Bildern sah es so aus, als wäre das Schiff ein Geschoss, das durch den engen Spalt zwischen der windgepeitschten See und den tief herabhängenden Wolken dahinjagte. Der Bug durchdrang Nebel- und Regenschleier, und einmal schob sich an Backbord eine riesige Eisscholle vorüber.

Jane's All the World's Warships, Ausgabe 2006, gab die Höchstfahrt eines Zerstörers der Cunningham-Klasse mit ›30 Knoten plus‹ an, wobei das ›plus‹ ein nicht allzu gut gehütetes Geheimnis war. In dieser Nacht, wo die Duke es mit einer ziemlich schweren See zu tun hatte, schaffte sie gut 42 Knoten.

Das Kielwasser der beiden Schrauben strömte ineinander und wurde bis zum Achterdeck hochgepeitscht. Das gewohnte Schlingern war nun nicht mehr zu spüren; stattdessen hatte man das Gefühl, dass der 8000-Tonnen-Rumpf ziemlich unruhig dahinglitt. Das Schiff ritt nun nicht mehr auf den Wellen, sondern bahnte sich einen Weg mitten hindurch. Der scharfkantige Clipperbug schnitt durch die entgegenkommenden Sturzwellen, wie eine Axt weiches Holz durchtrennt. Die Wucht des Aufpralls war dabei im ganzen Rumpf zu spüren.

»Wie sieht es aus, McKelsie?«, erkundigte sich Amanda und sprach damit jene Frage aus, die jeden im Gefechtsleitstand interessierte, seit auch die Abteilung für elektronische Gegenmaßnahmen sich eingeschaltet hatte.

Die Duke war in voller Tarnung unterwegs und bot

deshalb nur noch ein Radarprofil, das dem eines kleinen Kabinenkreuzers entsprach. Doch auch ein Kabinenkreuzer konnte von einem guten Radarsystem aus einer Entfernung von bis zu 40 Kilometern aufgespürt werden – und die Argentinier verfügten über gute Überwasser-Suchsysteme.

Wenn man sich ihnen annähern wollte, musste man sich deshalb die Technologie des Feindes zunutze machen. Auf hoher See nahm das Suchradar oft irgendwelche ›Phantomkontakte‹ wahr, die nichts anderes als Echos der unruhigen Meeresoberfläche darstellten. Moderne Radarsysteme hatten elektronische Filter eingebaut, um dieses Phänomen zu eliminieren.

McKelsie und sein Team setzten auf diese Tatsache. Sie verwendeten einen großen Teil ihrer Prozessor-Kapazität, um ein ständig aktualisiertes Computermodell des Wellenmusters zu erstellen, das die *Cunningham* umgab. Anhand dieses Modells wurde die ›Tarnkappe‹ der Duke stets der Umgebung angepasst, so dass das Radar-Echo, das man von ihr erhielt, sich kaum von dem der Wellen abhob.

Auf diese Weise wurde die Duke zu einer Art Chamäleon, das imstande war, sich an die Farben und Muster der Umgebung anzupassen. Theoretisch hätten somit die Argentinier das Echo, das ihre Radarsysteme von der *Cunningham* erhielten, zusammen mit den Echos der Meeresoberfläche verwerfen müssen. Natürlich bestand immer die Gefahr, dass irgendein Technologie-Muffel auf der anderen Seite die Filter abschaltete und einen direkten Blick in die Runde warf.

»Soweit ganz gut, Captain«, antwortete McKelsie. »Das feindliche Radar strahlt unverändert. Aber noch kein Feuerleitradar.«

Amanda verfolgte mit einem gewissen Misstrauen die Szene auf dem Alpha-Schirm. Der Konvoi war zwar genau dort, wo er sein sollte – doch die weiter entfernte Eskorte erschien immer noch als ein leeres Feld auf dem

Schirm; ihre Position konnte also bislang nur geschätzt werden.

»Sie wissen ja, Ma'am«, ertönte Christines Stimme in Amandas Kopfhörer, »falls die Eskorte aus irgendeinem Grund auf diese Seite des Konvois gewechselt hat, dann laufen wir direkt auf sie zu, wenn wir diesen Kurs halten. Wir könnten plötzlich so entblößt dastehen wie ich damals, als mir in Waikiki der Bikiniträger riss.«

Amanda musste über die Bemerkung lächeln. »Nur würden wir es viel weniger genießen«, antwortete Amanda in ihr Mikrofon. »Ich werde Ihre Warnung in Betracht ziehen, Chris.«

Amanda rief die thermografischen Bilder von den Mastkameras an ihrem Bildschirm auf und hoffte inständig, dass sie ihr die Position der feindlichen Schiffe verrieten. Auch Arkady verfolgte gebannt die Szene von seinem Platz hinter dem Kommandosessel aus. Er sprach kein Wort, doch sie spürte seine Nähe und registrierte den Duft von Old Spice und Kerosin, der ihr mittlerweile so vertraut geworden war.

»Richtungssuchsysteme haben etwas aufgefangen. Es sind mehrere Ziele«, meldete Christine, nun in völlig nüchternem Ton. »Wir triangulieren jetzt.«

Wie leicht man doch bisweilen vergaß zu atmen.

»Ja! Es ist die Eskorte, die wir suchen! Genau dort, wo sie sein soll! In zwölf Kilometern Entfernung vom Konvoi an Backbord!«

Amanda wagte wieder zu atmen.

Drei Ziel-Symbole ersetzten das leere Feld auf dem Alpha-Schirm, und Arkadys Hand erschien im äußersten Winkel von Amandas Gesichtsfeld – der Daumen zeigte nach oben. Die Zeitanzeige sagte, dass die Cruise-Missiles in vier Minuten das Ziel erreicht haben würden.

»Rudergänger, gehen Sie wieder auf manuelle Steuerung. Fahrt und Kurs beibehalten.«

»Aye aye, manuelle Steuerung.«

Amanda setzte sich mit dem Maschinenraum in Verbindung. »Chief, wir stehen kurz vor dem Ziel. Wenn Sie noch ein wenig mehr herausholen können, wäre ich Ihnen dankbar.«

Thomsons Antwort bestand darin, dass der Fahrtmesser auf 43 Knoten hochkletterte.

Für einen Augenblick dachte sie daran, sich über die Bordsprechanlage an die gesamte Besatzung zu wenden. Doch sie ließ den Gedanken wieder fallen. Wenn sie sie nicht vorher schon auf ihre Aufgabe vorbereitet hatte, dann würde es ihr jetzt auch nicht mehr gelingen.

Die Zeitanzeige war mittlerweile bei drei Minuten angelangt.

»Dix, nehmen Sie den nächstgelegenen Zerstörer der nahen Eskorte aufs Korn.«

»Aye aye, Ma'am.«

»Warten Sie nicht auf meinen Befehl. Feuern Sie, sobald wir im Aktivmodus sind.«

»Wird gemacht.«

Dix Beltrains Stimme klang völlig ruhig. Von der Unsicherheit, die ihn noch wenige Tage zuvor gequält hatte, war nichts mehr zu spüren.

Noch zwei Minuten.

»Feindliches Suchradar!«, rief McKelsie von seinem Posten aus. »Der Erste der nahen Zerstörer!«

»Hat er uns erfasst?«, fragte Amanda.

»Negativ, aber sein Primärsystem sucht den Sektor akribisch ab. Er denkt, er hat etwas entdeckt, ist sich aber noch nicht sicher, was.«

»Ist ihre Feuerleitung schon aktiv?«

»Negativ.«

»Chris, hat er schon Alarm geschlagen?«

»Negativ. Er behält es noch für sich.«

Einige Kilometer entfernt, am anderen Ende des Radarstrahls, war ein argentinischer Skipper gerade dabei, im Geist eine Münze zu werfen, so wie Amanda es tat.

»Warten wir, was er tut«, befahl Amanda.

Noch 60 Sekunden.

Amanda schrak hoch, als sie eine Hand auf ihrer Schulter spürte. Im Halbdunkel des Gefechtsleitstandes war Arkadys Hand von der Sessellehne auf ihre Schulter gewandert. Es fühlte sich gut an, und sie lehnte sich zurück und sog seine Wärme in sich auf.

Die Zeitanzeige war bei null angelangt.

»Zielsuchradar der Marschflugkörper ist soeben am westlichen Horizont aktiv geworden!«, rief Christine. »Die argentinischen Such- und Feuerleitsysteme reagieren bereits!«

»Radar einschalten! Stör- und Gegenmaßnahmen aktivieren! Feuer frei!«

An Deck schickten die RBOC-Werfer ihre Alufolie-Geschosse zum Himmel empor, während achtern ein Täuschkörper nach dem anderen ins Meer abgestoßen wurde. Das Aegis-System arbeitete nun in vollem Ausmaß, und auf Dix Beltrains taktischem Bildschirm leuchteten jede Menge Zieldaten auf. Die Hände des Taktik-Offiziers glitten nur so über die Tasten, um ein Ziel nach dem anderen mit dem Feuerleitstrahl zu erfassen.

»Heiße Vögel steigen auf!«, rief er und drückte auf den Auslöser.

Donner und Blitz wüteten auf dem Vordeck der *Cunningham,* und die internen Bildschirme leuchteten in grellen Farben, während sechs Raketen – vier Harpoon II und zwei Standard HARM – aus den Abschussrampen des Senkrechtstart-Systems hervorbrachen. Die raketengetriebenen Standards stiegen auf hohen parabolischen Bahnen hoch, während die Harpoons mit ihren Turbostrahltriebwerken einen niedrigeren Bogen beschrieben und etwa drei Meter über den Wellenkämmen in die Waagrechte gingen. Die Raketen, die auf kurze Entfernung eingestellt waren, zündeten die Nachbrenner und durchbrachen die

Schallmauer auf dem Weg zu ihrem Ziel. Auf diese geringe Entfernung blieben dem argentinischen Zerstörer *Heroina* nur wenige Sekunden, um zu reagieren.

Fast hätte es noch gereicht. Der Kommandant hatte schon begonnen, das geisterhafte Ziel, das er entdeckt hatte, ins Visier zu nehmen. Seine Leute, die für elektronische Gegenmaßnahmen zuständig waren, saßen gespannt an ihren Konsolen, die Hände an den Bedienungselementen. Sie hüllten ihr Schiff in eine Wolke aus Metallfolie, und ihre Störspezialisten produzierten ein elektromagnetisches weißes Rauschen. Die beiden Dardo-40-mm-Geschütze sowie das Fünf-Zoll-Geschütz der *Heroina* jagten ihren Geschosshagel den anfliegenden Lenkwaffen entgegen.

Insgesamt gelang es ihnen, fünf oder sechs Raketen abzuschießen oder abzulenken. Doch eine der Standard HARMs fand ihr Ziel, indem sie dem Leitradar der Dardos folgte, die sie hätten abschießen sollen.

Sie schoss fast vertikal hernieder und durchbrach das Glasfiber-Gehäuse des Geschützturms, um schließlich beim Aufprall auf die Kanone zu explodieren. Die Detonation des über hundert Kilo schweren Splittersprengkopfs schmetterte den Geschützturm in sein eigenes Magazin hinunter wie ein gigantischer Vorschlaghammer und ließ einen brennenden, sechs Meter durchmessenden Krater im Deck zurück.

Unzählige Granatsplitter durchschlugen die Wände der Aufbauten, so dass nur wenige auf der Brücke die Explosion überlebten – und auch diese nur mit schwersten Verletzungen. In der vorderen Hälfte des Schiffes gab es keinen Strom mehr. Der am Kopf getroffene Rudergänger hatte das Ruder noch zum Abdrehen herumgerissen, so dass das Schiff nun ziellos im Kreis lief.

An Bord der *Cunningham* war das Ganze nur als leichtes Flackern auf den Bildschirmen zu erkennen.

»Treffer!«, schrie Beltrain aus. »Explosion auf dem Ziel!«

»Bestätigt!«, rief Christine von der Intel-Abteilung herüber. »Unser Ziel strahlt kein Radar mehr ab.«

»Ziel dreht ab … Wow!«, unterbrach sich Beltrain selbst. »Detonation auf dem ersten Frachter! Sieht so aus, als hätte eine der Harpoons, die der Zerstörer abgelenkt hat, ins Ziel getroffen.«

Die *Alferez Mackinlay* hatte in dreierlei Hinsicht schlechte Voraussetzungen. Das Transportschiff verfügte über keine wirkungsvollen Punktverteidigungssysteme, und an Gegenmaßnahmen hatte sie nur ihre RBOC-Werfer. Als Konvoi-Führer kam sie auch nicht in den Genuss der Deckung der Metallfolie-Wolken durch die anderen Schiffe. Und schließlich waren ihre Decks gerammelt voll mit Fertigbaracken-Teilen, wodurch ihre Radar-Signatur nahezu verdoppelt wurde.

Die Harpoon II war von einem Köder weggelockt worden, den die *Heroina* ausgesandt hatte. Nachdem die Rakete jedoch ihr Ziel verfehlt hatte, ging sie wieder zum Suchmodus über. Binnen Sekundenbruchteilen spürte sie die unglückliche *Mackinley* auf, die acht Kilometer innerhalb des äußeren Randes des Kampfverbandes lief. Sie jagte über den Bug herein und bohrte sich in die Fracht an Deck. Die nachfolgende Explosion überschüttete den Frachter vom Bug bis zum Heck mit Metallsplittern und Bruchstücken von brennendem Sperrholz.

Die *Cunningham* setzte ihren Überrumplungsangriff fort. Der kampfunfähige argentinische Zerstörer tauchte für einige Augenblicke aus dem Nebel auf – seine verzerrte Silhouette war von Flammen erleuchtet. Dann war die Duke an ihm vorüber und überschritt die Linie der Eskorte, um auf das Herz des feindlichen Verbandes zuzusteuern.

Überall im Gefechtsleitstand waren erregte Stimmen zu hören; in der Hitze des Gefechts wurde es zunehmend schwieriger, ruhig und diszipliniert zu bleiben. System-Operatoren lasen die Rohdaten von ihren Schirmen ab, analysierten sie und gaben die Ergebnisse an ihre Abteilungsoffiziere weiter. Diese bearbeiteten die Daten, um auf ihrer Grundlage zu strategischen Entscheidungen innerhalb ihres Verantwortungsbereichs zu gelangen. Nur jene Details, denen sie besondere Bedeutung beimaßen, gaben sie dem Commander durch.

»Exocet-Feuer von zweitem Meko!«

»Hat sie uns erfasst, McKelsie?«

»Negativ, Captain. Die Rakete strebt backbords nach achtern. Zweiter Abschuss … ebenfalls nach achtern. Ich glaube, sie zielen auf eine Alu-Wolke oder einen Täuschkörper.«

»Okay. Chris, was macht die ferne Eskorte?«

»Sie scheint sich auf die Cruise-Missiles zu konzentrieren. Bisher noch kein Feuerleitradar aus dieser Richtung.«

»Bleiben Sie dran! McKelsie, feuern Sie weiter Täuschkörper ab!«

Das ganze Handeln basierte jetzt auf raschen Entscheidungen, die unter ungeheurem Druck zu treffen waren – und die zentrale Schaltstelle, das Herzstück dieses Systems, war Amanda Lee Garrett.

Arkady war nicht mehr Teil der unmittelbaren Kommandoschleife, so dass er es sich leisten konnte, sich auf sie zu konzentrieren. Sie saß vornübergebeugt da und wandte sich bald dem Alpha-Schirm, bald ihren Offizieren zu, die sie laufend mit Details versorgten, aufgrund derer sie Entscheidungen zu treffen hatte.

Eine Schärfe und Intensität lag in ihrer Stimme, wie er sie nie zuvor an ihr wahrgenommen hatte – ja, es schien ihm, als hätte er noch nie eine Frau gesehen, die dermaßen vor Leben sprühte. Amanda war der Knotenpunkt zwischen den Schwindel erregenden technologischen

Möglichkeiten der *Cunningham* und der Besatzung mit ihrem Eifer und ihren Fähigkeiten. Jetzt glich sie einer Linse, die dieses Potential zu einem Strahl bündelte, den sie auf den Feind richtete.

Sie glühte geradezu vor innerer Aktivität.

Der Boden begann zu schwanken, und er griff nach der Sessellehne, um nicht das Gleichgewicht zu verlieren. *Vince,* sagte er sich mit einem grimmigen Lächeln, *das ist wirklich ein toller Moment, um scharf auf eine Frau zu sein.*

»Captain, bleiben wir auf dem ursprünglichen Ziel?«

»Negativ, Dix. Feuern Sie auf den ersten Frachter.«

Auf dem Large Screen Display erschien ein Zielerfassungsfeld rund um das erste Schiff des Konvois. Zwei weitere Harpoons schossen aus den Abschussrampen hervor, um das Schiff diesmal gezielt zu treffen.

Die Feuerlöschtrupps der *Mackinlay* spulten gerade ihre Schläuche auf dem Sturmdeck ab, als sie die Raketen wie Meteore heranschießen sahen. Die Erste der beiden Harpoons schlug mittschiffs im Rumpf ein. Die Besatzung spürte, wie die Decks für einen Augenblick erbebten, ehe die Panzerung schließlich aufriss wie ein Vulkankrater beim Ausbruch und eine Flammenhölle zum Vorschein kam. Die zweite Lenkwaffe schlug achtern in die Aufbauten ein, die von dem mächtigen, eine Vierteltonne schweren Sprengkopf auseinander gerissen wurden. Dabei wurden sowohl die Antriebs- als auch die Steuersysteme zerstört – und mit ihnen all jene, die sie bedienten. Wie ein kopfloser Leviathan, in dessen Innerem eine Flammenhölle tobte, trieb die *Alferez Mackinlay* ziellos auf den Wellen dahin.

Führungslos wie der zerstörte Frachter war auch der ganze argentinische Kampfverband. Das Schicksal hatte es so gewollt, dass das erste Schiff, das dem Angriff zum Opfer fiel, das Kommandoschiff der nahen Eskorte war.

Sein Kommandant, ein erfahrener und fähiger Offizier, starb als einer der Ersten; und eine tiefe Lücke wurde damit in die Kommandostruktur der Argentinier gerissen.

Was von dieser Struktur noch bestand, war von dem Schock des überfallartigen Angriffs wie gelähmt. Auf allen Kommunikationskanälen, die von den Störsendern der Duke noch nicht lahm gelegt waren, baten Seeleute um Hilfe oder um konkrete Zieldaten, um sich gegen den Angreifer wehren zu können – und immer wieder riefen verzweifelte Stimmen, man möge ihnen doch endlich sagen, was um Himmels willen hier vor sich ginge!

Der Mann, der Ordnung in dieses Chaos hätte bringen sollen, war Admiral Louis Fouga, jener Offizier, der vor nicht einmal 24 Stunden den Präsidenten um das Oberkommando über den Kampfverband gebeten hatte. Doch Fouga war nun einmal ein reiner Theoretiker, der in seiner dreißigjährigen Militärlaufbahn noch keine Minute im Gefecht verbracht hatte. Was jedoch noch wichtiger war – er hatte sich auf diesen ersten kritischen Augenblick nie wirklich vorbereitet.

Jetzt, wo sein Kampfverband von der Wucht des feindlichen Angriffs durchgeschüttelt wurde und sein eigenes Flaggschiff Mühe hatte, sich gegen die heranstürmenden Cruise-Missiles zu wehren, war Fouga wie gelähmt und weit davon entfernt, das Kommando zu übernehmen.

Doch trotz der Führungsschwäche und der allgemeinen Panik begannen die Argentinier schließlich zurückzuschlagen.

»Dix, mir fehlt eines der nahen Geleitschiffe.«

»Geleitschiff drei … Scheiße! Es ist weg!«

»Suchen Sie ihn auf Ihrem Alpha-Schirm. Sie müssen ihn finden!«

Amanda wandte sich ihrem eigenen Bildschirm zu und rief die Bilder vom Aegis-System auf. Sie hätte sich selbst ohrfeigen können, dass sie das nahe Geleitschiff auf der Steuerbordseite des Konvois, das zu identifizieren ihnen bisher nicht gelungen war, in der Hitze des Gefechts einfach aus den Augen verloren hatte. Ihr fiel jene alte Pilotenweisheit ein, welche besagte: ›Das feindliche Objekt, das du verfehlst, ist oft dasjenige, das dich nicht verfehlt.‹

Amanda ließ das Geschehen noch einmal mit hoher Geschwindigkeit am Bildschirm ablaufen – und zwar von dem Punkt an, wo die Duke ihr Radar eingeschaltet hatte. Sie verfolgte aufmerksam, wie die argentinischen Schiffe versuchten, dem Hagel der Marschflugkörper zu entgehen, und wie schließlich der Zerstörer getroffen wurde. Dann sah sie, wie das gesuchte Geleitschiff sein Manöver begann.

Aus seiner Position um vier Uhr hinter dem Konvoi beschleunigte es so rasch, dass es seine Geschwindigkeit binnen weniger Sekunden verdreifachte. Es näherte sich dem Konvoi und verschwand in der purpur leuchtenden Wolke aus Metallfolie, welche die Frachtschiffe hinter sich ließen.

»Ein Tragflächenboot!«

Jemand, der zwar schlau, aber ziemlich leichtsinnig sein musste, hatte beschlossen, ein so genanntes Hydrofoil mitzuschicken, ein Küstenfahrzeug, das für diese raue See viel zu zerbrechlich war – und eine Besatzung mit Nerven wie Drahtseile hatte gehorcht. Man hatte es offensichtlich eingesetzt, um die Pläne des Angreifers durchkreuzen zu können – was nun auch tatsächlich zu gelingen schien.

»Wo ist er, Dix?«, fragte Amanda.

»Ich bekomm ihn einfach nicht rein. Er versteckt sich auf der anderen Seite des Konvois und wird von den elektronischen Gegenmaßnahmen der Schiffe gedeckt.«

»Haben Sie seine Radaremissionen?«

»Nein, Ma'am, er läuft unter EMCON.«

Amanda wandte sich an ihre Nachrichten-Offizierin: »Chris, was wissen wir über argentinische Tragflächenboote? Ich brauch es sofort!«

»Sparviero-Korvette, 1200 Tonnen Verdrängung, hauptsächlich aus Aluminium, Hydropumpen-Antrieb! Höchstfahrt 60 Knoten plus! Bestückt mit Oto-Melara-76-mm-Geschütz und zwei Breda-40-mm-Geschützen, außerdem vier Exocet-Abschussrampen mittschiffs!«

»Torpedorohre?«

»Keine!«

»Okay. Rudergänger, bleiben Sie auf Abfangkurs zum Konvoi. Dix, was macht der zweite Meko?«

»Er hat beschleunigt und nach Backbord beigedreht. Wie's aussieht, will er auf unsere Seite des Konvois wechseln. Er wird uns wahrscheinlich achtern passieren. Ich glaube, er orientiert sich immer noch an unseren ersten Täuschkörpern. Soll ich angreifen?«

»Negativ. Wenn der Narr noch nicht weiß, was es geschlagen hat, dann werden wir's ihm nicht sagen. Nehmen Sie das Hydrofoil ins Visier, sobald es aus seinem Versteck hervorkommt. Der Kerl führt irgendwas im Schilde.«

»Aye aye, Ma'am, aber es wird sicher eng. Die Entfernung ist schon ziemlich gering.«

»Das gilt für ihn genauso. Geschützmannschaften, bereithalten zum Einsatz!«

Amanda und ihr Taktik-Offizier starrten auf das Hauptdisplay und warteten darauf, dass etwas aus den Düppelwolken hervortrat.

Und dann tauchte er auf, direkt vor dem Bug des Tankers, der den Konvoi jetzt anführte. Er kreuzte den Weg des größeren Schiffes in einem so engen Manöver, dass er vermutlich allen auf der Brücke Anwesenden einen gehörigen Schrecken einjagte. Das argentinische Tragflächenboot schaltete sein Such- und Feuerleitradar ein und raste direkt auf den angreifenden Zerstörer zu.

»Captain, Richtung des Ziels null Grad voraus. Begegnungsgeschwindigkeit ... Verdammt, 110 Knoten!«

Für einen Augenblick war Amanda sprachlos vor Bewunderung. Der Kerl hatte etwas von den Helden längst vergangener Seeschlachten an sich. Er war sowohl von der Technologie als auch von der Feuerkraft her unterlegen und konnte auch nicht auf nennenswerte Unterstützung hoffen. Und doch verbiss er sich so sehr in seine Aufgabe, den Konvoi zu schützen, dass er im Augenblick der Gefahr direkt auf den Feind zuraste – den Geschützen trotzend, die auf ihn gerichtet waren.

»Los, Dix! Feuer frei!«

»Es geht nicht! Er ist schon zu nahe für die Harpoons. Sie würden nicht mehr rechtzeitig runterkommen ... Exocets unterwegs!«

Auf den Außenmonitoren waren zwei orangefarbene Leuchtspuren zu erkennen, die aus dem Nebel hervorschossen und schwankend ihrer Bahn folgten. Eine der Phalanx-Kanonen antwortete mit einem wilden Geschosshagel. Die geringe Entfernung nahm auch dem kleinen Tragflächenboot einiges von seinen Angriffsmöglichkeiten.

»Übergehen zu Geschützfeuer«, befahl Amanda. »Feuer frei an Steuerbord. Einstellung auf Automatik. Wir nehmen ihn im Vorbeifahren aufs Korn. Ruder zehn Grad Backbord.«

Sie hatte sich, ohne lange zu überlegen, entschlossen, abzudrehen und so die Entfernung zu vergrößern – es war ein instinktiver Schritt, um der Duke einen gewissen Sicherheitsabstand in dieser Konfrontation zu geben. Sie konnte nicht wissen, dass weniger als drei Kilometer entfernt ein anderer Kommandant im selben Augenblick und aus demselben Grund genau den gleichen Befehl gab.

»Captain! Ziel dreht nach Steuerbord ab! Kollisionskurs!«

Das Navicom-System kam einen Sekundenbruchteil später zu demselben Schluss wie der Taktik-Offizier. An der Steuer- und der Kommandostation ertönte Kollisionsalarm.

»Ruder hart Backbord! Scharf wenden!«

Es wird im Allgemeinen als wenig empfehlenswert erachtet, einen Zerstörer, der mit Höchstfahrt läuft, zu einer so engen Wende herumzureißen. Es bestand die Gefahr, dass Nähte aufplatzten oder Risse im Rumpf entstanden. Auch das Ruder konnte schwer beschädigt werden, so dass das Schiff manövrierunfähig würde. Bei besonders schwerer See konnte bei einem solchen Manöver unter Umständen auch ein so großes Schiff wie die *Cunningham* kentern.

Aber Amanda hatte keine andere Wahl. Jetzt noch zu versuchen, nach Steuerbord abzudrehen, hätte bedeutet, gegen den Schwung nach Backbord ankämpfen zu müssen, den das Schiff bereits hatte. Die Leistung zurückzunehmen, um die Fahrt zu verringern, wäre womöglich Grund dafür gewesen, der argentinischen Verteidigung zum Opfer zu fallen. Wenn man überleben wollte, musste man versuchen, das Ausweichmanöver durchzuziehen, und hoffen, dass der argentinische Kommandant das Gleiche tat.

Die Besatzung des Gefechtsleitstandes spürte, wie das Deck sich gefährlich neigte. Das Ächzen von überlastetem Metall, das durch den Schiffsrumpf ging, wurde plötzlich von einem weiteren Alarm übertönt.

»Der Neigungsmesser nähert sich dem roten Bereich, Captain!«

»Ich weiß. Ziehen Sie es trotzdem durch, Rudergänger. Es muss gehen!«

Amanda begab sich nun auf jenes ungewisse Terrain, wo man sich nicht mehr auf bloße technische Beschreibungen verließ, wie sie für dieses Schiff offiziell galten. Sie vertraute auf ihren seemännischen Instinkt und darauf, dass sie über einige Jahre hinweg beim Bau des Schiffs beratend mitgeholfen hatte. Es würde ihnen nichts nützen, wenn sie sich jetzt nach irgendwelchen Vorgaben richtete.

Es war schon im Gefechtsleitstand nicht angenehm – doch oben auf der Brücke war es geradezu Furcht erregend. Als das riesige Schiff sich neigte, mussten Ken Hiro und seine Leute sich festhalten, wo es nur ging. Nach Steuerbord hinausblickend, sahen sie eine mächtige grüne Welle hoch an der Reling des Sturmdecks entlangrollen.

Doch es kam noch schlimmer.

Das argentinische Hydrofoil kam in Sicht und riss eine Furche in den dichten Nebel. In der typischen Art der Tragflächenboote legte es sich in die Kurve, während der amerikanische Zerstörer Schlagseite nach außen bekam. Die Argentinier versuchten die drohende Kollision genauso verzweifelt zu vermeiden wie die *Cunningham,* und zumindest dafür wünschte ihnen die gesamte amerikanische Besatzung viel Erfolg.

»Okay, Rudergänger«, sagte Amanda in ruhigem Ton. »Ruder mittschiffs. Ganz sachte, sonst kentern wir.«

Die Neigungsmesser kehrten in den sicheren Bereich zurück, und die Duke nahm schlingernd und bebend ihren neuen Kurs auf. Knapp 200 Meter entfernt lief das argentinische Tragflächenboot nahezu mit der gleichen Geschwindigkeit in die gleiche Richtung. Sowohl an seinem Bug als auch am Heck flammte Mündungsfeuer auf; man nahm die *Cunningham* unter heftigen Beschuss.

»Kanoniere, nehmt ihn aufs Korn! Alle Geschütze nach Steuerbord – Feuer frei!«

Amanda spürte die Treffer, die das Schiff einstecken musste – und es dauerte nicht lange, bis der schwache Geruch von verbranntem Kunststoff und heißem Metall durch die Lüftungsanlage zu ihnen herunterdrang.

Achtern an der Schadensmeldungsstation begannen die zuständigen Offiziere zu berichten, was sie den Anzeigen entnehmen konnten.

»Schaden an der Außenhaut über der Wasserlinie zwischen Spant 19 und 22.«

»Bestätigt. Wir haben außerdem mehrere Treffer beim Senkrechtstart-System Nummer zwei. Schadenkontrolltrupp Alpha Bravo ist bereits im Einsatz.«

»Roger. Informieren Sie den TACCO, dass wir VLS zwei schließen.«

»Einschläge achtern. Spant 41. Außenhaut durchdrungen. Temperaturwarnlicht!«

»Bestätigt. Trupp Alpha Delta im Einsatz. Feuer im Hangar!«

Arkady drückte kurz Amandas Schulter und eilte im nächsten Augenblick nach achtern hinaus.

Die Duke nahm den Angriff nicht einfach passiv hin – sie zahlte mit gleicher Münze zurück. Danny Lyndiman, jener junge Geschützmaat, der auch am Tag des ersten argentinischen Luftangriffs Dienst getan hatte, befand sich auf seinem neuen Posten an Geschütz Nummer eins. Er bediente gleichzeitig zwei Oto-Melara-Super-Rapid und zielte mit beiden Geschützen auf denselben Punkt. Die Fadenkreuze lagen genau auf der Höchstlademarke des Tragflächenbootes, als er zu feuern begann.

Die Oto-Melaras donnerten los und schickten eine ganze Salve von 76-mm-Granaten los. Es waren keine Leuchtspurgeschosse, doch der hocherhitzte Stahl war auf den thermografischen Bildern dennoch als grünes Leuchten erkennbar. Als der Geschosshagel den Rumpf des argentinischen Bootes traf, wurde die Außenhaut sofort schwer beschädigt. Mit der Präzision eines Schlossers, der mit dem Schneidbrenner arbeitet, ließ Lyndiman die Geschosse über den Rumpf des Tragflächenbootes gleiten.

Gleichzeitig begannen blendend weiße Lichtpunkte über die Aufbauten des Bootes zu tanzen. Der zweite

Schütze der Duke hatte das Phalanx-Geschütz auf manuelle Bedienung umgestellt und nahm nun ebenfalls das Hydrofoil unter Beschuss. Systematisch durchlöcherte er mit den kleinen Wolframgeschossen die Wände der Aufbauten, so wie man mit einer Nadel durch Seidenpapier sticht.

Das argentinische Boot hielt dem konzentrierten Beschuss nicht lange stand. Die beiden Kontrahenten donnerten Seite an Seite dahin und feuerten Breitseiten aufeinander ab wie zwei Schiffe aus napoleonischen Tagen. Sie beschossen einander mit annähernd gleicher Feuerkraft, doch das amerikanische Schiff hatte weit mehr Volumen, so etwas zu schlucken. Der Zerstörer wurde beschädigt, doch das Hydrofoil wurde regelrecht auseinander gerissen. In dem verzweifelten Versuch, sich doch noch in Sicherheit zu bringen, beschleunigte der Captain des argentinischen Bootes und drehte ab, um sich vom Feind zu entfernen.

»Er türmt!«, rief Dix erfreut aus. »Er macht sich aus dem Staub! Schützen, dranbleiben! Bleiben Sie ... du heiliger ... O Gott ...!« Die letzten Worte des TACCOs waren nur noch geflüstert. Auch alle anderen Anwesenden, die einen Blick auf einen Außenmonitor werfen konnten, wurden augenblicklich still.

Eines der Oto-Melara-Geschosse der Duke hatte die Tragfläche beschädigt und vom Rumpf getrennt, so dass das Boot plötzlich drei Meter nach unten sackte. Der schmale Bug tauchte in die entgegenkommende Welle ein, die bei einer Geschwindigkeit von 60 Knoten so hart wie Beton war.

Durch den Schwung des Tragflächenbootes bohrte sich der Bug tief ins Wasser, während das Heck sich hoch in die Luft erhob. Dann wurde der Kiel hochgepeitscht, und weitere Teile rissen sich vom Rumpf los; sie schmetterten durch die Glasfiberhaut wie Knochensplitter, die bei einem offenen Bruch die Haut durchdringen.

Bestürzt verfolgten die Männer und Frauen der *Cunningham*, wie das Heck des Tragflächenbootes immer höher emporstieg und am Höhepunkt des Bogens einen Augenblick verweilte. Amanda stellte sich einen Moment lang vor, was wohl nun im Inneren des Bootes vor sich ging – wie Munition aus den Regalen im Magazin gefegt wurde, wie Tonnen von Kerosin aus den Tanks strömten, wie glühende Turbinen sich aus ihren Verankerungen lösten und die Schotte durchschlugen …

Dann barst der Rumpf des argentinischen Bootes und öffnete sich wie die Blütenblätter einer Blume, aus der sich ein riesiger orange-goldener Feuerball erhob. Die Druckwelle der Explosion ließ auch die Duke erbeben. Schließlich waren die Monitore leer und dunkel, und die Duke war in Sicherheit; nur Bruchstücke von rauchendem Metall kamen noch aus dem Nebel geflogen und prallten von den Aufbauten ab. Aus dem Bereich des ersten Geschützes ertönte eine jubelnde Stimme: »Yeah! Geschafft!«

Amanda schüttelte den Eindruck ab, den das Spektakel auf sie gemacht hatte, und wandte sich wieder dem Hauptdisplay zu. Durch das Ausweichmanöver waren sie um mehr als 90 Grad von ihrem ursprünglichen Nordkurs abgewichen und liefen jetzt in Richtung West-Südwest. Das anschließende Feuergefecht mit dem Hydrofoil hatte sie von der Backbordseite des argentinischen Konvois zur Steuerbordseite gebracht.

Außerdem hatten sie die Initiative ihres Angriffs verloren. Der wagemutige Skipper des Tragflächenbootes war zwar gescheitert, doch es konnte sein, dass er sein Ziel, den amerikanischen Zerstörer auszuschalten, doch noch erreichen würde.

»Rudergänger, Kurs Backbord, null-eins-null Grad.«

Das Schlimmste aber war, dass die Duke nicht länger unsichtbar blieb. Die Schäden an ihrer Stealth-Beschichtung würden ihr Radarprofil um ein Vielfaches vergrößern.

»Mr. McKelsie, ich möchte einen dichten RBOC-Schirm und eine volle Ladung Täuschkörper.«

»Captain, wir haben nur noch ein Set von Täuschkörpern übrig, und die RBOC-Magazine sind ebenfalls bald leer.«

»Dann geben Sie mir alles, was wir noch haben. Jetzt gleich, McKelsie! Radar ausschalten!«

Die *Cunningham* vollendete den Kreis, den sie begonnen hatte. Sie führte ein Manöver durch, das im Luftkampf oft angewendet wurde und das darin bestand, ein Bündel von Radar-Störflecken und thermischen Signalen zu erzeugen, um dem Feind ein falsches Ziel zu bieten.

»Kurs null-eins-null, Captain.«

»Gut. Halten Sie uns parallel zum Konvoi.«

Die beiden verbliebenen argentinischen Frachtschiffe folgten blind ihrem ursprünglichen Kurs, nachdem ihre Sensoren beschädigt und ihre Kommunikationsverbindungen durch den Störfunk der Duke beeinträchtigt waren.

»Wie ist der Status der beiden letzten nahen Geleitschiffe?«, wollte Amanda von Beltrain wissen.

»Der unbeschädigte Meko scheint seinem ramponierten Partner beistehen zu wollen, und die A-69 läuft hinter dem Konvoi her. Es sieht so aus, als zielten sie auf etwas ...«

Auf dem Monitor, der den achterlichen Bereich abbildete, leuchtete plötzlich etwas auf. Wenige hundert Meter hinter dem Kielwasser der *Cunningham* tauchte mitten in einer Wolke aus Alufolie eine Salve von Exocet-Raketen nutzlos ins Meer.

»... und zum Glück haben sie ihr Ziel verfehlt«, fügte Beltrain hinzu.

»Okay. EMCON brechen! Radar aufdrehen!«

Die Schirme füllten sich wieder mit Leben. Amanda sah, wie die A-69-Fregatte abdrehte; offensichtlich hatte sie ihr Pulver verschossen. Die drei Schiffe der fernen Eskorte schienen immer noch irgendwo weit vor dem Konvoi ziellos umherzuirren. Ein Blick auf den Infrarotschirm zeigte immer wieder auftretendes Feuer und schließlich ein gleichmäßiges Leuchten.

»Dix, was geht da draußen vor sich?«

»Ich weiß nicht genau, Ma'am. Die SCM sollten längst unten sein. Vielleicht haben wir etwas getroffen.«

Beltrains Vermutung traf tatsächlich zu. Das Schicksal wollte es, dass die vorauseilende Eskorte fast direkt in die Schusslinie der Marschflugkörper geriet. Die kybernetische Intelligenz, die in den Such- und Lenkköpfen der Raketen arbeitete, hatte die argentinischen Zerstörer als würdige Ziele auserkoren, so dass sie wie ein Schwarm ausgehungerter Barrakudas auf die Kriegsschiffe losstürmten.

Die Argentinier setzten sich zur Wehr, und sie taten es mit großem Geschick. Diejenigen Raketen, die nicht durch Täuschkörper weggelockt werden konnten, wurden im Sperrfeuer der Geschütze und Lenkwaffen zerstört. Erst im buchstäblich letzten Augenblick des Raketenangriffs machte der Kommandant des Flaggschiffs *Nueve De Julio* einen fatalen Fehler. Er wollte der letzten der anfliegenden Raketen ausweichen und ließ sein Schiff abdrehen. Doch dadurch bot er dem Suchradar der Lenkwaffe die breite Hinterseite des Hubschrauberhangars dar. Die Rakete wurde von diesem überdimensionalen Radarziel angezogen wie die Motte vom Licht. Die hohen Aufbauten blockierten außerdem einen kleinen Abschnitt der Oto-Melara-Punktverteidigung, so dass die zwölfte Rakete schließlich unbehindert durch die schmale unverteidigte Zone schlüpfte und mit tödlicher Präzision im Hangar einschlug.

Sie durchschlug die Türen und jagte mitten in die eng nebeneinander geparkten Helikopter hinein, die sie regelrecht zermalmte. Das Triebwerk der Rakete löste sich in Flammen und Metallsplitter auf, während der Gefechtskopf sich vom Gehäuse abtrennte und drei weitere Schotte durchschlug, bevor er schließlich explodierte.

Die Detonation erschütterte die mittschiffs gelegenen Decksaufbauten des großen Zerstörers der *Animoso*-Klasse. Beide Schornsteine und der Großmast kippten mit metallischem Krachen um. Die Flammen schlugen bis hinunter in die Maschinenräume und töteten einige der Dienst habenden Maschinisten. Das Schiff trieb nur noch dahin, ein Spielball der Wellen, während achtern die brennenden und teilweise explodierenden Treibstofftanks seiner eigenen Hubschrauber das Heck in ein Inferno verwandelten.

Damit war auch die letzte Hoffnung des argentinischen Kampfverbandes gestorben, sich neu zu organisieren und den Kampf noch einmal aufnehmen zu können. Admiral Louis Fouga blieb es erspart, seiner Niederlage ins Gesicht sehen zu müssen. Er wurde zwischen den zertrümmerten Schotten der Brücke getötet. Von diesem Zeitpunkt an wurde das Geschehen eindeutig von dem amerikanischen Geisterschiff dominiert, das bald hier, bald dort zuschlug, um die argentinischen Träume von einem antarktischen Reich ein für alle Mal zu zerstören.

»Wir erreichen den Tanker, Captain!«

»Geschütztürme nach Steuerbord und Ziel ins Visier nehmen! Dix, Steuerbord-Torpedos scharfmachen. Wir haben nicht genug Zeit für die Drahtlenkung – stellen Sie deshalb alle Fische auf unabhängige Zielsuche ein. Feuern Sie aus allen Rohren, sobald Sie Zielkoordinaten haben!«

Das Radar streckte seine Fühler aus und wandte sich zusammen mit den Geschütztürmen dem neuen Ziel zu. Es dauerte nicht lange, bis der riesige Tanker sich aus dem Nebel schälte. Die Kanonen begannen automatisch zu feuern und deckten das Schiff mit einem wahren Geschosshagel ein, dem an den Tankstationen eine ganze Kette von Explosionen folgte.

Auf dem Alpha-Bildschirm tauchte ein leuchtend gelber Kegel am Positionssymbol der *Cunningham* auf, der den Bereich anzeigte, der von den Torpedos der Steuerbordseite abgedeckt wurde. Der Kegel hüllte den argentinischen Tanker ein.

»Wir öffnen die äußeren Luken der Rohre. Koordinaten liegen fest.«

Mittschiffs, direkt über der Wasserlinie der Duke, öffneten sich mehrere Luken, die eine Reihe von stumpfen Gefechtsköpfen enthüllten.

»Torpedos sind abgefeuert!«

Mit dem charakteristischen Donnern und Zischen eines Überwasserstarts schossen fünf Mark-50-Barracuda-Torpedos aus ihren Rohren und tauchten ins Wasser ein. Im Gegensatz zu den Torpedos, wie sie im Zweiten Weltkrieg verwendet wurden, waren diese gedrungenen Waffen mit ihren vergleichsweise kleinen Sprengköpfen vor allem für den U-Boot-Abwehrkampf gedacht und nicht für den Einsatz gegen Überwasserschiffe. Andererseits konnte der 50-Kilo-Sprengkopf auch gegen einen schweren Schiffsrumpf einiges ausrichten.

Vier der Barracudas fanden den Weg ins Ziel. Vier dünne Gischtfontänen stiegen entlang der Flanke der *Luis A. Huergo* empor. Während die Decks in Flammen standen und schwarzes Öl aus dem aufgeschlitzten Bauch strömte, verlor das Schiff allmählich an Fahrt.

Amanda reagierte mit einem kurzen Nicken. »Rudergänger, Kurs Steuerbord, null-vier-fünf. Halten Sie auf den Bug des dritten Frachtschiffs zu. Dix, Torpedos an Backbord klarmachen. Dieselbe Einstellung. Wir feuern aus allen Rohren, während wir seinen Weg kreuzen. Geschützbedienung, klarmachen an Backbord. Neues Ziel anvisieren.«

Die Oto-Melaras feuerten nun in einem stotternden

Rhythmus. Beide Geschütztürme hatten ihre gesamte Munition abgefeuert, und die Granaten gelangten nicht mehr schnell genug aus den Magazinen nach oben, um den Geschützen ständig neue Nahrung zu liefern. Dennoch waren diese Waffen immer noch in der Lage, schweren Schaden anzurichten.

Das Vordeck der *Piedrabuena* erbebte unter der Vielzahl der Einschläge. Danny Lyndiman schwenkte die Hand ganz leicht nach unten, und der Geschosshagel wanderte am Deckhaus hinauf und erreichte schließlich die Brücke, die völlig zerstört wurde. Dann kamen die Torpedos – drei Geschosse, die den Rumpf wie ein mächtiger Hammerschlag trafen. Die Gischt schäumte auf, und der gesamte Bugbereich fiel wie ein Kartenhaus in sich zusammen.

Es war niemand mehr da, der das Ende der *Piedrabuena* hätte beobachten können. Auch die *Cunningham* hatte sich bereits in nordöstlicher Richtung entfernt, um das offene Meer zu erreichen, nachdem der Konvoi zerstört war. Die Schrauben des Frachtschiffes drehten sich immer noch, nachdem die Torpedos eingeschlagen hatten. Vorne am Bug drangen währenddessen tausende Tonnen Meerwasser in das überfüllte Fahrzeugdeck ein, das sich fast über die volle Länge des Schiffes erstreckte.

So glatt und beinahe so rasch wie ein abtauchendes U-Boot sank die *Piedrabuena* in die Tiefe hinunter. Die Männer, die den Befehl zum Anhalten der Maschinen hätten geben können, lagen tot in den Trümmern des Ruderhauses. Der Rest der Besatzung überlebte nicht viel länger, als das eisige Wasser explosionsartig in die verschiedenen Abteile des Schiffes eindrang. Das Schiff nahm seine gesamte Besatzung mit sich, als es zu seiner letzten Reise in die dunklen Tiefen der Drake-Passage aufbrach.

»Das war das letzte Frachtschiff, Ma'am«, meldete der TACCO.

»Und auch einer der *Animoso*-Zerstörer ist außer Gefecht. Er liegt reglos im Wasser, seine Elektronik ist zerstört«, warf Christine von ihrem Posten ein. »Es sieht so aus, als hätten wir sie so gut wie erledigt.«

Amanda pflichtete ihr bei. Sie wusste, dass sie das Geschehen nun unter Kontrolle hatten. Ihr Taktik-Offizier hatte die beiden verbliebenen Geleitschiffe im Visier. Ein Wort von ihr genügte, um sie binnen Sekunden zu zerstören. Dann konnte sie wenden und die Reste des Konvois als Deckung verwenden, um die beiden letzten Schiffe der vorauslaufenden Eskorte zu erledigen. Sie hatte es in der Hand, den feindlichen Kampfverband auszulöschen und dann stolz nach Hause zurückzukehren. Im Augenblick war sie die unumschränkte Herrscherin im Südpolarmeer.

»Soll ich weiter angreifen?«, fragte Dix.

»Negativ. Halten Sie Kurs und Fahrt und bringen Sie uns weg von hier. Wir haben unseren Job erledigt.«

Buenos Aires
30. März 2006, 02:11 Uhr

Präsident Antonio Sparza saß allein in seinem Arbeitszimmer und lauschte dem leisen Ticken der Standuhr. Er war viel zu angespannt gewesen, um schlafen zu können, und war deshalb hier an diesem Ort geblieben, der den Höhepunkt seiner Laufbahn bezeichnete.

Das Telefon riss ihn aus seinen Gedanken.

»Ja.«

»Herr Präsident, hier spricht Admiral Valleo aus dem Marineministerium.« Der Offizier sprach knapp und präzise wie jemand, der vor Gericht eine wohl überlegte Zeugenaussage zu machen hat. »Der Konvoi wurde abgefangen.«

»Fahren Sie fort.«

»Das Tragflächenboot *Catamarca* und der Tanker *Piedrabuena* wurden versenkt. Der Flottentanker *Huergo*, das Antarktis-Operationsschiff *Alferez Mackinlay* und der Zerstörer *Nueve de Julio* wurden allesamt schwer beschädigt und liegen im Augenblick brennend und manövrierunfähig im Wasser. Es erscheint ratsam, die Besatzung von diesen Schiffen zu evakuieren. Der Zerstörer *Heroina* wurde ebenfalls beschädigt, aber man glaubt, ihn retten zu können.«

»Was ist mit dem nordamerikanischen Kriegsschiff?«

»Die Geleitschiffe des Konvois wehrten sich mit Geschütz- und Raketenfeuer gegen das angreifende Schiff. Was dabei herauskam, ist im Augenblick noch ungewiss. Wir wissen nicht, wo der Feind sich zur Zeit aufhält.«

»Verstehe.«

Es folgte ein Augenblick der Stille, die der Offizier am anderen Ende der Leitung schließlich zögernd brach.

»Herr Präsident, wir haben keinen Funkkontakt mit Flottenadmiral Fouga. Man glaubt, dass er an Bord der *Nueve de Julio* ums Leben gekommen sein könnte. Der ranghöchste überlebende Kommandant des Konvois ersucht um Instruktionen. Was sollen wir ihm sagen, Sir?«

»Sagen Sie ihm, er soll umdrehen, Admiral. Sagen Sie ihm, er soll retten, was zu retten ist, und heimkehren.«

Sparza legte den Hörer auf. Dann stand er von seinem Schreibtisch auf und trat in den Korridor hinaus. Einige Meter weiter öffnete sich eine Doppeltür aus Glas, und er ging auf den Balkon hinaus, der direkt an der Plaza de Mayo lag.

Die Plaza de Mayo war so etwas wie das Sprachrohr und die Seele des argentinischen Volkes. Seit einem Jahrhundert versammelten sich die Argentinier immer wieder hier, um ihren Führern zuzujubeln oder ihren Sturz zu verlangen. Nun jedoch war der Platz menschenleer; von Laternen erleuchtet lag er da, die Bürgersteige vom Regen glänzend.

Sparza blieb trotz der Kälte an der Balustrade stehen, steckte sich eine Zigarette an und starrte auf den leeren Platz hinunter. Wenn die Menschen sich das nächste Mal hier versammelten, dann würden sie wohl ihre Meinung über ihn kundtun. Er musste hier bleiben, um auf sie zu warten.

Drake-Passage
30. März 2006, 02:21 Uhr

»Freunde, trinken wir auf uns. Wir haben es mit den feindlichen Schiffen aufgenommen, und sie haben die Segel gestrichen. Die Sache ist gelaufen.« Christine machte eine große Gebärde, so als hätte sie ein Glas Champagner in der Hand und nicht eine Schale mit sechs Stunden altem und wieder aufgewärmtem Kaffee.

»Tatsächlich? He, ruft doch mal den Präsidenten an und sagt ihm, dass wir nach Hause kommen. Rendino hat es uns erlaubt.«

Sogar McKelsies Spott klang nun etwas milder als sonst. Während die taktischen Offiziere sich rund um den Kommandosessel des Gefechtsleitstandes versammelten, waren sie von euphorischen Gefühlen beseelt, die trotz der späten Stunde bei keinem von ihnen Müdigkeit aufkommen ließen. Da verschaffte sich ganz einfach Erleichterung darüber Ausdruck, dass sie es hinter sich hatten, und auch so etwas wie die uralte Freude des Kriegers, der feststellt, dass die Schlacht vorüber ist und er noch lebt, kam zutage. Neben diesen flüchtigen Gefühlen war da aber auch die Erkenntnis, dass sie durchs Feuer gegangen waren und sich bewährt hatten.

»Ich weiß, was ich sage, Sie alter Nörgler«, erwiderte die Nachrichten-Offizierin. »Der springende Punkt bei der ganzen Sache war doch, ob die Argentinier es schaffen, einen Versorgungskonvoi zu ihren Stützpunkten auf der Antarktis zu bekommen. Nach dem, was heute passiert ist, lautet die Antwort ›nein‹. Selbst wenn sie einen weiteren Transportkonvoi mit Eskorte zusammenstellen würden, was sie nicht können, wären unsere Träger und

U-Boote rechtzeitig zur Stelle, um sie abzufangen. Nein, die Sache ist gelaufen. Habe ich nicht Recht, Captain?«

»Ich denke, das kann man so sagen«, antwortete Amanda und nickte nachdenklich. »Zumindest in strategischer Hinsicht. Taktisch gesehen befinden wir uns immer noch tief in feindlichem Gebiet – und es gibt hier in der Gegend sicher einen Haufen Leute, die allen Grund haben, uns nicht zu mögen. Die Besatzung ist müde und ausgelaugt. Wenn wir jetzt auch noch selbstzufrieden werden, dann könnte uns das zum Verhängnis werden. Der Kampf ist noch nicht zu Ende. Nun, Dix, wie sieht es mit unseren Waffen aus?«

»Wir haben sechs Harpoons und zwei Standards eingesetzt, außerdem alle SCM und auch die Torpedos«, antwortete er. »Des Weiteren wurden etwa vierzig Prozent unserer Oto-Melara-Munition verpulvert, außerdem etwa vierhundert Schuss der 25-Millimeter-Munition für die Phalanx. Raketen sind genug vorhanden, aber das Senkrechtstart-System Nummer zwei ist immer noch außer Betrieb. Wir haben einige Treffer in diesem Bereich hinnehmen müssen, und es ist auch Wasser eingedrungen. Von den Anzeigen her scheint zwar alles wieder in Ordnung zu sein, aber ich seh mir die Sache lieber noch einmal genau an, bevor ich das System wieder aktiviere.«

»Gut. Machen Sie das – und zwar so rasch es geht. Mr. McKelsie, was haben Sie zu berichten?«

»Der Schaden an der Außenhaut vergrößert natürlich unser Radarprofil an der Steuerbordseite um etwa 25 Prozent, vielleicht auch mehr. Ich muss erst einen Test mit einem der Helikopter durchführen, damit wir wissen, wie schlimm es tatsächlich aussieht. Wirklich unangenehm ist, dass wir den gesamten Vorrat an Täuschkörpern aufgebraucht haben und dass nur noch eine Magazinladung für die RBOC-Werfer übrig ist.«

»Nun, da kann man nichts machen. Sobald wir den

Rumpf geflickt haben und die See ruhiger ist, werden wir der beschädigten Stelle einen neuen Anstrich verpassen. Das sollte helfen.«

»Chief«, sagte sie und wandte sich ihrem Chefingenieur zu, »danke. Sie haben mit ihren Leuten tolle Arbeit geleistet. Wie läuft es bei Ihnen da unten?«

Thomson nahm das Lob mit einem Kopfnicken entgegen. »Die Maschinen sind okay. Es gab auch keine Probleme, als wir mit Höchstfahrt liefen, außer ein paar Überhitzungswarnleuchten. Ich werde trotzdem zur Sicherheit ein Instandhaltungsprogramm fahren. Das einzige Problem ist, dass wir in den letzten paar Stunden ziemlich viel Treibstoff verbraucht haben. Wir haben nur noch 27 Prozent übrig.«

Amanda biss sich auf die Lippe. Auch dagegen konnte man nichts tun, außer auf alle Manöver zu verzichten, die nicht absolut notwendig waren.

»Okay, Ken, wie sieht es mit den Schäden aus?«

»Zwei 76-Millimeter-Treffer vorne – zwar über der Wasserlinie, aber, wie Lt. Beltrain schon sagte, gab es trotzdem leichten Wassereinbruch. Aber wir haben die Situation im Griff, und die Reparaturen sollten noch in der nächsten Stunde abgeschlossen sein. Außerdem haben wir vier 40-Millimeter-Treffer achtern, von denen einer den Hangar erwischt hat. Ein Feuer brach aus, das aber rasch gelöscht werden konnte. Dabei wurde einiges an Ausrüstung und einer der Helikopter beschädigt. Zero Two ist im Moment nicht einsatzbereit und wird es wohl auch für den Rest des Einsatzes bleiben.

Amanda zögerte einen Augenblick, ehe sie fragte: »Und die Besatzung – haben wir Verletzte?«

»Ja, durch das Feuer im Hangar.«

Alles in ihr krampfte sich zusammen.

»Aber nichts Ernstes«, fuhr Hiro fort. »Nur leichte Verbrennungen und Rauchgasvergiftungen. Lt. Arkady ist gerade unten im Lazarett bei seinen Leuten.«

»Gut, das hätten wir dann besprochen, denke ich.« Amanda atmete erleichtert aus und blickte ihren Ersten fragend an. »Sagen Sie, wie war es da oben auf der Brücke?«

Hiro vergaß für einen Augenblick seine gewohnte Sachlichkeit und antwortete mit einem Lächeln, das wegen seines Gesichtsverbands ein wenig verzerrt wirkte: »Nun, vielleicht sollten sie so was in Disneyland veranstalten – als kleine Geisterbahnfahrt.«

Es tat gut, wieder lachen zu können. Amanda spürte, wie die lange Anspannung allmählich nachließ. Doch mit der Entspannung begann ihr alles um sie herum auch ein wenig unwirklich vorzukommen. Sie fühlte sich irgendwie aus dem Gleichgewicht gebracht – und daran war sicher nicht das Schlingern des Schiffes schuld. Es war einfach eine Tatsache, dass sie viel zu lange unter enormer Anspannung gestanden hatte. Und dennoch gab es da noch einiges, das sie erledigen musste.

»Ken, sobald wir uns noch ein Stück von unserem Einsatzgebiet entfernt haben, möchte ich EMCON aufgeben und versuchen, Kontakt mit der *Polar Circle* aufzunehmen. Wir müssen alles daransetzen, das Treffen doch noch zustande zu bringen – und zwar so schnell wie möglich ...«

»Captain.« Sie hatten Arkady nicht eintreten gehört. Er stand achtern neben der Luke. Seine Fliegermontur war mit Rauch- und Wasserflecken übersät. Zum ersten Mal in der kurzen Zeit, seit er an Bord der Duke war, sah er etwas unsicher drein.

»Ich komme gerade aus dem Lazarett«, sagte er leise. »Erikson ist tot. Es war eine starke innere Blutung. Chief Robinson sagte, dass es während des Angriffs passiert ist. Sie konnte nichts für ihn tun.«

Die Stille, die seinen Worten folgte, war fast mit Händen zu greifen. Dann stellte Amanda ihre Teeschale auf der Konsole ab.

»Mr. Hiro, halten Sie das Schiff auf nordöstlichem Kurs und tun Sie, was möglich ist, um Treibstoff zu sparen. Versuchen Sie ein Fleckchen ruhige See zu finden, damit wir die nötigen Reparaturen durchführen können. Achten Sie aber darauf, dass wir trotzdem unter der Deckung des Wetters laufen. Brechen Sie EMCON kurz, um einen Lagebericht an CINCLANT durchzugeben.«

Sie erhob sich vom Kommandosessel und verließ den Gefechtsleitstand, ohne noch ein Wort zu ihren Offizieren zu sagen. Arkadys geflüstertes ›Tut mir Leid‹ nahm sie gar nicht mehr bewusst wahr.

Eine Ebene höher ging Amanda hinauf zu dem querschiffs liegenden Durchgang achtern der Messe, von wo aus man direkt aufs Sturmdeck gelangen konnte. Sie ging zu der Luke an Backbord, jener Seite des Schiffes, an der keine Reparaturarbeiten vorgenommen wurden, trat hinaus und schob die Luke gegen den heftigen Wind zu. Dann taumelte sie über das eisbedeckte Deck und umklammerte die Reling mit gefühllosen Fingern.

Eine Zeit lang betrachtete sie, wie der graue Schaum an den Flanken des Zerstörers hochschwappte. Es war ihr, als könne sie die dunklen Tiefen des Weltmeeres spüren, die sich darunter verbargen. Sie ließ sich von der Gischt und dem beißenden Wind durchschütteln, ehe nach einigen Augenblicken das erste erstickte Schluchzen hochkam. Allein mit der Dunkelheit und dem Meer weinte Amanda Lee Garrett, so wie eine Mutter weint, die soeben ihr Kind verloren hat.

Drake-Passage
30. März 2006, 05:31 Uhr

Vince Arkady hatte die vergangenen Stunden im Hangar verbracht, um zusammen mit seinen Leuten die nötigen Reparaturarbeiten durchzuführen. Er zog sich erst zurück, als es zumindest kurzfristig nichts mehr für ihn zu tun gab.

Irgendwo da draußen dämmerte der neue Tag heran, auch wenn man das auf dem Sturmdeck nicht sehen konnte, da die *Cunningham* sich in einer dichten Nebelbank aufhielt. Ihre Schrauben drehten sich so schleppend, dass es gerade ausreichte, um das Schiff auf Position zu halten. Fast schien es, als wäre die Duke in schwarze Watte gepackt. Die Sicht war gleich null, und die Geräusche an Deck wurden so stark gedämpft, dass man sie kaum noch wahrnahm.

Aber auch unter Deck war es fast gespenstisch still. Der ursprüngliche Ablauf war für diesen Tag über den Haufen geworfen: Alle Angehörigen der Besatzung, die nicht auf Wache waren oder an den Reparaturarbeiten teilnahmen, hatten sich zurückgezogen, um sich von den Strapazen der vergangenen Nacht zu erholen. Arkady hatte vor, das Gleiche zu tun – doch zuvor wollte er noch einen Bissen essen, nachdem er seit zwölf Stunden nichts mehr in den Magen bekommen hatte.

Sogar die Messe war dunkel und verlassen; nur die Leuchte über der Speisekammer sorgte für ein wenig gedämpftes blaues Licht. Arkady warf einen Blick auf die Kaffeemaschine und erschauderte. Noch eine Tasse von dem schwarzen Gebräu, und es hätte ihm wohl den Magen umgedreht. Schließlich beugte er sich zum Kühlschrank hinunter, der unter der Anrichte eingebaut war, um nach etwas Bekömmlicherem zu suchen.

Er fand eine Tüte Milch, mit der er sich fürs Erste zufrieden gab, öffnete die Kunstoffkappe und nahm einen kräftigen Schluck. Die Milch war angenehm kühl, auch wenn sie den typischen, leicht metallischen Geschmack aller Lebensmittel hier auf See hatte, die mit radioaktiver Strahlung haltbar gemacht waren.

Erst als er die Milchtüte fast schon geleert hatte, bemerkte er, dass er nicht allein war. Amanda Garrett saß in ihrem Lieblingsstuhl – die Beine hochgezogen, wie Kinder es gern taten. Für einen Augenblick dachte er, dass sie schliefe, ehe er ihre Augen in der Dunkelheit aufblitzen sah.

»Hallo, Skipper«, sagte er und nickte ihr zu. »Wie geht's?«

»Alles okay, schätze ich«, antwortete sie leise. »Ich denke gerade über ein paar Dinge nach, die ich in letzter Zeit über mich selbst herausgefunden habe.«

Sie wollte offensichtlich mit jemandem sprechen – Arkady spürte es ganz deutlich. Das Problem mit der Kommandostruktur war, dass ein Captain Berichte entgegennahm, Erkundigungen anstellte, Meinungen einholte und sich mit seinen Offizieren beriet – doch er hatte für gewöhnlich kaum jemanden, mit dem er ganz einfach nur reden konnte, wenn man einmal von Gott absah. Und Gott war – zumindest nach Arkadys Erfahrung – jemand, der sich nicht so gern einmischte, wenn man Probleme hatte.

»Ist schon was Interessantes dabei rausgekommen?«, fragte er und trat zu ihr hinüber, um sich in einen der Sessel sinken zu lassen.

»Ja, das kann man sagen. So viele Jahre habe ich damit zugebracht, mich auf die militärische Laufbahn vorzubereiten – und jetzt musste ich feststellen, dass es mir nicht besonders gefällt, Menschen zu töten.«

»Das ist gut«, antwortete er, während er sich tiefer in den Sessel lümmelte. »Es ist immer beruhigend zu wissen, dass der Captain kein totaler Psychopath ist.«

»Ich meine es ernst, Arkady.«

»Ich auch, Skipper. In den vergangenen paar Tagen habe ich gesehen, wozu diese Grey Lady imstande ist, wenn man sie nur lässt. Ehrlich gesagt, es würde mir eine Riesenangst machen, wenn irgendein schießwütiger Verrückter dieses Schiff leiten würde. Ein sehr kluger Mensch hat einmal gesagt: ›Je mächtiger und todbringender die Waffensysteme werden, umso verantwortungsbewusster muss der Mensch sein, der über diese Systeme gebietet.‹«

Sie lachte leise auf. »Das habe ich selbst geschrieben.«

»Ja, und ich würde sagen, es stimmt.«

»Damals wusste ich noch gar nicht, wovon ich spreche.«

»O doch. Es fehlte Ihnen nur die praktische Erfahrung, die die Theorie bestätigt. Es ist wie mit dem Sex, schätze ich. Jeder hat eine Vorstellung davon, wie es funktionieren soll – aber solange man sich nicht selbst darauf eingelassen hat, kann man nicht wissen, wie kompliziert die Dinge tatsächlich sein können.«

»Versuchen Sie gerade, mich zum Lachen zu bringen, damit ich das Ganze vergesse?«

»Nein, ich möchte Sie nur dazu bringen, dass Sie es in der richtigen Perspektive sehen.«

Amanda seufzte. »Das musste ich vor nicht allzu langer Zeit auch für einen unserer Leute tun. Ich habe ihm gesagt, dass es manches gibt, was man mit einem Gefechtssimulator nicht trainieren kann. Es ging in dem Gespräch um die Angst, glaube ich. Ich hätte nicht gedacht, dass es mit dem Töten so ähnlich ist.«

Sie drehte sich ein wenig in ihrem Stuhl, um sich dem Piloten zuzuwenden. »Arkady, was glauben Sie, wie viele Opfer die Argentinier heute Nacht hatten?«, fragte sie.

»Schwer zu sagen. Von dem einen Frachtschiff und dem Tragflächenboot ist wahrscheinlich niemand davongekommen. Auch die vier anderen Schiffe wurden schwer getroffen. Bei diesem Seegang, den niedrigen Temperaturen und der schlechten Sicht ist eine Bergung ziemlich schwierig. Ich würde sagen, bis zu 300 Mann, und da hätten sie noch Glück gehabt.«

»Ja, ich glaube, das kommt hin. Falls Sie die Absicht haben, mich aufzumuntern, so gelingt Ihnen das nicht gerade gut.«

Arkady stellte die Milchtüte auf den Boden. »Sehen Sie, ich könnte Ihnen hier die ganze Nacht irgendwelche Märchen erzählen – und am Ende würde es doch nichts bringen. Vor ziemlich langer Zeit, so kommt's mir zumindest vor, da habe ich mal gesagt, dass man bei einer Klassefrau mit Ehrlichkeit am weitesten kommt. Ich denke, das gilt auch in diesem Augenblick.

Wir haben gerade einen ziemlich verbissenen Kampf hinter uns, in dem der Gegner uns mit Freude in die Luft gejagt hätte, wenn's ihm nur irgend möglich gewesen wäre. Und das waren keine Monster, die kleine Kinder umbringen oder so was – nein, es waren professionelle Soldaten im Dienste einer Nation, die internationales Recht gebrochen hat. Wir waren die Polizei, die man gerufen hat, und wie sich zeigte, mussten wir Gewalt anwenden und sogar töten, um das Vergehen zu stoppen. Ich würde sagen, damit kann ich leben.«

»Nicht alle haben noch die Möglichkeit, damit zu leben. Erikson ist gestorben – und das hätte nicht sein müssen. Ich hätte ihn retten können – ich hätte mich nur dafür zu entscheiden brauchen.« Im Flüsterton fügte sie hinzu: »Ich hatte ihm versprochen, dass ich ihn heimbringe.«

»Verzeihung, Captain, aber das war ein Versprechen, zu dem Sie, verdammt noch mal, kein Recht hatten! Das hier ist ein Kriegsschiff im Dienst der Vereinigten Staaten von Amerika.

Sie haben nicht das Recht, irgendeinem von uns zu versprechen, dahin oder dorthin zu fahren! Sie haben aber sehr wohl das Recht, wenn es sein muss, unser Leben einzusetzen als wäre es Geschützmunition.

Erikson war nicht dumm. Ich bin ein paarmal bei ihm gewesen und habe mich mit ihm unterhalten. Er wusste, dass Sie die Mission nicht einfach sausen lassen konnten – auch wenn Sie ihn noch so gern hier rausgebracht hätten. Sie haben ihn nicht im Stich gelassen. Wenn er jetzt mit uns sprechen könnte, dann würde er Ihnen sagen, dass man eben nichts machen konnte.«

Amanda richtete sich verärgert auf. »Es war nicht so, dass man nichts machen konnte. Ich habe das Kommando hier und die Verantwortung – für Erikson und für jeden dieser argentinischen Jungs, die heute Nacht da draußen gestorben sind! Das werde ich ganz sicher nicht mit irgendwelchen Ausflüchten wegdiskutieren!«

»Na gut«, erwiderte Arkady in ruhigem Ton, »Sie tragen die Verantwortung. Aber nicht nur für Eriksons Tod. Sie sind auch für das Überleben dieses Schiffes und für das Gelingen der Mission verantwortlich. Unsere Aussichten standen wahrlich nicht günstig – und dennoch haben Sie es geschafft, nahezu die gesamte Besatzung lebend heimzubringen, Captain. Eine wirklich bemerkenswerte Leistung.«

Er lehnte sich in seinem Stuhl zurück. »So, das sind die beiden Seiten der Medaille. Jetzt müssen Sie entscheiden, wie Sie die Sache sehen wollen. Es ist so wie bei mir damals, als ich Pilot auf einem Flugzeugträger werden sollte. Sie können es entweder akzeptieren und weitermachen oder es sein lassen. Was werden Sie tun?«

Sie antwortete nicht, sondern blickte nur eine Weile still in die Dunkelheit hinein, um sich ihre Zukunft vorzustellen. Arkady wusste, was sie durchmachte. In jener Nacht, als er seinen Traum, Kampfpilot zu werden, begrub, hatte er ebenfalls lange in die Dunkelheit gestarrt.

Schließlich hatte er sich entschieden, es bleiben zu lassen.

Er bereute es nicht. Er hatte sich richtig entschieden – und vor allem aus den richtigen Gründen. Doch tief in seinem Inneren war ihm bewusst, dass er nach dieser Entscheidung nicht mehr derselbe Mensch war. Er hoffte inständig, dass die Lady nicht die gleiche Erfahrung durchmachen musste.

»Ich werde weitermachen«, sagte sie schließlich.

Amanda merkte nicht, wie Arkady innerlich jubelte.

»Sie haben Recht«, fuhr sie fort. »Das ist es, was ich bin – und was ich trotz allem, was passiert ist, weiter sein möchte. Ich werde die Duke nicht aufgeben, Arkady. Es ist nur so, dass ich mich mein ganzes Leben mit dem Krieg auseinandergesetzt habe – aber eben nur in der Theorie. Wahrscheinlich ist es schon vielen vor mir so ergangen. Es gibt da wohl einige Dinge, denen ich ganz einfach ins Auge sehen muss.«

Sie blickte auf die dunklen Umrisse des Bildes an der gegenüberliegenden Wand, das ihr Vater einst gemalt hatte.

»Die Kraft von zweimal dreitausend Pferden«, murmelte sie, »die auf ein Ziel gerichtet ist. Das Ruder, das vom Kurs nicht weicht, der Zorn, der alles treibt …

Meine Entscheidungen bringen anderen den Tod. Das ist etwas, mit dem man erst einmal leben lernen muss.«

»Da kann ich Ihnen nicht widersprechen.«

Amanda lehnte sich tiefer in ihren Stuhl. »Was meinen Sie? Hat diese Schneeballschlacht den ganzen Aufwand gelohnt?«

Sie hatte ihre Entscheidung getroffen und klang jetzt schon wieder etwas selbstsicherer.

»Ich weiß es nicht genau«, antwortete Arkady. »Ich glaube, das Ganze ist noch zu nahe, um es zu beurteilen.«

»Wie meinen Sie das?«

»Es muss erst ein wenig Zeit vergehen, bevor wir Ursachen und Wirkungen prüfen können und wirklich sehen, was wir erreicht haben.«

»Heißt das, die Geschichte soll das Urteil fällen?«, fragte sie mit müder Stimme.

»Genau. Ich glaube, es ist so wie mit dem Vietnamkrieg. Wir haben uns damals im Jahr 1972 wie ein geprügelter Hund zurückgezogen. Erst zwanzig Jahre später ergab sich zusammen mit den Ereignissen des Kalten Krieges ein etwas anderes Bild. Wir erkannten allmählich, dass wir eigentlich gewonnen hatten, ohne es zu merken. Vielleicht werden uns unsere Enkelkinder einmal sagen, was wir von dieser Sache hier zu halten haben.«

»Unsere Enkelkinder, Lieutenant?«

»Bildlich gesprochen, Captain.«

Danach schwiegen sie beide. Arkady saß im Dunkeln und lauschte Amandas langsamem, gleichmäßigem Atem. Er war sich fast sicher, dass sie schon schlief, als sie plötzlich wieder zu sprechen begann.

»Arkady, wenn wir das hier hinter uns haben – meinen Sie, dass wir dann irgendwo wieder einen schönen Strand finden?«

»Warum nicht?«

Dann schlief sie ein.

Arkady widerstand der Verlockung, die Hand auszustrecken und sie zu berühren. Dafür würde es schon noch passendere Orte und Zeitpunkte geben. Stattdessen drehte er seinen Sessel ein wenig herum, um sie besser betrachten zu können – und das tat er dann eine Weile, bevor auch er in Schlaf sank.

Buenos Aires
31. März 2006, 08:17 Uhr

»Ich schätze, wir haben gewonnen«, sagte Dr. Towers, die zusammen mit Harrison Van Lynden am Esszimmertisch in der amerikanischen Botschaft saß und auf den Fernsehschirm blickte.

»Ja, sieht so aus«, stimmte der Außenminister zu, während er etwas Butter auf sein letztes Stück Toast strich. »Es hat zwar noch keine offizielle Mitteilung seitens der Regierung gegeben – nur die Presseaussendung von Präsident Sparza –, aber ich schätze, das ist nur eine Frage der Zeit.«

Dr. Towers schüttelte den Kopf. »Trotzdem haben wir irgendwie auch verloren. Die Antarktis war bisher der einzige Kontinent, wo niemals Menschen umkamen – außer im Streben nach Wissen und Erkenntnis. Es war der einzige Ort, wo es niemals vorkam, dass Menschen einander töteten. Jetzt ist auch dies ein Stück Erde, um das mit allen Mitteln gekämpft wird. Es wird nie mehr so sein wie vorher.«

»Umso mehr Grund, dafür zu sorgen, dass die Kämpfe nie wieder ausbrechen. Das erinnert mich an ein anderes Thema, das ich mit Ihnen besprechen wollte, Doktor. Hätten Sie vielleicht Interesse, ein wenig Urlaub von Ihrer Tätigkeit bei der National Science Foundation zu nehmen?«

»Urlaub? Zu welchem Zweck?«

»Aufgrund der jüngsten Ereignisse hat der Präsident das Außenamt beauftragt, eine Projektgruppe zu bilden, wo alle offenen Fragen rund um die Grenzziehung auf der Antarktis behandelt werden sollen. Die Gruppe soll auch eine entsprechende Beteiligung der Vereinigten

Staaten am Projekt ›Naturschutzgebiet Antarktis‹ sicherstellen. Wir würden Sie gern mit der Leitung der Projektgruppe betrauen.«

»Mich?«

»Aber ja. Manche werden sagen, die Bemühungen kommen ein wenig zu spät – aber ich glaube, Sie werden mir zustimmen, dass es da immer noch viel zu tun gibt.«

»Das stimmt, Mr. Secretary, aber ich bin Wissenschaftlerin und keine Diplomatin.«

»Sie haben hier bei uns gute Arbeit geleistet, und Sie kennen die Gegend und ihre Probleme in- und auswendig. Das können nur wenige Mitarbeiter unserer Botschaft von sich behaupten. Wirklich, Doktor, ich glaube, dass Sie die Richtige für diesen Job sind. Ich hätte Sie sonst sicher nicht gefragt.«

»Erste Botschafterin auf der Antarktis?«, überlegte sie stirnrunzelnd. »Nun, es gäbe da wirklich einiges, was ich gern weiter voranbringen würde. Manche meiner Kollegen aus der Wissenschaft sitzen nur in ihrem Elfenbeinturm und rümpfen die Nase über alles, was Politiker und Diplomaten so machen. Vielleicht ist das mit ein Grund für die ganze Krise.«

»Also?«

»Wie viel Zeit habe ich, um mich zu entscheiden?«

»Wir werden in ein, zwei Tagen nach Washington zurückfliegen. Bis dahin muss ich es wissen.«

»In Ordnung, Mr. Secretary.«

Steven Rosario betrat das Esszimmer und kam direkt zu ihnen an den Tisch. »Wir haben soeben einen Anruf von der argentinischen Regierung bekommen, Sir. Präsident Sparza würde sich gern mit Ihnen treffen, sobald es Ihnen möglich ist.«

Van Lynden legte die Serviette auf den Teller. »Sehr gut, Steve. Grüßen Sie Präsident Sparza von mir und teilen Sie ihm mit, dass ich mich heute Vormittag um zehn mit ihm treffen kann.«

Er erhob sich von seinem Stuhl und fragte: »Möchten Sie uns begleiten, Doktor?«

»Ja, sehr gern sogar.« Sie warf wieder einen Blick zum Fernseher hinüber. »Meinen Sie, dass er das politisch überlebt?«

»Das weiß ich nicht. So leicht wird er sich jedenfalls nicht geschlagen geben. Er ist ein fähiger Politiker und ein Kämpfer. Ich glaube auch, dass er im Grunde kein schlechter Mensch ist. Aber er hatte einen Traum, den die restliche Welt nicht teilen konnte.«

Aus dem Fernseher waren die Worte des CNN-Nachrichtensprechers zu hören: »... In einer Presseaussendung der argentinischen Regierung wird Präsident Antonio Sparza mit folgenden Worten zitiert: ›Wir haben der internationalen Staatengemeinschaft unsere berechtigte Sorge um die Zukunft der San-Martin-Halbinsel vor Augen geführt. Dementsprechend werden wir nun unsere Truppen zurückziehen und versuchen, diese Fragen auf diplomatischem Weg zu lösen.‹

Diese Erklärung kommt jedoch zu einem Zeitpunkt, wo es immer mehr Anzeichen für einen bewaffneten Konflikt zwischen den See- und Luftstreitkräften der Vereinigten Staaten und Argentiniens gibt – ein Konflikt, der sich angeblich in den eisigen, nebelverhangenen Gewässern des Südpolarmeeres abspielt ...«

Norfolk, Virginia
31. März 2006, 08:31 Uhr

Captain Margaret Callendar stand am Geländer des Balkons und bediente mit geschickter Hand die Trackball-Steuerung. Vor ihr im Operationsraum bewegte sich ein Kreis über das Large Screen Display.

»Die USS *Sea Serpent* hat aus östlicher Richtung die Drake-Passage erreicht – und zwar zusammen mit der HMS *Victorix* von der Royal Navy, die etwa vier Stunden hinter ihr liegt ... Der britische Trägerverband *Ark Royal* trifft ebenfalls gerade an seinem Posten südöstlich der Falkland-Inseln ein ... Von dort ist inzwischen das Patrouillengeschwader VP-4 ausgelaufen, um mit ihren Orion die Gegend zu erkunden – und zwar südlich bis jenseits der Süd-Georgia-Insel und westlich bis zu den Süd-Shetland-Inseln. Das Air Combat Command meldet auch, dass sie mit vier B-1C von Mount Pleasant aus operieren. Sie sind für den Anti-Schiff-Einsatz gerüstet und können jederzeit eingesetzt werden.«

Elliot MacIntyre nahm einen Schluck aus seiner ersten Tasse Kaffee, seit er den Dienst angetreten hatte. »Was ist mit dem *Roosevelt*-Verband?«, fragte er und lehnte sich in seinem Stuhl zurück.

»Sie haben die Falkland-Inseln hinter sich gelassen und sind auf Südkurs unterwegs. Da gab es keinerlei Kontakt mit den argentinischen Streitkräften.«

»Und die *Cunningham?*«

»Läuft in nordöstlicher Richtung, um mit der *Roosevelt* zusammenzutreffen. Sie wird von einer Luftkampfpatrouille begleitet und sollte gegen Mittag unserer Zeit die *Teddy* erreicht haben.«

»Sehr gut. Sobald sie ihre Magazine aufgefüllt hat, verständigen Sie doch bitte Captain Garrett, dass sie so rasch wie möglich Norfolk ansteuern soll.«

»Aye aye, Sir. Sobald sie Luftdeckung hatte, brach die *Cunningham* ihre EMCON. Sie haben uns alle relevanten Daten über die jüngsten Ereignisse übermittelt – und wir sind gerade dabei, alles zu analysieren. In ein paar Stunden sollten wir ziemlich gut darüber Bescheid wissen, was da unten vor sich gegangen ist.«

»Bin jetzt schon gespannt, was wir da erfahren werden.«

»Das geht uns allen so, Sir. Ich habe da übrigens noch etwas Interessantes für Sie – nämlich die Empfehlung für Ordensverleihungen, die Captain Garrett uns geschickt hat.«

»Sehen wir's uns mal an.«

Captain Callendar nahm ein mehrere Seiten umfassendes Papier von ihrem Schreibtisch. MacIntyre stellte die Kaffeetasse auf seiner Armlehne ab, nahm das Papier entgegen und begann gleich darin zu blättern.

Lieutenant Commander Kenneth A. Hiro ... Silver Star und Purple Heart; Lieutenant Christine M. Rendino ... Silver Star; Lieutenant Frank R. McKelsie ... Silver Star; Lieutenant Dixon L. Beltrain ... Silver Star; Lieutenant Commander Carl M. Thomson ... Silver Star; Lieutenant Vincent M. Arkady und Bootsmann Erster Klasse Gregory Grestovitch ... Distinguished Flying Cross; Matrose Lucas S. Erikson ... Bronze Star ...

»Genehmigen Sie alles, wozu ich ermächtigt bin – und alles andere versehen Sie mit meiner ausdrücklichen Empfehlung. Sie können die Liste auch gleich verlängern. Ich ersuche, dass die *Cunningham* für die Presidential Unit Citation in Betracht gezogen wird, und Amanda Garrett schlage ich aufgrund ihrer Verdienste im Seekrieg für das Navy Cross vor.«

Margaret Callendar lächelte. »Jawohl, Sir. Mit Vergnügen.«

»Sie alle haben's wirklich verdient, Maggie. Wir haben gerade die härteste Auseinandersetzung zur See ausgefochten und gewonnen, die wir seit dem Zweiten Weltkrieg zu bestehen hatten. Und dabei hat unsere ›Flotte‹ nur aus einem einzigen Schiff bestanden. Verdammt, ich bin stolz auf diese Leute.«

»Da sind Sie bestimmt nicht der Einzige, Sir. Darf ich Captain Garretts Vater davon verständigen?«

»Aber sicher, Maggie«, antwortete MacIntyre und hob seine Kaffeetasse wieder. »Diesen Orden hätte ich wirklich gern selbst überreicht, aber ich schätze, Wils Garrett hat das größere Anrecht darauf. Nun, was haben die Argentinier jetzt vor?«

»Sie scheinen sich zurückzuziehen. Keinerlei feindselige Operationen mehr in den vergangenen 24 Stunden. Die einzigen Aktivitäten, die wir zur Zeit feststellen können, laufen auf der Antarktischen Halbinsel ab.«

»Was ist denn dort los?«

»Wie es scheint, ziehen sie sich von den britischen Stationen zurück. Ihre Einheiten werden auf ihre San-Martin-Basis verlegt. Von unseren Sigint-Daten und den Satellitenaufnahmen wissen wir, dass sie ihre Leute und die Ausrüstung bereits auf dem Luftweg nach Argentinien befördern.«

»Ist das schon bestätigt?«

Sie nickte. »Es ist so gut wie sicher, Sir. Sie gehen nach Hause.«

Der CINCLANT nickte und nahm noch einen Schluck Kaffee. Es war vorbei. Er spürte es ganz deutlich. Die Anspannung, die ihn seit Tagen begleitet hatte, begann nachzulassen. Ein letztes Mal studierte er die große grafische Darstellung jenes Raumes, wo der südamerikanische und der antarktische Kontinent beinahe zusammentrafen.

Gut gemacht, ihr guten und getreuen Leute, ging es ihm durch den Kopf.

»Das wär's dann wohl«, sagte er. »Ich schätze, wir können die Sache abhaken.«

»Sieht ganz so aus, Admiral, und ich würde sagen, das kommt gerade recht.«

»Gibt's etwa schon was Neues?«

»Wir haben soeben einen Blitzspruch aus dem Außenministerium reinbekommen. Die Situation in Mauretanien hat ein kritisches Stadium erreicht. Die Unruhen zwischen Arabern und Schwarzafrikanern dauern jetzt schon den dritten Tag an. Angeblich meutern Teile der Armee. Es riecht verdächtig nach Staatsstreich, wenn nicht gar nach Bürgerkrieg.

Die Flughäfen und Grenzen wurden geschlossen, und es wäre gut, wenn wir eine Flotteneinheit dort stationieren könnten – falls es nötig sein sollte, unsere Landsleute und andere Ausländer, die sich zur Zeit dort aufhalten, zu evakuieren.«

MacIntyre lächelte ein wenig gequält und leerte seine Tasse mit einem Schluck. »Kaum hat man mal Zeit, in Ruhe seinen Kaffee zu trinken – da klopft schon die nächste internationale Krise an die Tür. Okay, Maggie, dann sehen wir mal, was wir tun können.«

Süd-Orkney-Inseln
7. April 2006, 10:45 Uhr

Die Briten sind ein Menschenschlag, der Gefühl sehr oft höher einschätzt als kalte Logik. Das ist eines der Geheimnisse, die die Stärke dieser Nation ausmachen. Und so spielte sich der letzte Akt dieses Dramas auf einem schneebedeckten Hügel ab, von dem man auf jene Stelle hinabblickte, wo der Motorsegler *Skua* zum letzten Mal vor Anker gelegen hatte. Die Royal Navy hatte dem Ersuchen einer kleinen Gruppe von College-Studenten und einer trauernden Ehefrau nachgegeben und Evan York dorthin gebracht, wo er sich zu Hause gefühlt hatte.

Das Grab war mit Hilfe von zurückgelassenem argentinischem Sprengstoff aus dem Eis herausgesprengt worden. Ein Stück Mahagoniholz von der *Skua*, das an Land gespült worden war, hatte man als eine Art Grabmal verwendet. Die Bucht war nun völlig zugefroren. Weiter draußen lag das Patrouillenschiff *Polar Circle* vor Anker. Das Schiff hatte die Aufgabe übernommen, Vorräte zur Signy-Basis zu transportieren und jenes Team hinzubringen, das dort überwintern würde. Auch die Trauergäste waren mit diesem Schiff gekommen.

Die Zeremonie selbst war kurz und schlicht. Anwesend waren nur die Wissenschaftler des Stützpunkts, Evan Yorks Mannschaft und ein Marinegeistlicher, dessen Worte von dem beißenden Wind fortgetragen wurden. Dann traten die anderen zurück, um Roberta Eggerston Platz zu machen und ihr Gelegenheit zu geben, sich von dem Mann zu verabschieden, den sie liebte.

Sie kniete am Grab nieder und legte behutsam einen

Strauß bunter Blumen, die sie aus einem Gewächshaus in Port Stanley hatte, in den Schnee. Die Stängel beschwerte sie mit einem Stein, stand auf und ging weg. Sie würde nie mehr hierher kommen. Niemand würde je frische Blumen auf Evan Yorks Grab legen.

Doch das war eigentlich auch nicht nötig. Bevor sie auch nur anfangen konnten zu verwelken, waren die Blüten in der beißenden, trockenen Kälte des polaren Winters eingefroren. Lange würden sie unverändert so blühen. So lange es eine Antarktis gab.

Die Trauergäste verschwanden mit dem Schiff im dichten Nebel, und der eisige Wind begann Schneekristalle über die Blumen und die Steine des Grabes zu streuen, um sie nach und nach in ewiges Eis zu hüllen.

Glossar

Aegis: Ein hoch entwickeltes kybernetisches System, das im Gefechtsfall sowohl für Aufklärung als auch für Feuerleitung eingesetzt wird und das einem Überwasser-Kriegsschiff die Kontrolle über den See- und Luftraum in einem Umkreis von bis zu 400 Kilometern ermöglicht.

Die SPY-2A-Variante dieses Systems, die auf den Zerstörern der Cunningham-Klasse verwendet wird, vereint größere Reichweite und bessere Feuerleit-Möglichkeiten mit erhöhter Präzision und einfacherer Handhabung.

AEW (**A**irborne **E**arly **W**arning): Frühwarnsystem, das in Form eines Suchradars auf Flugzeugen verwendet wird. Die Boeing-AWACS ist der erste Vertreter dieser Technologie.

In ›USS *Cunningham* – Im Fadenkreuz‹ verwendet die argentinische Luftwaffe das israelische Elta-Phalcon-Radarsystem auf einer 737-400er-Maschine, während die Sea-Comanche-Helikopter der *Cunningham* über eine Variante des britischen Clearwater-Radarsystems verfügen.

ASW (**A**nti-**S**ubmarine **W**arfare): Anti-Unterseeboot-Kriegsführung.

Atlantique ANG: Turboprop-Seepatrouillenflugzeug des französischen Herstellers Dassault-Breguet. Die Atlantique verfügt über ein breites Spektrum an hoch entwickelten Waffen- und Sensorsystemen und kann sowohl gegen U-Boote als auch gegen Überwasserschiffe eingesetzt werden.

Black Hole System: Eine Kombination von Anti-Infrarot-Technologien zur Verminderung der Wärmesignatur eines Militärfahrzeuges.

Auf den Zerstörern der Cunningham-Klasse werden mit Hilfe eines Gebläses die Abgase des Schiffes mit kühlerer Luft von außen vermischt, bevor sie nach draußen gelangen; auf diese Weise wird die Wärme, die von den Turbinen ausgeht, eingeschränkt. Außerdem sind die Schornsteine von Kühlmänteln umgeben, in denen Meerwasser zirkuliert. Der Zweck all dieser Maßnahmen ist es, jenen feindlichen Waffen, die auf Wärme reagieren, kein Ziel zu bieten.

BAS: **B**ritish **A**ntarctic **S**urvey.

Cold Fire Launching System: Eine Senkrechtstart-Technologie, bei der eine Lenkwaffe mit Hilfe eines Inertgases aus der Startrampe geschleudert wird, ehe in der Luft die Zündung erfolgt. Auf der *Cunningham* wird dieses System eingesetzt, um Schäden an der radarabsorbierenden Schicht des Decks zu vermeiden, die durch die Hitze einer Raketenzündung entstehen könnten.

ECM (**E**lectronic **C**ounter**m**easures): Elektronische Gegenmaßnahmen in Form von Stör- und Täusch-Systemen, die zur Verwirrung und Ablenkung von Suchsensoren und Waffenleitsystemen eingesetzt werden.

Elint (**El**ectronic **Int**elligence, elektronische Aufklärung): Das Sammeln von Nachrichtendienst-Material bei bewaffneten Auseinandersetzungen durch die Analyse der Emissionen, die vom Radar und anderen elektronischen Systemen ausgehen. Dabei werden u. a. Informationen über die Position des Zieles, die System-Typen, die Nationalität und die Stärke der feindlichen Streitkräfte gewonnen.

EMCON (**Em**ission **Con**trol): Ein Operations-Modus, bei dem ein Schiff oder Flugzeug unter völliger Radar- und Funkstille unterwegs ist, um nicht von feindlichen Suchsystemen geortet werden zu können.

ESSM (**E**nhanced **S**ea **S**parrow **M**issile): Verbesserter Nachfolger des Sea-Sparrow-Systems der NATO. Diese Boden-Luft-Rakete von mittlerer Reichweite funktioniert mittels Radarlenkung und kann entweder aus ihrem eigenen Werfer oder aus der Zelle des Mark-41- oder Mark-42-Senkrechtstart-Systems abgefeuert werden.

Exocet: Besonders wirkungsvolle Antischiff-Rakete französischer Herkunft. Von dieser Lenkwaffe, die mit Radarlenkung und einem Feststoff-Raketenmotor ausgestattet ist, gibt es verschiedene Varianten, je nachdem, ob sie von einem Flugzeug, einem Schiff oder einem U-Boot aus abgefeuert wird. Das AM-44-Modell, das in diesem Roman vorkommt, verfügt über eine verlängerte Reichweite und einen flexiblen Suchkopf.

Fenestron: Abgeleitet von ›Fan in tail‹. Bei dieser modernen Helikopter-Technologie ist der Stabilisierungsrotor direkt in das Heck eingebaut, was zu einer Verringerung von Lärm, Vibrationen und Radarrückstrahlfläche führt.

LORAIN: Luftabwehrrakete der nächsten Generation, die sich durch mehrfache Schallgeschwindigkeit und eine große Reichweite auszeichnet. Sie verfügt über ein so genanntes Staustrahltriebwerk (Ramjet).

Oto Melara Super Rapid: Wassergekühltes automatisches 76-mm-Geschütz italienischer Herkunft, das sowohl gegen Luft- als auch Überwasserziele eingesetzt wird. Dabei kann eine breite Palette von Munitionstypen verwendet werden. Auf den Zerstörern der Cunningham-Klasse wird die Oto Melara als Hauptgeschütz eingesetzt.

Rafale: Jagdbomber der fünften Generation, der von Dassault in Frankreich hergestellt wird. Dieses einsitzige, einmotorige Überschallflugzeug ist nacht- und allwettertauglich.

RAM (**R**adar **A**bsorbent **M**aterial): Materialien, die bei der Herstellung von Stealth-Waffensystemen verwendet werden. Es handelt sich um Stoffe, die die auftreffenden Radarwellen absorbieren und in Wärmeenergie umwandeln, anstatt sie zu reflektieren.

RAM (**R**olling **A**irframe **M**issile): Diese Lenkwaffe stellt eine Mischung aus dem Gehäuse der Sidewinder- und dem Lenksystem der Stinger-Rakete dar. Es handelt sich um ein leichtes Luftabwehrsystem, das auf Schiffen verwendet wird. Auf der *Cunningham* wird die RAM in Kombination mit dem Phalanx-Antiraketen-Geschütz eingesetzt.

RBOC (**R**apid **B**looming **O**verhead **C**haff)-Werfer: Ein auf Schiffen eingesetztes Raketen-Abwehrsystem. Ursprünglich war dieses System nur dazu gedacht, das Schiff gegen radargelenkte Raketen zu schützen, indem es dieses in eine Wolke aus Metallfolie hüllte. In der jüngsten Vergangenheit wurden jedoch weitere Geschosse für dieses System entwickelt, insbesondere Magnesiumbrandsätze und Rauchgeschosse, die eine wirksame Abwehr gegen infrarot- und lasergesteuerte Waffen bilden.

Raven's Roost: Auf Schiffen übliche Bezeichnung für die Nachrichtendienst-Station. Aufgrund ihrer Tarnkapazität sind die Zerstörer der Cunningham-Klasse geradezu prädestiniert für solche ›Raven‹-Einsätze, bei denen Informationen entweder mittels Sigint (Signal Intelligence) oder Elint (Electronic Intelligence) gesammelt werden.

SCM (**S**tealth **C**ruise **M**issile): Nachfolger des auf Kriegsschiffen eingesetzten Tomahawk-Marschflugkörpers. Das Äußere dieser Lenkwaffe mit großer Reichweite ist so gestaltet, dass sie vom Radar nur schwer auszumachen ist. Die SCM kann sowohl als Antischiff-Waffe als auch für Landangriffe eingesetzt werden.

SAH-66 Sea Comanche LAMPS (**L**ight **A**irborne **M**ultipurpose **S**ystem): Der ursprüngliche RAH-66-Comanche wurde als Aufklärungs- und Kampfhubschrauber der US Army entwickelt, dessen geringe Radar- und Infrarot-Signatur ihm ausgeprägte Tarneigenschaften verleihen. Der SAH-66-Sea-Comanche stellt die Navy-Variante dar und bildet eine wirkungsvolle Ergänzung der Kampfkraft auf den Stealth-Zerstörern der Cunningham-Klasse. Der Sea Comanche ist vor allem für Anti-U-Boot- und Aufklärungseinsätze gedacht, wobei er sich auf sein leistungsstarkes APG-65-Radar stützt. Er kann zusätzlich mit einer Reihe von Sensorsystemen ausgerüstet werden, insbesondere mit Tauchsonar, Magnetanomalie-Detektor sowie dem Shearwater-AEW-System. Darüber hinaus kann der SAH-66 mit einer breiten Palette von Torpedos, Lenkwaffen, Wasserbomben und Bordfeuerwaffen bestückt werden.

Sea SLAM: Variante der Harpoon-Antischiff-Rakete, die für Landangriffe eingesetzt wird. Ihr Infrarot-Zielsystem wurde ursprünglich für die Maverick-Luft-Boden-Rakete entwickelt. Die Sea SLAM ist eine Waffe, die vom Schiff aus vor allem für präzise Angriffe gegen Landziele eingesetzt wird.

Sigint (**Sig**nal **Int**elligence): Das Sammeln von Gefechtsinformationen durch Abhören von feindlichem Funkverkehr.

Standard HARM (**H**oming **A**nti-**R**adiation **M**issile): Ein Abkömmling der Standard-Boden-Luft-Rakete. Die Standard HARM ist dazu gedacht, feindliche land- und seegestützte Funk- und Radarsysteme aufzuspüren und zu zerstören, indem sie sich an deren Emissionen orientiert. Die Lenkwaffe ist mit einem ›Gedächtnis‹ ausgestattet, das es ihr ermöglicht, ein Ziel auch dann noch zu zerstören, wenn der Sender nicht mehr aktiv ist.

Tornado: Zweimotoriger Jagdbomber, der vom europäischen Panavia-Konsortium hergestellt wird. Dieses hoch entwickelte zweisitzige Flugzeug, das voll nacht- und allwettertauglich ist, tritt in verschiedenen Varianten in Erscheinung, insbesondere als Abfangjäger, Jäger, Aufklärungs- und See-Kampfflugzeug.

USARP: **U**nited **S**tates **A**ntarctic **R**esearch **P**rogram.